KB213481

느낌의 공동체

느낌의 공동체

Community of Feeling

신형철 산문

2006~2009

문학동네

3부 ≫ 유산된 시인들의 사회

4부 ≫ 얼어붙은 바다를 깨뜨리기

나는 너를 사랑한다. 네가 즐겨 마시는 커피의 종류를 알고, 네가 하루에 몇 시간을 자야 개운함을 느끼는지 알고, 네가 좋아하는 가수와 그의 디스코그래피를 안다. 그러나 그것은 사랑인가? 나는 네가 커피 향을 맡을 때 너를 천천히 물들이는 그 느낌을 모르고, 네가 일곱 시간을 자고 눈을 떴을 때 네 몸을 감싸는 그 느낌을 모르고, 네가 좋아하는 가수의 목소리가 네 귀에 가닿을 때의 그 느낌을 모른다. 일시적이고 희미한, 그러나 어쩌면 너의 가장 깊은 곳에서의 울림일 그것을 내가 모른다면 나는 너의 무엇을 사랑하고 있는 것인가.

　느낌이라는 층위에서 나와 너는 대체로 타자다. 나는 그저 '나'라는 느낌, 너는 그냥 '너'라는 느낌. 그렇다면 사랑이란 무엇인가. 아마도 그것은 느낌의 세계 안에서 드물게 발생하는 사건일 것이다. 분명히 존재하지만 명확히 표명될 수 없는 느낌들의 기적적인 교류, 그러니까 어떤 느낌 안에서 두 존재가 만나는 짧은 순간. 나는 너를 사랑하기 때문에 지금 너를 사로잡고 있는 느낌을 알 수 있고 그 느낌의 세계로 들어갈 수 있다. 그렇게 느낌의 세계 안에서 우리는 만난다. 서로 사랑하는 이들만이 느낌의 공동체를 구성할 수 있다. 사랑은 능력이다.

　　　　　　　─『몰락의 에티카』에서 뽑아 다듬어 옮기다

나는 잠을 자고 싶은데
너는 춤을 춰야만 하네

Ich möchte schlafen, aber du muβt tanzen
— 테오도르 슈토름, 「히아신스」에서

1

이 책은 나의 두번째 평론집이 아니라 첫번째 산문집이다. 산문에는 두 종류가 있다. 시가 된 산문과 그냥 산문. 산문시를 꿈꾼 흔적이 없는 산문은 시시하다. 김훈의 『풍경과 상처』나 롤랑 바르트의 『사랑의 단상』과 같은 극소수의 책들만이 그 꿈을 이뤘다. 애초에 내가 쓰기를 원한 것도 그런 것이었으나 잘되지 않았다. 허락이 된다면 잘될 때까지 쓰려고 한다. 그래서 굳이 '첫번째 산문집'이라 적었다. '아직은, 그냥 산문'이라는 고백이고 '겨우, 첫번째이니까요'라는 변명이다.

2006년 봄부터 2009년 겨울까지 쓴 짧은 글들을 추렸다. 200자 원고지 10매는 적은 분량이 아니지만 능력이 부족한 사람이 그 지면에서 할 수 있는 일은 많지 않았다. 사랑할수록 문학과 더 많이 싸우게 된다. 사랑으로 일어나는 싸움에서 늘 먼저 미안하다고 말하는 이는 잘못을 저지른 쪽이 아니라 더 많이 그리워한 쪽이다. 견디지 못하고 먼저 말하고 마는 것이다. 그래야 다시 또 사랑한다고 말할 수 있으니까. 더 많이 사랑하는 사람은 상대방에게 지는 것이 아니라 자기 자신에게 진다. 나는 계속 질 것이다.

2

제목을 '느낌의 공동체'라 붙였다. 어느 책에 따르면 인간의 세 가지 권능은 사유(thinking), 의지(wanting), 느낌(feeling)이다. 동사 '느끼다'에는 '서럽거나 감격스러워 울다'라는 뜻이 있다. 어쩌면 사유와 의지는 그런 느낌의 합리화이거나 체계화일지도 모른다고 생각한다. 이 책의 많은 글들에서 내가 적어내려간 것도 나의 느낌이었을 것이다. 좋은 작품은 내게 와서 내가 결코 되찾을 수 없을 것을 앗아가거나 끝내 돌려줄 수 없을 것을 놓고 갔다. 그 희미한 사태를 문장으로 옮겨보려 했고 이를 독자들과 나누고자 했다.

느낌은 희미하지만 근본적인 것이고 근본적인 만큼 공유하기 어렵다. 잠을 자려고 하는 시인과 소설가들 앞에서 내가 춤을 추기도 했을 것이고, 내가 춤을 출 때 독자들이 잠을 자기도 했을 것이다. 때로 우리는 한 배를 타게 되지만 그 배가 하늘로 날아오를지 벼랑으로 떨어질지 대부분 알지 못한다. 글을 쓴다는 것은 그런 줄을 알면서도 그 어떤 공동체를 향해 노를 젓는 일이다. 언뜻 거창해 보이는 이 책의 제목이 그 말의 가장 소박하고도 간절한 의미로 받아들여지기를 나는 바란다.

3

경향신문(1부), 『한겨레21』(2부), 대학신문(3부), 『시사IN』(4부), 청소년 잡지 『풋』(5부)이 소중한 지면을 제공해주어 이 글들을 쓸 수 있었다. 차례로 시인, 시집, 세상, 소설, 영화 등에 대해 이야기했다. 거기에 다른 계기로 쓴 세 편의 글을 전주, 간주, 후주라는 타이틀을 붙여 끼워넣었다. 체계 없는 글 모음집에서 아쉬운 대로 기둥 역할을 해주었으면 한다. 각 매체의 담당 기자 및 편집자 분들께 안부를 여쭙는다. 특히 3년 넘게 나와 함께해준 『한겨레21』 구둘래 기자님께는 각별한 마음을 갖고 있다.

저자는 자기 책의 단점을 알게 되는 첫번째 사람이고 장점을 알게 되는 마지막 사람이다. 원고를 1년 넘게 붙들고 있다보면 이따위 책은 내지 않는 게 옳다는 생각을 하게 되는 순간이 몇 번은 온다. 그럴 때마다 손을 잡아주는 편집자가 곁에 있다는 것은 그 책의 행운이다. 그 편집자가 나의 소중한 친구이기도 하다는 사실이 실은 더 고마워서 가끔 젖은 눈이 되기도 했는데 안타깝게도 한 번도 들키지 않았다. 책을 만들어준 김민정 시인에게 감사한다. 삶의 어느 법정에서건 나는 그녀를 위해 증언할 것이다.

4

작품의 허물을 기소하거나 시간이라는 판관과 경쟁하는 일이 내 몫일 수 없다는 생각은 바뀌지 않았다. 어떤 사람이 신탁을 내리는 아폴론이나 범인을 지목하는 테이레시아스가 될 수 없다면, 그것은 그가 바로 오이디푸스이기 때문이다. 기소와 선고를 위한 문장을 쓰고 나면 나는 거의 고통스럽다. 그러니 나는 결함이 많은 비평가인 것이지만 내 글은 내 실존의 필연이니 앞으로도 어쩔 도리가 없을 것이다. 도리 없이 내가 겨우 할 수 있는 일이나마 가슴이 아프도록 잘하고 싶다는 생각뿐이다.

첫 책을 낸 이후 대개는 과분한 격려를 받았지만 충고와 질책도 드물지 않았다. 애정 어린 충고야 말할 것도 없고 애정 없는 질책들에도 감사드린다. 덕분에 나는 여전히 한 문장도 두려움 없이 쓰지 못한다. 누구에게도 상처주지 않는 사람이 되겠다는 미망을 오래전에 버린 것처럼, 누구도 실망시키지 않는 글을 쓰겠다는 허망도 이제는 내려놓고, 그저 나에게 부끄럽지 않은 글을 쓰기 위해 나 자신을 더 삼엄하게 학대하려고 한다. 자부도 체념도 없이 말하거니와, 읽고 쓰는 일은 내 삶의 거의 전부이기 때문이다.

2011년 봄
신형철

시는 어디를 향하는가
―창비시선 통권 300호에 부쳐

'창비시선'이 300호를 돌파했다. 많은 이들이 감회에 젖어 경의를 표했다. 올해로 36세가 된 창비시선보다 젊은 나에게도 어설픈 소회가 없지 않아서 짧은 글을 한 편 썼다.* 그 글에서 나는 36년 역사에 우선 경의를 표하되, 그간 이 시리즈에 가져왔던 아쉬움을 토로하는 데 더 무게를 실었다. 예외가 없지 않았지만 대개 창비시선의 기조는 '민중적 서정시'라는 틀에서 크게 벗어나지 않았다는 것, "묘사와 발견과 교훈이 편안한 문장들로 엮어진 (……) 단아한 서정시들"이 대종을 이룬다는 것, 과연 이것이 창비가 표방해온 '진보'라는 가치에 가장 부합하는 예술적(시적) 형태인가에 대해서는 이견을 갖고 있다는 것 등이 대강의 논지였다. 서구 문학사에서 정치적 좌파와 (비록 애증의 관계였을지언정) 결합한 것은 대개 과격한 아방가르드였는데, 어째서 우리 쪽에서는 '서정'이 진보적인 시의 표준 문법이 된 것인지 의아했던 터였다. 그래서 "정치적으로 진보

---

* 이 책 2부에 수록돼 있는 「졸업하고 싶지 않은 학교를 위하여」 참조.

적인 문학인들이 미학적으로는 보수적인 틀을 고수해온 것은 한국 문학 특유의 현상" 운운하기까지 했다. 이 입장을 철회할 생각은 없지만 얼마간 거친 논변이었음을 부인하지 않는다. '서정시 vs 전위시'라는 구도가 도드라졌다면 그 역시 사려 깊지 못했다. 이번에는 더 근원적인 층위, 그러니까 '언어'에 대해서 말하려고 한다.

참조가 될 만한 사례 하나를 살핀다. 망명 시기 활동을 대표하는 시집 『스벤보르 시편(Svendborger Gedichte)』(1939)에 수록돼 있는 시 「후손들에게」에서 브레히트는 이렇게 적었다. "이 무슨 시대란 말인가. 나무에 관한 대화가 그 많은 범죄 행위에 대한 침묵을 내포하므로 거의 범죄처럼 되어버렸으니." 파시즘의 시대에 자연(나무)을 노래하는 것은 범죄나 다름없다는 탄식이다. 이후 여러 시인들에게서 참조·인용된 구절이거니와, 그중에서도 압권은 첼란의 것이다. 시집 『눈 구역(Schneepart)』(1971)에 수록된, 제목은 없고 '브레히트를 위하여'라는 구절만이 부제처럼 붙어 있는 한 시에서, 첼란은 이렇게 응수한다. "이 무슨 시대란 말인가. 대화가 그 많은 말한 것을 내포하므로 거의 범죄처럼 되어버렸으니." 이 구절이 압권인 것은 '무엇을 말할 것인가'로 요약될 브레히트의 강압적인 질문에 답하기보다는 질문 자체를 전복해서 이렇게 되돌려주고 있기 때문이다. '도대체 말을 한다는 것은 무엇인가.' 아우슈비츠의 생존자 첼란은 묻는다. 역사의 비극에 대해서라면, 그것이 나무에 관한 대화이건 아니건, 도대체가 말이라는 것은 그 자체로 이미 죄악이 아닌가. 그러니 "그 많은 말한 것"을 반복하는 모든 '대화' 역시도 죄악이 아닌가. 나는 브레히트가 아니라 첼란에게서 진정으로 급진적인 태도를 본다.

브레히트가 진실을 말해야 한다고 말할 때 첼란은 말들로부터 진실을 지켜내야 한다고 말한다. 진실은, 그것이 참으로 진실인 한에서, 말로 표현되지 않는다. 그러므로 시인은 함부로 진실을 진술하기보다는 진실이 거주하는 고도의 언어적 구조물을 구축해야 한다. 시는 진실이 표현되(면서 훼손되)는 장소가 아니라 은닉되(면서 보존되)는 장소다. 첼란의 비의적인 언어들은 세상의 말들로부터 아우슈비츠의 진실을 지키기 위한 필사적인 철책이다. 요컨대 문제는 언어를 대하는 태도다. 우리가 보기에, 재현해야 할 진실이 객관적으로 존재하고 언어는 그 진실을 투명하게 담아낼 수 있다는 느슨한 믿음은 미학적으로 보수적이다. 반대로 언어가 사태를 객관적으로 재현하고 진실을 투명하게 포착할 수 있다는 믿음을 의심하는 태도는 미학적으로 진보적이다. 이런 의미에서 나는 시인의 코기토(cogito)를 '나는 언어를 의심한다, 고로 나는 시인이다'라는 명제에서 찾는다. 그 의심은 미학적으로 어떻게 드러나는가. 시는 도대체가 그것이 시이기 위해서는, 그러니까 그저 행과 연을 나눈 수필에 머물지 않고 언어를 의심하면서 겨우 한 줄씩 앞으로 나아가기 위해서는, 불가피하게 자해를 감당해야 할 때가 있을 것이다. 형태 파괴, 실험, 그로테스크, 난해, 소통 불능 등등으로 규정되는 특질들이 그 자체로 이미 유죄라는 식의 언사들은 그래서 공허하다. 그것들은 그 무슨 비정상성의 징후가 아니라, 시가 최선을 다해 자기 자신을 의심할 때 나타나는 어떤 진정성의 표지 같은 것이기 때문이다. '서정시 vs 전위시'와 같은 따분한 구도 이전에 먼저 언어에 대한 태도가 있고, 그 태도가 미학적 진보와 보수를 규정한다.

창비시선으로 상징되는 한국의 진보적인 시는 바로 이런 측면에서 그 내용과 무관하게 미학적으로 보수적인 데가 있었다. 300호 기념 시집 『걸었던 자리마다 별이 빛나다』(2009)를 읽으면서 새삼 느낀 것도 그것이다. 말들로부터 진실을 지켜낼 줄 아는 뛰어난 서정시들이 십여 편 남짓 있어 감동적이지만, 대다수를 이루는 소위 '민중적 서정시'들에는 언어에 대한 의심이 존재하지 않는다. 그 시들은 정형화된 서정적 문법 안에서 너무 투명하고 편안하고 또 안이하다. 때때로 이 특질들이 독자들에 대한 겸손함의 표지로 간주되기도 하는 것 같다. 그러나 언어에 대한 의심은 진실에 대한 경외와 나란히 가는 것이어서, 언어에 대한 태만은 진실에 대한 오만을 낳는다. 그 오만은 시의 언어, 언술, 형식에 대한 고민을 생략하게 만든다. 어떤 의미에서는 가부장적이라 할 만한 태도로, 그저 독자에게 삶의 (진실에 미달하는) 지혜를 가르치려고만 한다. 그런 시들은 단번에 손쉽게 읽힐 뿐 두 번 읽히지 않는다. '한 번 읽기'와 '다시 읽기' 사이의 시간이 사유의 시간이다. "묘사와 발견과 교훈이 편안한 문장들로 엮어진" 시 앞에서 독자는 사유할 필요가 없다. 사유의 부담을 덜어주는 그런 특질들은 '진보적'이라기보다는 그저 '대중적'인 것이다. 이 특질들이 한때는 '민중주의'라는 이름으로 옹호될 수 있었지만, 이제는 동일한 것이 '대중주의'로 비판받게 될 것이다. 예술에서 진보는 대중과 함께 가는 데 있는 것이 아니라 대중을 창조하는 데 있기 때문이다.

하나의 일반론으로 마무리하자. 19세기 중반부터 20세기 초반까지, 우리는 세 개의 명제를 얻었다. 1845년 봄에 마르크스는 "그러나 중요한 것은 세계를 변화시키는 것이다"라고 적었다. 1873년에 19세의 랭보는 "사랑은 다시 발명되어야 한다"(「헛소리 1」)라고 쓰면서 '삶을 바꿔야 한다'는 명제를 제시했다. 20세기 초 프랑스와 러시아 등에서 창궐한 아방가르드는 마르크스와 랭보의 명제에 공감하면서 이에 덧붙여 '예술을 혁신해야 한다'는 명제를 제시했다.

그들 이후의 세계를 사는 우리가 시행착오를 되풀이하지 않기 위해서는 이 세 명제를 쇠사슬로 묶어두어야 한다. 요컨대 제도와 인간과 예술의 동시다발적 혁명이 필요하다는 것, 정치학과 윤리학과 미학은 한 몸이라는 것을 잊어서는 안 된다. 이것은 하나의 '규제적 이념(regulative idea)'으로서 늘 우리 앞에 존재해야 한다. 예술은 가능한 차선이 아니라 불가능한 최선을 지향해야 하기 때문이다. 동시다발이 어렵다면 어디서부터 시작해야 하나. 뒤에서 앞으로 진행돼야 한다. 예술이 제도의 혁명에 먼저 나서면 나머지 두 혁명이 유예된다. 한국에서 '진보'를 자임한 문학이 대개 그러했다. 그러나 그것은 예술의 길이 아니다. 예술은 먼저 예술 자체를 혁신하면서 우선 인간을 바꾸고, 멀게는 제도의 변혁에 기여하겠다는 '가망 없는 희망'에 헌신해야 한다. 그래야 셋 다 바뀐다.

(『창작과비평』 2009년 가을호)

1부

．．．

원한도 신파도 없이

강정

본명이 '강정'이다. 그의 글을 읽다보면 그 이름 과연 임자 만났구나 싶어진다. 필력강정(筆力扛鼎)이라는 말이 있거니와, 그의 문장은 솥[鼎]을 들어올리는[扛] 혹은 들어올리고야 말겠다는 무모한 에너지로 넘친다. 그러나 다시 읽어보면 이름 따위 아무래도 상관없다는 기분이 되어버린다. 죽고 싶다는 욕망과 다시 태어나고 싶다는 욕망이 내전(內戰)을 벌이는 시를 쓰는 사람에게 이름이야 별무소용일 것이다. 그는 그저 끊임없이 흩어졌다 모이는 몸, 부단히 죽었다가 살아나는 혼의 이름 없는 주인 같다. 첫번째 시집 『처형극장』(문학과지성사, 1996)에서 한 편 옮긴다.

나의 음악이 아름다운 까닭은
남자들이 모두 전쟁에 나가 죽었기 때문이다
살아남은 여인들이 헌 담요를 햇볕에 넌다
어디선가 짧게 아이들이 운다 용케 죽지 않은 남자인 나는,
전쟁을 모르는 남자인 나는 그러나

매일 밤 조용히 전쟁을 치른다 목청을 열면

(……)

터져나오는 노래의 홍수를 담을 새로운 집을 위해

고추씨처럼 툭툭 터져나와

새롭게 전쟁을 일으킬 우리의 아이들을 위해

모든 죽은 남자들의 힘줄로 살아나는

나의 아름다운 음악을 위해

나는 지금 죽어야 하나?

—「나의 음악이 나를」 중에서

그의 첫 시집은 폭발적이다. 이상하고 아름다운 말들이 음악과 경전(經典) 사이에서 좌충우돌한다. 전언이 명료하지만 에너지가 없는 문장이 있고, 종잡을 수 없지만 뭔가를 자꾸 폭발시키는 문장들이 있다. 그는 "나의 아름다운 음악을 위해/나는 지금 죽어야 하나?"라고 묻거나 "나의 아름다운 음악을 위해 너는 죽어야 한다"(「아름다운 敵」)라고 명령한다. 이것은 무지막지한 탐미주의다. 목숨을 담보로 미(美)를 얻겠다는 무모한 낭만주의를 설득할 수 있는 이념은 세상에 없다. "망신(亡身)을 무릅쓴 진짜배기 탐미주의를 보기 위해서 한국 문단은 강정의 『처형극장』을 기다려야 했다"(『모국어의 속살』)라고 고종석은 썼다. 두번째 시집 『들려주려니 말이라 했지만,』(문학동네, 2006)에서 한 편 옮긴다.

몸 안의 뼈들이 문득, 粉塵처럼 느껴지는 순간이다

가루로 흩어진 내 몸이 저만치 앞질러 미래의 풍경들을 장악한다

(보아라, 시간이 한꺼번에 터져 늘씬하게 드러눕지 않는가)

이 숨막히는 질주는 자기 자신의 출생지점으로 되돌아가는 별의
행로와 다를 바 없다
　내 몸에서 가장 먼 풍경들을 통하지 않고서는
　나는 내 심장 박동을 느낄 수 없다

　(……)

　모든 풍경을 절해의 고도로 바꾸는 이 늘씬한 음탕함
　정직하게 얼어붙어 시간을 냉각시키는 이 열망은 반성 이전의 자
유, 미친 사유의 폭거
　　　　　　　　　　　　　　　—「한밤의 모터사이클」 중에서

　첫번째 시집이 죽음 쪽에 가까이 가 있다면 두번째 시집은 신생
쪽에 가까이 가 있다. 더러 철학적인 SF 영화의 한 장면처럼 보이는
이미지들을 몰고 다니면서 그는 몸을 바꾸고 목소리를 바꿔야 한다
고 선동한다. 변종(變種)과 변성(變聲)의 프로젝트를 위해 가동되
는 이 미학에다 나는 '테크놀로지 시대의 기운생동(氣韻生動)'이
라는 이름을 붙여준 적이 있다. 발성법도 차분해졌다. 누군가의 말
마따나 첫번째 시집이 '데스메탈'이라면 두번째 시집은 '프로그레
시브 록'이다. 계시하는 자의 당당함 혹은 계시받는 자의 숭고함이
그의 엔진이고, '욕망'(하고 싶다)을 '당위'(해야 한다)의 형식으로
바꿔치기하는 특유의 수사학이 그의 핸들이다.
　1971년에 태어나 스물둘에 시인이 되었다. 시인이 뮤즈에게 바치
는 세금은 시간이다. 질풍노도의 몇 년을 시의 신에게 헌납하여 스
물여섯에 첫 시집을 되돌려 받았고, 풍찬노숙의 10년을 다시 봉헌

한 뒤 서른여섯에 두번째 시집을 얻었다. 시는 물이 올랐고 지난해부터 록밴드 '비행선'에서 노래도 한다. 그는 펜과 기타 사이를 오가면서 생(生)을 연주하는 퍼포머다. 그는 하고 싶을 때 하고, 최선을 다해 하고, 빠른 속도로 한다. 이 멋진 무분별의 에너지를 '강정'이라고 부르자. 강정은 동사다. 벗들아, 춘몽이 창궐하는 봄이구나, 우리도 강정하자.

(2007. 3. 16)

김경주

시인 김경주는 전천후다. 목련의 처연한 죽음(「목련」)과 헤겔의
『정신현상학』(「정신현상학에 부쳐」)을 똑같은 톤으로 노래하고, 시
나리오와 희곡과 장시(長詩)의 경계를 무람없이 오간다. 서정에 능
한 가객인가 싶다가도 다시 보면 이렇게 치열한 사색가가 또 없다.
이 무모하리만큼 완강한 자신감은 어디에서 오는가. 그는 "외로운
날엔 살을 만진다"(「내 워크맨 속 갠지스」)라고 적었다. 이 시인은
저 자신의 살에서 우주의 기미(幾微)를 엿보고 영혼의 음악을 듣는
다. 이 '살'(감각)의 직접성과 확실성이 그의 위력이다. 그는 시를
쓰지 않는다. 감각으로 시를 밀어붙인다. 「나쁜 피」와 「취한 배」의
시인 랭보의 혈족이다.
　1976년에 태어나 2003년에 시인이 되었고 2006년에 첫 시집 『나
는 이 세상에 없는 계절이다』(랜덤하우스코리아, 2006)를 펴냈다.
"걱정스러울 정도로 뛰어난 시적 재능"(대산창작기금 심사평), "무
시무시한 신인"(권혁웅)과 같은 평가가 과장이 아니냐고 힐난할 일
이 아니다. 과장하게 만드는 것도 재능이다. 그의 시에는 읽는 이를

몰아붙여 감탄과 탄식의 언사를 기어이 발설케 만드는 힘이 있다. "우리는 절박하게 부패해가는 생의 오류만을 시라고 불렀다."(「비정성시(非情聖市)」) '절박'과 '부패'와 '오류'로 밀어붙이는 시라니, 이렇게 대책 없이 젊은 시라니, 얼마 만인가.

'나는 이 세상에 없는 계절이다'라는 선언이 그래서 얄팍해 보이지 않다. 책상머리에 앉아 제작한 시가 아니다. 생을 절박하게 탕진해본 자의 오만한 고독이 그의 시를 만든다. 그 진정성이 어색한 비문(非文)과 현학적인 각주까지도 다 삼켜버린다. 이런 잠언투의 문장은 또 어떤가. "외롭다는 것은 바닥에 누워 두 눈의 음(陰)을 듣는 일이다."(「우주로 날아가는 방 1」) "멸종하고 있다는 것은 어떤 종의 울음소리가 사라져간다는 것이다."(「우주로 날아가는 방 5」) 금방 소비되고 마는 잠언들과 다르다. 지혜를 설파하는 잠언이 아니라 그 무슨 싸움을 선포하는 잠언 같기 때문이다.

> 황혼에 대한 안목(眼目)은 내 눈의 무늬로 이야기하겠다 당신이 가진 사이와 당신을 가진 사이의 무늬라고 이야기하겠다

> 죽은 나무 속에 사는 방(房)과 죽은 새 속에 사는 골목 사이에 바람의 인연이 있다 내가 당신을 만나 놓친 고요라고 하겠다
> —「기미(幾微)」중에서

> 불가피하게 오늘은 내가 너를 사랑한다 사랑하는 사람이 없으니 오늘은 내가 너를 사랑한다 내 눈이 너로 인해 번식하고 있으니 오늘은 너를 사랑한다 오늘은 불가피하게 너를 사랑해서 내 뒤편엔 무시무시한 침묵이 놓일 테지만 너를 사랑해서 오늘은 불가

피하다

—「몽상가」 중에서

그의 첫 시집에서 이보다 더 잘 만들어진 시는 얼마든지 있다. 그러나 이런 문장들 앞에서 유독 서성거리게 된다. 잘 훈련된 시인의 시는 정련된 언어와 정확한 이미지로 명쾌한 전언을 실어나른다. 그러나 시인으로 타고난 자들은 때로 의미를 제로로 만들고도 포에지를 100으로 끌어올리는 이상한 재능을 휘두른다. 우리를 사로잡아 사유를 강제하는 것은 절차탁마된 노회한 시들이 아니라 온몸이 악기인 자가 연주하는 이와 같은 혼신의 노래들이다. 그래서 그의 시는 때로 난해하지만 그 난해함은 읽는 이를 소외시키지 않고 외려 빨아들이는 이상한 난해함이다. 이 모든 것이 다 '사유하는 감각'의 권능일 것이다.

"그들의 삶은 늘 유배였고 그들의 교양은 갈 데까지 가보는 것이었으며 그들의 상식은 죽어가는 가축의 쓸쓸한 눈빛을 기억할 줄 아는 것이었다."(「비정성시(非情聖市)」) 이것은 김경주가 포착해낸 유목민의 본질이지만 우리가 읽어낸 김경주 시의 본질이기도 하다. 이 글을 쓰고 있는 이는 시인과 나이가 같다. 책상에 앉아 세상을 저울질하는 백면서생이 거칠고 아름다운 유목민의 노래를 동경과 질투가 범벅된 눈으로 야금야금 읽은 밤들이 있었다. "나는 전생에 사람이 아니라 음악이었다"고 말하는 벗이여, 너의 현생까지도 음악이다.

(2007. 6. 1)

김민정

예컨대 그녀는 "삐친 자지처럼"(「거북 속의 내 거북이」)과 같은 비유를 구사하는 시인이다. 이 직유는 허를 찌른다. '시'라는 제도와 남근주의의 허장성세를 동시에 밟아버린다. 천박하고 외설적인가? 아니, 짜릿하고 통쾌하다. 우리가 차마 못한 말을 그녀는 한다. 이 솔직함은 포즈가 아니라 불가피한 전략이다. 위선적이지 않은 권력은 없기 때문이다. 그녀의 사전에는 '솔직히 말하면'이라는 관용구가 없다. 솔직하지 않은 것은 말하지 않는다. '서정적'이지 않다고? 그러나 분명히 '시적'이다.

예컨대 그녀는 "나는 한 그루의 눈알나무"(「멀리 개 짖는 소리 들리더니」)라고 말하는 시인이다. 눈알나무, 라고 그냥 읽어버리지 말고, '눈알이 주렁주렁 매달려서 줄기가 휘청거리는 나무'를 나의 감각으로 받아 안아야 한다. 쓸쓸하고 오싹하다. 온몸이 눈이 되어 세계를 경계해야 할 만큼 상처가 많은 것인가, 라고 생각하면 쓸쓸하고, 그 수많은 눈알들이 일제히 심술궂게 나를 째려본다 생각하면 오싹하다. 그 눈알들이 세상을 굴러다니면서 유쾌한 복수가 시작된다.

이 솔직한 발성과 역동적인 감각이 협업해서 김민정의 시를 굴려 나간다. 1976년에 태어나 1999년에 시인이 되었고 2005년에 첫 시집 『날으는 고슴도치 아가씨』(열림원, 2005)를 냈다. 조화와 화합이 아니라 반목과 적대를 이야기하고, 거죽의 현실을 재현하는 것이 아니라 생살의 실재를 현시한다. 그녀의 시집을 사이코드라마(psychodrama)의 시화(詩化)로 읽어도 좋다. 상처를 무대에 올려 집요하게 반추하고 이를 감각적으로 재구성하여 독하게 극복한다. 날 세운 고슴도치가 되어야 했던 한 아가씨가 마침내 날아오르게 된 사연이 저 시집에 숨어 있다.

줄이 돌아간다 줄 돌리는 사람 없이 저 혼자 잘도 도는 줄이 허공을 휘가르며 양배추의 뻑뻑한 살결을 잘도 썰어댄다 난 혼자 폴짝 줄 넘고 있었는데 두 살 먹은 내가 개똥 주워 먹다 말고 폴짝 줄 넘고 있었는데 다섯 살 먹은 내가 아빠 밥그릇에다 보리차 같은 오줌 질질 싸다 말고 폴짝 줄 넘고 있었는데 아홉 살 먹은 내가 팬티 벗긴 손 모가지 꽉 물어 뜯다 말고 폴짝 줄 넘고 있었는데 (……) 스물네 살 먹은 내가 나를 걷어찬 애인과 그 애인의 애인과 셋이서 나란히 엘리베이터 타 오르다 말고 폴짝 줄 넘고 있었는데 스물여덟 살 먹은 나 혼자 폴짝 줄 넘고 있었는데(……)

　　　　　　　　　　　　　　　 ─「나는야 폴짝」 중에서

줄이 한 번 돌아갈 때마다 신(scene)이 바뀐다. 그 찰나의 순간에 한 여자의 연대기가 빠른 속도로 지나간다. 철없는 소녀가 스물여덟 처녀가 될 때까지 여자의 삶은 크고 작은 전쟁의 연속이다. '꼬마—소녀—사람'은 늘 '어른—사내—사람'한테 시달리면서 자란다. 잠깐만 방심해도 줄에 발이 걸린다. 삶의 어떤 고비들을 그녀는 이렇게 '폴짝' 넘어왔을 것이다. 이 폴짝은 무겁고 또 가볍다. 이 이중성을 이해하는 일이 김민정 시의 외부와 내부를 함께 들여다보는 첩경일 것이다.

이를테면 이렇다. '미친년 널 뛰듯이'라는 말은 폭력적이다. '미친년'을 미치게 한 미친놈들의 존재가 생략돼 있기 때문이다. 그러니 이 고슴도치 아가씨의 '폴짝'은 제도의 중력을 거스르는 무거운 도약일 것이다. 물론 그녀의 시 역시 한국 여성 시의 어떤 계보를 잇는다. 문학사에는 돌연변이가 없기 때문이다. 그러나 이 '폴짝'에는 선배들이 간혹 매달렸던 원한과 신파가 없다. 그래서 힘이 센 변종이다. 씩씩한 아가씨가 널을 뛴다. 원한도 신파도 없이, 미친년 널 뛰듯이.

젊은 시인들의 시는 다 요령부득이라는 식의 무지막지한 히스테리가 창궐하고 있다. "내 거북은 염산을 타 마시고 목구멍이 타버려서 점자처럼 안 들리는 노래를 부르지 내가 너를 네가 나를 껴안고 뒹굴어야 온몸에 새겨지는 바로 그 쓰라린 노래."(「거북 속의 내 거북이」) 맞다. 그녀는 때로 "안 들리는 노래"를 부른다. 그렇다고 왜 너는 염산을 타 마시고 목구멍이 타버렸느냐고 힐난할 것인가. '점자의 노래'를 듣지 못하는 우리가 오히려 불구다. 너와 내가 "껴안고 뒹굴어야 온몸에 새겨지는" 노래, 미련곰탱이 아저씨는 모르지만 고슴도치 아가씨들은 아는 그 노래.

(2007. 4. 13)

김선우

1990년대 중반의 어느 날. 만취한 여자 하나 밤거리에서 비틀대고 있었다. 몸 가누지 못하고 기어이 쓰러져 머리가 깨졌다. 길바닥에 드러누워 피 흘리던 그녀, 헤실헤실 웃으면서 말한다. "아아 상쾌해."(「헤모글로빈, 알코올, 머리칼」) 1980년대는 "격렬한 외상의 날들"이었으나 1990년대는 "우울한 내상의 날들"이었다. 한 시절은 속절없이 저물고 함께 꾸던 꿈은 가뭇없이 사라졌다. 이제는 몸 상할 일 없어 좋겠구나 했는데 꿈 없는 세상이 끔찍해 마음은 속에서 곪아갔다. 그러니 아시겠는가, 무엇이 그녀를 쓰러뜨렸는지. 취중 난동은 자해 공갈이었다. 그녀의 이름은 김선우, 1970년에 태어나 1996년에 시인이 되었다.

그녀가 여성성의 매혹과 위력을 새삼 발견하지 못했더라면 그녀의 머리 미처 성할 날 없었을 것이다.

옛 애인이 한밤 전화를 걸어왔습니다
자위를 해본 적 있느냐

나는 가끔 한다고 그랬습니다
누구를 생각하며 하느냐
아무도 생각하지 않는다 그랬습니다
벌 나비를 생각해야만 꽃이 봉오리를 열겠니
되물었지만, 그는 이해하지 못했습니다

(……)

바람이 꽃대를 흔드는 줄 아니?
대궁 속의 격정이 바람을 만들어
봐, 두 다리가 풀잎처럼 눕잖니
쓰러뜨려 눕힐 상대 없이도
얼레지는 얼레지
참숯처럼 뜨거워집니다

—「얼레지」중에서

결핍이 아니라 충만이다. 타자(남성)의 시선을 바라는 아름다움
이 아니라 자유롭게 자족하는 아름다움이다. 원한의 여성주의가 아
니라 긍정의 여성주의다. 꽃을 여성의 생식기와 포개었던 화가 조
지아 오키프 생각도 난다. 특히 "얼레지는 얼레지"가 이 시를 어여
삐 들어올린다. 힘 있는 것들이 발설하는 자기 확인의 동어반복은
불편하지만 겨우 존재하는 것들의 자기 확인은 당당하다. 이 시인
은 남성과 여성이라는 분별 자체를 해체하는 길 말고 여성의 고유
성을 더욱 보듬는 길을 택했다. 이를테면 "그냥 두세요 어머니, 아
름다워요"(「어라연」)라고 말하는 긍정의 길이다.

제 안의 여성(어미) 됨에 지극한 이라면 고통 없이는 볼 수 없는 사태들이 있다.

할 수만 있다면 어머니, 나를 꽃 피워주세요
당신의 몸 깊은 곳 오래도록 유전해온
검고 끈적한 이 핏방울
이 몸으로 인해 더러운 전쟁이 그치지 않아요
탐욕이 탐욕을 불러요 탐욕하는 자의 눈 앞에
무용한 꽃이 되게 해주세요
무력한 꽃이 되게 해주세요
(……)
찢겨져 매혈의 치욕을 감당해야 하는
어머니, 당신의 혈관으로 화염이 번져요
　　　　　　　　　　　　　—「피어라, 석유!」 중에서

2003년 3월 미국의 이라크 침공. '검은 피(석유)'에 굶주린 이들 앞에서 어머니—대지는 "매혈의 치욕"을 감당해야 했다. 그래서 화자—석유는 저 자신이 차라리 '무용한 꽃'이거나 '무력한 꽃'이기를 바란다. 안쓰러운 반전 시위다. 둘 다 꽃을 노래하고 있지만, '얼레지'의 관능과 '석유—꽃'의 절규 사이의 거리는 멀다. 애틋한 긍정에서 애절한 부정까지의 이 거리가 바로 김선우 시의 넓이다. 이 화력(花力)의 시학을 세간에서는 에코-페미니즘(생태—여성주의)이라고도 한다. 어떻게 그 꽃들의 산파가 될 것인가.

거름을 줘야 한다. 시인은 어렸을 적 파밭 밭둑에 똥 한 무더기 누고는 밭고랑에 던져놓고 오기도 하였다.(「양변기 위에서」) "뜨듯한 흙냄새와 시원한 바람 속에 엉덩이 내놓은"(「오동나무의 웃음소리」)
채로 오줌을 누기도 하였다(뒤의 시를 아껴 읽은 소설가 천운영은 언
젠가 이 시인을 만나면 꼭 한 번 함께 오줌을 누리라 다짐한다. 마침내
시인을 만난 소설가, 통음난무 끝에 얼추 목표 달성했다는 후문). 건강
하고 생생하다. 꽃의 시들이 한바탕 피고 나면 똥오줌의 시들이 능
청스럽게 거름을 뿌린다. 그 위에서 다시 꽃은 피리라. 이것이 김선
우 시의 선순환(善循環)이다.

　세상의 꽃은 세상의 칼을 이기지 못한다. 그러나 그 백전백패의
아름다움만이 서정의 본진(本陣)이고 문명의 배수진이다. 혹여나
그녀 시의 여성주의와 문명 비판이 지나치게 우아하기만 하다고 할
텐가. 모 일간지에 띄엄띄엄 실린 그녀의 세설(世說)들을 읽으면
모진 말 쉽게 못 할 것이다. 세상의 낮은 곳으로 퍼져 흐르는 연대
(連帶)의 향기가 거기에 있다. 내처 기다려보라. 곧 나올 그녀의 세
번째 시집*은 아마도 자신이 꽃임을 잊어버린 이 시대의 슬픈 여성
들에게 바쳐질 것이다. 피어라, 꽃!

(2007. 3. 2)

---

* 김선우는 2007년 7월에 세번째 시집 『내 몸속에 잠든 이 누구신가』(문학과지성사)
를 출간했다.

문태준

1970년에 태어나 1994년에 시인이 되었다. 세 권의 시집을 펴냈고 여섯 개의 문학상을 받았다. 받은 상보다 받지 않은 상을 헤아리는 것이 빠르다. 그래서 혹자는 '문사마의 시대'라고 했다. 소설가 김연수와 김중혁이 그의 고교 동창이다. 김연수가 도서관 타입이고 김중혁이 박물관 타입이라면 문태준은 마을회관 타입이다. 최근 주목 받고 있는 젊은 시인들이 '고양이'과라면 그는 비슷한 연배인데도 '소'과에 가깝다. 그는 소처럼 '마실' 다니며 끔뻑끔뻑 쓴다. 그런데 그게 너무 아름답다.

멀게는 백석, 가깝게는 장석남과 시적 혈연관계다. 그는 서정시 가문의 적자다. 서정시는 아름다운 말로 쓰는 것이 아니라 말을 아름답게 쓰는 것이다. 어떤 말이 팽팽한 긴장을 품어 읽는 이를 한동안 붙들어 맨다는 것이다. 한 단어를 공용 사전에서 구출해 개인 사전에 등록한다는 것이다. 예컨대 '수런거리다'나 '뒤란' 같은 말들이 그렇다. 첫 시집 『수런거리는 뒤란』(창비, 2000) 이후 이 말들은 시인 문태준의 인질이 되었다. 인질이 인질범을 사랑하듯 이 말들은 이제 이 시인을 사랑한다. 시집 『맨발』과 『가재미』를 거치면서 그런 말들이 점점 많아졌다.

부럽다. 자신의 마음을 '뒤란에서 수런거리는' 것들에게 몽땅 내주는 방심(放心)이 먼저 있었기 때문일 것이다. 그가 그런 것들의 존재를 혼신으로 호명했기 때문일 것이다. 그는 어떤 것들이 단지 '있다'는 사실만을 지극하게 기록한다. 깨달음의 발설을 자제하고, 감탄문이나 느낌표를 아낀다. 혹은 그럴 때 아름다워진다. 출석을 부르는 시간만큼은 모든 학생들이 평등해지듯, 그가 이것도 '있고' 저것도 '있다'고 그 존재를 호명해줄 때 만물은 서정적 사해동포주의로 느릿느릿 물든다.

그가 '나'를 내세우지 않기 때문에 가능한 일이다. 감응하고 해석하고 교설하는 '나'가 겸손하다. "낮과 밤과 새벽에 쓴 시도 그대들에게서 얻어온 것이다"라고 그는 썼다. 이런 겸허함은 서정시를 쓰는 시인들의 습관 같은 것이라 감동적이지 않다. 그러나 그의 시가 실제로도 그렇게 씌어지고 있음을 확인하는 일은 감동적이다. 시를 대하는 태도와 시를 쓰는 원리가 일치하는 경우는 흔치 않기 때문이다. 그가 시를 얻어온 '그대들'의 목록은 다채롭지만 특히 '나무'에 진 빛이 커 보인다.

"내가 다시 호두나무에게 돌아온 날, 애기집을 들어낸 여자처럼 호두나무가 서 있어서 가슴속이 처연해졌다."(「호두나무와의 사랑」) "아픈 아이를 끝내 놓친 젊은 여자의 흐느낌이 들리는 나무다(……) 바라보면 참회가 많아지는 나무다."(「개복숭아나무」) "꽃에서 갓난 아가 살갗 냄새가 난다/젖이 불은 매화나무가 넋을 놓고 앉아 있다."(「매화나무의 解産」) 세 권의 시집에서 한 편씩 골랐다. 모아놓고 보니 꽤나 닮아 있다.

이 세 편의 시에서 그의 근본 중 하나를 짐작할 수 있다. 그의 시는 여자를 슬퍼하는 남자의 시다. 그는 나무에게서 하필 아이를 낳지 못하는 여자, 아이를 잃은 여자, 아이를 낳은 여자를 본다. 이 여자들은 어머니라기보다는 출가한 누이에 가깝고, 시인은 고단한 그녀들 앞에서 조용히 아파한다. 혹자는 그의 시에서 장자(長子) 의식을 읽어냈다. 나는 차라리 철든 막내를 볼 때 누나들이 느끼는 애처로움 같은 것을 느낀다. 그는 따뜻하고 슬프다. 이를 두고 자비(慈悲)라 한다. 그는 불교방송 프로듀서다.

몰인정의 시대에 그의 시는 갸륵하다. 그의 다정(多情) 때문이다. 이조년은 "다정도 병인 양하여"라 했다. 병 맞다. 이를 다정증이라 부르려 한다. 문태준은 우리 시대의 가장 탁월한 다정증 환자다. 이 환자가 우리 딱한 '정상인'들의 가슴을 찌른다. 저 환자의 눈에 우리는 도대체 얼마나 휑하고 빤한 인생일까 싶어진다. 그래서 돌연 아연하여 옷매무새를 가다듬게 되는 것이다. 서정시란 그런 것이다. 언제 그 맥이 끊어질지 모를 이 소중한 환후(患候)를 우리는 아껴 기린다. 그는 낫지 마라. 그래야 우리가 산다.

(2007. 1. 12)

손택수

　손택수(孫宅洙)라는 이름 안에는 풍경이 있다. 강 흐르는 곳에 집 한 채. 택수야아, 하고 누가 부르는 소리 같은 것도 얼핏 들리는 이름이다. 1970년 전남 담양에서 농부의 아들로 태어났고 거기서 유년 시절을 보냈다. 1998년에 시인이 되었고 두 권의 시집을 냈다. "송곳니로 삶을 꽉 물고 놓지 않는, (……) 생동하는 민중 서사적 시인"(이시영)이라는 평이 있었다. 저 유년의 기억이 이 시인의 8할을 만들었던가 싶다. 동세대 시인들과 그의 차이가 그 어름에서 생겨났을 것이다. 시란 무엇이고 시인이란 무엇인가. 예컨대 이런 식의 대답이 그의 것이다.

　눈 내리면 호랑이 발자국 모양의 장갑을 끼고 산간 지대를 어슬렁거리며 발자국을 남기는 사람이 있다고 치자. 물정 모르는 이들은 멸종한 호랑이의 출현에 들뜰 것이다. 이것은 썩 유쾌한 파문이 아닌가.(「호랑이 발자국」) 혹은 이런 이야기. 반대 방향으로 박혀 있는 비늘을 역린(逆鱗)이라 한다. 이것은 "제 몸을 거스르는 몸"이자 "은빛 급브레이크" 같은 것일 텐데, 잘 다니던 회사 때려치우고 낙향하는 친구로 말하자면 이 역린의 희생자쯤 되지 않겠는가.(「거꾸로 박힌 비늘 하나」) 그렇다면 시인이란 멸종한 호랑이 흉내를 내고 다니는 자일 것이고 시란 저 혼자 세태의 반대 방향으로 뻗어 있는 역린 같은 것이겠다. 은빛 급브레이크 한 편 읽는다.

한낮 대청마루에 누워 앞뒤 문을 열어놓고 있다가, 앞뒤 문으로 나락드락 불어오는 바람에 겨드랑 땀을 식히고 있다가,

스윽, 제비 한마리가,
집을 관통했다

그 하얀 아랫배,
내 낯바닥에
닿을 듯 말 듯,
한순간에,
스쳐지나가버렸다

집이 잠시 어안이 벙벙
그야말로 무방비로
앞뒤로 뻥
뚫려버린 순간,

제비 아랫배처럼 하얗고 서늘한 바람이 사립문을 빠져나가는 게 보였다 내 몸의 숨구멍이란 숨구멍을 모두 확 열어젖히고
—「放心」 전문

앞뒤 문을 다 열어놓았기에 가능한 일이었다. 나도 마음을 놓아버리고 드러누워 있었기에 가능한 일이었다. 집도 사람도 모두 방심한 터라 제비가 묘기 한번 부려보고 싶었겠다. 그 찰나의 체험에서 눈 밝고 몸 예민한 시인들은 "제비 아랫배처럼 하얗고 서늘한 바람"이 지나가는 것도 보고 몸의 숨구멍들이 죄다 열리는 듯한 경이도 느낀다. 이런 시들이 있어서 메트로폴리스의 숨구멍도 가끔씩은 탁탁 열린다. '결심'이 아니라 '방심'을 해야 하는 것이다. 마음을 편히 내려놓아야 그 틈으로 시도 찾아들어오곤 하는 것이다.

그 방심은 마음을 내려놓는 일이기도 하지만 마음을 여는 일이기도 하다. 열린 마음속으로 타인들의 곡절이 흘러들어온다. 그의 시들은 사연을 품고 있을 때 특히 아름다워진다. 추석날 고향에도 못 가고 화장 범벅이 된 얼굴을 한 채로 흐느껴 우는 안마사 김양 누나의 사연이 있고(「추석달」), 목련전차를 타고 간 동래온천에서 신혼 첫날밤을 보낸 어머니 아버지의 사연이 있고(「목련전차」), 보험 서류를 들고 찾아온 여자 후배의 입에서 문득 튀어나온 '자기'라는 말이 둘 다를 무안하게 한 사연도 있다(「자기라는 말에 종신보험을 들다」). '작업을 걸면서' 쓰는 시들이 아니라 '작업을 당하면서' 쓰는 시들이어서 이리 자연스럽고 아름다운 것이다.

사람과 사람이 만나 받침의 모서리가 닳으면 그것이 사랑일 것이다. 사각이 원이 되는 기적이다. 그러기 위해서는 우선 말을 좀 들어야 한다. 네 말이 내 모서리를 갉아먹도록 내버려두어야 한다. 너의 사연을 먼저 수락하지 않고서는 내가 네게로 갈 수가 없는 것이다. 서정시가 세상과 연애하는 방식이 또한 그러할 것이다. 내 말을 하기 전에 먼저 너의 사연을 받아 안지 않으면 내 말이 둥글어지지 않는다. 이것은 기교의 문제가 아니라 태도의 문제일 것이다. 손택수는 문태준과 더불어 1970년대산 서정시의 젊은 본령이다. 방심한 자가 뜨는 사랑의 눈 덕분에 얻은 성취라고 믿는다.

(2007. 3. 30)

이병률

모든 감정의 끝에는 슬픔이 있다. 기쁨·증오·분노·사랑이 그 극단에 이르면 인간은 결국 슬퍼진다. 이것은 소설가 은희경의 말이다.(『비밀과 거짓말』) 빼어난 시가 노래하는 것들이 때로 그 '극단에서의 슬픔'이다. 한순간의 달뜬 감정을 함부로 발설하지 않는다. 그냥 좀 내버려두었다가, 그것이 슬픔이 될 때까지 기다렸다가, 내가 내 마음의 세입자나 되는 듯 적요해질 때, 그때 쓰는 것이다. 그러니 정말 어려운 일은 시를 쓰는 일이 아니라 시를 쓰지 않고 버티는 일이다. 1967년에 태어나 1995년에 시인이 된 이병률은 버티고 버텨서 슬픔이 투명해질 때 겨우 쓴다. 애이불상(哀而不傷)이라 했다. 도대체 슬프지 않은 시가 없으나 그 어느 슬픔도 비천하지가 않다.

    그러기야 하겠습니까마는
    약속한 그대가 오지 않았으면 좋겠습니다
    날을 잊었거나 심한 눈비로 길이 막히어
    영 어긋났으면 하는 마음이 굴뚝 같습니다

(……)

그래도 먼저 손 내민 약속인지라

문단속에 잘 씻고 나가보지만

한 한 시간 돌처럼 앉아 있다 돌아온다면

여한이 없겠다 싶은 날, 그런 날

제물처럼 놓였다가 재처럼 내려앉으리라

햇살에 목숨을 내놓습니다

부디 만나지 않고도 살 수 있게

오지 말고 거기 계십시오

—「화분」 중에서

　첫번째 시집 『당신은 어딘가로 가려 한다』(문학동네, 2005)에서 골랐다. 가장 아름다운 시라서가 아니라 가장 그다운 시여서다. '화분'이라는 제목의 시에 "제물처럼 놓였다가 재처럼 내려앉으리라/햇살에 목숨을 내놓습니다"라는 구절이 있어 그것만으로 이미 넉넉하지만, "부디 만나지 않고도 살 수 있게/오지 말고 거기 계십시오"라는 구절이 있어 또 한 번 철렁한다. 그의 아름다운 시들은 대개 작별을 노래한다. 제 힘으로 어찌할 수 없는 이별(離別)이 아니라 스스로 힘껏 갈라서는 작별(作別)이다. 이것은 이를테면 "애인이여/너를 만날 약속을 인젠 그만 어기고/도중에서/한눈이나 좀 팔고 놀다 가기로 한다"(「가벼히」)고 노래한 미당(未堂)의 달관과는 좀 다르다. 만나고 헤어지는 일에 그토록 지극하기 때문에, 상처를 주고받는 일에 그토록 엄결(嚴潔)하기 때문에, 이렇게 미리 작별을 노래하게도 되는 것이다.

이 계절 몇사람이 온몸으로 헤어졌다고 하여 무덤을 차려야 하는
게 아니듯 한 사람이 한 사람을 찔렀다고 천막을 걷어치우고 끝내자
는 것은 아닌데

봄날은 간다

만약 당신이 한 사람인 나를 잊는다 하여 불이 꺼질까 아슬아슬할
것도, 피의 사발을 비우고 다 말라갈 일만도 아니다 별이 몇 떨어지
고 떨어진 별은 순식간에 삭고 그러는 것과 무관하지 못하고 봄날은
간다

—「당신이라는 제국」 중에서

두번째 시집 『바람의 사생활』(창비, 2006)에서 골랐다. 가일층 처
연한 작별의 노래다. 지금도 어디선가 사람들은 작별하고 있겠다.
한 사람이 한 사람을 찌르기도 하였겠다. 당신이 나를 잊어가기도
하겠다. 그렇다고 무덤을 차릴 일도, 천막을 걷어치울 일도, 피가
말라 생을 접을 일도 아니다. 시인은 자꾸 그럴 일이 아니라고 말하
고 있지만, 이것은 마치 그 일들을 이미 다 겪어낸 이의 말처럼 들
린다. 그럴 일이 아닌 줄 알지만 그렇게 되고 마는 것이 삶이라고
말하듯 그렇게 봄날은 가고 '당신이라는 제국' 안에서 우리는 속수
무책이다. 주술적이라고 해야 할 이 시의 매력은 되풀이 읽어도 탕
진되지 않는다. 그의 두번째 시집에는 이런 절창들이 수두룩하다.
　그는 여행에 들린 사람이기도 하다. 십여 년의 여행 기록을 모아
산문집 『끌림』을 펴내기도 했다. 그 책은 범속한 나날들을 지극하
게 감당해낸 사람에게만 홀연히 떠날 수 있는 권리가 주어진다는

것을 깨닫게 한다. 그의 시들도 결국은 같은 말을 하고 있다. 지금 내가 떠나지 못하고 있는 것은 일상에 충실하기 때문이 아니라 일상에 충분히 지극하지 못했기 때문이다. 그러니 내가 지금 홀연히 떠나면 그것은 그저 무책임일 뿐이다. 사람이 만나고 헤어지는 일도 그와 다르지 않다. 이러구러 봄날이 다 가는 동안 우리는 끝내 이 도시를 떠나지 못했구나. 임은 삐쳐 있고 꽃들은 진다.

(2007. 5. 18)

이장욱

　뛰어난 시인들은 자기만의 목소리를 갖는다. 둔한 귀에 그것은 때로 소음으로 들릴 수 있다. 그때 필요한 것이 고성능 안테나다. 예컨대 김행숙·황병승·김민정 등의 독창적인 목소리는 어떻게 한국 시사(詩史)에 안착할 수 있었던가. 일단은 그 목소리 자체의 힘이겠지만, 그들의 첫 시집에 수록되어 있는 해설이 탁월한 안테나의 역할을 해준 탓도 있다. 그 해설을 모두 한 사람이 썼다. 이장욱. 그는 소위 '미래파'의 산파 중 하나다. 그 자신이 이미 뛰어난 시인이었기에 가능한 일이었다.

　그의 첫 시집 『내 잠 속의 모래산』(민음사, 2002)은 충분히 읽히지 않은, 그러나 좋은 시집이다. 어떤 시에서 화자는 엑스레이 사진을 보다가 문득 깨닫는다. "고백은 지겹다, 모든 고백은 거짓이다." (「감상적인 필름」) 이를테면 내면이 있고 내면의 진실이라는 것 또한 있어 그것이 질서 있게 전달될 수 있다는 믿음이 고백을 낳을 것이다. 그러나 보라, 엑스레이 사진에 내면 따위는 찍히지 않는다! 이 유물론은 2000년대 시의 공통 감각 중 하나다. 자, 고백으로는 역부족이다. 그래서 내면 없는 화자를 창안했고('코끼리군'이라는 화자) 조금 다른 고백을 시도했으며('편집증'에 대한 관심) 무질서의 아름다움을 탐구했다(시공간의 혼란).

이 미학과 관계하는 이장욱의 개인 어휘가 '자세'다. 내면이 없는 무인칭의 존재들이 만나고 엇갈리며 빚어내는 카오스적인 무늬를 일러 '자세'라 한다. 진실은 존재의 어떤 자세다. 이를테면 "헛것이 취할 수 있는 가장 경건한 자세"(「편집증 환자가 앉아 있는 광장」)가 그의 관심사다. "누군가 그대를 불렀다고 생각하여 / 그대가 천천히 고개를 돌리는 순간, / 단 하나의 이미지로 정화되는 생 / 나의 사랑은 그런 것이다."(「호명」) 그는 그런 자세들을 '사랑'한다. 그의 시가 대개는 냉정하면서도 어딘가 낙관적이라는 느낌을 주는 것은 그 사랑 때문일 것이다. 두번째 시집 『정오의 희망곡』(문학과지성사, 2006)에서 이 스타일은 거의 완성된다.

비가 내리자
나는 드디어 단순해졌다
당신을 잊고
잠시 무표정하다가
아침을 먹고
잤다

낮에는 무한한 길을 걸어갔다
친구들은 호전적이거나 비관적이고
내 몸은 굳어갔다

한 사람을 살해하고
두 사람을 사랑하고
잠깐 울다가
음악을 들었다

나의 사랑은 변하지 않았다
나의 죽음은 변하지 않았다
나는 금욕적이며
장래 희망이 있다

1968년이 오자
프라하의 봄이 끝났다
레드 제플린이 결성되었다
김수영이 죽었다

그 후로도 오랫동안
나는 여전히 태어나지 않았다
비가 내리자
나는 단순하게
잠깐 울다가
전진하였다

　　　　　　　　　　　　　　　　—「좀비 산책」 전문

묘하게 슬픈 시다. 1인칭을 3인칭처럼 다루기 때문이다. 그래서
내면과 깊이와 원근법이 없어지지만, 덕분에 이상한 울림이 생겨난

다. 접속사가 없어서 더 그렇다. 좀비가 부질없게도 '사랑'과 '장래 희망'을 말하고 있어 쓸쓸하고, "한 사람을 살해하고 / 두 사람을 사랑하고"와 같은 접속사 없는 문장의 무심한 울림 때문에 더 쓸쓸하다. 이것이 이장욱풍의 세계다. 낯익은 일상과 익숙한 수사학이 철저히 살균되어 있다. 20세기 모더니즘의 열기와 치기에 심드렁한 21세기형 모더니즘이다. 그가 "널 사랑해"(「근하신년」)라고 말하면 신기하게도 전혀 느끼하지가 않다. 그의 매력이다.

이 사람을 보라. 그는 러시아 현대 시 연구서를 펴낸 노문학도다. 아니다. 그는 당대 한국 시의 첨단을 탐사한 평론들을 쓴 평론가다. 아니다. 그는 장편소설 공모에 당선된 소설가다. 아니다. '픽션에세이'라는 이상한 장르를 만들어낸 에세이스트다. 아니다. 그는 본래 시인이다. 아니다…… 뭐랄까, 그는 그냥 '문학'이다.

(2007. 4. 27)

진은영

  그녀의 첫 시집 『일곱 개의 단어로 된 사전』(문학과지성사, 2003)
은 명품이다. 재료도 고급이고 만듦새도 정통이며 외장도 우아하
다. 열혈 독자가 많다는 소문이다. 그녀는 나가르주나와 니체를 비
교한 논문으로 박사 학위를 받은 철학도이기도 하다. 그녀가 철학
적인 시를 쓰고 시적인 철학을 하는 것은 아니다. 그런 게 있다는
생각은 거의 오해에 가깝다. 반쯤은 호메로스이고 반쯤은 플라톤인
사람은 호메로스도 플라톤도 되지 못한다. 시는 시 안으로 더 깊이
들어갈 때 철학의 문으로 나올 수 있고, 철학은 철학의 계단을 더
높이 올라갈 때 시의 문으로 나올 수 있다. 횔덜린의 시와 하이데거
의 철학이 아마도 그러할 것이다. 단호히 제 길을 갈 때 그 둘은 궁
극에서 만난다. 시인 진은영은 시만 생각한다.

  봄, 놀라서 뒷걸음질치다
  맨발로 푸른 뱀의 머리를 밟다

슬픔
물에 불은 나무토막, 그 위로 또 비가 내린다

자본주의
형형색색의 어둠 혹은
바다 밑으로 뚫린 백만 킬로의 컴컴한 터널
—여길 어떻게 혼자 걸어서 지나가?

문학
길을 잃고 흉가에서 잠들 때
멀리서 백열전구처럼 반짝이는 개구리 울음

시인의 독백
"어둠 속에 이 소리마저 없다면"
부러진 피리로 벽을 탕탕 치면서

혁명
눈 감을 때만 보이는 별들의 회오리
가로등 밑에서 투명하게 보이는 잎맥의 길

시, 일부러 뜯어본 주소 불명의 아름다운 편지
너는 그곳에 살지 않는다

—「일곱 개의 단어로 된 사전」 전문

소설 『네루다의 우편배달부』에서 마리오가 네루다에게 묻는다. 시란 무엇입니까. 시인 왈, 시는 메타포다. 시 조갈증에 걸린 우편 배달부에게 이 시를 처방했더라면 좋았을 것이다. 이 시는 고급 메타포의 일대 향연이다. 무릇 메타포는 수혈(輸血)이다. 봄, 슬픔, 자본주의, 문학, 시인, 혁명, 시 등과 같은 혼수상태의 단어들이 젊은 피를 받아 막 살아난다. 뛰어난 메타포는 감각의 문으로 들어가 사유의 문으로 나온다. 특히 '혁명'을 "눈 감을 때만 보이는 별들의 회오리"로 혹은 "가로등 밑에서 투명하게 보이는 잎맥의 길"로 규정한 대목은 곱씹을수록 아득해진다. 사유를 건너뛴 감각은 가슴만 물들이지만 사유를 관통한 감각은 머리까지 흔든다. 그녀의 좋은 시들이 대개 그러하다.

혹자는 그녀를 최승자의 후계자라 칭한다. 최승자가 누구인가? 여성 시의 발성법을 혁신한 시인이다. 발명이라고 해도 좋다. 최승자의 언어는 격렬한 액체의 언어다. 그녀는 시에서 오줌 싸고 똥 누고 생리혈을 흘린 최초의 여성이었다. 생의 막장에서 자존심 내던지고 "찔린 몸으로 지렁이처럼 기어서라도"(「청파동을 기억하는가」) 너에게 가겠다고 매달리는 여자의 발화다. 참혹하고 두렵고 아름답다. 이 몸의 언어가 머리의 언어와 연동해 지진을 일으킬 때 그녀의 시는 더욱 위력적이었다. 역사, 정치, 문명의 허위를 사유하는 강인한 지성이 또한 그녀의 것이었다. 덕분에 '여류'라는 수상쩍은 말이 척결될 수 있었다.

"지금부터 저지른 악덕은/죽을 때까지 기억난다"(「서른 살」)는 식의 발성은 확실히 최승자의 "이렇게 살 수도 없고 이렇게 죽을 수도 없을 때/서른 살은 온다"(「삼십세」)의 그것을 연상케 하는 데가 있다. 더 깊이 앓는 몸과 더 깊이 사유하는 머리가 최승자 이후에 없지 않았으나 그 둘의 뜨거운 합선(合線)은 이후에도 드물었다. 이 시인을 두고 최승자의 후계자 운운하는 사람들의 저의도 거기에 있을 것이다. 우리의 젊은 시인이 몸의 언어와 머리의 언어 모두에 능한 것은 사실이지만, 그녀는 자신이 사숙한 선배와는 또 달라 보인다. 덜 뜨겁지만 더 청신한 몸의 언어, 덜 치열하지만 더 유연한 머리의 언어가 그녀의 것이다. 그 차이가 더 소중하다. 그녀는 그녀만의 또다른 혁신으로 선배에게 진 빚을 갚게 될 것이다.

마지막으로 한마디. 두번째 시집*이 나올 때가 되었는데 소식이 없다. 시인은 시만 생각하지 말고 기다리는 사람 생각도 해야 한다.

(2007. 2. 9)

---

* 진은영은 2008년 가을에 두번째 시집 『우리는 매일매일』(문학과지성사)을 출간했다.

황병승

역사적인 시집들이 있다. 한 시대의 기념비 같은 책들이다. 이를 테면 이성복과 황지우의 첫 시집은 1980년대 초반 한국 사회의 가장 섬세한 내면이 쓴 혈서다. 철조망 같은 시집들이었다. 다가가 부딪치면 살갗을 뚫고 들어왔다. 독서가 곧 출혈이었다. 장정일과 기형도의 시집은 1980년대 후반 한국 사회의 진단서다. 전자는 삐딱한 독학자의 눈으로 한국 사회의 '쓸쓸한 퇴폐'를 포착했고, 후자는 우울한 기자의 눈으로 '무서운 슬픔'을 보고했다. 1990년대는? 풍요로웠지만 고요했다. 2000년대가 시작되고도 한동안은 그랬다.

그 무렵 황병승의 『여장남자 시코쿠』(랜덤하우스코리아, 2005)가 나왔다. 괴물 신인의 괴팍한 등장이었다. 불온한 붉은 빛깔의 시집은 단숨에 기념비가 되었다. 매력적인 정체불명의 캐릭터들이 만들어내는 이야기들, 이해되기 이전에 먼저 빨아들이는 수사들, 번역소설의 그것마냥 낯선 강도의 문장들, 격렬한 분노와 황량한 슬픔이 뒤엉켜 있는 정서들이 길고 긴 그의 시에서 쏟아져나왔다. 몇몇 동료들이 그와 더불어 각개약진했다. '2000년대 시' '미래파' '뉴웨

이브' 등으로 불리기 시작했다. 기념비 주위에 화환들이 쌓여갔다.

1970년생이니까 문태준과 동갑이다. 공통점은 그것뿐이다. 문태준이 유토피아의 순간적 현현(顯現)을 도모하는 서정의 사도라면, 황병승은 언어의 모험과 정체성의 실험이 같은 것이라고 믿는 전위의 척탄병이다. 전자가 내실을 보살핀다면 후자는 외연을 넓힌다. 이것은 모든 시사(詩史)를 관류하는 두 개의 근원적 기질이다. '시'의 이름으로 '시 아닌 것'들을 솎아내는 야금술의 길이 있고, '시 아닌 것'들을 긁어모아 '시'가 될 때까지 밀고 나가는 연금술의 길이 있다. 문과 황은 당대 한국 시의 남북극에 있는 전진 기지다. 둘 사이의 거리가 곧 최근 한국 시의 넓이다.

메리제인.
우리는 요코하마에 가본 적 없지
누구보다 요코하마를 잘 알기 때문에

메리제인. 가슴은 어딨니

우리는 뱃속에서부터 블루스를 배웠고
누구보다 빨리 블루스를 익혔지
요코하마의 거지들처럼.
다른 사람들 다른 산책로

메리제인. 너는 걸었지

한 번도 가본 적 없는 도시,

항구의 불빛이 너의 머리색을
다르게 바꾸어놓을 때까지

우리는 어느 해보다 자주 웃었고
누구보다 불행에 관한 한 열성적이었다고

메리제인. 말했지

빨고 만지고 핥아도
우리를 기억하는 건 우리겠니?

슬픔이 지나간 얼굴로
다른 사람들 다른 산책로

메리제인 요코하마.

　　　　　　　　　　　　　　—「메리제인 요코하마」 전문

　인용한 시가 황병승의 본령은 아니지만 비교적 온건한 입구쯤은
된다. 태생적이라고 해야 할 비주류 의식을 여기서 본다. "뱃속에
서부터" 블루스를 배웠다질 않는가. '그들 안의 블루'가 그것을 연
주한다. 끼리끼리 모여 "빨고 만지고 핥아"가며 견딘다. "우리를
기억하는 건 우리"뿐이라서, 그들이 "다른 사람들", 즉 '타자'라서
그렇다. 그러니 그의 시에 출몰하는 이국의 인명과 지명은 모국어
에 대한 불경이 아니다. 노동계급에 조국이 없듯, 그들에게는 국적
이 없다. 내 나라의 '꼰대'들이 아니라 '요코하마의 거지들'이 그들

의 동포다.

그런 이들이 세계 각지에서 모여들어 "슬픔이 지나간 얼굴로" 말문을 연다. "나의 또다른 진짜는 항문이에요"라고 고백하는 게이가 있다. 입술을 뜯어버리고 얼굴을 갈아버릴 테니 제발 사랑해달라고 그가 말할 때 우리는 어쩐지 견딜 수 없을 것 같은 기분이 된다. '시코쿠'라는 크로스 드레서는 "그대여 나에게도 자궁이 있다 그게 잘못인가"라고 냉소하고, 어느 트랜스젠더는 "눈을 씻고 봐도 죄인이 없으니 나라도 표적이 될래요"라고 쓸쓸히 자조한다. 이들은 실로 한국 시가 처음 경험하는 주체들이다.

그는 마이너리티에 대해 말하지 않는다. 마이너리티가 그의 시에서 말한다. 이것이 그의 괴력이다. 세 군데 이상의 학교를 다녔고 세 장르의 예술을 넘나들고 있는 이 시인은 시를 '혼자 할 수 있는 최고의 놀이'라고 정의한 적이 있다. 즐겁고 슬픈, 이상한 놀이다. 그의 시에서 '즐거운 놀이'만을 본다면 그것은 절반밖에 못 본 것이 아니라 전부를 못 본 것이다. 어서들 오시라, 이곳은 한국 시의 신개지(新開地)다.

(2007. 1. 26)

2부
. . .
모국어가 흘리는 눈물

낭만적 혁명주의

—박정대의『사랑과 열병의 화학적 근원』

한 달 전에 박정대의 새 시집『사랑과 열병의 화학적 근원』(뿔, 2007)이 나왔다. 이 시집 때문에 요즘 행복하다. 수불석권(手不釋卷)의 날들이다. 누가 있어 이런 시를 또 쓰겠는가. 무의미하고 무책임하고 무용한, 그래서 너무나 아름다운 시다. 지금껏 네 권의 시집을 냈지만 모두가 한 권 같다. 타고난 바탕이 그러한지라 그렇게 살고 있고 그렇게 쓰고 있는 것이다. 존재와 시가 불가피한 형식으로 결합돼 있어서 도대체 체위 변경이 불가능한 것이다.

"삶이라는 극지//그대라는 대륙//목표도 없이, 계획도 없이 그대를 여행하는 것이 이번 생을 횡단하는 나의 본질적 계획이었네"(「사랑과 열병의 화학적 근원」) 본래 생은 낙타의 도보처럼 괴로운 '종단'의 길이다. 그런데 생을 '횡단'한다니, 생이 그렇게 만만해 보이는가? 게다가 '목표'도 '계획'도 없단다. 이 낭만주의는 불치병이다. 이 불치병의 증상은 다음과 같은 시를 끊임없이 쓰는 것이다.

고독 행성에 호롱불이 켜지는 점등의 시간이 오면 생의 비등점에
선 주전자의 물이 끓어오르고 톱밥난로의 내면을 가진 천사들은 따
스하게 데워진 생의 안쪽에서 영혼의 국경선을 생각하네
　　　　　　　　　　　　　　　　　　　　　　─「고독 행성」 중에서

이 구절을 보면 그가 어떻게 시를 쓰는지 알 것만 같다. 애초 그
의 메모지에는 '고독 행성' '점등의 시간' '생의 비등점' '톱밥난
로의 내면' '영혼의 국경선' 따위의 단어들이 휘갈겨져 있었을 것
이다. 그 단어들이 서로 당기고 밀어내고 하다가 저렇게 결합됐을
것이다. 그는 '명사'들에서 출발한다. 특정한 몇 개의 단어를 '사
용'하기 위해 시를 쓰는 게 분명하다. 만상을 차별 없이 호명하는
것이 서정시의 길이라고들 하지만, 이 시인은 제 마음에 드는 것만
을 솎아내서 그것들만의 배타적인 제국을 도모한다. 서정시의 사해
동포 공동체가 아니라 낭만주의의 컬트 제국이다. 이 컬트 제국에
서는 정치조차 아름다워야 한다.

밥 딜런을 들으며 이 세상의 모든 은행을 털 거야, 자본주의를 거
덜낼 거야, 계획 같은 건 애초부터 없었어, 그래 우리는 커피를 마시
고 밤을 지새우는 흑암의 전사, 말발굽처럼 달려가 불꽃처럼 타오르
는 격렬하고도 고요한 촛불의 전사

안개의 달 18일 결사
　　　　　　　　　　　　　　　　　　　─「안개의 달 18일 결사」 중에서

이 치열한 다국적 자본주의 시대에 〈내일을 향해 쏴라〉가 웬 말

인가. 그런데 이런 구절들이 왜 일렁이는 것일까. 그의 목소리 때문이다. 그는 한낱 예술가의 위치에서 발화한다. '밥 딜런'을 들으며 은행을 털겠다고 말하는 이는 강도도 혁명가도 아니다. 그는 그저 '밥 딜런'을 사랑하는 무명 예술가일 뿐이다. 이 목소리에는 학자의 현학과 정치가의 야망이 없다. 그 순정함이 우리의 경계심을 녹이는 것이다. 그래서 "자본주의를 거덜낼 거야" 운운하는 치기가 그냥 아름답게 들리고 마는 것이다. 이 기묘한 '무드'가 그의 매력이다. '혁명적 낭만주의'라는 것이 있거니와, 이 시인의 경우는 '낭만적 혁명주의'라고나 할까.

어떤 예술가의 정치는 이렇게 무구하다. 그가 체 게바라를 낭만적으로 찬미할 때 그것이 거북하지 않은 이유도 그 때문이다. 그는 체 게바라를 모른다. 그냥 체 게바라의 삶이 예술 작품에 가깝다는 것만 안다. 그래서 체 게바라와 로맹 가리 사이의 사상적 거리가 그에게는 무의미하다. 삶을 예술 작품으로 만든 모든 이는 그의 제국에 들어갈 수 있다. 그는 불가능의 공간을 만들고 불가능한 손님들을 초대해 불가능한 시간을 흐르게 한다. 이 낭만주의를 현실주의의 이름으로 타매(唾罵)하는 것은 어리석은 일이다. 낭만주의와 현실주의는 본래 서로 꼬리를 물기도 한다. 지독한 낭만주의와 치열한 현실주의가 서로가 서로를 알아보는 순간이 있다.

결론을 맺자. 그는 낭만주의적인 시인이 아니다. '낭만주의적'인 시인은 내일모레 '고전주의적'인 시인이 될 수도 있다. 그러나 그는 낭만주의를 살고 있기 때문에 죽기 전에는 개전의 정을 기대하기 어려울 것이다. 그가 낭만주의를 택한 것이 아니라 낭만주의가 그를 택했다. 내용과 형식이 유달리 꽉 붙어 있다. '박정대풍'이라고 해야 할 세계다. "할 수만 있다면 해야 하네."(「투쟁 영역 확장의 밤」) 이 세계의 모토다. 이렇게 대책없는 '이즘(ism)'을 본 적이 없다. 박정대는 '박정대주의자' 다.

(2007. 4. 20)

주부생활 리얼리즘
— 성미정의 『상상 한 상자』

한국 시에 불만 있는 당신께 드릴 말씀이 있습니다. 후천성 위트 결핍증이라고 하셨던가요? 선비 아니면 투사, 댄디 아니면 아티스트. 그래서 다들 너무 비장하고 너무 슬프고 너무 우아하다 운운. 인정! 그렇다면 정현종의 「헤게모니」나 황인숙의 「시장에서」 같은 시는 어떠신지? 발랄한 시들이지요. 그러나 여전히 뻣뻣한 당신. 그렇다면 특단의 조치. 성미정 시인의 시집들을 권합니다. 잘 모르신다고요? 말하자면 일상다반사를 어여쁘고 슬픗한 위트로 포섭해 시로 끌어올리는 시인. 마침 최근 세번째 시집이 나왔습니다.

첫번째 시집 『대머리와의 사랑』(세계사, 1997)이 나왔을 때 그녀의 시에는 '엽기'나 '잔혹' 따위의 말이 따라붙었습니다. '문단의 래퍼'라는 칭호도 얻었지요. 적절한 명명이었을까요? 그저 감상과 내숭이 없었을 뿐이지요. 이를테면, 성미정씨, 파랑새는 어디 있나요? 하고 물으면 당시의 그녀는 이렇게 대답했습니다. "좋은 방법을 알려주지 (……) 우선 새를 잡아와 (……) 그리고 남들이 모두

잠든 시간에 새의 주둥이를 틀어막고 때리란 말이야 시퍼렇게 멍들
때까지 (……) 맞아서 파랗든 원래 파랗든 파랑새라는 게 중요한
거야".(「동화-파랑새」) 파랑새는 멍든 새, 그러니 현실이나 똑바로
보시지! 이런 게 진짜 위트지요. 혀끝에선 상큼하지만 뱃속에선 쓰
립니다. 당의정 같은 시라고 할까.
  두번째 시집 『사랑은 야채 같은 것』(민음사, 2003)에 오면 그녀는
한 남자의 아내가 됩니다. 그녀는 파랑새를 찾았을까요?

  그녀는 그렇게 생각했다
  씨앗을 품고 공들여 보살피면
  언젠가 싹이 돋는 사랑은 야채 같은 것

  그래서 그녀는 그도 야채를 먹길 원했다
  식탁 가득 야채를 차렸다
  그러나 그는 언제나 오이만 먹었다

  그래 사랑은 야채 중에서도 오이 같은 것
  그녀는 그렇게 생각했다

  그는 야채뿐인 식탁에 불만을 가졌다
  그녀는 할 수 없이 고기를 올렸다

  (……)

  결국 그녀는 그렇게 생각했다

그래 사랑은 그가 먹는 모든 것
                                    —「사랑은 야채 같은 것」 중에서

　여기엔 언뜻 미묘한 반어의 기운이 있습니다. 내가 맞춰가야지, 버려야지, 희생해야지. 그러나 과연 그럴까요? 같은 시집의 다른 시에서 시인은 이렇게 썼군요. "보이지 않는 진짜 사랑보다는 쿠키를 나누며 싹트는 사랑이 더 깊어질 수 있다 스누피는 그걸 아는 놈이다 그래서 개집에 사는 게 아니라 개집 지붕 꼭대기에 누워서 빈둥거리는 거다".(「스누피란 놈」) 그리고 이런 덧붙임. "나의 남편 배용태는 가끔씩 내 머리 꼭대기에 누워 있는 스누피 같다." 그러니 "사랑은 그가 먹는 모든 것"은 반어가 아니라 차라리 사랑의 긍정에 더 가깝다고 해야 하겠습니다. 가족의 힘? 그럴지도. 이 긍정은 어쩐지 삶에 대한 예의 같은 것을 생각하게 합니다. 그녀는 파랑새를 찾은 것도 같습니다.
　이제 세번째 시집 『상상 한 상자』(랜덤하우스코리아, 2006)에서 그녀는 엄마가 되었습니다. "그 아이가 오고 나서/참 이상한 일이 생겼다//슬픈 건 더 슬퍼지고/기쁜 건 더 기뻐지고//맛있는 건 더 맛있어지고"(「그 아이가 오고 나서」) 축, 배재경군 탄생! 이제 그녀의 사랑론도 달라집니다. 재경이는 갈치 마니아입니다. 밥상에 갈치가 올라오면 엄마와 아빠는 젓가락질 한 번 못하지요. 그래도 "재경이 입속으로 하얗고 폭신한/갈치 살이 쏙쏙 들어가는 걸 보면/어찌 그리 예쁘고 대견한지" 엄마 아빠 배가 다 부릅니다. 이 시의 제목은 이렇습니다. '사랑은 갈치 같은 것'.
　그러나 살짝 걱정입니다. 그녀의 기발한 상상력이 다소 온건해졌어요. 시인도 아는 듯합니다. 시에 관한 시들이 부쩍 는 걸 보면.

"여보 저는 시인입니다"와 "여보 저는 시인입니까" 사이에서 그녀는 좀 쓸쓸해 보입니다.(「시인 실격」) 그러나 이 자의식이 그녀의 시들에 "허무명랑"한 매력을 얹고 있다는 사실도 잊지 맙시다. 시인들은 더러 아저씨가 아닌 척, 아줌마가 아닌 척합니다. 그녀는 다릅니다. '주부 생활 리얼리즘'이 여기에 있습니다. 다소 온건해졌지만 여전히 탕탕 튑니다. 그래서 그녀를 응원합니다. 그리고 뻣뻣한 당신께 권합니다. 〔부기_ 처음에 저는 시집 제목을 '싱싱한 상자'로 잘못 읽었습니다. 그렇게 읽어도 매우 무방합니다.〕

(2007. 5. 11)

1980년생 안티고네의 노래
─박연준의『속눈썹이 지르는 비명』

1980년생들은 열여덟에 IMF를 겪었다. 그 세대들에게 IMF는 곧 가족의 붕괴였을 것이다. 아버지는 직장을 잃었고 어머니는 집을 나갔으며 나와 동생은 졸지에 가난에 적응해야 했다. 열여덟이면 아이인가 어른인가. 아이였기 때문에 갑자기 어른이 되는 법을 힘껏 배워야 했고, 이미 어른이었기 때문에 힘들어도 울 수가 없었다. 그렇게 어른이 되기를 강요받은 아이들은 너무 우울해서 섬뜩한 어른이 되거나 너무 씩씩해서 보기에 마음 짠한 어른이 된다. 후자에 가까운 것이 1980년생 소설가 김애란이라면, 전자에 가까운 것이 1980년생 시인 박연준이다. 그녀의 첫 시집『속눈썹이 지르는 비명』(창비, 2007)을 읽었다. 그녀가 전하는 슬픈 가족 이야기를 IMF 세대의 내면 풍경으로 읽는 것은 나의 월권이다.

어미가 보이질 않는다. "엄마는 빨간 핸드백을 남기고 떠났어요."(「일곱 살, 달밤」) 어미는 자식들을 두고 집을 나간 것인가. 그래서 딸은 자신의 탄생을 냉정하게 부인하거나 그로테스크하게 왜곡함으로써 어미를 저주한다. "엄마, 더러운 엄마, 나를 낳지 마."

(「나의 탄생」) "엄마의 문란한 질을 뚫고 내가 태어나고 있어요." (「나의 탄생 2」) 아비는 어디서 뭘 하는가. "아빠의 기저귀를 갈아 줘야"(「일곱 살」) 했다. 병들어 누운 아비를 어린 딸이 보살폈던 것인가. 그 아버지는 그녀에게 얼마나 감당하기 어려운 짐이었을까. "살려주세요, 루돌프 히틀러, 아빠?"(「꽃을 사육하는 아버지」) '아돌프 히틀러'를 '루돌프 히틀러'로 바꿔치기했다. 사슴처럼 나약하고 무기력한 아버지(루돌프)였기에 역설적이게도 그 아비는 내 삶을 지배하는 파쇼(히틀러)가 되었다.

그래서 딸은 아비의 아이를 낳는 환상을, 아비를 죽이고 싶다는 욕망을 불쑥불쑥 노래하곤 한다. 첫째, 왜 아비의 아이를 낳는가. 부재하는 어미의 자리를 감당해야 했다. 딸과 아내의 자리에서 그녀가 겪은 혼란이 저런 상상력을 얻은 것이다. 둘째, 왜 아비를 죽이려 하는가. 제 삶이 아비의 병든 육신에 저당잡혀 있었다. 프로이트가 만난 히스테리 여성들이 그러했듯, 아비에 대한 증오와 애착은 그녀에게도 한 몸이다. 이 지겨운 증오, 이 지겨운 사랑. 그녀가 져야 했을 그 십자가를 시의 힘으로 버텨낸 것이다. "아버지, 운 나쁜 나의 애인"(「봄의 장송곡」)이라는 구절이 그래서 절묘하다. 증오가 그만큼의 애정으로 통제된 표정. 운이 나쁜 건 그녀가 아니라 아버지라고 하질 않는가. 이 애증의 수사학이 아프다. 아비 부정에 일로매진했던 선배들과 그녀의 차이가 이 언저리에 있을 것이다. 다음은 이런 그녀가 스물다섯에 쓴 시들이다.

이미 죽은 당신이 자꾸 죽을까봐 겁내는

나는, 이마에 못이 박힌 스물다섯

마치 지겹게 사정 안 하고 버티는

대머리 밑에 깔린 갈보처럼

동공 없이 뜬 눈으로 박제된,

스물다섯

—「스물다섯」 중에서

이제 나는 남자와 자고 나서 홀로 걷는 새벽길

여린 풀잎들, 기울어지는 고개를 마주하고도 울지 않아요

공원 바닥에 커피우유, 그 모래빛 눈물을 흩뿌리며

이게 나였으면, 이게 나였으면!

하고 장난질도 안 쳐요

(……)

케이크 위에 내 건조한 몸을 찔러넣고 싶어요

조명을 끄고

누군가 내 머리칼에 불을 붙이면 경건하게 타들어갈지도

—「얼음을 주세요」 중에서

스물다섯의 삶을 "지겹게 사정 안 하고 버티는/대머리 밑에 깔린 갈보"의 그것에 비유했다. 이 독하고 날카로운 비유는 젊은 날의 최승자를 떠올리게 한다. 그러나 그녀의 시는 그 독함 이면에 숨어 있는 순한 눈물 때문에, 그 눈물을 닦아내는 상상력 때문에 더 매력적이다. "이제 나는 남자와 자고 나서 홀로 걷는 새벽길"에서 눈물처럼 무심하게 흐르는 리듬, 저 자신을 케이크에 꽂아 태워 없애는 저 아픈 상상력에 나는 기꺼이 내기를 걸겠다. 오이디푸스의 딸 안티고네는 눈먼 아비의 손을 잡고 사막을 떠돌았지만, 이 시인은 "눈먼 아버지는 눈이 먼 채로/혼자 걸어야 해요"(「안티고네의

잠」)라고 아프도록 당차게 적었구나. 이 1980년생 안티고네에게 평화 있기를.

(2007. 6. 1)

빛으로 하는 성교

─박용하의『견자』

　'무이자'를 수도 없이 부르짖는 대부업체 광고가 혐오스럽다. 오직 '무이자'라는 단어로만 이루어진 그 단순하고 멍청한 노래를 듣는 일도 괴롭고, 활짝 웃고 있는 광고 모델들의 부산스러운 몸짓들도 흉하다. 무엇보다도 끔찍한 것은 말의 타락이라는 현상이다. 엄밀히 따지자면 무이자도 아니잖은가. 그런데도 무이자라는 말은 주술사의 주문처럼 반복되면서 시청자를 세뇌한다. 어디 광고뿐인가. 정치인들이 덜떨어진 상호 비방의 현장에서 '존경하는 국민'을 운위할 때, 연예인들이 학예회를 벌이는 짝짓기 프로그램에서 감히 '사랑' 운운할 때, 제 본래 뜻을 잃어버린 말들의 황사에 우리는 숨이 막힌다. 박용하의 네번째 시집『견자(見者)』(열림원, 2007)에는 유독 말의 타락을 개탄하고 냉소하는 시들이 많다.

　예컨대 다음 구절에 시인의 의도가 선명하게 드러나 있다. "믿음을 걸고 나열하는/줄줄 새는 낙원의 말들 앞에서/주워 담을 길 없이 떨어지는 가을날의 잎들처럼/입은 철들지 않았고 사람들은 물 먹었다."(「새털구름」) 조심하라, '낙원의 말들'이 창궐할수록 '말의 낙원'은 모욕당한다. 그 말들은 당신을 물 먹일 것이다. 이것은 거창한 얘기가 아니다. 말의 인플레이션은 일상에서도 엄연하다. "답변기계들처럼/답변기계들처럼/말끝마다/……최선을 다하겠습니다/……최선을 다하겠습니다." 이 시에다 시인은 '……최악을 다하겠습니다'라는 제목을 얹어놓았다. 이 위악적인 재치가 '최선'이라는 말에 침을 뱉고 있는 것은 아니다. 오히려 그 때문에 우리는 '최선'이라는 말의 본래 의미를 되새기게 되는 것이다.

다음 시는 또 어떤가. "거짓말을 끼니처럼 하는 자들도/그걸 뻔히 알면서 묵묵히/듣고 있는 자들도 다같이 서러운 자들이다/(……)/골 빈 듯이 하는 빈말 세상에서/이쯤 되면 속아주는 것도 사랑이다/속아주는 것이 속이는 것이다/담에 만나면 술 한잔 합시다/담은 무슨 다음? 그냥 가!"(「구름이 높아 보이는 까닭」) 일상화된 '서러움'에서 역설적이게도 '사랑'을 발견해내는 이 시선은 어딘가 김수영의 그것을 닮았다. 「화병(火病)」「원수」「성욕」 같은 시도 그렇다. 일상성의 영역을 직시하고, 그 앞뒷면을 차분히 개관하면서, 습관화된 위선과 허위를 복기한다. 김수영이었다면 "담에 만나면 술 한잔 합시다" 따위의 말에 과연 온몸이 가렵기도 했을 것이다. "담은 무슨 다음? 그냥 가!"

이러니 말이라는 것은 얼마나 난해한 숙명인가. 그래서 다음 시는 이렇게 비장하다.

뒤는 절벽이고
앞은 낭떠러지다

돌이킬 수 없는 허공에서

너는 뛰어내린다
너는 그처럼 위험하고
너는 그처럼 아슬아슬하다

돌이킬 수 없는 생처럼
한 번 가버리는 생처럼
뒤돌아봐도 그만인 사람처럼
너는 절대 난간에서 뛰어내린다

아마도 너의 뿌리는
너도 대부분 모를 것이고
너의 착지도 너의 얼굴은 영영 모를 것이다

—「입」 전문

뒤는 절벽이고 앞은 낭떠러지인 것이 무엇일까. '입'일 것이다. 입속은 절벽이고 입 바깥은 낭떠러지가 아닌가. 그렇다면 거기서 '뛰어내리는 너'는 말일 것이다. 말이 어디에서 오는 것인지('너의 뿌리'), 그 말이 어디에 도달할 것인지('너의 착지')를 알지 못한다. 우리는 이 난해한 숙명 앞에서 속수무책인가.

그렇지는 않은 것 같다. "사람의 눈에는 그 사람의 심장이 올라와 있다/중요한 순간이다."(「심장이 올라와 있다」) 눈 비비고 다시 읽게 되는 구절이다. 사람의 눈에 심장이 올라와 있다니! 이 구절은 이 시인이 힘껏 냉소한 말의 타락 현상 반대편에서 순정한 소통의 이미지로 빛난다. 이 눈과 눈의 소통을 시인은 "빛으로 하는 성교"라고 부른다.

그대와 처음 눈을 맞췄던 날
반했던 날
눈이 맞았던 날
그게 빛으로 하는 성교란 걸
알게 된 건 아주 훗날의 일이지요
빛이 맞으니 입도 맞추게 되었죠

처음 동해와 눈을 맞췄던 날
야—했던 날
하늘 깊이 푸르렀던 날
그게 무한과의 성교란 걸
알게 된 건 아주 훗날의 일이지요
지금처럼 훗날의 일이지요

—「성교」 전문

이 성교는 아름답다. 말의 낙원도 아마 이 근처에 있겠다.

(2007. 6. 22)

우리 시대의 시모니데스
─이시영의 『우리의 죽은 자들을 위해』

민주화 20년은 망각의 20년이다. 그간 국가가 주관하는 기억 사업들이 있었다. 그러나 그 사업들은 기억이 아니라 망각의 시작이다. 기억이 공적인 것이 되면 그때부터 우리는 기억의 의무를 면제받게 된다. 우리가 기억하지 않아도 국가가 대신 기억해준다. 국가의 기억 속에서 개별 죽음들의 단독성은 스러질 것이다.

그러니 달리 기억해야 한다. 기원전 500년 그리스의 돌연한 건물 붕괴 현장에서 죽은 자들의 이름을 하나하나 복기해냈던 시인 시모니데스가 우리에게도 있어야 한다. 시인 이시영은 2003년부터 매년 한 권씩 세 권의 시집을 연이어 출간했다. 『은빛 호각』(창비, 2003), 『바다 호수』(문학동네, 2004), 『아르갈의 향기』(시와시학사, 2005). 이 겸손한 제목의 시집들 안에는 눈물겨운 기억의 의례들이 장중했다.

시모니데스의 재림이라서 반가웠다. 죽은 줄도 몰랐던 사람들, 죽은 줄 알았으나 어느덧 망각된 사람들, 죽음을 앞두고 있으나 결코 죽어서는 안 되는 사람들이 기억되고 있었다. 윤리적이어서 좋은 시집이었던 것만은 아니다. 그 시집들은 '시적인 것'이 발생하는 최초의 순간을 향해 거슬러 가고 있었다. 뜨거운 소재들이 무기교의 기교로 수습되고 있었다. 김수영의 심장으로 김종삼의 손이 쓰고 있는 시들이었다.

시모니데스가 2년 만에 새 시집 『우리의 죽은 자들을 위해』(창비, 2007)를 출간했다. 이 시집의 제목은 이미 출간된 세 시집을 아우르는 것처럼 보인다. 2년의 시간 동안 시인은 더 넓어졌다. 이번 시집에서 그는 한국의 과거는 물론이고 세계의 현재를 향해 더 큰 눈을 뜬다. 전쟁, 환경, 빈곤의 문제를 두루 아파하면서 평화, 공존, 인류의 메시지를 조용하지만 단호하게 품는다. 두 편을 옮긴다.

32년 만에 열린 재심 선고공판에서 무죄가 선고되었다는 소식을 들은 '인혁당 재건위 사건'의 김용원 도예종 서도원 송상진 여정남 우홍선 이수병 하재완 씨들은 무덤 속에서 벌떡 일어났다가 다시 누웠다. 그러나 그들의 뼈는 결코 웃을 수가 없었다. 누가 그들에게 젊은 육신의 옷을 입혀줄 수 있단 말인가.

—「젊은 그들」 전문

시모니데스의 분노다. 마지막 두 문장 때문에 시가 되었지만, 여덟 명의 이름이 빠짐없이 호명되는 순간이야말로 시라고 해야 한다.

달라이 라마께서 인도의 다람살라에서 중국의 한 감옥에서 풀려난 티베트 승려를 친견했을 때의 일이라고 한다. 그동안 얼마나 고생이 심했느냐는 물음에 승려가 잔잔한 미소를 띠며 대답했다고 한다. '하마터면 저들을 미워할 뻔했습니다그려!' 그러곤 무릎 위에 올려놓은 승려의 두 손이 가만히 떨렸다.

—「친견」전문

시모니데스의 경외다. 내가 울컥했던 것은 승려의 말 때문이 아니라 그 뒤에 어김없이 떨렸던 그의 두 손 때문이다. 이 순간 인간은 인간적이어서 얼마나 숭고한 것인가.

이것은 백 편이 넘는 시 중에 고작 두 편일 뿐이다. 사진작가 로버트 카파는 "만약 당신의 사진이 만족스럽지 않다면 그것은 충분히 가까이 가지 않았기 때문이다"라고 말했다. 이시영의 최근 시들은 사태들을 향해 '충분히 가까이' 간다. 그러면서 그가 발견한 것과 끝내 시적인 거리를 유지한다. 그래서 그의 시는 한 장의 사진 같다. 이것은 '시적인 것'을 발견하는 신선한 기술이면서 시가 '윤리적인 것'에 도달하게 만드는 지극한 태도이기도 하다.

시적으로도 윤리적으로도 올바른 시는 드물다. 시가 아직도 공공 영역이라고 믿는 시인은 더더욱 드물다. 드문 시인의 드문 시집 한 권을 읽는 데 걸린 시간은 한 시간이 채 안 된다. 그 한 시간 동안 독자는 '이런 식으로 써도 되는 것인가' 하는 놀라움과 '이런 것이야말로 진정 시가 아닌가' 하는 감동을 동시에 맛보면서 어리둥절할 것이다. 독자 여러분의 한 시간을 빼앗아 거기에 이 시집을 놓아두고 싶다.

(2007. 7. 13)

백팔번뇌 콘서트

—김경인의 「번뇌스런 소녀들—리허설」

'SES'는 세 명, '핑클'은 네 명이었다. 한창 활동 중인 '원더걸스'는 다섯 명이다. 그리고 이제 '소녀시대'가 온다. 이번에는 아홉 명이다. 최근 온라인 틴에이저 커뮤니티의 최대 이슈 중 하나가 이 아홉 명의 소녀들이다. 음반도 출시되지 않았고 방송 데뷔도 아직 안 했다. 그러나 이들의 노래와 영상은 이미 인터넷에서 인기다. 그래서 보았다. 상큼한 노래, 발랄한 군무, 다 좋다. 그런데 아홉 명이라니, 너무 많지 않은가.

천만에. 일본에는 초대형 걸그룹 '번뇌걸스'가 있다. 이 해괴한 이름의 팀을 구성하는 멤버는, 놀라지 마시길, 총 108명이다. 그러니까 백팔번뇌인 것이다. 떨리는 마음으로 이 팀의 영상을 찾아보았다. 그들은 삼각 편대로 대열을 맞추고 말도 안 되는 노래를 무표정하게 부르면서 그야말로 '엉거주춤'을 추고 있었다. 정말이지 번뇌가 밀려왔다. 도대체 이것은 무엇일까. 조롱하고 냉소할 생각이 들기보다 어쩐지 서글픈 기분이 되어 영상을 끄고 말았다.

물론 대중음악은 본디 예술의 영역이라기보다는 산업의 영역이기

쉽다. 그러니까 무에서 유를 낳는 창조의 영역이 아니라 유가 더 많은 유를 낳는 장사의 영역이다. 인재를 발굴해 자본을 투입하고 스타로 만들어 잉여 가치를 뽑아낸다. 경쟁에서 살아남으려면 튀어야 하겠지. 아무리 그래도 108명은 너무했다. '장사'가 되기는 할까? 이것은 무한경쟁 상업주의의 제 살 깎아먹기가 아닌가. 그러나 이것은 진부한 물음이다. 시인들의 뛰어난 상상력은 물음 자체를 바꾼다.

라라라, 여긴 매우 비좁군요 머릿속은 당신이 모른 채 당신이 상연되는 콘서트장이죠 걱정 말아요 우린 아주 잠시 동안만 당신을 빌릴거예요

우리의 하모니는 서로를 비난하는 데 바쳐지죠 당신은 누구지요? 이름이 뭐예요? 우리는 의심 많은 소녀들, 머릿속은 고장 난 앰프처럼 먹통이 되겠죠 우린 점점 증폭되고 있어요

(……)

우린 하루 종일 둥글게 둥글게 입을 모아요 각자의 목소리만 너무 사랑하는 우린 즐거운 소녀들, 라라라, 발성 연습은 언제나 아름다워요 당신이 당신을 잊어버릴 때까지 우린 노래를 부를 거예요

누구를 가장 좋아하세요? 라라라, 마지막 멤버가 도착했군요 당신은 서서히 돌 거예요 당신은 108개의 목소리를 갖게 됩니다 당신에게 새로운 노래를 불러드리겠어요
　　　　　　　　　　　　　　　—「번뇌스런 소녀들 — 리허설」중에서

최근에 출간된 김경인 시인의 첫 시집 『한밤의 퀼트』(랜덤하우스 코리아, 2007)에서 골랐다. 이 시는 번뇌걸스라는 이름을 곧이곧대로 해석해 오히려 신선해졌다. 그래, 저기 108명의 '번뇌'들이 노래하고 있군. 그런데 당신은 뭐가 놀랍다는 거지? 저건 그냥 당신의 머릿속과 똑같아. 108명의 "의심 많은 소녀들"이 나와 당신의 머릿속에서 오늘도 콘서트를 열고 있어. 번뇌들, 내 머릿속의 소녀들, 끝없이 욱신거리는 내 영혼의 노래들.

번뇌걸스를 보면서 상업주의의 복마전을 생각하는 일은 따분하지만, 그 소녀들을 '내 머릿속'으로 기꺼이 불러들이는 시인의 상상력은 재미있다. 특히 "우리의 하모니는 서로를 비난하는 데 바쳐지죠"라든가, "각자의 목소리만 너무 사랑하는 우린 즐거운 소녀들"과 같은 구절들은 실로 '번뇌'라는 딱딱한 단어에 대한 신선한 시적 규정이어서, 저 자신이 사랑스러운지 모르고 있기에 더 사랑스러운 소녀들 같은 문장이 되었다.

이 시가 "번뇌스런 소녀들"에 대해 어떤 가치 판단을 내리고 있는지는 분명치 않다. 그래도 그것이 꼰대의 조롱이나 먹물의 냉소가 아니라는 것은 확실히 알겠다. 이 시에 조곤조곤 감염된 탓인지 달리 생각하게 된다. 따지고 보면 우리의 노동이란 것이 번뇌걸스의 맨 뒷줄에서 열심히 노래하고 있는 소녀의 그것보다 특별히 우아한 것도 아니지 않은가…… 번뇌걸스의 영상을 다시 튼다. 번뇌가 밀려온다. 그런데 나는 몇 번째 줄 어디쯤에서 노래하고 있는 거지?

(2007. 8. 3)

19금(禁)의 사랑시들

—김소연의 「불귀 2」와 함성호의 「낙화유수」

실연의 아픔으로 괴로워하고 있는 사내에게 그의 친구가 이렇게 위로한다. "이봐, 그 여자 말고도 세상에 여자는 얼마든지 있지 않은가." 이걸 위로라고 하고 있다. 사내가 잃어버린 것은 '이 여자'다. 포인트는 '여자'가 아니라 '이'에 있는 것이다. 적어도 그 순간에는, 어떤 다른 '한' 여자도 사내의 '이' 여자를 대체할 수 없다. 그래서 이 위로는 허름하다.

그러나 그렇다고는 해도, 결국은 그렇게밖에는 위로할 수가 없다. 유일무이한 '이 여자'가 세상에 얼마든지 있는 '한 여자'로 전락할 때 고통은 사라진다. 철학자들이라면 단독성('이 여자')이 특수성('한 여자')으로 바뀔 때 실연은 극복된다, 라고 정리할 것이다. 대개는 그리되게 돼 있다. 그 사내, 조만간 또다른 '이 여자'와 나타나서 이렇게 말할 것이다. '이 여자'를 만나기 위해 그동안 미망 속을 헤맸노라고. 세상에 여자는 얼마든지 있다는 말, 결국은 맞는 말이 되고 만다.

가라타니 고진이 단독성과 특수성이라는 철학 개념을 구별해야 한다는 취지로 사례 삼아 한 이야기를 옮겼다.(『탐구 2』) 어려운 개념들이야 아무래도 좋은 것이지만, 저 사례는 서늘하니 마음에 얹힌다. 한 사람이 문득 이 사람이 되어 사랑이 시작되고, 이 사람이 떠나면서 세상이 잠깐 멈췄다가, 이 사람이 어느덧 다시 한 사람이 되면 애도는 끝난다. 사람이 만나고 헤어지는 일의 내막이 본래 이토록 헐렁한 것인지 모른다. 이런 시가 있다.

　　이해한다는 말, 이러지 말자는 말, 사랑한다는 말, 사랑했다는 말,
　그런 거짓말을 할수록 사무치던 사람, 한 번 속으면 하루가 갔고, 한
　번 속이면 또 하루가 갔네, 날이 저물고 밥을 먹고, 날이 밝고 밥을
　먹고, 서랍 속에 개켜 있던 남자와 여자의 나란한 속옷, 서로를 반쯤
　삼키는 데 한 달이면 족했고, 다아 삼키는 데에 일 년이면 족했네,
　서로의 뱃속에 들어앉아 푸욱푹, 이 거추장스러운 육신 모두 삭히는
　데에는 일생이 걸린다지,

　　　　　　　　　　　　　　　　　　　　　　　　　—「불귀 2」 중에서

　　김소연의 두번째 시집 『빛들의 피곤이 밤을 끌어당긴다』(민음사, 2006)에서 한 대목 옮겼다. 사랑하는 사람들에게는 비밀이 없다고들 하지만 그렇기야 하겠는가. 때로 사랑은 거짓말의 힘으로 세월을 견딘다. 상대의 거짓말을 묵인해주는 거짓말, 그것이 같은 세월을 견디고 있는 이에 대한 예의가 되기도 한다. 날이 저물면 밥을 먹고 날이 밝으면 밥을 먹는 시간들이 또 그렇게 흘러갈 것이다. 청승을 떠는 게 아니다. 이것도 사랑 아닌가. 그렇게 두 사람은 서로에게 '이 사람'이 되어가기도 하겠다.

네가 죽어도 나는 죽지 않으리라 우리의 옛 맹세를 저버리지만 그때는 진실했으니, 쓰면 뱉고 달면 삼키는 거지 꽃이 피는 날엔 목련꽃 담 밑에서 서성이고, 꽃이 질 땐 붉은 꽃나무 우거진 그늘로 옮겨가지 거기에서 나는 너의 애절을 통한할 뿐 나는 새로운 사랑의 가지에서 잠시 머물 뿐이니 이 잔인에 대해서 나는 아무 죄 없으니 마음이 일어나고 사라지는 걸, 배고파서 먹었으니 어쩔 수 없었으니,

— 「낙화유수」 중에서

함성호의 세번째 시집 『너무 아름다운 병』(문학과지성사, 2001)에서 옮겨 적었다. '네가 죽으면 나도 죽겠다'고 말했을 한 사내가 변했다. "네가 죽어도 나는 죽지 않으리라". 구질구질한 변명 따위 하지 않는다. 적어도 그때는 진실했다질 않는가. 꽃 지고 물 흐르듯 그렇게 마음이 일어났다가 사라지는 것을 어쩌겠는가. 그러니까 이 세상의 모든 '이 사람'은 결국 '한 사람'이 될 것이라는 투다. 위악이 아니다. 이것도 사랑 아닌가. 어차피 세상만사 낙화유수일 뿐이라고 청산유수로 주워섬기는 이 사내를 그래서 미워할 수가 없다.

이 시들은 '19금(禁)'이다. 이 글을 쓰고 있는 자도 실은 잘 모르는, 어른들의 시다. 사랑에 대해 터무니없는 희망 혹은 절망을 품고 있는 이들에게 약이 될 것이다.[부기_ 위 시를 쓴 두 사람은 부부다. 그래서 뭐 어쨌다는 것인지를 모르겠으면서도 이렇게 적어둔다]

(2007. 8. 24)

"당신은 좆도 몰라요"

—이영광의 「동쪽바다」

수많은 문학상이 있다. 대개는 받을 만한 사람이 받는다. 바로 그게 문제다. 늘 받을 만한 사람이 받다니, 이럴 수가, 이렇게 지루할수가. 불만은 또 있다. 왜 심사의 대상은 늘 '한 편의 작품'일까. 예컨대 이런 식은 어떤가. 올해의 제목상, 올해의 도입부상, 올해의 여성 캐릭터상, 올해의 묘사상, 올해의 아포리즘상 등등. 물론 작품이라는 것이 분리 불가능한 유기체인 줄은 잘 알고 있지만, 1등만뽑는 시상식의 상상력이 하도 따분할 때도 있어서 하는 소리다

이영광의 두번째 시집 『그늘과 사귀다』(랜덤하우스코리아, 2007)를 읽었다. 독자들에게 많이 읽히고 있는지 모르겠지만, 그래야 마땅하다는 생각이 드는 아름답고 견고한 시집이다. 이 시집에는 이를테면 유배된 선비의 순결성 같은 것이 감돌고 있었다. 그래서 아름답고 견고하지만, 좀체 틈을 주지 않는 그 염결성이 다소 답답하기도 했다. 그러다 읽은 한 편의 시에는 드물게도 쓸쓸한 투정 같은것이 배어 있어서 외려 그게 마음을 끌었다.

"동쪽바다로 가는 쇳덩이들,/짜증으로 벌겋게 달아올라/붕붕거

린다, 꽁무니에 불을 달고//이 지옥을 건너야 極樂 해변이 있다"는 구절로 시작되는 「동쪽바다」라는 시 얘기다. 동해로 가는 차들의 행렬. 교통 체증이 심했던지 '짜증으로 벌겋게 달아오른' 차들이 악다구니 중이다. 이어지는 대목에서 시인은 '지구는 공사 중'이라고 투덜거리며 찻집으로 길을 낸 것 같다. 찻집 벽에는 고구려 벽화가 그려져 있고 시인은 '당신'에게 편지를 쓰듯 읊조린다. "뉴 밀레니엄은 어쩌면 벽화의 시대로 남지 않을까요." 이어지는 내용이다.

폭탄 세일과 재탕 우주 전쟁과 기본 삼만 원을
숙식 제공과 月下의 도우미들과
홉반 같은 골목을 거느린 벽의 이면,
벽화는 모든 벽을 은폐해요
모든 벽화는 春畵예요

세상은 궁극적으로 형장이고
인간은 인간의 밥이고
에로가 어쩔 수 없이 애로이듯
이건 苦行이야, 마시고 싶어 마시는 게
아니야, 하고 내가 주정했을 때
당신은 암말 없었죠 블라인드 너머
오색의 길을 오색의 길을 오색의 길을
보고 있었죠 이 지구는 어쩌면
버려진 별이 아닐까, 신음하듯

— 「동쪽바다」 중에서

시인은 "벽화는 모든 벽을 은폐해요"라고 적었다. 이제 주위의 모든 벽들은 죄다 광고판이다. 그것은 전 지구적 자본주의 시대의 벽화쯤 될 것이다. 그 벽화들은 우리 시대의 욕망들을 음란하게 드러낸다. "모든 벽화는 춘화(春畵)예요." 게다가, 벽화가 벽을 감추듯, 우리 시대의 춘화들은 인간다운 삶을 가로막는 곳곳의 '벽'들을 용케 감춘다. 그걸 알기 때문에, 고행하듯 술을 마시고, 버려진 별을 보듯 지구를 본다.

> 돈 내고 받아 드는 영수증처럼 허망한 당신의
> 오랜 병력과 어둠과 온몸이 부서질 듯한 체념을
> 가슴으로 한번 받아볼까요 나는 잘못
> 살았어요 살았으니까 살아 있지만
> 당신과 못 만나고 터덜터덜 가는 길에
> 동쪽바다 물소리 푸르게 들리고,
> 내가 밤하늘 올려다보며 당신 생각을 할까요
> 느티나무 그늘에 앉아 두루미처럼 울까요
> 당신은 좆도 몰라요
>
> ──「동쪽바다」 중에서

같은 시의 끝부분이다. 당신을 만나지 못하고 돌아서는 길에 잃어버린 유토피아처럼 동쪽바다 푸른 물소리가 들린다. 같은 시의 다른 대목에서 시인은 "요컨대 인간은 전쟁 중이죠"라고 적었다. 그에게 2000년대는 '지구는 공사 중, 인간은 전쟁 중'이라는 말로 요약된다. 말하자면 유토피아는 가뭇없고 세상은 악화일로인데, 그 세상과 불화하여 당신은 허망과 병력과 체념을 품고서 아프고, 나는 이 모든 것을 무력하게 관망하며 그냥 산다. 이런 지경이니 '나는 잘못 살았다, 잘못 살았기 때문에, 살아남았다'라는 시인의 자조에도, 그의 저 쓸쓸한 귀가에도 우리는 공감할 수밖에 없다.

　그러나 이 시의 진짜 매력은 이런 꽉꽉한 메시지에 있는 것이 아니라 투정 부리듯 늘어놓는 말들의 쓸쓸한 율동에 있다. 자학인 듯 가학인 듯 이어지던 말들이 제 쓸쓸함을 견디지 못하고 이렇게 무너진다. "당신은 좆도 몰라요." 세상과의 불화가 그리움을 키우고, 너무 큰 그리움은 때로 화를 키운다. 욕설이 이렇게 물기를 머금을 수도 있구나. 이 시를 '올해의 결구(結句)상' 후보로 추천한다.

(2007. 9. 14)

슬픔의 유통 기한

— 최정례의 「칼과 칸나꽃」과 김행숙의 「이별의 능력」

　맥주에 유통 기한이 있는 줄 몰랐다. 복통과 설사에 시달리면서
도 그저 지난밤의 과음을 자책했을 뿐 술 자체에 문제가 있으리라
곤 생각지 못했다. 잊지 말자, 맥주의 유통 기한은 1년이다. 사랑에
도 유통 기한이 있다는 얘기를 들었다. 생물학자들의 연구에 따르
면 대략 18개월에서 30개월이 된다. 그렇다면 슬픔에도 유통 기한
이 있을까? 있는 것 같다. 슬퍼하는 와중에는 그 슬픔이 천년만년
갈 것 같은데, 돌이켜보면 슬픔의 유통 기한이라는 거 의외로 길지
않다. 슬픔의 안쪽에 있는 사람은 슬픔밖에 못 보지만, 슬픔의 바깥
에서 그것을 관찰하는 시인의 눈에는 슬픔의 유통 기한이 보인다.

　　너는 칼자루를 쥐었고
　　그때 나는 재빨리 목을 들이민다
　　칼자루를 쥔 것은 내가 아닌 너이므로
　　휘두르는 칼날을 바라봐야 하는 것은
　　네가 아닌 나이므로

너와 나 이야기의 끝장에 마침
막 지고 있는 칸나꽃이 있다

칸나꽃이 칸나꽃임을 이기기 위해
칸나꽃으로 지고 있다

문을 걸어 잠그고
슬퍼하자 실컷
첫날은 슬프고
둘째 날도 슬프고
셋째 날 또한 슬플 테지만
슬픔의 첫째 날이 슬픔의 둘째 날에게 가 무너지고
슬픔의 둘째 날이 슬픔의 셋째 날에게 가 무너지고
슬픔의 셋째 날이 다시 쓰러지는 걸
슬픔의 넷째 날이 되어 바라보자

—「칼과 칸나꽃」 중에서

　　최정례의 네번째 시집 『레바논 감정』(문학과지성사, 2006)에서 골랐다. 너는 칼자루를 쥐고 있고, 나는 목을 들이밀고 있다. 이것이 이별의 순간이라면 너는 '연인'일 것이고, 사별의 순간이라면 너는 '신'일 것이다. 그 이별의 장소에서 나는 문득 칸나꽃을 본다. 나는 지고(敗) 있고 너는 지고(落) 있구나. 너도 '너 자신임'을 이기기 위해 싸우고 있구나. "칸나꽃이 칸나꽃임을 이기기 위해 칸나꽃으로 지고 있다." 이 구절도 멋지지만, 시의 포인트는 그다음에 있다. 시인은 "슬퍼하자 실컷"이라고 말한다. 왜? 내일의 슬픔은 오늘의 슬픔보다 옅을 것이고, 모레의 슬픔은 내일의 슬픔보다 옅을 테니까. 그렇다면 슬픔의 유통 기한은 3일인가. 아무튼 이것은 "슬픔의 넷째 날"을 알고 있는 이의 노래다.

> 나는 2시간 이상씩 노래를 부르고
> 3시간 이상씩 빨래를 하고
> 2시간 이상씩 낮잠을 자고
> 3시간 이상씩 명상을 하고, 헛것들을 보지. 매우 아름다워.
> 2시간 이상씩 당신을 사랑해.
> (……)
> 그렇군. 하염없이 노래를 부르다가
> 하염없이 낮잠을 자다가
>
> 눈을 뜰 때가 있었어.
> 눈과 귀가 깨끗해지는데
> 이별의 능력이 최대치에 이르는데
> 털이 빠지는데, 나는 2분간 담배 연기. 3분간 수증기. 2분간 냄새
> 가 사라지는데
> 나는 옷을 벗지. 저 멀리 흩어지는 옷에 대해
> 이웃들에 대해
> 손을 흔들지.
>
> —「이별의 능력」 중에서

김행숙의 두번째 시집 『이별의 능력』(문학과지성사, 2007)에서 골랐다. 너와 이별한 뒤에도 내가 주야장천 이별만 생각하는 것은 아니다. 때로는 노래를 부르고, 때로는 낮잠을 자고, 때로는 명상도 한다. 그러다가 문득 너를 생각하기도 한다. 그런 시간들을 하염없이 보내다보면 문득 그런 때가 온다. 이제는 너와 안녕할 수 있겠다 싶은 때, 그러니까 "이별의 능력이 최대치에 이르는" 그런 때. 그때 나는 제의처럼 옷을 벗고 손을 흔든다. 슬픔이여, 안녕. 이 역시 슬픔의 유통 기한을 알고 있는 사람의 노래다. 담담해서 더 슬픈, 그러나 '쿨'한 척 폼 잡지 않는, 지성이 정념을 다독거리는 노래.

　시절은 가을, 너절한 슬픔들의 침투에 심신이 허약해지는 계절이다. 그러나 얼마나 다행인가. 하마 나는 너를 잊었다. 그리고 이제는 너를 잃은 슬픔까지도 다 잊었다. 그런데 왜 즐겁지가 않은가. 뭔가 한 뼘 더 타락한 듯도 하고 영혼의 뱃살이 늘어난 듯도 한 이 기분은 뭔가. 슬픔이 유통 기한을 넘기면 씁쓸함으로 변질되기 때문이다. 인생이라는 거, 씹어 먹으면 아마도 이런 맛이겠지.

(2007. 10. 12)

모국어가 흘리는 눈물

— 허수경의 「나의 도시들」과 「여기는 이국의 수도」

아마도 자이툰 부대는 내년에나 돌아올 모양이다. 대통령은 다시 한·미 공조의 불가피함을 호소했고, 한 여론 조사는 파병 연장에 찬성하는 국민이 더 많다는 소식을 전했다. 결국은 이렇게 가는 것인가. 반대의 목소리는 아름다우나 무력해 보이고, 답답한 현실은 끔찍하지만 완강해 보인다. 이러할 때 문학의 자리는 어디에 있는가. 2003년 이래 반전(反戰)을 외친 문인들이 적지 않았으나 대개는 일회적인 것에 그쳤다. 그러나 우리에게는 허수경이 있다.

그녀가 고고학을 공부하러 독일로 떠난 것이 14년 전이다. 2년 전 이맘때 네번째 시집 『청동의 시간 감자의 시간』(문학과지성사, 2005)을 출간했다. 스스로 '반(反)전쟁시'라 명명한 시편들을 묶으면서 그녀는 이런 사연을 첨부했다. "이런 비관적인 세계 전망의 끝에 도사리고 있는 나지막한 희망, 그 희망을 그대에게 보낸다." 시인의 안간힘을 이해하지만 우리에게는 희망을 믿을 힘이 많지 않다. 실상 저 시집이 감동적이었던 까닭도 희망 때문이 아니었다.

희망을 말하는 시에 마음을 내어준 적이 별로 없다. 크게 부르짖는 희망은 미학적 파탄을 가져오기 쉽고, 낮게 읊조리는 희망에는 어딘가 타협의 냄새가 나기 마련이다. 문학이 희망을 줄 수도 있을까. 문학은 절망적인 세계 앞에서 사력을 다해 절망할 수 있을 뿐이지 않은가. 허수경의 시가 이미 그러했다. 절대적으로 부도덕한 세계 앞에서 절대적으로 절망하고 있었기 때문에, 아름다웠다. 이후에도 그녀의 작업은 꾸준하다. 계간 『문학동네』(2007년 여름호)에 발표된 최근작 두 편이다.

나의 도시들 물에 잠기고 서울 사천 함양 뉴올리언스 사이공 혹은 파리 베를린
나의 도시들 물에 잠기고 우울한 가수들 시엔엔 거꾸로 돌리며 돌아와, 내 군대여, 물에 잠긴 내 도시 구해달라고 울고
(······)
나의 도시 나의 도시 당신도 젖고 매장당한 문장들 들고 있던 사랑의 나날도 젖고
학살이 이루어지던 마당도 폭탄에 소스라치던 몸을 쟁이고 있던 옛 통조림 공장 병원도 젖고
죄 없이 병에 걸린 아이들도 잠기고
정치여, 정치여, 살기 좋은 세상이여, 라고 말하던 사람들 산으로 올라가다 잠기고
　　　　　　　　　　　　　　　　　　　—「나의 도시」 중에서

울지 마 울지 마 결혼반지 잃어버린 육십 넘은 동백꽃처럼 울지 마
울지 마 울지 마 내일 헐려나갈 천년 넘은 집처럼 울지 마
울지 마 울지 마 십수 년째 거짓말만 하고 있는 시인처럼 울지 마

울지 마 울지 마 이런 것도 눈 감는 거라고 이 대륙에서 저 대륙으로 건너가는 철새처럼 울지 마

울지 마 울지 마 포유류와 조류의 갈림길에서 어류와 갑각류의 갈림길에서 중세와 르네상스의 갈림길에서 언제나 틀린 결정만 해온 존재처럼 울지 마 울지 마 울지 마

—「여기는 이국의 수도」 중에서

이 두 편은 올해에 발표된 가장 아름다운 시가 될 것이다. 허수경은 타락한 제정 분리 시대의 외로운 샤먼 같다. 영감에 넘치는 수사학과 몽환적이고 주술적인 리듬은 예나 지금이나 독보적이다. 「여기는 이국의 수도」에서 그녀는 세계의 모든 도시들을 '나의 도시들'로 껴안는다. 그녀의 좋은 시에서 모든 술어들은 '운다'의 슬하에 있다. 그러나 그녀는 '운다'라고 쓰지 않고 그냥 운다. 눈물이 고이듯 의미가 고이고, 눈물이 흐르듯 가락이 흐른다. 그녀의 시는 모국어가 흘리는 눈물이다.

구구절절 설명하고 목청 높여 분노하고 거창한 대안을 도모하는 시들은 이 울음 앞에서 무력하다. 모국어의 가장 섬세한 유역에서 흐르는 이 눈물이 이제는 세계적인 보편성의 바다로 흘러들어가는 것을 보는 일은 감동적이다. 누군가의 수사법을 빌려 말하건대, 만약 허수경이 없었다면 우리는 그녀를 발명해야 했을 것이다. 그녀 덕분에 다시 되새긴다. 문학은 절망의 형식이다. 우리의 나약하고 어설픈 절망을 위해 문학은 있다. 그리고 희망은 그 한없는 절망의 끝에나 겨우 있을 것이다.

(2007. 11. 2)

비애와 더불어 살기
— 조용미의 『나의 별서에 핀 앵두나무는』

생각하지 말아야 할 사람은 생각하지 말아야 하고 듣지 말아야 할 음악은 듣지 말아야 하고 먹지 말아야 할 음식은 먹지 말아야 한다. 요즘 같은 날씨에 자칫 방심했다간 이유 없는 비애가 몰려와서 하루를 망치게 된다. 아니다. '이유 없는'이라는 말은 틀렸다. 이 세상에 이유 없는 비애는 없다. 너무 많은 이유가 있거나 인정하기 싫은 이유가 있을 뿐. 아니다. 히포크라테스에 따르면 사람은 네 가지 유형으로 나뉘는데, 그중 몸에 검은 담즙이 많은 사람들은 더러 이유 없는 비애에 시달리기도 한다니까. '검은 담즙'을 뜻하는 '멜랑콜리'가 오늘날 우울증의 명칭이 된 것은 그래서다.

토성의 기질을 타고난 사람에게도 멜랑콜리는 평생의 벗이다. 수전 손택에 의하면 비평가 벤야민이 그런 유형이었던 것 같다. 친구 숄렘은 '심오한 슬픔'이 그의 특징이라 했고, 프랑스인들은 그를 '슬픈 사람'이라고 불렀다니까. 그런 유형은 "느리고 우유부단한 경향이 있기 때문에 칼을 들고 자신의 길을 내며 가야 한다. 때로는 칼날을 스스로에게 돌려 끝을 내기도 한다."(수전 손택, 『우울한 열정』) 그러니 벤야민의 자살은 어쩌면 파시즘과 토성의 합작품이었는지도 모르겠다. 담즙이나 토성 따위와 무관한 사람이라고 그 칼로부터 안전할 수 있겠는가. 어떤 비애는 칼이 되어 나를 겨눈다. 이 비애를 어찌해야 하나.

가슴속에서 검은 담즙이 분비되는 때가 있다 이때 몸속에는 꼬불꼬불 가늘고 긴 여러 갈래의 물길이 생겨난다 나뭇잎의 잎맥 같은 그 길들이 모여 검은 내, 黑河를 이루었다

흑하의 물줄기는 벼랑에서 모여 폭포가 되어 가슴 깊은 곳을 가르며 옥양목 위에 떨어지는 먹물처럼 낙하한다

폭포는 검은 담즙으로 이루어져 있다

너의 죄는 비애를 길들이려 한 것이다 생의 단 한순간에도 길들여지지 않는 비애는 그을린 태양 아래 거칠고 긴 숨을 내쉬며 가만히 누워 있다

쓸갯물이 모여 생을 가르는 劍이 되기도 하다니 검은 폭포 아래에서 모든 것들은 부수어져 거품이 되어버린다 거품이 되어 날아가는 것들의 헛된 아름다움이 너를 구원할 수 있을까

비애는 길들여지지 않는다

너의 죄는 비애를 길들이려 한 것이니 幻이 끝나고 滅이 시작되는

지점에서 삶은 다시 시작되는 것을 검은 담즙이 모여 떨어지는 흑하
는 아름답다 그 아름다움을 지상에서 가장 헛된 것이라 부르겠다

　지상에서 가장 헛된, 그 아름다움의 이름은 絶滅이다
　　　　　　　　　　　　　　　　　　　　　　 —「검은 담즙」 전문

　최근에 출간된 네번째 시집 『나의 별서에 핀 앵두나무는』(문학
과지성사, 2007)에서 골랐다. 얼마나 깊은 비애가 이런 이미지를
만드는가. 몸속에서 분비된 검은 담즙이 강을 이루고 폭포가 되어
마침내 가슴을 가른다. 그때 시인은 저 자신을 타이르듯 말한다.
"너의 죄는 비애를 길들이려 한 것이다." 비애를 길들이려 해서는
안 된다. 아니, 비애는 길들여지지 않는다. 폭포가 부서져 거품이
되어 날아가듯, 비애는 스스로 절멸한다. 바로 그 순간, 환이 멸하
는 바로 그 순간이 이를테면 삶 속에 시가 흘러드는 순간일 것이
다. 그래서 그 절멸은 아름답다. 그 아름다움과 더불어 "삶은 다시
시작"된다.
　50년 전에 김수영은 이렇게 썼다. "비가 오고 있다/여보/움직이
는 비애를 알고 있느냐."(「비」) 「검은 담즙」의 시인이 폭포 앞에서
비애의 낙하와 절멸을 생각할 때, 「비」의 시인은 내리는 비 앞에서
"움직이는 비애"에 관해 명상했다. 이 시들이 품고 있는 삶은 비애
에 매몰되는 삶도, 비애와 싸우는 삶도 아니다. 비애와 더불어 사는
삶이다. 비애와 더불어 산다니, 그것은 도대체 어떤 경지일까. 그
자신 누구보다 담즙과 토성의 사람이었던 벤야민은 이런 문장을 남
겼다. "어떤 사람을 아는 사람은 희망 없이 그를 사랑하는 사람뿐
이다."(「일방통행로」) 비애와 더불어 사는 삶이 어쩌면 이런 것일

까. 그래서 이렇게 바꿔 적는다. 삶을 아는 사람은 희망 없이 삶을
사랑하는 사람뿐이다.

(2007. 11. 23)

여인숙으로 오라

— 최갑수의 「밀물여인숙 3」과 안시아의 「파도여인숙」

남자가 혼자 여행을 떠날 때, 짐짓 심각한 척하지만 그 천진한 속을 누가 모를까. 실은 가슴이 허해서 애달아 하는 것이다. 여행길 어느 모퉁이에서 익명의 여인을 만나 그 허한 속 한번 채워보려는 것이다. 작가들이 그토록 우려먹은 '여행의 서사'에는 이런 판타지가 깔려 있다. 예컨대 우리네의 걸작으로는 「무진기행」(김승옥)이 있고 여성 작가의 우아한 반격으로는 「하나코는 없다」(최윤)가 있는 터다. 책임질 일 없어서 달콤하고 일시적이어서 뜨겁지만, 결국에는 허한 속 다시 붙안고 돌아오는 민망한 사내들의 이야기. 비근한 사례로 시 쪽에는 '여인숙의 서정'이 있다.

창밖을 보다 말고
여자는 가슴을 헤친다
섬처럼 튀어오른 상처들
젖꽃판 위로
쓰윽 빈 배가 지나고

그 여자,
한움큼 알약을 털어넣는다
만져봐요 나를 버텨주고 있는 것들,
몽롱하게 여자는 말한다
네 몸을 빌려
한 계절 꽃 피다 갈 수 있을까
몸 가득 물을 길어올릴 수 있을까,
와르르 세간을 적시는
궂은 비가 내리고
때묻은 커튼 뒤
백일홍은 몸을 추스른다

그 여자도 나를 이해하지 못한다
애처로운 등을 한 채로
우리가 이곳에 왜 오는지를
비가 비를 몰고 다니는 자정 근처
섬 사이 섬 사이
두엇 갈매기는 날고
밀물여인숙
조용히 밀물이 들 때마다

—「밀물여인숙 3」 전문

꼭 10년 전에 이런 시를 들고 최갑수라는 시인이 나타났다. 당시 스물다섯 살이었다. 그 나이에 이런 가락이라니. 세 살 아래인 어느 독자에게 이 시의 정서는 징그럽고도 탐나는 것이었다. 여인은 상처를 헤치며 약을 털어넣고, 사내는 그 여인의 몸에 한 시절 의탁해보려고 궁리중이다. 못난 여인과 못난 사내인 게 분명한데, 자꾸만 이 쓸쓸한 풍경에 마음이 쏠리는 것이다[이 시는 3년 뒤에 시인의 첫 시집 『단 한 번의 사랑』(문학동네, 2000)에 실린다]. 새삼 이 시를 떠올리게 한 것은 어느 젊은 시인의 시였다.

어디선가 본 적 있지 않아요?
창문마다 네모랗게 저당잡힌 밤은
가장 수치스럽고 극적이에요
담배 좀 이리 줘요
여기는 바다가 너무 가까워요
이 정도면 쓸 만하지 않나요?
다 이해하는 것처럼 고개 끄덕이지 말아요
창밖으로 수평선이 넘치고
아 이런, 술잔도 넘쳤나요
오래될수록 좋은 건 술밖에 없어요
갈 곳도 없고 돈도 없다고
유혹하는 것처럼 보여요?
부서지기 위해 밀려온 파도처럼
이곳까지 떠나온 게 아니던가요
여긴 정말 파도 말고는 아무도 없군요
그런데 왜 자꾸 아까부터
큰 눈을 그리 끔벅대는 거예요
파도처럼 이리 와봐요
나는 섬이에요

안시아의 첫번째 시집 『수상한 꽃』(랜덤하우스코리아, 2007)에서 골랐다. 이것은 마치, 10년 전 '밀물여인숙'에서 발송된 한 사내의 편지가 유리병 속에 봉인된 채 쓸려다니다가, '파도여인숙'에 도착해 10년 만에 답장을 받고 있는 형국이 아닌가. 여인이 "파도처럼 이리 와봐요/나는 섬이에요"라고 짜릿하게 한마디할 때, 이 '파도 여인'에게서 '밀물 사내'를 떠올리지 않을 수 없었다. 삶의 쓸쓸한 구석에서 만난 이들이 살 비비는 풍경은 이렇게 서로 닮고 만다. 가진 것은 몸뿐, 할 수 있는 것은 사랑뿐.

그래, 신파 맞다. 맞긴 한데, 그게 또 싫지가 않은 것이다. 뭐랄까, 아늑한 신파라고 할까. 누구에게나 몸에서 비린내가 나는 외로운 날들이 있는 것이다. 그런 날에는 또 이런 남녀들의 뽕짝 같은 수작들이 위로가 된다. 나만 아는 그런 여인숙, 어딘가에 꼭 하나만 있어서, 사랑이든 신파든, 한 몇 달 살아보고 싶어지는 것이다. 그렇잖은가, 기적이 없는 세계에 신파라도 있어야지. [부기_ 함께 읽기 좋은 시로 함성호의 「벚꽃 핀 술잔」(『너무 아름다운 병』)과 허수경의 「도시의 등불」(『혼자 가는 먼 집』)이 있다. 눈물, 겹다.]

(2007. 12. 14)

여자가 없으니 울지도 못하겠네
── 이현승의 「결혼한 여자들」과 황병승의 「사성장군협주곡」

사랑에 빠지면 탐정이 된다. 왜? 나의 연인이 끊임없이 내가 해독해야 할 '기호'들을 방출하는 생명체이기 때문이다. 미묘하게 흔들리는 눈빛, 평소와는 다른 어색한 미소, 어쩐지 나를 밀어내는 듯한 말투. 젠장, 도대체 이 기호들은 뭘 뜻하는 거야! 들뢰즈는 『프루스트와 기호들』에서, 우리가 연인이 방출하는 기호 앞에서 안달하는 이유는 그것이 어떤 '가능 세계'의 존재를, 즉 내가 모르는, 그러나 있을 가능성이 농후한 어떤 세계가 있다는 사실을 암시하기 때문이라고 말한다. 프루스트의 대작 『잃어버린 시간을 찾아서』도 그 무슨 추억 따위를 늘어놓은 책이 아니라 한 남자가 평생 동안 '기호'를 해독해나가는 이야기라는 것. 내가 모르는 그녀만의 세계가 있다고? 그런 거, 인정하고 싶지 않다.

나는 그 여자가 혼자
있을 때도 울지 말았으면 좋겠다
나는 내가 혼자 있을 때 그 여자의

울음을 생각하지 말았으면 좋겠다
그 여자의 울음은 끝까지
자기의 것이고 자기의 왕국임을 나는
알고 있다
나는 그러나 그 여자의 울음을 듣는
내 귀를 사랑한다

—「그 여자의 울음은
내 귀를 지나서도 변함없이 울음의 왕국에 있다」전문

정현종의 초기 시집 『고통의 축제』(민음사, 1974)에서 골랐다. 사
내에게 여인의 눈물만큼 난해한 기호가 또 있을까. 그 기호의 가능
세계가 얼마나 커 보였던지 청년 정현종은 '왕국'이라는 말까지 동
원했다. 여자의 왕국이 끝내 나를 밀어내고 있으니 난감하지만, 그
나마 그 울음을 들을 수 있는 귀가 있으니 다행이라는 것. 특유의
낙천주의다. 이 시를 다시 떠올리게 된 것은 다음 시 때문이다.

정원사와 결혼한 여자가 있어요
또 짐꾼과 결혼한 여자가 있지요
수다쟁이와 결혼한 여자도 있구요
모두 말이 없군요
너무 고여 있었어요
가끔씩 소리 내어 울지만
모여서 울지 않아요

여자들이 깜짝깜짝 놀랄 때마다

나는 경계심에 대해 생각해요

깜짝 놀란다는 건

아무래도 너무 외롭지 않아요?

—「결혼한 여자들」 전문

이현승의 첫 시집 『아이스크림과 늑대』(랜덤하우스코리아, 2007)에서 골랐다. 좋은 시에는 어떤 '무덤덤한 발견'의 순간이 있다. 결혼한 여자들은 왜 모여서 울지 않는가. 깜짝깜짝 놀라는 여자들은 왜 외로워 보이는가. 이쯤 되면 기호 해독에 소질이 있는 사내 아닌가. 청년 정현종보다는 '울음의 왕국' 속으로 한 발 더 들어간 듯 보인다.

남자의 눈물에 대해서도 몇 마디 하자. 밥 말리의 노래 〈No woman no cry〉가 생각난다. 내용상으로는 '마오, 여인아, 울지를 마오'라는 뜻이다. 제목만 떼놓고 보면 '여자가 없으면 눈물도 없다'도 되니 재미있다. 더 재미있는 것은 시인 황병승의 해석이다. "혹시 자넨, '노 워먼 노 크라이'라는 말을 해석해본 적이 있나 나는 이렇게 해석한다네 '여자가 없으니 울지도 못하겠네' 잘 있게나 친구 아직도 오늘 밤이군."(「사성장군협주곡四星將軍協奏曲」) 왜 아니겠는가. 천운영의 소설에 "여자의 눈물은 원초적으로 남자를 향한 거거든"(「그녀의 눈물 사용법」)이라는 문장이 있지만, 남자의 눈물도 여자라는 관객이 없으면 쉽게 무대에 오르지 않는다.

이 글을 쓰고 있는 자 역시 언젠가 한 여인 앞에서 눈물이라는 기호를 방출한 적이 있다. "눈물을 흘리면서 나는 누군가를 감동시키려 하고 또 압력을 가하고자 한다. 당신이 내게 한 짓을 좀 보세요." (롤랑 바르트, 『사랑의 단상』) 실로 그런 취지였는데 결과는 반대였다. 그녀는 사려 깊은 탐정이 되어 나의 기호를 해석하지 않고 외려 판사가 되어 제 마음을 땅땅 정리해버렸다. 그래서 얻게 된 교훈. '당신에게서 마음이 떠나려 하는 연인 앞에서 울지 마라. 이별의 시간이 더 빨라질 것이다.' 그런데 지행일치가 잘 안 되어서 그 뒤에도 자주 울었다. "내 고통이 환상이 아니라는 것을 스스로에게 증명하기 위해 나는 눈물을 흘린다."(앞의 책) 그래, 그래서 울었던 거겠지. 남자도 울고 여자도 울고, 그렇게 사랑하고 그렇게 헤어지는 것이다. 참 빤하고 정겹다.

(2008. 1. 25)

둘째 이모의 평안

—황인숙의 『리스본行 야간열차』

비 오면 생각난다. 황인숙의 시 한 편.

비가 온다.
네게 말할 게 생겨서 기뻐.
비가 온다구!

나는 비가 되었어요.
나는 빗방울이 되었어요.
난 날개 달린 빗방울이 되었어요.

나는 신나게 날아가.
유리창을 열어둬.
네 이마에 부딪힐 거야.
네 눈썹에 부딪힐 거야.
너를 흠뻑 적실 거야.

유리창을 열어둬.
비가 온다구!

비가 온다구!
나의 소중한 이여.
나의 침울한, 소중한 이여.

　　　　　　　　　　　　　　—「나의 침울한, 소중한 이여」 전문

　황인숙 이전에 이런 발성은 없었다. 말 그대로 '발랄(潑剌)', 물방울처럼 흩어지는 언어들이다. 숱한 시 중에서 두 편만 옮긴다.

당신 앞에서
비틀거리기 싫어서
넘어졌었죠.
넘어진 게 어이없어서
좌악 뻗었죠.
당신의 시선의 쇳물
쏟아졌어요.
나는 로봇처럼
발딱 일어났어요.
강철 얼굴을 천천히
당신께 돌렸어요.
내 구두를 미끄러뜨린 게
무어겠어요?

　　　　　　　　　　　　　　　　　—「데이트」 전문

삶에서 자주 넘어지는 사람들이 데이트에서라고 별수 있나. 기우뚱하다가 뻗었다. 남자의 뜨악한 시선이 '쇳물'처럼 쏟아진다. 마음을 다잡고 '강철 얼굴'을 든다. 그리고 이런 능청. '내 마음이 누구 때문에 넘어졌는데!'

　　당신이 얼마나 외로운지, 얼마나 괴로운지,
　　미쳐버리고 싶은지 미쳐지지 않는지
　　나한테 토로하지 말라
　　심장의 벌레에 대해 옷장의 나방에 대해
　　찬장의 거미줄에 대해 터지는 복장에 대해
　　나한테 침도 튀기지 말라
　　인생의 어깃장에 대해 저미는 애간장에 대해
　　빠개질 것 같은 머리에 대해 치사함에 대해
　　웃겼고, 웃기고, 웃길 몰골에 대해
　　차라리 강에 가서 말하라
　　당신이 직접
　　강에 가서 말하란 말이다

　　강가에서는 우리
　　눈도 마주치지 말자.

　　　　　　　　　　　　　　　　　　　　　　　　—「강」 전문

'심장의 벌레'에서부터 '터지는 복장'에 이르는 유려한 리듬에 정신 놓고 있다가 마지막에서 한 대 맞는다. 나이 먹을 만큼 먹었으면 어리광 부리지 말라는 거다. 청승과 신파는 혼자 처리하라는 거다.

이런 시들, 신기하다. 부러 어여쁜 척하지 않는데 분명히 어여쁘고, 정색하고 훈계하는 듯 보여도 위압적이지가 않다. 발랄한 언어 때문만은 아닐 것이다. 그녀의 삶이 놓여 있는 자리가 워낙에 그런 것이다. "아, 비천하게도 나는 아씨 체질인 것이다./처지는 비록/아씨를 모셔도 시원치 않을지라도."(「나의 맹세」에서) 처지는 몸종인데 체질은 아씨란다. 그래, 처지와 체질의 보드라운 긴장 때문에 그녀의 시들이 그리 생생했던 것이다. 지난 연말에 출간된 여섯번째 시집 『리스본行 야간열차』(문학과지성사, 2007)에서도 그녀는 여전하다. 그런데 이런 시가 있다.

> 지난밤,
> 리스본의 첫 밤이자 마지막 밤
> 파두 카페에 갔었다
> 숙명에는 기쁨이 없다고
> 숙명이라는 말에는 기쁨이 없다고
> 숙명이 거듭거듭 노래했다
> 눈 밑살에 주름이 쩌억, 가는 듯했다
> 파두 기타가 검은 옷을 입은 숙명을 이끌었다
> 숙명은 떨면서 어둠 속으로 사라져갔다
> 내 영혼은 숙명에 홀렸다
>
> ─「파두─Dear Johnny」 중에서

시인은 2004년 11월경에 포르투갈 리스본에 다녀온 것 같다(그녀와 절친한 고종석의 연재 에세이 「도시의 기억」 중 '리스본' 편을 보고 알았다). 거기서 포르투갈의 전통 가요 파두(fado, '숙명'이라는 뜻)를 들었나 보다. 이 시가 왠지 밟히는 것이었다. 그녀는 "숙명에는 기쁨이 없다"라고 내내 중얼거린다. 그리고 다른 시에서는 이렇게 말한다. "다시 오를 길이라면, 내려가지 말자."(「파두—비바 알파마!」) 아말리아 호드리게스의 파두 〈어두운 숙명〉을 들으며 저 두 문장을 엮어보았다. '숙명에는 기쁨이 없지만, 다시 오를 길이라면 내려가지 말자'. 안 그래도 눅눅한 삶이었는데, 이 문장은 어쩐지 위로가 되는 것이었다. 황인숙 특유의 '발랄'하고는 거리가 멀지만 이 홀가분한 긍정이 참 좋다.

그러고 보니 그녀 나이 이제 쉰이다. '고양이 시인'이라는 별명은 이제 거두는 게 좋겠다. 이제 그녀는 이모 같다. 이모, 사는 게 왜 이리 억지 같지? 그러면 꼭 안아줄 것 같은 이모. 엄마도 아니고 연인도 아닌 이모, 투정 부리기 어려운 큰이모도 아니고 좀 아슬아슬해 보이는 막내 이모도 아닌, 그냥 둘째 이모. 이모의 시에서 느끼는 이 편안한 위안이 좋다. 이런 게 어떤 건지, 삼촌들은 모른다.

(2008. 3. 14)

선생님, 신과 싸워주십시오
—신경림의 『낙타』

　선생님, 처음 인사드립니다. 첫인사를 지면으로 드려 송구합니다. '선생님'이라 말하고 나니 감히 제가 문학사로 걸어 들어가는 듯 무람합니다. 1956년에 등단하셨고 그동안 열 권의 시집을 내셨으니 실로 선생님은 현대 시의 역사 그 자체라고 생각합니다. 그런 선생님께 제가 경박한 펜을 들었습니다. 선생님께서 지난달에 출간하신 『낙타』(창비, 2008)를 읽었습니다. 선생님, 저는 약간의 아쉬움과 큰 반가움을 동시에 느꼈습니다.

　아쉬움에 대해 먼저 말하겠습니다. 표제작을 포함한 여러 편의 시에서 선생님은 이번 생을 차분히 정리하고 계셨습니다. 시집 끝에 실려 있는 산문이 또한 그러했습니다. 제가 읽고 싶었던 것은 원로 시인의 회고와 정리가 아니라 여전히 현역이신 선생님의 포부와 선언이었습니다. 그래서 서운했습니다. 더불어 선생님은 곳곳에서 그 무언가를 반성하고 계셨습니다. 저의 괴벽인지 모르나 시인의 반성에 흔들려본 적 많지 않습니다. 저는 가끔 반성은 서정의 버릇이 아닌가 생각합니다. 시인들은 혹시 가벼운 죄를 반성하면서 진

116

정 무거운 죄는 영영 봉인하고 있지 않은가 하고 고약한 의심을 해보기도 합니다. 제가 읽고 싶었던 것은 선생님의 반성이 아니라 호된 꾸지람이었기에 또한 서운했습니다.

여행지에서의 상념이 수습돼 있는 시들도 유심히 읽었습니다. 건방진 소리가 되겠습니다만, 과연 바느질 자국을 찾기 어려운 대가(大家)의 노래라고 생각했습니다. 그러나 선생님, 그 시들에서도 저는 아쉬움을 느꼈습니다. 세계화의 아픈 현장을 노래한 시들은 선과 악이 자명하여 긴장이 없었고, 타국의 사람들은 물 흐르듯 1인칭의 내면으로 흡수되고 있어 실감으로 육박해오지 않았습니다. 이역시 괴벽인지 모르나 저는 시인의 여행에 예민하게 구는 편입니다. 저는 가끔 여행이란 서정의 알리바이가 아닌가 생각합니다.

그러나 선생님, 3부의 시들은 제 마음을 무겁게 짓눌렀습니다. 철없는 아이들이 개미 떼를 짓밟으며 노는 장면을 보고 쓰신 시의 후반부가 이러합니다.

그 밤 나는 꿈을 꾸었다.

내가 개미가 되어 거대한 존재한테 짓이겨지는.

내가 사는 도시가 조각배처럼 흔들리고 큰 건물들이 종이집처럼 맥없이 주저앉는.

나와 내 이웃들이 흔들리는 골목을 고래의 뱃속에서처럼 서로 부딪치고 박치기를 하며 우왕좌왕하는.

우리가 사는 것과는 아무 상관도 없는, 우리의 존재와도 우리의 생각과도 우리의 증오와도 우리의 사랑과도 그밖의 우리의 아무것과도 상관이 없는 그 거대한 존재를 향해, 오오 주여, 용서하소서, 끊임없이 울부짖는.

천년을 만년을 그렇게 울부짖기만 하는.

누가 누구를 용서하고, 무엇 때문에 용서하는지도 모르면서.
                                                    —「용서」중에서

이 시에 휘청했습니다. 이런 시를 기다렸습니다. 저는 1970~
1980년대를 혼신으로 감당해오신 우리 시대의 어른들께서 왜 신과
대화하지 않는지 의아했습니다. 유물론이 왜 형이상학으로 깊어지
지 않는지, 변혁론이 왜 구원에 대한 사유로 급진화되지 않는지 알
수 없었습니다. 세계는 어디로 가는가, 인간은 구원될 수 있는가,
신은 도대체 어디서 무엇을 하는가. 이런 물음을 던지는 것은 세계
의 현재를 합리화하는 형이상학이 아니라 그것과 투쟁하는 형이상
학입니다. 천지 만물에 범재하는 자비의 신을 '느끼는' 시가 아니
라, 인간의 불행을 방관하는 신과 '싸우는' 시를 기다렸습니다. '신
적인 것'과 대결하면서 '시적인 것'이 뜨거워질 수 있다고 믿었습
니다. 인용한 시에서 그 믿음을 재확인했습니다.
　젊은 시인들은 신에 대해 말하지 않습니다. 그들은 신과 대화하
기보다는 신을 모독하려 합니다. 상관없습니다. 그것이 그들의 길
입니다. 신과의 대화는 우리 시대 큰 어른들의 몫이라고 생각합니
다. 세계의 참혹에 눈물을 흘리는 데서 그치지 않고 이 엉망인 세
계를 누군가 책임져야 한다고 신을 향해 말할 때 '투쟁하는 형
이상학'이 시작될 것입니다. 준엄하게 신을 기소(起訴)하는 법정
에 한국 시는 거의 출석하지 않았습니다. 그래서 선생님의 다음
작업을 떨며 기다릴 것입니다. 이만 줄이겠습니다. 이른 시일 내
에 찾아뵙지 못하더라도 부디 노여워하지 말아주십시오. 멀리서

경외하는 이가 실은 더 끈질긴 법이니까요. 늘 건강하십시오, 선
생님.

(2008. 4. 4)

좋겠다, 죽어서……

─문인수의 「이것이 날개다」

　'장애인 차별 금지 및 권리 구제에 관한 법률'이 4월 11일부터 시행된다는 소식을 들었을 때 속으로 놀랐다. 이런 법이 여태 없었단 말인가. 실은 놀랄 자격도 없는 것이다. 언제 관심이나 있었던가. 나는 장애인이 아니다. 진심으로 다행이라 생각한다. 그저 가끔, 내가 갑자기 장애인이 되어도 그녀는 나를 사랑할까, 하는 철없는 생각을 10년 전이나 지금이나 해본다. 드문 일이지만, 장애인들의 일상을 TV로 엿보면서 훌쩍거리기도 한다. 알량한 눈물이다. 그들의 삶이 아파서 흘리는 동정의 눈물은 내가 '정상'임을 안도하는 감사의 눈물과 은밀하게 뒤섞인다. 최근에 읽은 시 한 편 때문에 이런 서론이 필요했다.

　문인수 시인의 다섯번째 시집 『배꼽』(창비, 2008)이 출간됐다. 1945년 출생, 1985년 등단. 시인의 이름이 특별하게 문단에 회자되기 시작한 게 몇 년 전부터다. 그 몇 년 동안 이 시인은 어느 한 대목에서는 꼭 한 번 낮은 한숨을 쉬게 만드는 시들을 써냈다. 그 시들이 이번 시집에 묶였다. 내키는 대로 아무 데나 펼쳐 읽다가 「이

것이 날개다」라는 제목의 시에 걸려 넘어지고 말았다. 시를 읽는데, 기습처럼 눈물이 고여들어, 그 눈물이 잦아들 때까지 가만히 도사려야 했다. 문태준의 「가재미」 이후 처음이었다.

뇌성마비 중증 지체·언어장애인 마흔두살 라정식 씨가 죽었다.
자원봉사자 비장애인 그녀가 병원 영안실로 달려갔다.
조문객이라곤 휠체어를 타고 온 망자의 남녀 친구들 여남은 명뿐이다.
이들의 평균수명은 그 무슨 배려라도 해주는 것인 양 턱없이 짧다.
마침, 같은 처지들끼리 감사의 기도를 끝내고
점심식사중이다.
떠먹여주는 사람 없으니 밥알이며 반찬, 국물이며 건더기가 온데흩어지고 쏟아져 아수라장, 난장판이다.

　　　　　　　　　　　　　　　　　　　—「이것이 날개다」 중에서

첫째 연이다. "그 무슨 배려라도 해주는 것인 양"을 제외한다면(이 구절, 참 야속하고 절묘하다) 죄다 덤덤한 진술로만 돼 있다. 시인이 이런 식으로 시치미 떼면 읽는 쪽이 외려 조마조마해진다.

그녀는 어금니를 꽉 깨물었다. 이정은 씨가 그녀를 보고 한껏 반기며 물었다.
#@%, 0%·$&*%ㅐ#@!$#*? (선생님, 저 죽을 때도 와주실 거죠?)
그녀는 더이상 참지 못하고 왈칵, 울음보를 터뜨렸다.

$$\$\# \cdot \&@\backslash \cdot \%, \ ^*\&\#\cdots\cdots(정식이 오빠 좋겠다, 죽어서\cdots\cdots)$$
— 「이것이 날개다」 중에서

둘째 연이다. 빈소의 아수라장 앞에서 자원봉사자 그녀의 마음이 이미 위태위태한데, 장애인 이정은씨가 힘겹게 말을 밀어내자 그녀는 끝내 운다. "좋겠다, 죽어서……" 아, 뭔가를 무너뜨리는 말이다. 뭔가를 쑤셔박는 말이다. 이 구절에서 아득했다. 너무 슬프면 그냥 화가 난다.

입관돼 누운 정식씨는 뭐랄까, 오랜 세월 그리 심하게 몸을 비틀고 구기고 흔들어 이제 비로소 빠져나왔다, 다왔다, 싶은 모양이다. 이 고요한 얼굴,
일그러뜨리며 발버둥치며 가까스로 지금 막 펼친 안심, 창공이다.
— 「이것이 날개다」 중에서

마지막 연이다. 이제야 시인이 끼어든다. 정식씨는 뇌성마비 장애인이었다. "몸을 비틀고 구기고 흔들어" 겨우 말했다. 몸에서 빠져나와 날아오르려 몸부림쳤던 일생이었는가. 그리되어서 라정식씨의 얼굴은 이제 이토록 고요한가…… 시인은 이렇게 이해해버렸고, 읽는 나도 수긍해버렸다. 그래야 망자의 영혼에 날개를 달아줄 수 있으니까.
이런 소재의 시를 좋아하기는 어렵다. 어떤 이들의 슬픈 삶을 한없이 슬픈 눈으로만 들여다보아서 기어이 영영 슬픈 삶으로 만들어버리기 쉬워서다. 사회적 약자를 재현하는 일은 그렇게 어렵다. 시의 의식이 동정의 눈물을 흘릴 때 시의 무의식이 감사의 눈물을 흘

리는 사태를 힘껏 막아내야 하기 때문이다. 이 시는 어떤가. "좋겠다, 죽어서……"라는 아픈 말을 모질게도 옮겨놓았고, 그 말에 동의한다는 듯 시를 마무리했다. 이 덤덤한 듯 원숙한 기교 아래로 사무치는 진심이 흐른다. 시인이 끝내 절제한 그 문장을 경박한 내가 대신 써야겠다. "세상의 모든 정은씨, 살아서, 꼭 살아서 행복하십시오."

(2008. 4. 24)

아름다운 엄살, 실존적 깽판

─심보선의 『슬픔이 없는 십오 초』

　반성하는 시인보다는 엄살떠는 시인이 더 애틋하다. 간만에 제대로 된 엄살의 기록을 읽었다. 시인 심보선은 1970년에 태어나 1994년에 등단했지만 오랫동안 휴업 상태로 있다가 몇 년 전 시인으로 돌아왔다. 고대했던 첫 시집 『슬픔이 없는 십오 초』(문학과지성사, 2008)가 나왔다. 표제작에 이런 구절이 있다. "치욕에 관한 한 세상은 멸망한 지 오래다/가끔 슬픔 없이 십오 초 정도가 지난다."(「슬픔이 없는 십오 초」) 이런 문장도 있다. "나는 하염없이 뚱뚱해져간다/모서리를 잃어버린 책상처럼."(「슬픔의 진화」) 치욕을 잊어버린 시대에 영혼이 뚱뚱해진 시인이 슬픔에 익숙해진 채로 말한다. 신자유주의적 속물의 시대에 차마 주먹질은 못하고 멱살만 잡고 편다. 이 슬픈 신경질이 감미로울 정도로 생생하다.

　　하나의 이야기를 마무리했으니
　　이제 이별이다 그대여
　　고요한 풍경이 싫어졌다

124

아무리 휘저어도 끝내 제자리로 돌아오는
이를테면 수저 자국이 서서히 사라지는 흰죽 같은 것
그런 것들은 도무지 재미가 없다

거리는 식당 메뉴가 펼쳐졌다 접히듯 간결하게 낮밤을 바꾼다
나는 저기 번져오는 어둠 속으로 사라질 테니
그대는 남아 있는 환함 쪽으로 등 돌리고
열까지 세라
(……)

사랑이란 그런 것이다
먹다 만 흰죽이 밥이 되고 밥은 도로 쌀이 되어
하루하루가 풍년인데
일 년 내내 허기 가시지 않는
이상한 나라에 이상한 기근 같은 것이다
우리의 오랜 기담(奇談)은 여기서 끝이 난다
　　　　　　　　　　　　　—「식후에 이별하다」 중에서

　모든 이야기에 끝이 있듯 사랑이라는 "하나의 이야기"도 끝이 난다. 그 끝의 순간을 노래한 시다. 아마도 남녀는 죽을 먹고 있었을 것이다. 숟가락으로 휘저어도 다시 제자리로 돌아오는 죽을 들여다보고 있다가 문득 "이제 이별"이라는 생각이 들었을 것이다. 한 생을 휘젓지 못하는 이 "고요한 풍경" 같은 연애가 피로했을 것이다. 이 식사가 끝나면 사내는 이별을 고하리라. 이 "이상한 기근"이 초래한 이별을 연애의 그것으로 한정할 수는 없다. 이 환멸과 허기는

"치욕에 관한 한 세상은 멸망한 지 오래다"라는 저 깨달음의 산물일 것이다. 시인은 '지금 여기의 세상'과 이별하고 싶은 것이다. "뒤돌아보면/강물 위를 사뿐사뿐 걸어가는 옛 애인/기적처럼 일어났던 사랑을 잃었다/꿈과 현실/둘 다."(「미망 Bus」) 이 이별 뒤에 새로운 사랑이 찾아오기가 쉬울 것 같지 않다.

소설 이론 쪽에는 '문제적 개인'(루카치)이라는 개념이 있다. 시쪽에서는 '문제적 자아'라는 개념을 사용해볼 수 있을까. 반성하고 감동하고 배려하는 자아 말고, 시비 걸고 자학하고 투덜대는 자아 말이다. 우리는 시의 '나'가 반드시 시인의 '자아'와 일치할 필요는 없다고 믿는 편이지만, 이런 문제적 자아의 시는 인텔리겐치아와 프티부르주아의 틈새에서 고해성사처럼 쓰이기 때문에 죄의식이 물컹물컹 배어나와 아프다. 요즘 시에서 이런 '자아'가 드물고, 이런 자아의 '육성'을 듣기가 쉽지 않고, 육성으로 울려오는 '엄살'을 만나기도 어렵다. 이 모든 것이 이 시집을 "빛나는 폐허"(「아주 잠깐 빛나는 폐허」)로 만든다.

우리가 '엄살'이라 부르는 것은 아픔을 유난히 예민하게 인식하고 그것을 화려하게 표현하는 능력이다. 이 '문제적 자아의 엄살'에는 계보가 있다. 5·16 이후 김수영의 시가 그랬고, 10년 전 황지우의 시집 『어느 날 나는 흐린 酒店에 앉아 있을 거다』(문학과지성사, 1999)가, 최근에는 장석원의 시집 『아나키스트』(문학과지성사, 2005)가 그러했다. 이 시인들의 시에는 공통점이 있다. 성자(聖者)는 못 되겠지만 죽어도 '꼰대'는 아니 될 것 같은 사람들이 쓰는 실존적 '깽판'으로서의 시. 그래서 '형'이라 부르고 싶어진다. 나, 형의 기분 알 거 같아요, 저도 이 시대가 지긋지긋해요, 그 '빛나는 폐허'에 나도 끼워줘요. 그러나 시적 엄살은 전염성이 높지만 흉내 내

기는 어렵다. 아름다운 엄살 이전에는 숱한 몸살의 시간들이 있어
야 하기 때문이다. 더 많이 사랑하는 사람이 지는 게 사랑이지만, 더
많이 아파하는 사람이 이기는 게 시다.

(2008. 5. 16)

시치미 떼는 시

─윤제림의『그는 걸어서 온다』

  무릇 좋은 시란 '분단된 영혼의 내전' 같은 것이어서 시를 제대로 읽기 위해서는 종군기자처럼 현장으로 뛰어들어야 한다. 단어 하나, 구두점 하나, 행갈이 하나에서조차 화약 냄새를 맡을 수 있어야 한다. 그런데 어떤 시들은, 어이 기자 양반, 카메라 내려놓고 술이나 한잔해, 이런다. 머쓱하고 유쾌하고 나른해진다. 그런 시집을 최근에 읽었다. 윤제림의 다섯번째 시집『그는 걸어서 온다』(문학동네, 2008). 안 그래도 정부가 국민을 상대로 전쟁을 벌이고 있는 터라 술 한잔 권하는 이 시집이 더욱 청량했다.

  이 시집은 서정적 시치미 떼기의 진수를 보여준다. '매의 주인을 밝히기 위해 주소를 적어 매의 꽁지털 속에다 매어둔 네모꼴의 뿔'을 '시치미'라 한다. 매를 주인에게 돌려주지 않고 갖고 싶으면 시치미를 슬쩍 떼면 된다. 시에서도 시인이 시치미를 떼는 순간이 있다. 알고도 모르는 척, 아프면서 안 아픈 척, 웃기면서 안 웃긴 척하는 순간이 있다. 그게 잘만 되면 시는 의뭉스러워지고 천진스러워진다. 본래 의뭉스러움(엉큼함)과 천진스러움(꾸밈없음)은 반대에 가까운 것 같은데, 그게 이렇게 동석할 때가 있다.

> 싸리재 너머
> 비행운 떴다
>
> 붉은 밭고랑에서 허리를 펴며
> 호미 든 손으로 차양을 만들며
> 남양댁
> 소리치겠다
>
> "저기 우리 진평이 간다"
>
> 우리나라 비행기는 전부
> 진평이가 몬다.
>
> ─「공군소령 김진평」 전문

이 시에서 시치미를 뗀 곳은 말할 것도 없이 마지막 두 행이다. "우리나라 비행기는 전부/진평이가 몬다." 이 의뭉스럽고 천진스러운 문장 앞에서 무표정을 유지할 수 있는 사람은 드물 것이다. 한 편 더 읽자.

> 재춘이 엄마가 이 바닷가에 조개구이집을 낼 때
> 생각이 모자라서, 그보다 더 멋진 이름이 없어서
> 그냥 '재춘이네'라는 간판을 단 것은 아니다.
> 재춘이 엄마뿐이 아니다.

보아라, 저
갑수네, 병섭이네, 상규네, 병호네.

재춘이 엄마가 저 간월암(看月庵) 같은 절에 가서
기왓장에 이름을 쓸 때,
생각나는 이름이 재춘이밖에 없어서
'김재춘'이라고만 써놓고 오는 것은 아니다.
(……)

재춘아, 공부 잘해라!

—「재춘이 엄마」 중에서

이 시에서 시치미를 뗀 곳은? 물론 "재춘아, 공부 잘해라!"다. 재춘이는 실로 부담스럽겠지만, 이 문장에 일격처럼 붙어 있는 느낌표에서 우리는 기분 좋게 웃는다.

짧은 시 세 편 엄선해서 옮긴다.

어느 날인가는 슬그머니
산길 사십 리를 걸어내려가서
부라보콘 하나를 사먹고
산길 사십 리를 걸어서 돌아왔지요

라디오에서 들은 어떤 스님 이야긴데
그게 끝입니다.
싱겁지요?

—「어느 날인가는」 전문

스님의 '싱거운' 욕망이 무구하다.

꽃이 지니 몰라보겠다.

용서해라,
蓮.

—「목련에게」 전문

'목련에게'라고 시치미를 떼고 있지만 아무래도 꽃 시절을 다 보낸 첫사랑 여인이라도 만난 것 같다.

부여중학교, 오늘도
이층 창가에 서서
당신을 내려다보고 있는
저 여선생을 이기려면

나는 아무래도, 여기
표 파는 여자나 되어야 할까봐요.
정림사지 오층석탑
당신을 흔들자면.

—「춘향가」 전문

'석탑' 같은 당신과 여선생과 매표소 직원의 이 춘향(春香) 같은 삼각관계.

윤제림의 시를 읽으면서 생각했다. 짧은 시가 대체로 체통을 잃지 않는 이유는 무엇일까. 감정이 뛰어놀 운동장이 좁아서일 것이다. 시에서 감정은 문장들을 갈기갈기 찢어낼 정도로 격렬하게 방출되거나 그 그림자조차도 보이지 않게 문장들 속으로 꼭꼭 여며져야 한다. 그러니까 '자기'라는 것을 파괴해버리거나 아예 모른 척해버려야 한다. 어중간하면 흉하다. 어중간할 때, 감정은 더러 자기애 쪽으로 끌려간다. 물론 근사하게 시치미 잘 떼면 그럴 일 없다.

(2008. 7. 4)

연애의 리얼 사운드

—성기완의 『당신의 텍스트』

서태지가 돌아왔다. 귀에 감겨오는 멜로디도 여전하지만 신선한 사운드도 짜릿하다. 고만고만한 작곡가들이 상투적인 사운드를 재생산하는 동안 창조적인 뮤지션들은 소리 하나를 얻기 위해 서 아무개처럼 흉가에서 녹음하기를 마다하지 않는다. 시에서도 비슷한 얘기를 할 수 있다. 시를 언어의 음악이라고 할 수 있다면, 어떤 시인은 멜로디(메시지)를 이리저리 매만지다 말고 사운드(화법 혹은 스타일)를 혁신하기 위해 고투한다. 시인 성기완의 세번째 시집 『당신의 텍스트』(문학과지성사, 2008)를 읽을 때 이 시인이 뮤지션이기도 하다는 점을 상기하는 일은 유용하다. 그는 음악으로 치자면 발라드에 해당할 연애시의 영역에서 새로운 사운드를 실험한다. 이를테면 발라드에 노이즈 집어넣기.

웬일이죠
오히려 당신이 생각날 때
당신에게 연락을 안 한다는

당신은 그렇게 먼
그러나 때로는 가까운

당신의 나신이 기억나지 않아요
우리는 어두운 곳에서 벗었죠
불이 켜져 있을 때는
눈을 감았죠
그렇게 우리는 척척한 몰입의 순간에도
비밀을 유지했다는

이건 뭐죠
나는 몇 번이나 참았어요
사랑한다는 말을
입에서 그 말이 튀어나오기 직전에
이를테면 사정의 순간 직전에
나는 다른 말을 내뱉었죠
안에다 싸도 되냐는 식의

대답은 늘 하나였어요
안 된다는 것
나는 늘 그 대답에 안도했죠
사랑하지 않아도 된다는 거
무거워지지 않을 거라는 거

—「당신의 텍스트 3」중에서

말하자면 이런 것이다. '사랑해'라고 말하지 않고 '안에다 싸도 돼?'라고 말하기. 부드러운 발라드 사운드를 유지하던 시는 저 문제의 구절에서 노이즈를 만든다. 이 정도면 온건하다. 다른 예를 들자면, 이 시인은 뜬금없이 '핥다'라는 말을 툭 던진다. "당신이 좋아하는 날씨를 나도 좋아해야지/핥다"(「오늘의 메뉴」) "딸 거야/빨 거야/핥다"(「베란다에서」) 인간을 포함한 대다수 동물들의 사랑에서 '핥는' 행위는 필수적인 것이다. 그러나 가지런하게 정리된 연애시의 사운드에서 '핥다'라는 말은 거의 노이즈에 가깝다. 당신을 사랑하오. 그래서 당신을 핥고 싶소. 이렇게 쓰지는 않는다는 말이다. 힙합도 아닌데 발라드의 한 대목에서 검열을 상징하는 '삐'소리가 난다면 얼마나 괴상할까.

그냥 솔직한 시인이구나 하고 넘어가면 그만일까. 아니다. 연애시에서 섹스를 직설적으로 말하는 것 정도야 대수겠는가. 우리가 지금 노이즈라 부르는 것의 층위는 훨씬 넓다. 이 시인은, 마치 앰비언트 뮤직에서처럼, 일반적인 연애시의 사운드에 여러 환경적 요소(텍스트)들을 도입해 음악과 소음의 경계를 흔든다. 시인의 말로는 '스파팅(spotting)'이다. 더럽히기 혹은 얼룩덜룩하게 하기. "글을 쓴 시각, 공간의 정황을 글 속에 기입하고 그 글의 느낌을 그 글의 정황과 연결시키는 거야. 일종의 ambient writing이라고 할 수 있을 텐데……"(「당신의 텍스트 4」) 이 시집의 척추인 「당신의 텍스트」 연작 열한 편이 이 스파팅 기법으로 씌었다. 그저 실험적이기만 한 것이 아니라 묘하게 서정적이다.

물론 이 시집에는 멀끔하고 예쁘장한 사운드의 시들도 있다. 어떤 독자들은 이 시집에서 그런 발라드만을 골라 읽고 말겠지만 그건 이 시집을 거꾸로 들고 읽는 것과 마찬가지다. 이 시집을 읽다보면, 노이즈로 얼룩진 시들이 오히려 순수해 보이고, 멀끔하고 예쁘장한 시들이 어딘가 엉큼해 보인다는 생각을 하게 된다. 어쩌면 이 전도 효과가 이 시인의 주요의도 중 하나였을까. 실상 우리의 연애라는 게 발라드이기만 한 것은 아니니까. 유치한 자존심, 집요한 욕망, '찌질한' 응석 따위의 노이즈들이야말로 연애의 진짜 사운드인 거니까.

시에 노이즈를 도입하는 일 그 자체가 놀랍도록 새롭다고 하긴 어렵다. 그러나 사운드 혁신에 가장 둔감한 장르 중 하나인 연애시의 한복판에서 노이즈를 만들어내고, 또 그 노이즈를 서정적인 층위로 끌어올리는 것은 충분히 흥미로운 작업이다. 물론 이 시집에는 그 결과가 아슬아슬한 시들도 있다. 그런 시들이 만만해 보여서 '이런 것이 시라면 나도 쓴다'라고 하실 분도 있을 것 같다. 근데 써보면 안다. 나도 쓰겠다 싶은 그런 시, 막상 써보면 잘 안 써진다. 화음에 정통한 자만이 소음으로도 시를 쓸 수 있는 법이다.

(2008. 8. 15)

시인의 직업은 문병
—문태준의 「가재미」와 「문병」

    당신이 끝내 입원했다는 이야기를 들었지만 나는 문병을 미루고 있었지. 두려워서였어. 당신의 아픔이 내게로 건너오지 않으면 어쩌나, 하나도 슬프지 않으면 어쩌나. 그런 적 많았지. 하나도 슬프지 않은 내가 슬펐던 때. 나는 나에게서 벗어나지 못하는 수인(囚人), 당신에게로 전향할 줄 모르는 장기수. 그래서 문병 가는 일은 늘 두려워. 문병(問病)은 '병을 묻는' 일이지. 어디가 어떻게 아프신가. 때로는 물어주는 것만으로도 위로가 되니까. 그러나 진짜 문병은 그런 것이 아니지. 내가 아는 가장 아름다운 문병은 이런 것.

    김천의료원 6인실 302호에 산소마스크를 쓰고 암 투병 중인 그녀가 누워 있다
    바닥에 바짝 엎드린 가재미처럼 그녀가 누워 있다
    나는 그녀의 옆에 나란히 한 마리 가재미로 눕는다
    가재미가 가재미에게 눈길을 건네자 그녀가 울컥 눈물을 쏟아낸다
    한쪽 눈이 다른 한쪽 눈으로 옮아 붙은 야윈 그녀가 운다

그녀는 죽음만을 보고 있고 나는 그녀가 살아온 파랑 같은 날들을
보고 있다
　　좌우를 흔들며 살던 그녀의 물속 삶을 나는 떠올린다
　　　　　　　　　　　　　　　　　　　　　　　　—「가재미」중에서

　물어볼 힘도 대답할 힘도 없지. 그럴 때는 그냥 옆에 누우면 돼. 가
재미처럼 누워 있는 그녀 옆에 나 역시 가재미가 되어 눕는 문병. 그
리고 그녀의 파랑(波浪) 같은 삶을 힘껏 생각해보는 것이지. 이 문병
의 끝은 이렇지. "나는 다만 좌우를 흔들며 헤엄쳐 가 그녀의 물속에
나란히 눕는다/산소호흡기로 들이마신 물을 마른 내 몸 위에 그녀가
가만히 적셔준다." 읽을 때마다 눈물을 참아야 하는 구절. 건강한 내
가 아픈 그녀를 적셔주는 게 아니라 그 반대지. 지독해. 진짜 서정이
란 이런 것이지. 마지막 사랑의 몸짓조차 그녀에게 양보하는 것, 나는
늘 받기만 했다고 생각하는 것.

　　그대는 엎질러진 물처럼 누워 살았지
　　나는 보슬비가 다녀갔다고 말했지
　　나는 제비가 돌아왔다고 말했지
　　초롱꽃 핀 바깥을 말하려다 나는 그만두었지
　　그대는 병석에 누워 살았지
　　그것은 수국(水國)에 사는 일
　　그대는 잠시 웃었지
　　나는 자세히 보았지
　　먹다 흘린 밥알 몇 개를
　　개미 몇이 와 마저 먹는 것을

138

나는 어렵게 웃으며 보았지
그대가 나의 손을 놓아주지 않았으므로
그대의 입가에 아주 가까이 온
작은 개미들을 바라보았지

　　　　　　　　　　　　　—「문병」전문

　새로 나온 시집 『그늘의 발달』(문학과지성사, 2008)을 읽어나가
다가 이 시 때문에 잠깐 책을 덮어야 했지. 어쩌면 이 시는 「가재
미」의 이전 이야기를 다룬 속편일까. 이 아름다운 시에는 문병의
모든 것이 들어 있지. 나의 마음, 그대의 마음, 그리고 죽음의 마음.
나는 그대에게 보슬비와 제비를 말했으나 초롱꽃에 대해선 말하려
다 말지. 아름다운 세상으로 빨리 나가자는 말이었는데, 그대 없이
도 세상은 아름답다는 말이 돼버린 건 아닐까 싶어 나는 멈추었겠
지. 그대는 그런 내 마음을 다 알고 있지. 그래서 웃어주는 거지. 이
제 이 시는 침묵에 잠기고, 마치 "아주 가까이 온" 죽음의 마음인
듯 개미들, 개미들만 있네.

　나는 '문병시(問病詩)'라는 시의 한 갈래가 있어도 좋겠다고 생
각해보았지. 이 시인처럼 문병시를 잘 쓰는 이도 드물다는 생각도
해보았지. 막스 피카르트는 오늘날 진정한 침묵은 병실에만 있다
고 말한 적이 있는데(『침묵의 세계』), 아마도 문병시는 바로 그 침
묵을 담아내야 하는 것일 테지. 사람의 말로는 다 잴 수 없는 그 침
묵 속에 이 세상의 모든 아픈 사람들을 보는 시인의 마음이 묵묵히
흘러야 하지. "내가 그대에게 하는 말은 다 건네지 못한 후략의
말."(「百年」) 그리고 이 '후략의 말'들이 나중에 저런 아름다운 시
가 되는 것이지.

아니지. 존 버거는 시의 일은 부상당한 이를 돌보는 것이라고 했는데(『그리고 사진처럼 덧없는 우리들의 얼굴, 내 가슴』), 그렇다면 문병시라는 게 따로 있을 이유가 없는 거지. 그래서 나는, 시인의 직업은 문병이라는, 그런 엉성한 생각을 해보았지. 나는 시인이 아니지만, 미루고 미룬 문병을, 당신이 다 낫기 전에, 이제는 가보아야 할 텐데.

(2008. 9. 5)

총을 든 선승의 오늘
—고은의『허공』

　고은 선생이 등단 50주년 기념 시집『허공』(창비, 2008)을 출간했다. 나는 선생이 1970～1980년대 민주화의 현장에서 해낸 일들과 오십여 년 동안 한국 문학사에 남긴 업적에 고개를 숙인다. 이에 대해서는 왈가왈부 자체가 불경일 것이다. 한국 문학은 고은 문학에 끝내 다 갚지 못할 큰 빚을 졌다. 그러나 선생을 무슨 시성(詩聖)으로 추앙하면서 선생의 최근 작업에 애오라지 찬양만 일삼을 필요는 없을 것이다. 기왕의 업적과 현재의 성취를 혼동해서는 안 된다. 시인 고은을 존경하는 일과 시집『허공』을 평가하는 일은 별개다. 평론가에게 모든 시집은 신인 시인의 첫 시집일 뿐이다. 사실을 말하자면 나는 막 출간된 선생의 '첫 시집'을 야멸치게 읽었다.

　고은 문학은 '총을 든 선승(禪僧)'의 문학이(었)다. 유물론(총)과 불교(선)가 결합돼 있는 '전언'이 그러하고, 언어도단(선)의 속도감(총)으로 충만한 '언술'이 또한 그러하다. 공인된 두 대표작 「화살」과 「자작나무 숲으로 가서」를 보라. 「화살」은 무시무시한 작품이다. 군부 독재를 향해 화살이 되어 날아가서 영영 돌아오지 말자는 내용을 거의 주술적인 선동의 수사학으로 밀고 나간다. 나는 이 시에서 거의 '파시즘의 황홀'을 느꼈다. 이것은 비판이 아니라 찬탄이다. 「자작나무 숲으로 가서」역시 압도적이다. 세상에 널려 있는 깨달음의 시들이 대개 지루한 이유는 그것들이 깨달음의 과정을 재현하면서 독자를 설득하려 해서다. 고은의 시는 설득하지 않고 곧바로 단언한다. 그 단언이 다시 주술적인 반복과 변주의 급물살을 탄다. 그래서 '공감'의 과정을 건너뛰고 바로 '매혹'되는 이상한 일이 벌어진다.

그러나 문제는 그 마력의 작렬이 점점 드물어지고 있다는 데 있다. 물론 선생의 최근 시집 어떤 것에도 마력의 시 서너 편은 늘 있다. 이번 시집에서 '집'이라는 제목의 시는 "아내의 사진을 바라보았다/울음이 이루어졌다"로 끝나는데, 저 단순한 두 행의 여운은 장엄하기까지 하다. 혹은 거추장스러운 조사(助辭)를 날려버리고 육박해오는 이런 시.

자네 꼽추가 되도록
사랑해봤나?

꼽추가 되도록
타락해봤나?

나는 틀렸어

어린 시절 생각나
생복숭아 비바람에 다 떨어진 날

새끼 열여섯 낳아

열하나 잃고

다섯 남은 여든살 할멈

열두번째 딸 죽은 날

꼽추할멈 울던 날 생각나

천정화 4년

꼽추가 되어버린 늙은 미켈란젤로

그 사람도 생각나

그 사람의 시스티나 천지창조 생각나

저 대웅전 32상(相) 80종호(種好) 부처 가고 꼽추부처 와야 해

—「시스티나」 전문

　도입부의 저 돌연한 질문은 그 자체로 이미 단언이다. 사랑 혹은 타락이려면, 그것은 온몸 휘어져 꼽추가 될 정도로 지독한 것이어야 한다는 거다. 시인은 두 사람을 불러들인다. 이미 꼽추였고 그 육체만큼 비극적인 생을 감당해야 했던 한 노파, 그리고 애초 꼽추가 아니었으나 시스티나 성당 천장 벽화를 그리다 4년 만에 꼽추가 된 미켈란젤로. 시공을 넘나드는 두 사례가 읽는 이를 후려치고 가면 다시 시인의 일갈이 이어진다. 운명을 감당하고 타개한 인간의 비극적 숭고함을 상징할 수 있는 것은 "32상 80종호"(불상의 규격 혹은 원리)의 번듯한 부처가 아니라 "꼽추" 부처여야 한다는 것. 논변과 설득이 아니라 단언과 주술을 통한 호소가 시의 면책특권이라면, 이 시인만큼 그 특권을 능란하고 호쾌하게 누리는 이

도 드물다.

그러나 이런 시가 많지 않다. 나는 백 편이 넘는 수록작 중에서
겨우 서너 편을 얻었을 뿐이다. 그 외의 시들은 일독 이후 뒤돌아보
지 않았다. 선생은 이미 시를 '갖고 노는' 경지에 이르렀다. 그러나
그 '갖고 놀기'의 현란함은, 몇 편의 좋은 시에서 마력적인 전율을
낳는 데 기여하지만, 나머지 시들에서는 거꾸로 진정성이 느껴지지
않게 하는 데 기여한다. 몇 편의 시에서 선생은 통곡하고 있었지만
나는 그 울음을 이해할 수 없었다. 단지 연륜의 차이 때문만은 아니
라고 믿는다. 어디선가 선생은 당신이 쓴 시들을 대부분 기억하지
못한다고 했다. 선생에게 시작(詩作)은 호흡 같은 것인가. 누구도
어제 내쉰 숨을 기억하지는 못하니까. 높은 경지이긴 하나, 나는 선
생께서 백 편을 써서 서너 편의 수작을 얻기보다는, 백 편을 쓰는
에너지로 서너 편의 걸작을 세공하셔야 할 때가 아닌가 하는 건방
진 생각을 해보는 것이다.

에드워드 사이드는 자신의 말년에 '예술가의 말년'에 관해 성찰
했다. 해결과 완성의 말년이 아니라 모순과 파국의 말년. 예컨대
청각을 상실한 말년에 이르러 베토벤의 음악 양식은 더욱 전위적
인 것이 되었다. "차분함과 성숙함이 기대되는 곳에서 우리는 털
을 곤두서게 하고 까다롭고 가차 없는, 심지어 비인간적이기까지
한 도전을 발견한다."(『말년의 양식에 관하여』) 유사한 경우를 테
오도르 아도르노의 말년에서도 찾을 수 있다. 아도르노는, 사이
드 식으로 말하면 화해 불가능한 것들을 끝내 화해 불가능한 상태
로 놔두는 사유를, 내 식대로 말하면 희망의 아름다움이 아니라
절망의 정의로움을 말하는 사유를 말년에 이르기까지 고집했고,
그것들을 정교하게 세공된 문장들로 옮겼다. 나는 노(老)대가의

이번 시집을 두 번 읽지 않았고 그 점에 대해 죄책감을 느끼지 않는다.

(2008. 10. 3)

그러니까 선배님들, 힘내세요

— 허연의 『나쁜 소년이 서 있다』

언제 나이를 실감하시는가. 어젯밤 S선생님께서는 "오바마가 나랑 동갑이야" 하시더니 가볍게 한숨을 쉬셨다. 말끝을 이어받은 L선생님의 말씀. "예전에는 나랑 동창인 녀석들이 그라운드를 누볐어. 지금은 그 녀석들이 다 감독들이 돼 있더라고." 이 글을 쓰고 있는 자로 말할 것 같으면 한 10년쯤 선배인 분들이 쓴 삶의 피로가 흥건한 시를 읽다가 어어 하면서 와락 공감이 되어버릴 때 나이를 느낀다. 이십대 때였으면 '왜 이렇게들 징징거려' 하고 말았을 것을.

최근에 출간된 시인 허연의 두번째 시집 『나쁜 소년이 서 있다』(민음사, 2008)가 그랬다는 얘기다. 첫번째 시집 이후 13년 만이다. 이 시인의 첫번째 시집 제목은 『불온한 검은 피』(세계사, 1995)였다. 허연의 불온한 검은 피. 이렇게 쓰고 나면 흰색, 검은색, 붉은색이 다 떠오르니 시집의 느낌이 대략 짐작이 되시겠다. 아주 뜨겁거나 아주 차가운, 중간은 없는, 젊은 시집이었다. 첫 시집 이후로는 보이지 않다가 한두 해 전부터 다시 시를 발표하기 시작했다. 10년간 시를 접은 이유가 뭔가 했더니 이런 시가 있구나.

146

벽을 보고 누워야 잠이 잘 온다. 그나마 내가 세상을 대할 수 있는 유일한 자세다. 세상 아무것도 바꾸지 못하고 밥이나 먹고 살기로 작정한 날부터 벽 보는 게 편안하다. 물론 아무도 가르쳐준 적은 없는 일이다. 여기는 히말라야가 아니다.

—「면벽」 중에서

이런 구절도 있다.

내 나이에 이젠 모든 죄가 다 어울린다는 것도 안다. 업무상 배임, 공금횡령, 변호사법 위반. 뭘 갖다 붙여도 다 어울린다. 때 묻은 나이다. 죄와 어울리는 나이. 나와 내 친구들은 이제 죄와 잘 어울린다.

—「슬픈 빙하시대 2」 중에서

생업에 시달리느라 시를 돌볼 겨를이 없었다. 그러다가 죄와 어울리는 나이가 되었고 시와 그만 어색해진 것이다. 특별할 것 하나 없는 이유다. 그러나 그렇기 때문에 새삼 쓸쓸하다. 이 시인처럼 그역시 기자 출신인 소설가 김훈은 「밥벌이의 지겨움」이라는 글의 말문을 이렇게 열었다. "아, 밥벌이의 지겨움! 우리는 다들 끌어안고 울고 싶다." 그리고 이렇게 썼다. "나는 근로를 신성하다고 우겨대면서 자꾸만 사람들을 열심히 일하라고 몰아대는 이 근로감독관들의 세계를 증오한다." 같은 이유로 이 시인의 마음에도 슬픈 신경질이 차곡차곡 쌓였던가 보다. 가끔 술자리에서나 폭발할 그런 신경질. 게다가 신경질 한번 부릴라치면 후배는 얄밉게 말한다. "형좀 추한 거 아시죠?"(「간밤에 추하다는 말을 들었다」)

쓸쓸하다. 이 쓸쓸함이 이 시집에 홍건하다. 그러나 밥을 버는 일, 그거 하찮은 일 아닐 것이다. 밥을 버느라 무언가를 잃어버렸다고 말하기보다는 무언가를 희생하면서도 밥은 벌었다고 말해야 하는 거 아닌가. 밥을 벌고 싶어도 못 버는 많은 이들이 훨씬 더 쓸쓸한 세상이 아닌가. 그래서 나는 이 시인이 밥벌이의 지겨움을 토로하면서 청춘과 시를 잃어버린 아픔을 말할 때에도 마음이 짠했지만, 밥벌이의 준엄함을 인정하면서 삶을 견뎌내는 시들에 더 마음이 움직였다.

> 별로 존경하지도 않던 어르신네가
> "인생은 결국 쓸쓸한 거"라며 자리에서 일어나
> 밖으로 나갔다
> 그는 지금도 연애 때문에 운다
>
> 오베르 가는 길
> 여우 한 마리 죽어 있다
> 여우 등에 내리쬐는 그 빛에 고개 숙인다
>
> 길 건너 저녁거리와
> 목숨을 맞바꾼 여우
>
> 보리밭 옆 우물가
> 사람들은 여기서도 줄을 서 있다
>
> 마음이 뻐근하다

이제부터는 쓸쓸할 줄 뻔히 알고 살아야 한다

— 「일요일」 전문

　마지막 문장이 체념인지 다짐인지 잘 모르겠다. 나는 그냥 다짐
으로 읽어버렸다. 선배들이 그렇게 말해줘야 후배들도 살고 싶어진
다. 나는 이 "살아야 한다"에서부터 이 시인의 이후 시들이 더 짱짱
하게 뻗어나갔으면 좋겠다. 다음 시를 보니 그렇게 될 것 같다.
　"그러나 나는 푸른색의 기억으로 살 것이다. 늙어서도 젊을 수
있는 것. 푸른 유리 조각으로 사는 것.//무슨 법처럼, 한 소년이 서
있다./나쁜 소년이 서 있다."(「나쁜 소년이 서 있다」) 다시 "나쁜 소
년"이 되겠다는 이 오기가 좋다. "무슨 법처럼"이라는 비유는 다짐
같아서 멋지다. 이 오기와 다짐 덕분에 다시 돌아올 수 있었겠지.
'밥과 시'가 상극이라는 게 과연 사실일지라도 선배들이 그렇게 말
하면 쓸쓸해진다. 밥벌이를 포기하지 않고도 시를 껴안는 일, 그게
후배들이 선배들에게서 보고 싶은 모습이다. 그러니까 선배님들,
힘내세요. 푸른 잉크 한 통을 다 마시는 한이 있어도.

(2008. 11. 15)

백문이 불여일청

— '어떤 날'에서 '언니네 이발관'까지

 오늘은 시 말고 노랫말을 읽자. 언젠가 한번은 그러려고 했다. 시의 본적(本籍)은 노래니까. 본래 노랫말이었으나 노래와 분리되어 떨어져나오면서 지금처럼 눈으로 읽는 시가 되었다. 그러니 시와 노랫말은 여전히 은밀한 혈족이다. 다른 이유도 있다. 중요한 것은 시라는 '제도'가 아니라 '시적인 것' 그 자체라는 것. 대중음악의 노랫말 속에도 시적인 것이 발견된다면 그 노랫말들이 시라는 이름으로 발표되는 제도적 생산물과 달리 취급받아야 할 이유가 없다. 그러나 주의해야 한다. 대중음악의 노랫말에 완강한 문학적 잣대를 들이대는 것은 고리타분한 짓이다. 대중음악에 나름의 룰이 있듯이 대중음악의 노랫말에도 불가피한 문법이라는 게 있으니까.

 예컨대 박진영이 쓰고 있는 원더걸스의 노랫말들은 어떤가. '아이러니' '텔 미' '소 핫' '노바디' 등 한두 개의 영어 단어들을 제목으로 삼고 이를 후렴구에서 유혹적으로 반복한다. '의미'보다는 '울림'을 고려한 계산이다. 문학적으로는 거의 아무런 가치가 없지만 대중음악의 노랫말로서는 영리하지 않은가. 그렇다고는 해도,

좀 견디기 힘든 경우들도 있다. "사랑은 뭐다 뭐다 이미 수식어 Red ocean/난, breakin' my rules again/(……)/혈관을 타고 흐르는 수억 개의 나의 Crystal/마침내 시작된 변신의 끝은 나/이것도 사랑은 아닐까?"(동방신기, 〈주문〉) 말이 안 되는 문장들이 어설픈 영어 문장과 뒤섞여 거의 아수라장이다. 십여 년 전 HOT 시절부터 이 기획사 출신 팀의 노랫말들은 요령부득이었다. 이 기획사에는 교열부가 필요해 보인다.

상황이 이러하니, 멋진 노랫말들을 더 칭찬해주고 싶어진다. 좀 거슬러 올라가볼까. 한국 대중음악 노랫말의 역사에서 1980년대 후반 '동아기획' 사단 뮤지션들의 작품은 중요한 분기점이 될 것이다. 이들의 투명한 구어체 가사는 가요 가사 특유의 클리셰들을 몰아내는 데 큰 기여를 했다. 예컨대 지금은 전설이 된 팀 '어떤 날'의 노랫말들은 대표적인 사례다. 물론 이병우가 "제법 붙은 뱃살과 번쩍이는 망토로 누런 이를 쑤시는 나의 고향 서울"(〈취중독백〉, 1989)처럼 쓰라린 문장들도 써내긴 했지만, 이 팀의 감수성은 대개 서정적이었다. 조동익이 훗날 솔로로 발표한 〈엄마와 성당에〉(1994)가 도달한 예술성은 그 자연스러운 귀결이다.

1990년대 초·중반은 박주연의 시대였다고 해도 과언이 아니다. 1980년대에 이영훈, 유재하 등이 있긴 했지만 한국 발라드 노랫말의 표준 문법은 그녀가 만들었다. 울고불고 헤어지는 데서 끝나는 게 일반적이었는데, 그녀는 다시 돌아오는 자의 복잡한 내면까지 묘사했고 '다음 세상'에서 꼭 다시 만나자는 식의 집요한 격정까지 그렸다. 조용필의 〈이젠 그랬으면 좋겠네〉, 김민우의 〈타버린 나무〉, 김규민의 〈옛이야기〉 등이 특히 훌륭했다. 이후 등장한 신해철과 서태지의 역할도 컸다. 엘리트의 철학적 독설, 자퇴자의 비판적 육성이 그들의 무기였다. 1990년대 중반에 등장한 이적의 독특한 서사 충동도 기억해둘 만하다. 〈그 어릿광대의 세 아들들에 관하여〉 (2집, 1996)를 들어보면 그가 훗날 왜 소설을 썼는지 이해가 된다.

2000년대 이후 내가 가장 편애하는 작사가는 이소라와 박창학이다. 이소라는 흔한 소재들을 평범하고 순한 단어들로 노래할 뿐인데도 어떤 히스테릭한 깊이에 도달하곤 한다. 그의 노랫말에 은은히 흐르는 리듬감은 특히 일품이다. 그는 아마도 발라드 장르에서 각운(脚韻, rhyme)을 배려하는 거의 유일한 작사가일 것이다. "세상은 어제와 같고/시간은 흐르고 있고/나만 혼자 이렇게 달라져 있다/(……)/사랑은 비극이어라/그대는 내가 아니다/추억은 다르게 적힌다."(〈바람이 분다〉, 2004) 마지막 세 문장은 정곡을 찌르면서 빈틈없는 보폭으로 걸어간다.

윤상의 모든 음악에 노랫말을 붙이고 있는 박창학은 국어 교사 출신답게 정확한 문장을 구사해서 우선 미덥다. 그가 〈근심가〉나 〈백투 더 리얼 라이프〉 등에서처럼 정색하고 메시지를 전달하려 할 때 그의 노랫말들은 어딘가 어색해지지만, "이젠 출발이라고 문을 두드리는 소리/한낮의 햇빛이 커튼 없는 창가에 눈부신 어느 늦은 오후/텅 빈 방 안에 가득한 추억들을 세어보고 있지 우두커니/전부 가져가기에는 너무 무거운 너의 기억들을 혹시 조금 남겨두더라도 나를 용서해"(〈이사〉, 2002)에서처럼 힘 빼고 겸손하게 감정의 기미(幾微)들을 포착할 때 그의 노랫말은 아늑한 관조의 미학 같은 것을 품는다.

최근의 사례로 단연 인상적인 것은 '루시드폴'과 '언니네 이발관'의 근작들이다. "날개, 내 손끝에 닿지 않는 곳, 작은 날개가 생겼네./시간, 모질게도 단련시키던. 우리 날개가 되었네."(〈날개〉,

2007) 루시드폴의 노랫말은 시적이라기보다는 그냥 시다. 그의 서정성은 당대의 시인들과 경쟁한다. "당신을 애처로이 떠나보내고/그대의 별에선 연락이 온 지 너무 오래되었지/너는 내가 흘린 만큼의 눈물/나는 네가 웃은 만큼의 웃음/무슨 서운하긴, 다 길 따라가기 마련이지만"(〈가장 보통의 존재〉, 2008) 언니네 이발관의 독특한 감성이야 이미 유명하거니와, 이 노래는 제목부터가 이미 시적이다. 어색한 듯 결합된 세 어절이 만들어내는 이 쓸쓸한 뉘앙스. 길게 말할 여유가 없어 아쉽다. 백문이 불여일청.

(2008. 11. 14)

시인의 직업은 발굴
─김경주의 『기담』

언젠가 김경주의 첫번째 시집에 대해 쓰면서 나는 "시인 김경주는 전천후다"라는 말로 말문을 열었더랬다. 참으로 여러 얼굴을 갖고 있는 시인이어서 종잡을 수가 없다는 얘기였다. 자기가 누구인지 아직 잘 모르는 사람만이 뿜어낼 수 있는 에너지가 좌충우돌하는 시집이었다. 두번째 시집 『기담』(문학과지성사, 2008)을 읽어보니, 이제는 더 자유롭게, 마음 가는 대로 마음껏 놀고 있구나 싶다. 그간 이 시인의 여러 얼굴을 더듬는 재미가 쏠쏠했는데, 이제 두번째 시집쯤 되고 보니 이 사내의 얼굴 중 가장 아름다운 얼굴이 한결 또렷해지기도 하는 것이었다.

　　몇 세기 전 지층이 발견되었다

　　그는 지층에 묻혀 있던 짐승의 울음소리를 조심히 벗겨내기 시작했다

사람들은 발굴된 화석의 연대기를 물었고 다투어서 생몰 연대를 찾
았다
　그는 다시 몇 세기 전 돌 속으로 스민 빗방울을 조금씩 긁어내면서
　자꾸만 캄캄한 동굴 속에서 자신이 흐느끼고 있는 것처럼 느껴
졌다

　(……)
　시간을 오래 가진 돌들은 역한 냄새를 풍기는 법인데 그것은 돌 속
으로
　들어간 몇 세기 전 바람과 빛 덩이들이 곤죽을 이루고 있기 때문
이다
　(……)

　화석의 내부에서 빗방울과 햇빛과 바람을 다 빼내면
　이 화석은 죽을 것이다

　그는 새로운 연구 결과를 타이핑하기 시작했다

　'바람은 죽으려 한 적이 있다'

　어머니와 나는 같은 피를 나누어 가진 것이 아니라
　똑같은 울음소리를 가진 것 같다고 생각한 적이 있다
　　　　　　　　　　　　　　　　　　　　—「주저흔」 중에서

이를테면 김경주는 '발굴'할 때 가장 아름다워진다. 어디서 무엇

을? 이 시의 경우는, 시간의 지층에서 소리를. 수백 년 전 생성된 지층이 발견됐다 치자. 다른 사람들이 화석의 연대기를 따지고 들 때 그는 화석에 묻혀 있을 울음소리를 들으려 한다. 안 그래도 첫 시집에서 그는 "멸종하고 있다는 것은 어떤 종의 울음소리가 사라져간다는 것이다"(「우주로 날아가는 방 5」)라고 썼고, 이번 시집 뒤 표지에는 또 "존재하는 것들은 외피뿐 아니라 울음소리가 모두 다르다"고도 적었다. 그에게 생명의 지문은 울음이다. 그러니 화석을 보면 울음소리가 들릴 수밖에, 그 상처의 화석이 바람이 자살을 시도하다 남긴 주저흔(躊躇痕)으로 보일 수밖에, 그러다가 자기가 울게 될 수밖에, 마침내 같은 울음소리를 나눠 가진 혈육을 떠올릴 수밖에. 모든 몸 입은 것들의 내부를 떠돌고 있는 울음소리 같은 파문을 잡아낼 때 이 시인은 발군이다.

저녁에 무릎, 하고
부르면 좋아진다
당신의 무릎, 나무의 무릎, 시간의 무릎,
무릎은 몸의 파문이 밖으로 빠져나가지 못하고
살을 맴도는 자리 같은 것이어서
저녁에 무릎을 내려놓으면
천근의 희미한 소용돌이가 몸을 돌고 돌아온다

누군가 내 무릎 위에 잠시 누워 있다가
해골이 된 한 마리 소를 끌어안고 잠든 적도 있다
누군가의 무릎 한쪽을 잊기 위해서도
나는 저녁의 모든 무릎을 향해 눈먼 뼈처럼 바짝 엎드려 있어야

156

했다

—「무릎의 문양」 중에서

왜 무릎이겠는가. 무릎은 "몸의 파문이 밖으로 빠져나가지 못하고 살을 맴도는 자리"라고 그는 적었다. 그래, 무릎은 살아 있는 우리 몸에서 이미 생겨나기 시작한 화석이다. 무릎-화석을 들여다보며 이 시인은 또 "천근의 희미한 소용돌이가 몸을 돌고 돌아"오는 소리를 듣는다. 그러다 내가 한때 베고 누웠던 무릎을, 한때 내 무릎을 베고 누웠던 사람을 생각한다.

이 시 덕분에 다른 무릎들을 떠올렸다. 평론가 김윤식 선생이 『한국 근대 문학의 이해』(1973) 서문에 쓴 문장이다. "출발이란 무릎이다. 무릎의 메타포가 출발인 것이다. K군, 군은 상처 없는 무릎을 보았는가. 우리가 미지를 향할 때, 우리가 보다 멀리 손을 뻗치려 할 때, 그리고 우리가 일어서려 할 때, 피를 흘려야 하는 것은 바로 이 무릎이었다." 소설가 윤성희의 아름다운 단편 「무릎」(『감기』)에도 잊지 못할 무릎이 나온다. 어렸을 적 '나'를 교통사고에서 구하고 대신 죽은 남자가 있었다. 그 남자가 죽을 당시 남자의 아내는 임신 중이었다. 서른이 다 된 '나'가 이제 십대 후반의 청년이 되었을 그 아이를 만나러 간다. 그리고 두 사람의 따뜻한 화해는 무릎으로 이루어진다. "청년이 오른손을 그의 무릎에 올려놓았다. 힘내세요. 그는 청년의 오른쪽 무릎에 자신의 왼손을 올려놓았다. 그러고는 손끝을 둥그렇게 말아 무릎을 감쌌다. 힘내자."

우리는 모두 무릎에 피를 흘리면서 세상의 출발선을 떠나고, 타인의 무릎에 손을 올려놓고 회한의 세월을 다스린다. 그러니 화석에서 죽은 짐승의 울음소리를 듣는 재주를 가진 시인 김경주가 무

름은 상처의 살아 있는 화석이라고 덧붙일 만하지 않은가. 언젠가
이 자리에서 나는 시인의 직업은 '문병'이라고 말한 적이 있다. 덧
붙이자. 시인의 직업은 '발굴'이다. 오늘 저녁에는 당신을 발굴해
보시길. 당신의 몸속에 매장되어 있는 울음소리를, 무릎에 새겨진
상처의 문양을 들여다보시길. 어쩌면 그것들이 죄다 시일지도 모르
니까.

(2008. 12. 5)

이런 몹쓸 크리스마스
―여태천의 「크리스마스」와 정끝별의 「크리스마스 또 돌아왔네」

지금 이 순간, 나를 제외한 세상 모든 사람들이 똑같은 일을 하고 있다 생각하면 한없이 쓸쓸해지는 것이다. 몹쓸 크리스마스. 그래서 크리스마스에 우리는 은근히 필사적인 사람들이 된다. 이 특별한 날, '세상 모든 사람들' 속에 무사히 섞여 최소한 '남들처럼'은 보내야 하지 않겠나. 그러다 보니 크리스마스에 우리는 이날과 관련된 어떤 이상적인 이미지를 의식하면서 그 이미지 속으로 들어가기 위해 애쓰게 된다. 크리스마스의 역설이 그렇게 생겨난다. 평소보다 훨씬 더 행복해야 마땅한 날이라고 기대하기 때문에, 흔히 겪는 어떤 사소한 불행 앞에서도 '오늘은 크리스마스인데!'라고 생각하면 더 서러워져서, 결국 우울한 날이 되어버리고 마는 역설. 크리스마스를 소재로 한 문학들은 흔히 이 크리스마스의 역설에 초점을 맞추고 '너만 그런 게 아냐, 다 그래' 하고 우리를 위로한다.

성탄절 기념으로 존 치버의 단편 「가난한 자들에게는 슬픈 날, 크리스마스」(『기괴한 라디오』)와 김애란의 단편 「성탄 특선」(『침이 고인다』)을 다시 읽고 한 생각들이다. 그러고 보니 '성탄 문학'이라는 장르가 있어도 좋겠다 싶다. 소설 쪽에는 마침 나보코프, 트루먼 커포티, 폴 오스터 등 쟁쟁한 작가들의 크리스마스 단편들을 모아놓은 『세상의 모든 크리스마스』가 출간돼 있으니 읽어보시면 되겠다. 시 쪽에는 어떤 사례가 있을까. 올해 소월시문학상과 김수영문학상을 받은 시인들의 수상 시집 겸 신작 시집이 최근 출간됐다. 소월시문학상을 받은 정끝별의 시집 『와락』(창비, 2008)과 김수영문학상을 받은 여태천의 시집 『스윙』(민음사, 2008). 두 시집 모두에 크리스마스와 관련된 시가 있어 읽어본다. 먼저 여태천 시인의 짧은 시.

두 손을 높이 들고
불안은 고드름처럼 자란다.

당신은 맨발이었고
나는 유령처럼 당신을 안았다.

굴뚝과 굴뚝처럼
우리는 꽁꽁 얼어붙어 있었다.

—「크리스마스」 전문

이런 유형의 시에서 제목은 본문만큼 중요하다. 제목이 갖고 있는 느낌과 본문에 제시돼 있는 이미지 사이의 긴장이 이 시의 핵심이기 때문이다. 두 손을 높이 들어 트리를 장식하는 사람들 대신에 고드름처럼 아래로 자라는 '불안'이 있고, 선물이 들어 있는 양말 대신에 '맨발'로 서 있는 당신이 있고, 따뜻하게 포옹하는 혈육이 아니라 '유령'처럼 당신을 안는 '나'가 있고, 산타클로스의 어여쁜 입구인 굴뚝 대신에 '굴뚝'처럼 꽁꽁 얼어붙은 연인들이 있다. 앞에서 우리를 억압하는 '크리스마스와 관련된 어떤 이상적인 이미지'에 대해 말했거니와, 이 시는 처연하고 간절한 어떤 연애의 풍경을 구축해 그 관습적인 성탄절의 이미지에 무채색을 덧칠한다. 다음은 정끝별의 시.

　고요한 밤의 오색 트리에 매달린 탄일종들이 일제히 울리고 또 울렸다 한들
　거룩한 밤에 술 취해 주무시는 아버지 옆에서 새우깡을 먹으며 봤던 벤허를 또 봤었다 한들
　어둠에 묻힌 밤에 루돌프 사슴을 불러대는 두 딸을 이끌고 홍대 앞 카페에 이렇게 이르렀다 한들

　선물꾸러미를 어깨에 멘 여드름투성이를 앞세우고 반백의 노신사가 들어섰고
　부부가 열댓살의 두 남매를 앞세우고 들어섰던가
　두 남매의 입에서 할아버지라는 말이 튀어나오고
　여드름투성이의 선물꾸러미를 두 남매가 메고 나갔던가
　반백의 노신사는 자분자분 쩔쩔맸고
　여드름투성이는 고개를 숙인 채 쑥스러워했고
　남편은 멀찍이 거북해했고
　아버님 도련님 하며 아내만이 부산스러웠던가.
　　　　　　　　　　　　—「크리스마스 또 돌아왔네」 중에서

1연은 〈고요한 밤 거룩한 밤〉의 도입부 노랫말을 하나씩 건져올

리고 '~했다 한들'이라는 어미와 결합해 성탄절 분위기를 녹여버린다. 2연에는 어떤 이야기가 담겨 있는데, 어느 가족의 어색한 만남을 "자분자분 쩔쩔맸고"나 "멀찍이 거북해했고" 등의 절묘한 부사 활용으로 재현한다. 이어지는 마지막 연은 이렇다. "호남에서는 연이은 폭설로 길이 막혔다는/이른 새벽 이웃은 망상리조트를 향해 출발했다는/제주에서는 사십대 아버지가 두 딸과 조촐한 성탄 파티 후 끝까지 지켜주지 못해 미안하다는 말을 남기고 자살했다는/코가 석자나 빠진 루돌프들이 이끌고 가는/세상 참, 떼꾼한 크리스마스 또 돌아왔네." '눈이 쑥 들어가고 생기가 없음'을 뜻하는 '떼꾼한'이라는 수식어를 크리스마스에 얹었다. 이 시의 리드미컬한 어조가 '떼꾼한 우리'를 위로한다.

크리스마스니 뭐니 떠들어도 어떠한 마음의 미동도 없이 의연하고 무심하게 하루를 넘길 줄 아는 훌륭한 이들에게는 이런 소설과 시조차도 괜한 법석처럼 보이겠다. 크리스마스라니, 참으로 빤한 수작들 아닌가 말이다. 그러나 "빤한 것들은 언제나 이상한 마력이 있어서, 그것이 빤하다는 걸 알면서도 그 빤함이 이상해, 정말 빤하다는 걸 믿을 수 있을 때까지 몇 번이고 확인하게 만드는 무엇이 있다."(김애란, 「성탄 특선」) 그래서 어리석고 마음 약한 우리는 올해도 크리스마스 때문에 살짝 홍역을 치렀던 것이다. 크리스마스는 왜 하필 연말에 있어 마치 9회 말 2사 만루 타석에 들어선 타자의 심정이 되게 하는 것인가 말이다. 그냥 이렇게 생각해버리자. 나만 내야 땅볼을 친 게 아니라고, 세상 모든 사람들에게 '메리 크리스마스'는 9회 말 2사 만루 홈런만큼이나 드문 일이라고.

(2009. 1. 2)

치명적인 시, 용산

— 신경민 앵커의 클로징 멘트와 경찰 교신

강압적 일제 고사 시행에 반대하는 교사들을 해임해버리자, 정부 정책을 냉소하고 미래를 함부로 예측하는 인터넷 논객 미네르바를 잡아들이자, 낙하산 사장 취임에 반대한 한국방송 직원들은 취임 직후에 잘라버리자, 그리고 이제는, 생존권을 주장하며 저항하는 철거민들은 특공대를 투입해 진압하자……라는 생각을 할 수는 있다 치자. 놀라운 것은 그들이 '한번 생각해보는 것'에서 멈추지 않는다는 것이다. 그들은, 실행에, 옮긴다.

이 사태는 이제 정치학이 아니라 정신병리학의 소관처럼 보인다. 이 정권은 환자다. 그들에게는 초자아(Super Ego)가 없는가. 민주화 이후 그토록 더디게 우리 내면에 겨우 자리잡은, '이런 일은 이제 해서는 안 된다'고 말해주는, 그 초자아가 그들에게는 없는가. 없는 것 같다. 그러니 죄의식도 없는 것이다. 이드(Id)만 있는 권력이라니. 꿈이 곧 현실이고 소망이 곧 실천인, 그런 권력이라니. 지난 1월 20일 우리가 목격한 것은 이드가 다스리는 나라의 진상이다. 열흘이 지났지만 아직도 사죄하는 사람은 없다. 본래 이드는 사죄하지 않는다.

시를 읽는 일이 한가롭다는 생각 때문에 용산 이야기를 하는 것이 아니다. 모든 좋은 시는 절박하고 또 정치적이다. 프랑스의 철학자 랑시에르는 정치와 예술이 '근본적으로' 연동돼 있다고 주장한다. 보이지 않는 것과 들리지 않는 것을 보이고 들리게 만드는 것이 예술이라면, 우리 눈에 보이지 않았던 존재들이 나타나서 그간 들리지 않았던 목소리로 무언가를 주장할 때 시작되는 것이 정치라고 그는 말한다. 그러니 '보이고 들리는 것'들을 둘러싼 완강한 질서를 재조직한다는 측면에서 예술과 정치는 하나다. 그렇다 해도 새해 벽두에 가장 참혹하고 치명적인 시는 시집이 아니라 용산에 있었다. 그래서 시가 아니지만 시이기도 한 문장들을 읽는다.

"용산의 아침 작전은 서둘러 무리했고, 소방차 한 대 없이 무대비였습니다. 시너에 대한 정보 준비도 없어 무지하고, 좁은 데 병력을 밀어넣어 무모했습니다. 용산에서 벌어진 컨테이너형 트로이 목마 기습 작전은 처음부터 끝까지 졸속 그 자체였습니다. 법과 질서라는 목표에만 쫓긴 나머지 실행 프로그램이 없었고, 특히 철거민이건 경찰이건 사람이라는 요소가 송두리째 빠져 있었습니다."(문화방송 〈뉴스데스크〉, 2009년 1월 20일, 클로징 멘트)

신경민 앵커가 직접 쓰는 것으로 알려져 있는 멘트를 옮겨 적었다. 나는 이 문장들에서 시를 봤다. 맨 앞의 두 문장은 거의 비문(非文)이라고 해도 될 만큼 문법적으로 위태롭다. 그러나 이 위태로움 속에는 어떤 에너지가 있어서 흠을 잡을 수가 없다. 이 두 문장을 실어나르는 팽팽한 대구법에서는 분노를 다스리기 위한 안간힘 같은 게 느껴진다. "말을 한다는 것은 총을 쏜다는 것이다"라고 사르트르는 말한 적이 있거니와, '무리' '무대비' '무지' '무모'로 이어지는 네 단어는 네 발의 총성처럼 들린다. '트로이 목마 기습 작전'이라는 비유 역시 시적이다. 그러나 결정적인 것은 마지막 문장이다. 여기서 "사람이라는 요소"라는 말은 '과격 시위' '진상 조사' '책임자 처벌' 등등의 삭막한 단어들을 단숨에 뜨겁게 관통해버린다.

> "이게 기름이기 때문에 물로는 소화가 안 됩니다. 소방이 지원을 해야 합니다. 이거는 물로 소화가 안 됩니다."(1월 20일 오전 7시 26분 경찰 교신 중에서)

이 다급한 목소리를 들으며 진저리쳤다. 참사의 현장에서 하염없이 퍼부어지던 물대포는 망루의 사람들을 쓸어버려야 할 한낱 해충으로 대하고 있었다. 그러나 그들은 해충이 아니라 생과 사의 극한에서 발화(發火) 직전에 있는 사람들이었다. 경찰은 시너에 붙은 불에다 무의미한 물대포를 15분 동안 쏘아댔고 그동안 철거민과 경찰이 타 죽었다. '물로는 소화가 안 된다'라는 저 문장 속에 이 참혹한 부조리의 핵심이 응축되어 있다. 서민들의 희생을 딛고 힘 있는 자들의 배를 불리는 재개발 사업의 구조적 모순을 해결하지 않고 그저 힘으로 밀어붙이는 일이 부조리이고, 그들의 저항이 진화되지 않을 것이라는 게 그 부조리의 핵심이다. 저 다급한 목소리의 본의와는 무관하게 저 문장이 그렇게 말하고 있다.

그러나 아마도 진짜 시는 그날 망루에 타오른 불 자체일 것이다. 앞에서 보이지 않는 것과 들리지 않는 것을 보이고 들리게 만드는 것이 정치이자 예술이라는 요지의 말을 했다. 실상 언젠가부터 철거민들은 대다수의 일반 국민들에게 보이지도 들리지도 않는 존재였다. 철거 현장에서 철거민들과 함께 용역 깡패와 맞서 싸우던 한 시절의 386세대들도 이제는 뉴타운 개발 이익에 마음을 빼앗긴다. 철거민들은 '없는 존재'가 돼버렸다. 그들이 던진 화염병은 우리가 여기 있다고, 우리는 유령이 아니라고 말하고 있었다. 농성자들과 경찰의 주장이 엇갈리는 가운데 현재까지 검찰은 발화 원인이 불명확하다고 밝히고 있다. 그 화인(火因)이 진실로 불명확하다면, 그건 그 불이 목숨을 걸고 씌어진 시이기 때문일 것이다. 그러나 덧붙이자. 화염병은 시가 될 수 있지만 시는 화염병이 될 수 없다. 이 긴장을 포기하면 시는 사라지고 만다.

(2009. 2. 6)

인천공항을 무사히 통과한 멘토

─비스와바 쉼보르스카의 시선집『끝과 시작』

내게 주어진 일이고 내가 잘할 수 있는 일이니까 열심히 할 뿐이다, 라는 식으로 말하는 사람은 매력 없다. '왜 그 일을 하십니까?' 라는 질문을 받을 때 잘 정리된 몇 문장의 대답을 머뭇거림 없이 꺼내놓는 사람이 프로라고 생각한다. 시인들도 마찬가지다. 시인들이 '왜 그런 시를 쓰십니까?' 라는 질문에 대답하기 위해 쓰는 글을 흔히 '시론(詩論)'이라고 한다. 그런 유의 글들을 보면서 프로와 아마추어를 가려내는 작업은 비평가의 은밀한 오락이다. 야구에서는 어쩌다가 만루 홈런을 쳐내는 돌발 타자 말고 꾸준히 3할의 타율을 유지하는 선수가 프로라면, 시에서는 시론을 쓸 때 '시적으로' 대충 뭉개지 않고 명석하게 단도직입적인 글을 써내는 이가 프로다. 그래서 아래와 같은 글을 읽으면 기분이 상쾌해진다.

먼저 김중식 시인의 글. "한때 내게 시는 '끝까지 가는 것'이었다. 그것만 '진짜'였고 나머지는 다 '가짜'였다. 지금은 이렇게 말하겠다. 시는 적당적당(的當適當)히 가는 것이다. 끝까지 갔다가, 또는 끝까지 가려다 무서워서 되돌아 나오는 비겁의 자리가 시의 마음자리다. (⋯⋯) 시는 어쩔 줄 모르는 삶의 흔들리는 언어다. 시는 흔들리는 삶의 어쩔 줄 모르는 언어다." 다음은 김행숙 시인의 글. "시는 글쓰기의 '사건성'이 가장 극적으로 드러나는 사태 속에서 움직인다. '쓴다'라는 행위 이전에 작품은 어디에도 없다. 사건은 벌어지는 것이며, 충돌하는 것이며, 의외의 방향으로 번지는 것이다. (⋯⋯) 낯선 것(새로운 것)을 시로 쓰는 것이 아니라, 시를 쓰면서 우리는 낯설어지고 새로워진다. 영원히 시는 충분히 알려지지 않으리라." 둘 다 계간지 『시인세계』(2008년 가을호)에서 옮겼다.

시의 두 정곡을 서로 다른 방향에서 찌르는 코멘트라고 생각한다. 시는 비겁의 자취일 수도 있고, 사건으로의 진입일 수도 있다. 전자는 '있는 나'를 치열하게 발라내는 일이고, 후자는 '없는 나'를 만나러 가는 일이다. '나'와 시의 관계에 대해서라면 일단 이것으로 넉넉하다. 시의 다른 측면에 대해서는 말을 좀 보태볼까. 조금 과감하게 말하면, '나' 없는 시도 가능하기 때문이다. 시는 감각의 경련이고 언어의 운동이다. 그것만으로도 시가 된다. 어쩌면 가장 근본적으로, 가장 강하게 된다. 바로 그렇기 때문에 번역된 외국 시를 읽는 일은 원칙적으로 허망한 일이다. 감각의 경련은 상당 부분이, 언어의 운동은 거의 전부가 사라지기 때문이다. 대신 이야기와 메시지가 남는다. 아쉽지만, 그래도 그것만으로도 충분히 읽을 만한 번역시들이 드물게 있으니 다행이다.

가족 중에서 사랑 때문에 죽은 이는 아무도 없다.
한때 일어난 일은 그저 그뿐, 신화로 남겨질 만한 건 아무것도 없다.
로미오는 결핵으로 사망했고, 줄리엣은 디프테리아로 세상을 떠났다.

어떤 사람들은 늙어빠진 노년이 될 때까지 오래오래 살아남았다.

눈물로 얼룩진 편지에 답장이 없다는 이유로

이승을 등진 사람은 아무도 없다.

(……)

내가 아는 한 이 사진첩에 있는 사람들 가운데 사랑 때문에 죽은

이는 아무도 없다.

슬픔이 웃음이 되어 터져 나올 때까지 하루하루 무심하게 세월은

흐르고,

그렇게 위안을 얻은 그들은 결국 감기에 걸려 죽었다.

　　　　　　　　　　　　　　　　　　　　 ─「사진첩」 중에서

우아하게 우회하는 이 이야기는 삶을 어른스러운 담담함으로 볼
수 있게 도와준다. 한 편 더 읽자.

이렇게 쓰는 거야. 마치 자기 자신과 단 한 번도 대화한 적 없고,

언제나 한 발자국 떨어져 객관적인 거리를 유지해왔던 것처럼.

개와 고양이, 새, 추억의 기념품들, 친구,

그리고 꿈에 대해서는 조용히 입을 다물어야지.

가치보다는 가격이,

내용보다는 제목이 더 중요하고,

네가 행세하는 '너' 라는 사람이

어디로 가느냐보다는

네 신발의 치수가 더 중요한 법이야.

게다가 한쪽 귀가 잘 보이도록 찍은 선명한 증명사진은 필수.
그 귀에 무슨 소리가 들리느냐보다는
귀 모양이 어떻게 생겼는지가 더 중요하지.
그런데 이게 무슨 소리?
이런, 서류 분쇄기가 덜그럭거리는 소리잖아.

　　　　　　　　　　　　　　　　　—「이력서 쓰기」 중에서

　경쾌한 반어로 메시지를 실어나르는 시다. 이 정도면 인천공항을 무사히 통과한 것이다.

　1996년에 노벨문학상을 받은 폴란드 시인 비스와바 쉼보르스카의 시선집 『끝과 시작』(문학과지성사, 2007)에서 두 편 옮겼다. 최성은 교수(한국외국어대 폴란드어과)의 번역이 워낙 훌륭하기도 하지만, 대개 이야기와 메시지로 버티고 서 있는 시들이라서 더 온전히 번역될 수 있었다. "행복한 사랑을 모르는 이들이여,/행복한 사랑은 어디에도 없다고 큰 소리로 외쳐라"(「행복한 사랑」)라고 선동하면서 솔로 부대들을 감동시키는 시, 뒤돌아보다 소금기둥 된 성경 속 여인이 실은 "내 남편, 롯의 완고한 뒤통수를 더이상 쳐다볼 수가 없어서./내가 죽는다 해도 남편은 절대로 동요하지 않을 거라는 갑작스러운 확신 때문에"(「롯의 부인」) 그리했다고 주장하는 시 등은 특히나 상쾌하다. 멘토링(mentoring)의 시라고 할까. 경쾌한 통찰과 다정한 지혜들 덕분에 5백 쪽짜리 시집이 사랑스럽다. 번역된 랭보의 시를 읽고 절망해서 외국 시와는 절교한 분들께 이 시집을 권한다.

　　　　　　　　　　　　　　　　　　　　　　(2009. 2. 27)

누구에게나 각자의 기형도가
─기형도 20주기에 부쳐

　선배님, 내세에서 평안하신지요. 저는 내세를 믿지 않습니다만, 살아 있는 사람들의 '기억'이 죽은 자들의 내세쯤 되지 않겠는가 생각합니다. 20주기를 맞아 많은 사람들이 잊고 있던 당신을 다시 기억해내고 있습니다. 적어도 요 며칠 동안만큼은, 당신은 확실히 내세를 '살고' 있습니다. 요컨대 누구에게나 각자의 기형도가 있는 것이지요. 그런데, 최근에 출간된 『정거장에서의 충고』(문학과지성사, 2009)를 훑어보니 선배님과 친분이 있었던 분들은 사후 20년 동안 탄생한 '각자의 기형도'들에게 어떤 이물감을 느끼시는 것 같습니다. 그중에서도 특히, 시가 죽음을 예견했고 죽음이 시를 완성했다는 식의 '기형도 신화'가 그분들에게는 꽤나 당혹스러웠나 봅니다. 인간 기형도는 지극히 긍정적이고 낙관적인 사람이었다는 것이 그분들의 공통된 기억이니까요.

　선배님, 제 생각은 이렇습니다. 사람들이 '기형도의 죽음'과 '기형도 시집'을 확고부동한 결합체로 간주하면서 구축한 모든 신화는 제게 당황스럽습니다. 그의 시가 제아무리 삶에 대한 비관으로 얼룩져 있어도 그것은 결국 시일 뿐입니다. 시인과 시는 생각만큼 그리 긴밀하지 않습니다. 시는 '제작하는' 것입니다. 삶의 인간이 얼마든지 죽음의 시를 쓸 수 있습니다. 시인이 시를 쓰기도 하지만 시가 시인을 쓰기도 합니다. 그러나 한편으로는 '기형도 시집'과 분리될 만큼 '인간 기형도'가 그토록 자명한지도 제게는 미심쩍습니다. 감히 말하거니와, 성격은 일종의 습관입니다. 어느새 피부가 돼버린 옷이지요. 누구나 자기에게 가장 편한 성격을 걸쳐 입습니다. 유쾌한 농담과 과장된 제스처가 어디 인간 기형도의 속살이겠습니까. 그러니 '기형도 시집'으로 '인간 기형도'의 본질을 짐작해보는 일 역시 독자의 권리입니다.

제 얘기가 모순처럼 들릴 수 있음을 압니다. 그러나 이 모순의 공간이 본래 시 독자의 놀이터입니다. 그 놀이터가 20년 동안 많은 사람들로 붐볐습니다. 그곳은 특히 젊은이들의 공간이었지요. 자세히 말할 여유가 없습니다만, 선배님의 많은 시들은, 극(劇)적으로 세팅된 공간에서 벌어지는 일들이 3인칭의 눈으로 기술되다가 돌연히 이루어지는 1인칭의 비장한 단언과 감성적 개입 덕분에 '옆으로 터지는' 구조로 돼 있습니다. 미완의 비극이라고 할까요. 독자 편에서 시에 자기를 투사할 여지가 각별히 많다는 얘기입니다. 비극인데다, 미완이니까요.

그러니 선배님의 시가 품고 있는 '미완의 비극성'이 특히 우리 젊은이들을 끌어당기는 것은 이해할 만합니다. 젊은이들이란 자신의 삶이 비극이라고 믿는 버릇을 갖고 있지만, 감히 그 비극을 완성할 용기는 갖고 있지 않은 치들이니까요. 이것은 기형도의 시가 갖고 있는 '보편성'에 대한 얘기입니다. 2009년에 다시 읽는 선배님의 시, 그 '특수성'에 대해서는 다른 자리에서 긴 편지로 얘기할 기회가 있을 겁니다. 자, 우리의 기억 속에서 평안하십시오. 우리는 아직 죽지 않았으니, 찰나의 행복을 영원이라 착각하고 사소한 고통을 지옥이라 과장하면서, 그렇게 "장님처럼 더듬거리며"(「빈집」) 내내 살아갈 것입니다.

추신

생전의 카프카는 그의 친구 브로트에게, 자신의 작품 중 '유효한' 것은 「변신」을 포함한 단 여섯 편뿐인데, 자기가 죽고 나면 그마저도 모두 불태워달라고 부탁했습니다. 물론 브로트는 약속을 지키지 않았습니다. 어떤 사명감 속에서, 미완성 원고와 사적인 편지까지 모두 출판했지요. 작가 밀란 쿤데라는 브로트를 격렬하게 비판한 적이 있는데, 저는 그 비판에 '동의'는 못하더라도 '공감'은 하는 편입니다. 글을 쓰는 사람이라면 자신의 습작이나 초고가 공개된다는 것이 얼마나 끔찍한 일인지 잘 알고 있습니다. 선배님이 자신의 죽음을 미리 알았더라면, 시집으로 묶기 위해 골라놓은 작품을 제외한 나머지는 전부 불태웠을 것이라고 저는 믿습니다. 그래서 유고 시집 『입 속의 검은 잎』(문학과지성사, 2000) 이후 추가로 공개된 선배님의 작품을 지금까지도 꼼꼼히 읽지 않았습니다. 그러나 누구나 그래야 한다고 주장할 생각은 없습니다. 다시 말하지만, 누구나 각자의 기형도를 가질 권리가 있으니까요.

(2009. 3. 20)

피 빠는 당신, 빛나는 당신
─흡혈귀를 위하여

개봉 대기중인 박찬욱 감독의 신작 〈박쥐〉는 '뱀파이어가 된 신부(神父)'의 이야기라고 한다. 하고 싶은 말과 만들고 싶은 화면을 동시에 밀고 나가는, 비전과 기교를 함께 갖춘 감독이니 이번에도 본때를 보여주겠지. 그러니 오늘은 뱀파이어 이야기나 해볼까. 동유럽에 퍼져 있던 흡혈귀 설화의 주인공들이 처음으로 '뱀파이어'라는 이름을 얻게 된 것은 존 폴리도리의 소설 『뱀파이어』(1819)에서였다고 한다(당시에는 저명한 바이런의 이름으로 발표됐다). 이후이 소재는 19세기 내내 낭만주의자들의 단골 메뉴로 애용된다.

보들레르의 『악의 꽃』(1857)에도 「흡혈귀」(뱀파이어)라는 제목의 시가 있다. 애증의 연인 잔 뒤발을 흡혈귀에 비유한 것으로 알려져 있는 이 시에서, 흡혈귀를 죽여달라고 애원하는 '나'에게 "독약과 칼날"은 이렇게 응수한다. "설령 우리의 노력이 / 그녀의 지배에서 너를 구해준다 해도, / 네 입맞춤은 네 흡혈귀의 시체를 / 되살려낼걸!" 인간 욕망의 악마성에 예민했던 시인답게, 흡혈귀를 기르는 것은 내 안의 병리성임을 적시했고 끔찍하면서 동시에 매혹적인 흡혈귀의 이중성에 기대어 고단한 사랑의 풍경을 그렸다.

그러나 아직은 충분히 심오하지 않다. 브람 스토커의 장편소설 『드라큘라』(1897)가 하나의 분기점이 된다. 이 소설은 이후 수십 년 동안 출현한 잡다한 뱀파이어 서사들의 원본이 됐다. 무르나우의 〈노스페라투〉(1922)에서부터 코폴라의 〈드라큘라〉(1992)에 이르는 영화들도 저 고전에 빚지고 있다. 이후 또 하나의 분기점이 된 것은 앤 라이스의 소설 『뱀파이어 연대기』다. 『뱀파이어와의 인터뷰』(1976)를 시작으로 계속된 이 시리즈 덕분에 뱀파이어는 '고뇌하는 실존주의자'의 형상을 얻었다. 영화 쪽에선 캐서린 비글로의 〈죽음의 키스(Near Dark)〉(1987)나 아벨 페라라의 〈어딕션〉(1995) 등이 유사한 방향의 재해석을 시도했다.

뱀파이어가 햄릿형 캐릭터로 진화한 것은 이해할 만하다. 살아 있는 것도 아니지만 그렇다고 죽지도 못하니까. 실로 '사느냐 죽느냐'인 거다. 게다가 그들의 사랑은 늘 파괴를 동반해야 하니 괴롭다. 시 「흡혈귀」(『죽은 자를 위한 기도』, 1996)에서 남진우는 "내 사랑의 방식이 마음에 들지 않기 때문"에 고뇌하는 뱀파이어의 탄식을 받아적었다. 이 흡혈귀는 "사랑하는 여인의 흰 목덜미에 날카로운 송곳니를 처박고" 운다. 같은 시집에 수록돼 있는 「가시」 「일각수」 등과 더불어, 인간 운명의 어두운 본질 중에서도 특히 사랑의 비극에 초점을 맞춘 사례다.

2005년 이후 시작된 스테프니 메이어의 『트와일라잇』 시리즈는 뱀파이어 서사의 역사에서 또 하나의 분기점을 만들고 있는 것처럼 보인다. 틴에이저 뱀파이어들이 화사하게 출몰하면서 불안정한 정체성을 산다(生). 거의 '매력적인 소수자'처럼 보일 지경이다. 시인 장이지는 「젊은 흡혈귀의 초상」(『안국동울음상점』, 2007)에서 부유하는 동시대 청춘들을 멜랑콜리한 흡혈귀에 비유한다. 그에 따르면 "물고 싶은 송곳니와 물리고 싶은 목을 가진/젊은 영혼들이 거리를 활보"하는 까닭은 이렇다. "나는 무엇을 갈망하는지 몰라서/피에 탐닉한다." 같은 시집에 수록돼 있는 「흡혈귀의 책」도 매력적이다. 최근에 발표된 시 중 각별히 아름다운 한 편을 더 읽자.

> 당신이 나를 당신에게 허락해준다면
> 나는 순백의 신부이거나 순결한 미치광이로
> 당신이 당신임을
> 증명할 것이다.
> 쏟아지는 어둠 속에서
> 우리는 우리의 아이가 아니라
> 우리 자신을 낳을 것이고
> 우리가 낳은 우리들은 정말로
> 살아갈 것이다.
> 당신이 세상에서 처음 내는 목소리로
> 안녕, 하고 말해준다면.
> 나의 귀가 이 세계의 빛나는 햇살 속에서
> 멀어버리지 않는다면.
>
> ―「안녕, 드라큘라」 중에서

계간 『시인세계』(2009년 봄호)에 발표된 하재연의 시 후반부다. 흡혈귀에게 바쳐진 이 연서는 범박하고 지루한 "빛나는 햇살"의 사랑을 우아하게 냉대하면서 진짜 사랑은 "쏟아지는 어둠" 속에 있을 것이라고 유혹한다.

보들레르에서 하재연에 이르기까지, 뱀파이어의 내포는 이렇게 변해왔다. 이 모티프는 계속 진화해나갈 것이다. 뱀파이어는 불멸이니까.

(2009. 4. 10)

읽어야 할 것투성이

— 다니카와 슌타로의 『이십억 광년의 고독』과 김기택의 『껌』

문득 시가 읽고 싶어 서점에 들른 당신은 어떤 시집을 골라야 할지 막막하다. 그럴 때엔 먼저 제목을 보라. '네가 뭐뭐 할 때 나는 뭐뭐 한다' 같은 식의 흔해빠진 서술형 제목, '이별은 어쩌고저쩌고다'와 같은 식의 용감한 정의(定義)형 제목들을 피해가다보면 이상한 제목의 책들이 눈에 띌 것이다. 이를테면 『이십억 광년의 고독』(문학과지성사, 2009) 같은. 지은이는 다니카와 슌타로. 근데 생면부지의 이 사람을 믿어도 될까?

이제 두번째 단계. 시집 제목은 싱싱한 것으로 고르되, 시식용 시 제목은 반대로 고르자. 목차를 펼쳐서 사랑, 그리움, 슬픔 따위의 해묵은 단어들을 제목 안에 품고 있는 시를 먼저 읽어보라. 본래 시인의 진짜 실력은 저런 진부한 소재들을 처리하는 솜씨에서 드러난다. 예컨대 감히 '사랑' 운운하는 제목의 시를 쓴다는 것은 기왕의 수많은 연애시들과 진검 승부 한판 하겠다는 얘기다. 마침 「사랑에 빠진 남자」라는 제목의 시가 있군.

연인이 얄궂게 웃는 얼굴의 뜻을 읽어낼 수 없어서
그는 연애론을 읽는다
펼쳐 든 페이지 위의 사랑은
향내도 감촉도 없지만
의미들로 넘쳐난다

그는 책을 덮고 한숨을 짓는다
그러고 나서 유도 연습하러 나간다
"상대의 움직임을 읽어!"
코치의 질타가 날아든다

그날 밤 연인에게 키스를 거절당한 그는 생각한다
이 세상은 읽어야 하는 것 투성이야
사람의 마음 읽기에 비해
책 읽기 따위는 누워서 떡먹기다

　　　　　　　　　　　　　　—「사랑에 빠진 남자」 중에서

　이 정도면 믿어도 좋다. '연애론'에서 '유도'로 넘어가는 자연스러운 재치, "이 세상은 읽어야 하는 것투성이야"라는 상큼한 투정이 있으니까. 나머지를 마저 옮긴다. "그러나 언어가 아닌 것을 읽어내기 때문에 비로소/사람은 언어를 읽어낼 수 있는 것 아니던가/그는 다시 연애론을 펼쳐 든다/한숨 쉬면서/콘돔을 책갈피 대신 삼아" 심각하지 않은 메시지를 슬쩍 내려놓은 다음, 아무래도 독자를 가르치는 건 내 취향이 아니라는 듯, '콘돔=책갈피'로 유머러스하게 수습하는 모양새가 프로다.

언어가 아닌 것을 읽어내기 때문에 비로소 사람은 언어를 읽어낼 수 있다 했다. 이 구절이 마음에 든다면 시집 한 권 더 사도 좋겠다. 기왕이면 '언어가 아닌 것'을 잘 읽어내는 시인의 책으로. 김기택의 다섯번째 시집 『껌』(창비, 2009)이 적절하겠다. 우리네 시인들 중에서 특히 '잘 보는 사람'으로 명성이 자자한 이다. 퀴즈 프로에서 '정확한 관찰과 집요한 묘사로 유명한 이 시인은……' 운운하면 더 들을 것도 없이 '정답, 김기택!' 하면 될 정도로. 그러나 '잘 보는 사람'이라는 말로는 부족하다. 정말이지 그는 '잘 읽는 사람'이다.

이윽고 슬픔은 그의 얼굴을 다 차지했다.
수염이 자라는 속도로 차오르던 슬픔이
어느새 얼굴을 덥수룩하게 덮고 있었다.
혈관과 신경망처럼 몸 구석구석에 정교하게 퍼져 있었다.
그는 웃고 있었으나 슬픔은 아랑곳하지 않았다.
먹고 마시고 떠들고 있었으나 아랑곳하지 않았다.
그동안 내뱉은 모든 발음이 울음으로 한꺼번에 뭉개질 시간이
팔자걸음처럼 한적하게 다가오고 있었다.
— 「슬픈 얼굴」 중에서

슬픈 얼굴을 그저 '보고' 있는 것이 아니라 슬픔 그 자체를 '읽고' 있다. 슬픔이 무슨 생명체인 양, 그 행보와 속내와 귀추를 따라가고 있다. '읽어낸다'는 건 이런 것이다. 이에 관한 한 김기택은 독보적이다. 슬픔, 죽음, 속도 같은 뿌연 개념들이 주어의 자리를 꿰차고 막 살아 움직이는 것을 보노라면 서스펜스가 느껴질 정도다. 특히 위의 시는 특유의 냉철한 '읽어내기'가 어떤 정서적 울림

까지 품고 있는 경우라서 골랐다. 시를 쓰려는 학생들에게 '관찰과 묘사'의 전범이 되는 시도 물론 좋지만(이 시인의 대부분의 시가 그렇다), 예컨대 "그날 밤 연인에게 키스를 거절당한" 사람이 감정이 입까지 할 수 있는 시라면 더 좋지 않겠는가(이 시인의 좋은 시가 특히 그렇다).

정말이지 이 세상엔 읽어야 할 것투성이다. 그래서 사랑에 빠진 남자는 '연인의 얄궂은 미소'를 읽고, 유도를 하는 사람은 '상대의 움직임'을 읽고, 어떤 시인은 '슬픔'의 운동을 읽고, 우리는 시집을 읽는다.

(2009. 5. 1)

졸업하고 싶지 않은 학교를 위하여

—『걸었던 자리마다 별이 빛나다』

    1966년 이래로 계간지 『창작과비평』을 내고 뒤이어 숱한 단행본을 출간해온 출판사 '창비' (옛 이름은 '창작과비평사')의 별칭은 '창비학교' 다. 책 속에만 있고 강의로만 존재하는 학교다. 이 학교에 입학하지 못한 이도 있고, 중도 자퇴한 이도 있으며, 졸업을 못해 아직도 다니고 있는 이도 있을 것이다. 그러나 누구도 창비가 학교라는 사실을 부인하진 못한다. 1970~1980년대에 문학을 시작한 선배들에게야 말할 것도 없겠지만, 1990년대 중반 학번인 우리 세대에게도 창비는 여전히 학교였다. 우리가 입학할 무렵 이 학교는 변화와 쇄신을 시작하고 있었다. 그래서 늦깎이 공부를 하는 듯한 조바심 속에서 이 학교의 과거 커리큘럼들을 섭렵해야 했다. '창비시선'이라는 이름의 시집들도 전공 필수였다.

    그 시집 시리즈의 1번이 신경림의 첫 시집 『농무』(1975)다. 1973년에 자비로 출판된 『농무』(월간문학사)가 이듬해 제1회 만해문학상을 받았고, 이 시집을 창비에서 증보판 형태로 재출간한 것이 오늘날 우리가 읽고 있는 『농무』다. 만약 1960년대 후반에 창비 쪽에 전달된 김지하의 시가 '게재 불가' 판정을 받으면서 반려되지 않았더라면 몇 년 뒤 출간된 김지하의 첫 시집 『황토』(한얼문고, 1970)가 창비시선 1번이 될 수도 있었을까?(이 '반려'는 김수영의 뜻에 의한 것이라고 알려졌거니와, 전위예술의 불온성을 지지하던 1960년대 후반의 김수영이 김지하의 그 무렵 시를 '인민군 군가' 같다고 판단한 것은 지극히 당연해 보인다) 아무려나, 김지하는 훗날 『타는 목마름으로』(1982)로 창비시선 33번에 이름을 올렸다.

이 시집이 3백 권째를 맞았고 기념 시집 『걸었던 자리마다 별이 빛나다』(창비, 2009)가 나왔다. 뒤표지에 "우리 시대의 시는 사람을 되찾아야 합니다"라고 적혀 있다. 사람, 바로 그것이 언제나 창비시선의 위력이었음을 우리는 안다. 사람에 대한 애정, 신뢰, 격려로 뜨거운 시들이 그간 출간된 299권의 시집 곳곳에 가득할 것이다. 이번 시집만 봐도 어지간히 절감하게 된다. 최명희 선생을 회고하는 이시영의 시, 먼저 간 벗을 떠올리는 김사인과 나희덕의 시, 터무니없도록 슬픈 죽음을 노래하는 이진명과 문인수의 시 등은 아프고 꿋꿋하고 또 아름답다. 허수경·문태준·이병률 등의 시는, 앞서 거론한 시인들의 시 역시 그렇거니와, 시가 사람을 노래하는 것이되 그것만일 수 없고, 궁극적으로는 언어를 다루는 전문적이고 특수한 노동임을 유려한 기예로 증명한다.

바로 이 얘기를 하려고 한다. 시는 언어를 다루는 전문적이고 특수한 노동이다. '사람'은 시만의 것이 아니다. 소설도 영화도 연극도, 사람 없이는, 없다. 시를 시로 만드는 양보할 수 없는 핵심은 언어다. 이 시집에 수록된 시들 중 절반에 가까운 시들에서 나는 '전문적이고 특수한' 기예가 선사하는 긴장감을 느낄 수 없었다. 묘사와 발견과 교훈이 편안한 문장들로 엮어진, 백반 정식 같은, 단아한 서정시들. 요즘 시인들이 기교적으로 시를 '만든다'는 힐난이 가끔 들리지만, 나는 모범 답안처럼 단정한 시들에서 오히려 '이렇게 쓰면 감동적일 것'이라는 '계산'이 읽힌다. 사람에 대한 애정, 신뢰, 격려는 늘 이렇게 서정적이어야 하는가. 생각해보면 창비시선의 기조는 (거친 규정임을 알지만) '민중적 서정시'라는 큰 틀에서 과격하게 벗어나본 적이 없는 것 같다.

정치적으로 진보적인 문학인들이 미학적으로는 보수적인 틀을 고수해온 것은 한국 문학 특유의 현상이다. 구미 문학사에서 정치적 좌파와 (물론 애증 관계이긴 했으나) 결합한 것은 과격한 아방가르드들이었다. 한국 문학사는 무자비한 전위를 많이 길러내지 못했다. 보수가 그들을 혐오한 것은 당연하다 쳐도, 진보조차 그들을 철없다 여겼기 때문이다. 이 미학적 보수성이 한때는 '민중주의'라는 이름으로 옹호될 수 있었지만, 이제는 동일한 것이 '대중주의'로 비판받게 될 것이다. 고 오규원 시인의 말대로라면 예술에서 '진보'는 대중과 함께하는 데 있는 것이 아니라 대중을 창조하는 데 있기 때문이다. 창비학교가 이 사실을 모를 리 없거니와 실제로 변화의 조짐도 보여 고무적이다. 이 변화가 더 탄력을 받는다면 우리의 졸업도 무한정 연기될 것이다.

(2009. 5. 22)

고(故) 노무현 전 대통령을 추모하며
─김경주의 「그가 남몰래 울던 밤을 기억하라」

순결하고 아름다운 말들이 이미 많아서 누추한 말 보태기가 버겁다. 그러나 아니 할 수가 없다. 고인을 '미화'하지 말라고 냉소적인 태도를 취하는 분들이 있다. 고인의 잘잘못을 냉철하게 따지지 않고서는 고인을 추모하지 못하는 분들도 있다. 일정 부분 업적이 없는 것은 아니지만 많은 잘못을 범했으니 무작정 감상에 젖지들 말라고 그분들은 말한다. 그들이 옳다. 그들은 늘 옳다. 그래서 싫다. 지금 이 순간, 가장 아름다운 부분으로 고인을 기억하고 추모하려는 마음들은 이해할 만한 마음들이다. 그저 내가 아는 바와 믿는 바를 쓰겠다.

고졸 출신 변호사가 민주화 운동에 뛰어들었고, 정치판에 나가 자신을 내던져가며 지역 구도와 싸웠고, 마침내 대통령이 되어 권위주의 시대의 잔재들과 싸웠고, 권력을 국민에게 넘겨주고 권위마저 잃어버려서는, 그를 비판할 자격이 있는 사람과 없는 사람의 비판을 모조리 감내하면서 고향으로 돌아갔고, 자신이 지켜온 가치가 무너지자 뒷산 바위에서 뛰어내렸다. 그는 어느 순간 자신이 살아야 할 삶이 무엇인지 알게 되어 그렇게 살았고, 자신이 어떤 방식으로 죽어야 하는지를 스스로 결단해 그렇게 죽었다. 나는 늘 문학은 천박한 '성공'을 찬미하는 세계에 맞서 숭고한 '몰락'의 의미를 사유하는 작업이라고 믿어왔다. 바로 그런 의미에서, 인간 노무현의 몰락이 내게는 견디기 힘들 정도로 문학적이다.

죽지 않을 수 없었을 것이라고, 나는 가까스로 이해해본다. 대개의 인간에게는 그의 삶을 떠받치는 척추 같은 것이 있다. 고인의 그것은 '깨끗함'이었을 것이다. 우리 시대의 권력은, 한 인간이 가장 소중하게 지켜온 가치, 바로 그 척추를 하나씩 부러뜨렸다. 뜻을 함께했던 동지들을 잡아들였고 가족들을 소환해 목을 졸랐다. 가족과 측근이 돈을 받은 사실을 '뒤늦게 알았다'는 그의 말을 나는 믿는다. 결코 자신의 뜻이 아니었다는 억울함과 결국 자신을 위해 일어난 일이라는 죄책감이 동시에 목을 조였을 것이다. 억울함을 해소하려면 주변이 고통받는 것을 묵인해야만 했고, 죄책감을 덜려면 하지 않은 일을 했다고 말해야 했을 것이다. 진퇴양난이었을 것이다. 억울함과 죄책감을 동시에 해결하는 길은 자살뿐이라고, 5월 23일 새벽에 그는 생각했을 것이다. 그 밤이 나는 아프다.

아마 그는 그 밤에 아무도 몰래 울곤 했을 것이다
어느 시인은 세상에 어느 누구도 울지 않는 밤은 없다고 말했지만
세상은 이제 그가 조용히 울던 그 밤을 기억하려 한다

어둠 속에서 조용히 흐느껴본 자들은 안다
자신이 지금 울면서 배웅하고 있는 것은
아무도 보지 못하는

자신의 울음이라는 사실을
이 울음으로
나는 지금 어딘가에서 내 눈 속을 들여다보는 자들의 밤을
마중 나가고 있다고

그리고 나는 아주 오랫동안
이 밤을 기억하기 위해 애쓰고 있을 것이라고.

　시인 김경주가 네이버 '문학동네' 카페에 발표한 추모시 「그가 남몰래 울던 밤을 기억하라」의 전반부다. 이 시는 이렇게 끝난다. "그 밤을 생각하면/눈물이 나는 시간이 올 것이다."
　아마 많이들 그러했으리라. 5월 23일 저녁이 되어서야 갑자기 눈물이 흘러내렸다. '왜 그는 죽을 수밖에 없었을까'를 생각하다가 '누가 그를 죽였을까'로 생각이 바뀌면서였다. 비열한 권력과 그 하수인들이 견딜 수 없이 혐오스러워서, 그들 밑에서 백성 노릇 하는 일이 수치스럽고 서러워서 울었다. 그날 내가 마음속으로 조문한 것은 노무현 전 대통령이 아니었다. 누군가를 욕할 자격이 내게 있는지 모르겠으나 무릅쓰고 말하거니와, 그날 죽은 것은 머리가 없는 정부와 영혼이 없는 검찰과 심장이 없는 언론이다. 그날 하루 동안, 나는 그들을 내 안에 잔혹하게 장사 지냈고 조문하지 않았다.

(2009. 6. 12)

예술은 왼쪽 심장의 일

— 황지우의 「새들도 세상을 뜨는구나」

유인촌 장관님께. 날이 더워졌군요. 많이 바쁘시죠? 지난 7월 1일에 문화체육관광부 앞에서 펼쳐진 학생들의 공연을 보셨는지 모르겠습니다. 한국예술종합학교(한예종) 비상대책위원회 주최로 열린 '한예종 감사 철회와 자율성 보장을 촉구하는 학생 문화제' 말입니다. 한예종 감사 결과가 발표되고 황지우 전 총장이 사퇴한 지 한달 반이 되었습니다. 학생들은 여전히 싸우고 있습니다. 한심한 녀석들이라고 혀를 차지는 않으셨는지요. 사실을 말씀드리면 지금 문화체육관광부가 한심하다며 혀를 차는 사람들이 아주 많습니다.

우파 정권에서는 우파 총장이 나오는 게 옳다고 신재민 차관이 말했더군요. 그 말 덕분에 많은 게 투명해졌습니다. 이명박 정부는 우파 정권이다, 황지우 전 총장은 좌파다, 그러므로 그는 물러나야 한다. 세상만사가 이렇게 단순명쾌하다면 참 좋겠습니다. 그러나 그렇지가 않습니다. 장관님도 아시겠지만 특히 예술의 영역에서 '좌우'를 말하는 것은 대단히 복잡하고 미묘한 일입니다. 그래서 정치 논리를 예술 교육에 기계적으로 들이대서는 안 되는 것이었습

188

니다. 문화예술의 행정을 담당하시는 분들의 분별력이 극우 집단의 그것과 별로 다르지 않다면 이것은 재앙입니다.

　장관님께서 '좌파'라는 말을 어떻게 이해하고 계신지 모르겠습니다만, 존재하는 것을 긍정하기보다는 존재해야 할 것을 추구하는 게 좌파라면, 그래서 늘 더 많은 자유, 더 많은 인권, 더 많은 민주를 요구하는 게 좌파라면, 모든 진정한 예술가들은 본질적으로 좌파이고 모든 위대한 예술 작품은 깊은 곳에서 좌파적입니다. 실제로 그가 어떤 정당을 지지하건 상관없이 말입니다. 창작이라는 것은 본래 왼쪽에서 뛰는 심장이 시켜서 하는 일입니다. 예술의 영역에서 고답적인 좌우 논리는 별 의미가 없을 뿐만 아니라 지극히 촌스러울 수 있다는 얘기입니다.

　　映畫가 시작하기 전에 우리는
　　일제히 일어나 애국가를 경청한다
　　삼천리 화려 강산의
　　을숙도에서 일정한 群을 이루며
　　갈대 숲을 이륙하는 흰 새떼들이
　　자기들끼리 끼룩거리면서
　　자기들끼리 낄낄대면서
　　일렬 이열 삼렬 횡대로 자기들의 세상을
　　이 세상에서 떼어 메고
　　이 세상 밖 어디론가 날아간다
　　우리도 우리들끼리
　　낄낄대면서
　　깔쭉대면서

우리의 대열을 이루며
한세상 떼어 메고
이 세상 밖 어디론가 날아갔으면
하는데 대한 사람 대한으로
길이 보전하세로
각각 자기 자리에 앉는다
주저앉는다

—「새들도 세상을 뜨는구나」 전문

30년 전 시가 여전한 울림을 갖고 있다는 것이 놀랍습니다. 이명박 정부가 역사의 시계를 되돌려놓은 탓이기도 하지만, 더 근본적으로는 이 작품이 '왼쪽에서 뛰는 심장이 쓴' 시여서 시간의 흐름을 견뎌냈기 때문일 겁니다. 예컨대 이런 시를 놓고 좌우를 따지는 건 얼마나 허망한 짓입니까. 특정 예술학교를 두고 '좌파의 온상' 운운하는 일이 이와 다르지 않습니다. 그것은 너무나 촌스럽고 투박한 논법이어서 예술가들을 절망하게 합니다. 한예종 관련 정책을 재고해주시고 내친김에 문화 행정의 틀을 다시 짜주십시오. 예술가들은 '주저앉지' 않을 것입니다. 이만 줄입니다.

추신
출근길에 직장 앞에서 한 학생을 만나신 적이 있죠? 1인 시위를 하던 학생 말입니다. 그때 장관님은 생면부지의 학생에게 대뜸 '너' 운운하며 반말을 하시더군요. 그래서 저는 이 글을 "날이 더워졌구나. 많이 바쁘지?"로 시작하려다 말았습니다. 어떻게 일국의 장관에게 반말을 할 수 있겠습니까. 그러나 그 반대도 똑같이 진실입니다. 어떻게 일국의 장관이 처음 보는 시민에게 함부로 반말을 합니까. 그것도 문화를 담당한다는 장관이 말입니다. 이런 한심한 권위주의만큼 반문화적인 것이 또 없습니다. 대한민국 문화체육관광부의 수준이 그날 그 순간에 적나라했습니다.

(2009. 7. 13)

소금 창고에 대해 말해도 될까

─이문재의 「소금 창고」와 송찬호의 「소금 창고」

소금 창고에 대해 말해도 될까. 염전에서 운반해온 소금을 출고할 때까지 보관하는 곳. 그중에서도 특히 폐염전에 남아 있는 소금 창고에 대해서. 실제로 본 적은 없네. 그러나 사진으로 본 그것은, 사람이 아닌 것들에는 마음 흔들리는 일 별로 없는 이 무정한 사내까지를 쓸쓸하게 했지. 물론 이런 시들이 아니었으면 찾아볼 생각도 하지 않았을 테지만.

염전이 있던 곳
나는 마흔 살
늦가을 평상에 앉아
바다로 가는 길의 끝에다
지그시 힘을 준다
시린 바람이
옛날 노래가 적힌 악보를 넘기고 있다
바다로 가는 길 따라가던 갈대 마른 꽃들

역광을 받아 한 번 더 피어 있다

눈부시다

소금창고가 있던 곳

오후 세시의 햇빛이 갯벌 위에

수은처럼 굴러다닌다

북북서진하는 기러기 떼를 세어보는데

젖은 눈에서 눈물 떨어진다

염전이 있던 곳

나는 마흔 살

옛날은 가는 게 아니고

이렇게 자꾸 오는 것이었다

—「소금 창고」 전문

이문재의 네번째 시집 『제국호텔』(문학동네, 2004)에 수록된 아름다운 시. 한때 소금 창고가 있었던 곳에 "옛날 노래가 적힌 악보"처럼 서서 시인은 제 나이를 되새기네. '마흔 살'은 어쩌면, 뭔지도 모를 어떤 것들을 떠나보낸 뒤, 문득 홀로 남아 버티고 있는 자기 자신을 발견하게 되는 나이일까. 그래서 지금 그는 떠나보낸 옛날들의 자욱한 역류를 보고 있는 것일까. "옛날은 가는 게 아니고/이렇게 자꾸 오는 것이었다." 이런 구절을 일러 '적중했다'고 하는 것이지. 제자리에 정확히 꽂혀 진동하는 아포리즘. 이 시를 다시 떠올리게 된 이유가 있네.

돈 떼먹고 도망간 여자를 찾아

물어물어 여기 소금 창고까지 왔네

소금 창고는 아무도 없네
이미 오래전부터 소금이 들어오지 않아
소금 창고는 텅 비어 있었네

나는 이미 짐작한 바가 있어,
얼굴 흰 소금 신부를 맞으러
서쪽으로 가는 바람같이
무슨 설레는 마음으로 찾아온 건 아니지만,

나는 또, 사슴 같은 바다를 보러 온 젊은 날같이
연애 창고인 줄만 알고
손을 잡고 뛰어드는 젊은 날같이
함부로 이 소금 창고를 찾아온 것도 아니지만,

　　　　　　　　　　　　　　　　　—「소금 창고」 중에서

　　송찬호의 새 시집 『고양이가 돌아오는 저녁』(문학과지성사, 2009)
에 수록된 같은 제목의 시의 전반부. 이 시인 역시 이제는 "얼굴 흰
소금 신부"나 "사슴 같은 바다"에 마음 달뜨는 젊은이가 아니네. 아
니지만, 아니기 때문에, 소금 창고에 대한 소회가 없을 리 없는 것
이지. 왜 어떤 소중한 것들은 나보다 먼저 사라지는 것인가. 그러다
이 시인도 앞사람처럼 그만 울고 마네. "여자의 머릿결 적시던 술"이
나 "세상 어딘가에 / 소금같이 뿌려진 여자"가 생각나기라도 한 것
인가.

　　가까이 보이는 바다로 쉬지 않고 술들의 배가 지나갔네

나는 그토록 다짐했던 금주(禁酒)의 맹세가 생각나
또, 여자의 머릿결 적시던 술이 생각나
바닷가에 쭈그리고 앉아 오랫동안 울었네

소금 창고는 아무도 없네
그리고 짜디짠 이 세상 어디엔가
소금같이 뿌려진 여자가 있네

나는 또, 어딘가로 돌아가야 하지만
사랑에 기대는 법 없이
저 혼자 저렇게 낡아갈 수 있는 건
오직 여기 소금 창고뿐이네

—「소금 창고」중에서

소금 창고에 대해서 쓰면 다 좋은 시가 된다는 법이라도 있다는 듯 이 시도 앞의 시와 어깨를 나란히 한 채 아름답네. 내가 잘 알지도 못하는 소금 창고에 대해 말한 것은 이런 아름다움들 때문이지만, 언젠가부터 이 지면에서 아름다움에 대해 말하는 것이 마음 불편해졌지. "나무에 관해 이야기하는 것이/그 많은 범죄 행위에 관해 침묵하는 것을 의미하기에/거의 범죄처럼 취급받는 이 시대는 도대체 어떤 시대란 말이냐!"(「후손들에게」) 이를테면 브레히트의 이런 구절이 가시처럼 아프기 때문. 과연 그런 시대이기 때문.

그러니 우리가, 반년 동안 장례조차 치르지 못한 채 거리에서 울부짖고 있는 용산 참사 유가족들에 대해서가 아니라, 그 무슨 소금 창고 같은 것에 대해 말한다면, 이것은 범죄가 되는 것일까. 쉽게 부인해버리는 것이야말로 범죄가 될 수도 있을 테니 일단은 그렇다고 해야겠네. 그러나 끝내 그렇기만 한 것은 아니라고도 해야지. 좋은 시가 아름다운 것들에 대해 아름답게 말할 때, 그것은 지금 이 세계가 충분히 아름답다는 뜻이 아니라 아름다운 것들이 이 세계의 주인이어야 한다는 뜻이므로.

(2009. 7. 31)

고(故) 김대중 전 대통령을 추모하며

— 박상순의 「영혼이 어부에게 말했다」

신문 기사를 건성으로 읽었고 영결식 방송도 보다 말았다. 하고 싶지 않은 생각을 하지 않기 위해서였다. 공동체를 위해 자신을 희생한 적이 없으니 존경할 이유를 찾기 어려운 이가 대통령이 되고, 민주화를 위해 헌신한 적이 없으니 민주주의의 숭고함을 알 길이 없는 자들이 권력을 나눠 가진 지 1년 반 만에, 희생과 헌신으로 점철된 두 생(生)이 쓰러졌다. 생각이 불길한 쪽으로 뻗어가려 했다. 말하자면 저 두 죽음과 더불어, 희생과 헌신 앞에 머리 숙일 줄 모르는 후안무치한 이들은 그들의 '잃어버린 10년'을 결국 되찾은 것인가, 그로써 우리는 저 10년을 영영 잃어버리게 된 것인가, 그렇다면 대한민국의 2009년은 거대한 치욕의 해인가. 이런 생각을 밀어내느라 움츠렸다.

덕분인지 석 달 전의 죽음 앞에서만큼 휘청거리지는 않았다. 그래도 치명적인 몇 개의 이미지들이 와서 박히는 것을 막지 못했다. 근래 다시 들여다보게 된, 노무현 전 대통령의 영결식장에서 '몸의 반쪽'이 부서지는 아픔으로 얼굴을 일그러뜨리며 울던 김 전 대통령의 모습, 군사 정권의 고문 탓에 파킨슨병을 얻은 김 전 대통령의 장남 홍일씨가 휠체어를 끌고서라도 선친의 마지막 길에 동행하겠노라 고집을 부리는 장면, 마크 셸던 교수가 고인의 영정 앞에서 기꺼이 무릎을 꿇고 한국식 큰절을 올리는 장면…… 수십 줄의 시로도 감당해내기 어려운 복잡하게 아픈 이 장면들 때문에, 지난 몇 달간 여러 번 되풀이 읽었던 시 한 편을 다시 꺼냈다.

내 영혼이
내 어부에게 말했다

물고기
바다
저녁놀

내 영혼이 내 어부에게 말했다

처음
본
순간

내 영혼이 내 어부에게 말했다

없어
이럴 수는,
이럴 수는 없어

늙은 내 영혼이 더 늙은 내 어부에게 말했다

가
그냥 가
가

내 영혼이 내 어부의 그물에 매달리며 말했다

노을진
바닷가에
나를 남기고

두 개의 영혼
어린 내 영혼이 한참이나 더 어린 내 어부에게
매달리며 말했다
가
그냥 가

　　　　　　　— 박상순, 「영혼이 어부에게 말했다」 전문,

　　　　　　　　　　　『문학동네』 2009년 여름호

　5월 20일께 출간된 잡지에 실려 있으니 5월 23일의 죽음과는 아무 상관이 없는 시이지만, 5월 23일 이후에 이 시를 읽은 나에게는 그렇지가 않았다. 그 무렵에 발표된 어떤 추모시보다도 깊숙이 내 안으로 밀고 들어온 이 시를 나는 그냥 내 식대로 읽기로 한다. "내 영혼이 내 어부의 그물에 매달리며 말했다." 결함과 과오가 없지 않았으나 그래도 존경할 만한 드문 지도자들이었다. 두 사람을 한 꺼번에 잃었다. 익사 직전의 사회를 건져올릴 어부를 잃었다. 이 시인의 다른 좋은 시들이 대개 그렇듯, 맥락도 설명도 없이 흘러나오는 "없어/이럴 수는,/이럴 수는 없어"나 "가/그냥 가/가"와 같은 문장들이 텅 빈 마음속에서 텅텅 울린다. 그 메아리들은 이런 말을 주고받는다. '이럴 수가 있는가, 이럴 수는 없다.' 아마도 오독이겠지만 내게 이 오독은 불가피하다.

그러다 또 한 편의 뜨거운 시를 읽었다. "인생은 아름답고 역사는 발전한다." 김대중 전 대통령의 마지막 일기장 제목이라던가. 물론 평범한 문장이다. 그러나 두 가지 이유 때문에 저 문장을 매달리듯 읽었다. 그토록 고통스러운 인생이었고 그토록 절망적인 역사가 아니었던가. 그런 그가 생의 말기에 도달한 저와 같은 긍정은 아득할 뿐이다. 지금 나에게는 이 대구(對句)가 어떤 시보다도 위대하다. 게다가 지금은, 인생은 아름답지 않고 역사는 발전하지 않는다, 라고 말해야 어울릴 만한 상황이 아닌가. 그런데 고인은 쓰러져 가면서 저런 문장을 우리에게 남겼다. 그러니 저것은 평서문이거나 감탄문이 아닐 것이다. 청유문이고 기원문이며 끝내는 명령문이다. 그래서 이렇게 옮겨 적는다. 인생은 아름다워야 하고 역사는 발전해야 한다.

(2009. 9. 4)

소년과 소녀가 손을 잡으면

—이수명의 「왼쪽 비는 내리고 오른쪽 비는 내리지 않는다」

오늘은 이수명 시인 특집입니다. 벼르고 있었는데, 마침 이번 계절에 멋진 시를 발표했군요. 1994년에 등단했고 지금까지 네 권의 시집을 냈습니다. 아마 잘 모르시리라 짐작합니다. 비평가들이 자주 왈가왈부하는 시인도 아니고 대중적으로 널리 읽히는 편도 아니니까. 그러나 저는 이 시인이 없었더라면 한국 시단이 많이 따분해졌을 거라고 생각합니다. 소박한 구분법을 양해해주신다면, 감동에 취약한 다수 독자들에게 호소하는 '헤픈 시'가 있고 감동을 경계하는 소수 독자들에게 말을 거는 '도도한 시'가 있다고 말하겠습니다. 후자에 해당하는 시를 쓰는 시인들이 최근 많아졌는데, 이수명 시인이야말로 그들의 '은밀한 선배'라는 생각. 우선 그녀의 시 중 비교적 다가서기 편한 시 몇 편.

커다란 케익을 놓고
우리 모두 빙 둘러앉았다.
누군가 폭탄으로 된 초를 꽂았다.
케익이 폭발했다.

우리는 아름다운 노래를 불렀다.
그리고
뿌연 먼지 기둥으로 피어오르는 폭발물을
잘라서 먹었다.

—「케익」 전문

세번째 시집 『붉은 담장의 커브』(민음사, 2001)에서 골랐습니다. 기발하기는 한데, 그냥 재미있기만 하다? 그럼 한 편 더.

자신을 찍으려는 도끼가 왔을 때
나무는 도끼를 삼켰다.
도끼로부터 도망가다가 도끼를 삼켰다.

폭풍우 몰아치던 밤
나무는 번개를 삼켰다.
깊은 잠에서 깨어났을 때 더 깊이 찔리는 번개를 삼켰다.

—「나무는 도끼를 삼켰다」 전문

슬픈 시. 상처받고 받다가 마침내 그 상처를 삼키기로 마음먹는 생도 있을까 생각하면 쓸쓸해집니다.

네번째 시집 『고양이 비디오를 보는 고양이』(문학과지성사, 2004)에서 두 편 읽습니다. "집에 도착했습니다./계단을 오르지 못했습니다./계단 위에 거대한 얼음 덩어리가 떨어져 있었습니다./(……)/무엇인가 얼음 속에 갇혀 있었습니다./얼음이 녹기를 기다렸습니다./톱질했습니다./부서진 얼음을 밟고 올라갔습니다./집 안으로 들어갔습니다./갇혔습니다.”(「어느 날의 귀가」) 내게도 때로 어떤 날의 귀가는 집에 갇히기 위해 집으로 돌아가는 일이기도 했었지 하면서 끄덕끄덕. “비 오는 날,/나는 우리가 어디서 왔는지 알 수 있었다./비 오는 날 우리는 낙하산을 편 채 걸어갔다.”(「낙하산을 편 채」) 우산을 쓰고 걷다가 문득 해버린 생각. 그러니까, 우리는 이 세상에 쓸쓸히 불시착한 것이 아닐까. 그리고 오늘의 주인공인 이 아름다운 시.

    내가 너의 손을 잡고 걸어갈 때
    왼쪽 비는 내리고 오른쪽 비는 내리지 않는다.

    우리에게는 언제나 너무 많은 손들이 있고
    나는 문득 나의 손이 둘로 나뉘는 순간을 기억한다.

    내려오는 투명 가위의 순간을

    깨어나는 발자국들
    발자국 속에 무엇이 있는가
    무엇이 발자국에 맞서고 있는가

    우리에게는 언제나 너무 많은 비들이 있고
    왼쪽 비는 내리고 오른쪽 비는 내리지 않는다.

    내가 너의 손을 잡고 걸어갈 때
    육체가 우리에게서 떠나간다.

육체가 우리를 쳐다보고 있다.

우리에게서 떨어져나가 돌아다니는 단추들
단추의 숱한 구멍들

속으로

왼쪽 비는 내리고 오른쪽 비는 내리지 않는다.
　　　　　—「왼쪽 비는 내리고 오른쪽 비는 내리지 않는다」 전문,
　　　　　　　　　　　　　　　　『세계의문학』 2009년 가을호

　어쩌면, 비는 내리는데 우산은 하나? '나'는 '너'의 왼편에서 함께 우산을 들고 걷습니다. 그래서 왼쪽 어깨만 젖네요. 나쁘지 않습니다. 그 순간 내 몸을 스쳐가는 어색하고 애틋한 느낌들 때문. 왼손과 오른손이 따로 노는 것만 같고, 어색해서 아래만 보고 걷자니 발걸음조차 따라 어색해지고, 이런 식으로 어느덧 내 육체 전체가 한없이 낯설어지는 것입니다. 내가 나로부터 떨어져나와서 나 자신을 보고 있는 것만 같은 시간이 흐르고, "우리에게서 떨어져나가 돌아다니는 단추들"처럼 우리에게서 떨어져나가 뒹구는 느낌들, 느낌들. 그렇군요. 소년과 소녀가 손을 잡으면 세상에는 이상하고 아름다운 일들이 벌어지는군요. 결론. 시인의 상상력이 세상을 바꾸지는 못해도 세상을 바꿀 사람들을 아주 조금씩 바꾸기는 할 것입니다. 이상하고 아름답게, 이수명의 시처럼.

　　　　　　　　　　　　　　　　　　　　　　(2009. 9. 25)

감전(感電)의 능력

—안현미의 「옥탑방」

릴케의 말에는 거역할 수 없는 위엄이 있었지만 완전히 동의하지는 않으려고 애썼고 그건 지금도 마찬가지. "시란, 사람들이 생각하는 것과는 달리, 감정이 아니기 때문이다. 감정이라면 젊을 때 충분히 가지고 있다. 시는 체험이다."(『말테의 수기』) 무엇을 체험해야 하나. 친절하게도 릴케는, 아침에 작은 꽃이 피어나는 몸짓, 기이하게 시작되는 어린 시절의 병들, 진통하는 여자들의 비명 등을 이야기해주는데, 그중에서도 가장 인상적인 건 이런 것. "창문이 열린 방 안에서 죽은 사람 곁에 그리고 치미는 흐느낌 곁에 있어보았어야 한다."

'감정'을 투정 부리듯 늘어놓는 것이 시가 아닌 건 맞겠지만, 그렇다고 시는 곧 '체험'이라고 단정해도 될까? 이 말을 곧이곧대로 받아들인다면 기구한 삶에서 좋은 시가 나온다고 할 수밖에 없겠네. 게다가 나이를 먹을수록 체험도 풍성해질 테니 인생을 모르는 핏덩이들은 더 기다려야 하겠고. 그러나 아니지. 중요한 건 체험의 부피가 아니라 전압이지. 무엇이건 더 강렬하게 체험할 수 있는 능력, 즉 감전(感電)의 능력. 그래서 생겨나는 언어, 그 언어에 흐르는 전류. 이건 나이와 아무 상관없어. 그 뒤로 20년 정도 더 살기는 했지만 사실상 랭보는 이미 십대 후반에 감전사한 거지. 감전의 천재가 자기 자신에게 타살된 거야.

그래서 시가 품고 있는 체험의 힘과 시(언어) 자체의 힘을 혼동하지 않도록 주의해야 하겠네. 예컨대 안현미의 첫번째 시집 『곰곰』(랜덤하우스코리아, 2006)은 어떤 경우였을까? 요즘 젊은 시인들은 대개 체험을 고백하려고 하지 않지. 그런데 이 시인은 달랐네. 시집을 읽고 알게 됐고. 강원도 태백에서 태어나 여상을 졸업하고, 홀로 상경해 아현동 옥탑방에 짐을 풀고, 배고픔이나 외로움 때문에 뒤척이다가, 어떤 날에는 "70년대처럼 연탄가스 중독으로 죽고 싶었"(「거짓말을 타전하다」)던 한 여자의 삶. 그런데 이게 장점이기만 한 것인지 판단하기 어려웠네. 그러나 이런 시 앞에서는 판단을 유보할 필요가 없었지.

12개의 사다리를 올라가면 녹슨 열쇠구멍 속에 갇혀 있는 내가 있지 내 속에는 내가 너무도 많아 분열을 앓고 있는 나는 나를 사랑한 당신을 사랑한 나를 증오하지 증오하는 나를 사랑하는 나는 녹슨 가위를 들고 동맥을 오리지 피 흘리는 나를 안아주는 나는 당신이 선물한 액자 속에 있는 당신이 사랑한 삭발한 여자에게 말해주지 이제와 생각해보면 그건 사랑도 아니었지 그냥 지상에서 가장 높은 방에 서로를 모셔두는 일이었지 그래서 당신과 여자는 울지 못하고 옥탑방만 울고 있는 거지

—「옥탑방」중에서

206

아현동 옥탑방 시절 한 남자를 사랑했었네. 그 남자 때문에 삭발을 했고 동맥을 자르기도 했었지. 이 체험만으로 버티고 있는 시일까. 아니지. '나'와 '당신'이 꼬리를 물고 주어와 목적어의 자리를 다투며 피 흘리는 문장들로 이 시는 버티고 있지. "나는 나를 사랑한 당신을 사랑한 나를 증오하지 증오하는 나를 사랑하는 나는 (……) 당신이 사랑한 삭발한 여자에게 말해주지." 사랑의 일에서는 그 무엇도 혼자서 하는 일이란 없으므로 사랑의 비극에는 주어도 목적어도 없네. 비극을 자초한 한 사람과 비극을 완결한 다른 한 사람이 있을 뿐이지. 그러니 "당신과 여자는 울지 못하고 옥탑방만 울고 있는 거지."

이런 좋은 시들이 있긴 했지만, 이 시집은 어딘가 위태로운 데가 있었지. 진실하고 힘 있는 시들은 체험의 압력이 강해서인지 언어가 직설적이고, 체험의 흔적이 옅은 시들은 또 어쩐지 언어가 겉돌고 있다는 느낌이랄까. 3년 전 시집을 뒤늦게 거론하는 이유는 최근에 출간된 그녀의 두번째 시집 『이별의 재구성』(창비, 2009)을 흔쾌하게 읽었기 때문. 최소한 「합체」나 「시간들」 같은 좋은 시들에서는 이제 어떠한 위태로움도 느끼지 못했기 때문. 그러나 이 시집에 대해 자세히 말하려면 몇 번 더 읽어봐야 하겠기에, 타이밍을 놓치기 전에, 독자 여러분께 우선 추천부터 해드리려는 마음 때문. 그리고 덧붙여, 시에서 중요한 것은 구술사학이 아니라 전기공학이라는 말씀도, 말이 되는지는 모르겠으나, 한번 드려보고 싶었기 때문.

(2009. 10. 30)

문학은 법과도 싸워야 한다

─W. H. 오든의 『아킬레스의 방패』

　10월 28일, 그러니까 용산 재판 선고 공판에서 피고인들에게 중형이 구형된 날에, 나는 김훈의 신작 『공무도하』를 읽고 있었다. 당대를 다루는 소설이었지만 김훈은 여전했다. 지상에서의 삶은 문명이나 이념 따위와 무관하게 약육강식의 원리로 이루어지고, 인간의 시간은 역사나 진보 따위와는 무관하게 자연사(自然史)로 흐른다는 특유의 생각이 페이지마다 단호하게 관철되고 있었다. 그 단호함은 '팩트'의 힘에서 나오는 것이었다. 그는 주장하거나 설득하지 않는다. 그냥 사실을 보여줄 뿐이다. 10월 28일, 그러니까 대한민국 사법부가 약육강식의 논리를 관철한 그날에, 김훈의 말들은 내게 거의 진리로 보였다.

　10월 28일의 선고가 정확히 무엇을 의미하는지를 이해하기 위해 올해 봄에 출간된 오든 시전집 『아킬레스의 방패』(봉준수 편역, 나남, 2009)의 한 페이지를 펼친다. "소위 세상의 주인이라는 민중,/모두가 똑같이 존중받는다지만/그들의 운명은 다른 사람들의 손안에 있었다. 도움을 바라지도/받지도 못했던 약자들,/적들은 바

208

라던 것을 이미 해버렸으니/못된 인간들이 원했던 것은 민중들의 수모, 그들은 자부심을 잃어/숨이 끊기기도 전에 이미 인간으로서 죽었다."(「아킬레스의 방패」) 오든의 문장 중에서는 다소 투박한 편에 속하는 것이지만 마지막 대목 때문에 옮겨 적었다.

10월 28일에 일어난 일이 그와 같다. 피고인들은 자부심을 잃어 숨이 끊기기도 전에 이미 인간으로서 죽었다. 무죄 선고까지를 기대할 수는 없는 상황이었지만, 그러나 최소한, 어째서 그런 참혹한 일이 발생할 수밖에 없었는지를 약자의 입장에서 '이해'해주는 판결이기를, 그래서 돌아가신 분들을 '인간'으로 복권해주는 판결이기를 기대했다. 부당한 법을 만들고 그 법을 어길 수밖에 없게 하고 다시 그 법으로 처벌하는 이 해괴한 악순환 속에서 재판부가 고뇌해주기를 바랐다. 그러나 결과는 처참했다. 고뇌는커녕, 재판부는 피고인들이 '책임을 전가하고 재판을 방해했다'며 도리어 준엄하게 꾸짖고 있었다.

화가 나기 이전에 뭔가 어안이 벙벙한 기분이었다. 가난하고 힘없는 사람들이 죽었다. 현행법을 수호해야 하는 법관으로서는 달리 어찌할 여지가 많지 않았다 하더라도, 법은 무정하나 법관은 무정하지 않을 테니, 최소한 고뇌는 했어야 하지 않는가. 어떻게 저토록 무정한가. 그들은 그저 재판 기계인가. "소녀들은 겁탈당하고, 두 소년이 다른 한 소년을 찌르는 것은/누더기 소년에겐 자명한 세상의 이치, 그는 약속이/지켜지거나 딴 사람이 운다고 따라 우는 세상은/들어본 적이 없는 까닭이라."(같은 시) 오든의 말대로 이것이 '자명한 세상의 이치'인가. '소년'의 울음을 함께 울어주지도 못한다면 도대체 법은 왜 있어야 하나.

정의로운 법과 선량한 법관들을 모독할 생각은 없지만, 삶의 터전을 빼앗긴 가난한 자들의 저항을 쓰레기 분리수거나 해충 박멸 정도의 문제로 간주하는 것도 분명 대한민국의 법이라면, 그 법에는 영혼이 없을 것이고 그 법을 집행하는 사람에게도 영혼은 없을 것이다. 오든의 유명한 시 「법은 사랑처럼」은 이렇게 끝난다. "사랑처럼 어디에 왜 있는지 모르고/사랑처럼 강요할 수도 벗어날 수도 없으며/사랑처럼 가끔 울게 되고/사랑처럼 대개는 못 지키는 것." 그러나 오늘날 대한민국에서 법은 사랑의 논리화가 아니라 폭력의 합리화에 가깝다. 이제 문학은 법과도 싸워야 한다.

(2009. 11. 20)

동화의 아픈 뿌리

— 강성은의 『구두를 신고 잠이 들었다』

연말이고 하니 시상식 한번 해보면 어떨까. 1인 심사위원이라고 해서 건방지다 마시고 그냥 재미로 읽어주시길. 오늘 발표할 것은 '2009 올해의 첫 시집' 부문. 그러니까 신인상 정도로 생각하시면 되겠다. 공동 수상작은 오은의 첫 시집 『호텔 타셀의 돼지들』(민음사)과 강성은의 첫 시집 『구두를 신고 잠이 들었다』(창비)이다. 선정 이유는 이렇다. 첫번째 시집이라면 이런저런 모색의 흔적들을 어지럽게 포괄하고 있을 법한데, 이 두 시집은 확고한 방법론을 내장하고 있다는 것. 전자에 대해서는 다른 자리에서 말할 기회가 있을 것 같으니 후자에 대해서만 말하자.

강성은의 시집을 열면 "옛날이야기 들려줄까……조용한 비명 같은 이야기"(「세헤라자데」)라는 구절이 독자를 맞이한다. 어떤 이야기인가. '시집 해설'에서 시인 함성호는 이 시인을 '동화연산 시기 계장치'라고 명명했다. 물론 적절한 지적인데, 그렇다고 독자 여러분이 '동화'라는 말에서 무슨 선입견을 가질 필요는 없을 것이다. 프레드릭 제임슨의 말마따나 문학 작품은 "현실적 모순의 상상적 해결"이거니와, '동화'는, 그 상상적 해결의 과정에서 동원된, 이 시인에게 체질화된 어떤 말하기 방식일 뿐, 그 말의 뿌리에는 현실적 모순들이 또한 뜨거울 테니 말이다.

바로 그 현실적 모순들이, 이 시인의 표현을 빌리면, "조용한 비명"을 지르게 만든다. 거칠게 나누자면 '현실'에는 개인적 현실과 사회적 현실이 있을 것이다. 그래서 그녀의 동화들에는 우선 한 여성이 살아오면서 겪었을 슬픔들, 그러니까 '개인적 현실'이 은밀하게 감춰져 있다. 스무 살이 되던 해의 고통이 "나는 많은 사람들 속에서 투명인간이 되는 법을 알아요/비가 올 때마다 젖지만 우산은 스무 개가 넘어요"(「스물」)와 같은 아픈 구절들을, 맹목적인 사랑의 체험이 "우리는 우리를 읽지 못해 장님이 되는 밤"(「오, 사랑」)과 같은 멋진 구절을 낳았을 것이다.

다른 한편으로 재앙이나 범죄 같은 어두운 힘이 이끄는 시가 더러 보이거니와, 이는 언뜻 동화처럼 보이는 시들에서도 '사회적 현실'의 반향을 잘 알아보는 일이 필요하다는 점을 알려준다. 예컨대 "뾰족한 첨탑 위에 갇힌 누군가 구름에 편지를 써요/그럴 때 구름은 검은 빗방울을 뚝뚝 떨어뜨리지요"라는 구절로 시작된 시가 "우리는 내일의 날씨를 예측할 수 있지만/내일의 악몽을 점칠 수는 없었어요"(「고딕 시대와 낭만주의자들」)와 같은 구절로 이어질 때, 우리는 우리가 혹시 '고딕 시대'를 살고 있는 건 아닌지 진지하게 되새겨볼 수 있다.

그러나 이는 어디까지나 화학적 분별에 불과할 뿐, 대부분의 시는 개인적 불행과 사회적 비극이 분리 불가능한 채로 뒤섞여 있고, 이것이 그 성분들의 흔적을 알아볼 수 없을 정도로 고도화돼서 동화적 단순성에 도달한, 강성은 특유의 '이미지-스토리'를 만들어낸다. 이 대목이 이 시집의 핵이다. 그 이야기들은 대개 '이상한' 과 '아름다운' 이라는 형용사의 지휘를 받는데, '이상한' 것을 말하는 세 편의 시(「이상한 여름」, 「이상한 욕실」, 「이상한 방문자」)와 '아름다운' 것을 노래하는 두 편의 시(「아름다운 불」, 「아름다운 계단」)만 그런 게 아니라, 이 시집 전체가 그렇다.

더 정확히 말하자면, 그녀의 개성은 이상한 것에서 아름다운 것을, 아름다운 것에서 이상한 것을 읽어내는 창조적인 괴벽(怪癖)에 있다. 그 결과 그녀의 좋은 시들은 궁극적으로 '이상하면서 동시에 아름다운' 상태에 도달하는데, 사실 이는 좋은 시의 기본적인 덕목이기도 하다. 이 '세헤라자데' 의 매력적인 이야기들을 "삶과 문명과 현실원칙을 향해 보내는 조소"(남진우)로 읽는 데 나는 동의하지만, 시 자체가 짓고 있는 표정은 '비웃는 미소' 라기보다는 '슬픈 미소' 에 더 가깝다는 말을 덧붙이자. 그 미소에 대해 더 자세히 말하지 못해 아쉽다. 책날개에 있는 시인의 미소를 참조해서 직접 읽어보시길. '올해의 첫 시집' 선정 이유서, 끝.

(2009. 12. 11)

선량함을 배달한 우체부

—고(故) 신현정 시인을 추모하며

　2009년에 쓰는 마지막 칼럼이다. '2009년의 시인'으로 고 신현정 시인을 선정한다. 고인은 지난 10월 16일 새벽 1시에 향년 예순한 살의 나이로 작고했다. 고인이 살아 계실 때 만나뵌 일이 없고 그의 시를 많이 읽지도 못했다. 살아생전에 기획됐으나 출간되기 전에 시인이 작고한 탓에 졸지에 추모 시집이 돼버린 시선집『난쟁이와 저녁 식사를』(북인)을 뒤늦게 읽으며 고인을 만났다. 시만 봐도 환하게 알겠다. 천진하고 무구한 분이었을 것이다. 영악한 자들은 잘도 살아가는데, 바보 같은 분들만 바보처럼 돌아가신다. 전직 대통령과 추기경의 죽음 옆에 한 시인의 죽음도 나란히 놓아두고 싶다.

　　새를 띄우려고 우체통까지 가서는 그냥 왔다

　　오후 3시 정각이 분명했지만 그냥 왔다

우체통은 빨갛게 달아올라 있었지만 그냥 왔다

난 혓바닥을 넓게 해 우표를 붙였지만 그냥 왔다

논병아리로라도 부화할 것 같았지만 그냥 왔다

주소도 우편번호도 몇 번을 확인했다 그냥 왔다

그대여 나의 그대여 그 자리에서 냉큼 발길을 돌려서 왔다

우체통은 빨갛게 달아올랐다

알 껍데기를 톡톡 쪼는 소리가 들려왔지만 그냥 왔다

그대여 나의 새여 하늘은 그리도 푸르렀건만 그냥 왔다

새를 조각조각 찢어버리려다가

새를 품에 꼬옥 보듬어 안고 그냥 왔다.
—「빨간 우체통 앞에서」 전문

　신현정 시인의 시가 대개 이렇다. 대개는 한 문장이 한 행이고 그게 또 한 연이다. '편지＝새'라는 단순한 은유를 숨기지도 비틀지도 않고 편안하게 깔아두었다. 그대에게 날아갈 테니 편지는 새가 맞다. 혹은 우체통에 넣어야 비로소 새가 될 테니 아직은 알이라고

해도 좋다. 시인은 편지를 새처럼 혹은 알처럼 품고 우체통에 갔다. 애타는 마음은 빨간 우체통처럼 달아올라 있지만 어쩐 일인지 그냥 돌아선다. 현실화된 욕망만 가치 있는 것인가. 시인은 아니라고 말한다. 무욕(無慾)이랄까, 혹은 무애(無碍)랄까. 반복되면서 시를 부드럽게 조이는 "그냥 왔다"의 여운이 넓다. 함께 읽으면 좋을 만한 시가 있다.

세상은 온통 나비 떼

초인종은 세 번을 눌렀다

검은 나비는 문 밑으로 들여보내든가 문틈에다 꽂아놓았다

간혹 요금이 수취인 부담인 것도 있었다

수취인 불명은 반드시 원래의 제자리로 돌려보내지 않았던가

마감일까지 소인이 찍힌 것은 유효했다

요즘 와서는 거의가 빠른 우편이었다

민들레 피고

나는 어깨에 멘 행낭을 내리고 지퍼를 활짝 열어젖혔다

세상은 온통 나비 떼

나비 떼

정작 나는 행방불명이 되고 싶었다

민들레 옆에 자전거를 모로 눕히고 쪼그려 앉아 담배 피운다

아, 나는 선량했다.
─「길 위의 우체부」 전문

　이번에는 '편지＝나비'의 세계 안에서 시인은 우체부가 되었다. '빠른 우편'의 세계를 나 몰라라 하며 이 우체부는 유유자적이다. 행낭을 활짝 열어 세상을 온통 나비떼로 만들고 자신은 행방불명되고 싶어한다. 이상하게 사람을 울리는 마지막 구절을 어떡하면 좋을까. "아, 나는 선량했다." 자화자찬의 감탄이 아니다. 이 문장 뒤에는 '선량했다, 선량했는데, 그런데 왜⋯⋯'가 숨어 있을 것이다. 이 세상은 선량한 것만으로는 안 되는가, 자전거를 눕히고 담배를 피우는 이 선량한 우체부만으로는 안 되는가. 나는, 저 우체부는 선량했으므로 결국 불행해졌을 것이다, 라고 읽고 마는 나 자신이 난감하다.
　고인이 병상에서 쓴 마지막 작품은 짧다. "꽃말을 알지 못하지만 나는/사루비아에게/혹시 병상에 드러누운 내가/피가 모자랄 것 같으면/수혈을 부탁할 거라고/말을 조용히 건넨 적이 있다/유난히 짙푸른 하늘 아래에서가 아니었는가 싶다/사루비아, 수혈을 부

제2부 모국어가 흘리는 눈물　217

탁해." 이 거칠고 난폭한 세계에서 선량한 우체부처럼 아름다움을 배달하다 퇴직한 시인의 유언시답다. 이 나라는 2010년에도 피 흘리게 될까. 세상의 시인들에게 내년에도 수혈을 부탁할 수밖에. 고인의 명복을 빈다.

(2010. 1. 1)

시를 통해 본 사랑의 수학

  시인이 사랑에 대해 말하기로 결심하는 순간 그는 만국 공통어의
세계로 들어가게 된다. 사랑은 시의 에스페란토어다. 한국인인 우
리도 보들레르의 「흡혈귀」를 읽으면 그가 연인 잔 뒤발과 함께 보
낸 애증의 세월을 충분히 이해할 수 있고, 베를렌과의 파국적인 사
랑을 회상하는 랭보의 「헛소리 1」을 읽으면 그 시에서 능히 총성을
들을 수 있으며, 마야코프스키의 「등골의 플루트」를 읽으면 그가
문학적 동지의 아내인 릴리 브릭을 사랑하느라 겪은 영혼의 골절
(骨折)을 짐작할 수 있다. 사랑에 국경이 없듯 사랑에 관한 시(연애
시)에도 국경이 없다. 그래서 연애시는 가장 많은 사람들에게 읽히
고 가장 오래 살아남는다. 그 많은 연애시들 중에서 오늘은 '사랑
의 수학(數學)'과 관련된 시 네 편을 읽는다.

사랑의 수학 1장 : 1+1+1+1……=0

이 세상의 애인은 모두가 옛 애인이지요

나의 가슴에 성호를 긋던 바람도

스치고 지나가면 그뿐

하늘의 구름을 나의 애인이라 부를 순 없어요

맥주를 마시며 고백한 사랑은

텅 빈 맥주잔 속에 갇혀 뒹굴고

깃발 속에 써놓은 사랑은

펄럭이는 깃발 속에서만 유효할 뿐이지요

이 세상의 애인은 모두가 옛 애인이지요

복잡한 거리가 행인을 비우듯

그대는 내 가슴의 한복판을

스치고 지나간 무례한 길손이었을 뿐

기억의 통로에 버려진 이름들을

사랑이라고 부를 수는 없어요

이 세상의 애인은 모두가 옛 애인이지요

맥주를 마시고 잔디밭을 더럽히며

빨리 혹은 좀더 늦게 떠나갈 뿐이지요

이 세상에 영원한 애인이란 없어요

이 세상의 애인은 모두가 옛 애인이지요

— 박정대, 「이 세상의 애인은 모두가 옛 애인이지요」 전문

사랑도 자꾸 하면 는다고들 하지만 사랑의 질까지 높아질까. 단
언하기는 어렵다. 옛사랑이 남기는 기억들 때문이다. 좋은 기억은

현재의 연애를 그것과 비교하게 만들면서 악영향을 끼치고(당신이 고맙긴 하지만 그 사람은 더 따뜻했어요), 나쁜 기억은 현재의 연애 속으로 불길하게 스며들면서 악영향을 끼친다(당신은 사소한 실수 라고 말하지만 그가 나를 떠날 때도 이런 식이었죠). 이런 생각들을 하고 있자니 우리의 시인이 이렇게 허무하게 읊조린다. 이 세상의 애인은 모두가 옛 애인이라고. 사랑이라고 믿으며 만난 모든 사람 들은 결국 "맥주를 마시고 잔디밭을 더럽히며/빨리 혹은 좀더 늦 게 떠나갈 뿐"이라는 것. '하나 더하기 하나'의 과정을 제아무리 반 복한들 그 결과는 제로라는 것이다. 그런데도 우리는 사랑을 한다. 도대체 왜?

사랑의 수학 2장 : 1+1=3

물이 없어도 표류하고 싶어서
외롭거나 괴롭지 않아도 살고 있기 때문에
우리는 다른 곳으로 떠났다 돌아오거나 영 돌아오지 않겠지
가까운 곳에서 찾았어
우리는 모였지 인도 아프리카 우즈베키스탄에서 온 사람들과
대부분을 차지하는 중국인 학생들
지난해 여름부터 나는 그들에게 한국어를 가르쳤었어
(……)
외국인 남자는 어떨까 상상하지 않았다면
말 못할 관계로 가지 않았다면 나는 살아 있는 것이 아니었어
생면부지의 것들을 만나고 말이 통하지 않는 사람들과

사귀지 않는다면

위험하지 않다면 살아 있는 게 아닌 건 아니지만

끝없이 문제를 만들어야 했어

시험 문항을 만들고

혼혈의 아이를 낳아 식탁에 둘러앉아 각자의 모국어를 섞어 말할

지도 몰라

콩밥을 나누고 에이즈 환자 모임에 가야 한다 해도

사랑한다면 사랑할 수밖에

너와 헤어진 다음날 그를 사랑했어

—김이듬, 「말할 수 없는 애인」 중에서

왜 사랑에 빠지는가. "물이 없어도 표류하고 싶어서"다. 위험하고 싶어서, 살아 있음을 느끼고 싶어서, 문제를 만들고 싶어서다. 사랑에 빠진다는 것은 지금과는 '다른 나'의 가능성에 빠진다는 것이다. 미래의 가능성 없이 어떻게 현재를 견디나. 살고 싶은 욕망이 불가피하듯 사랑은 불가피하다. 그래서 이 시인은 이렇게 단호하다. "콩밥을 나누고 에이즈 환자 모임에 가야 한다 해도/사랑한다면 사랑할 수밖에." 비록 옛 애인과 헤어진 다음 날 곧바로 새 애인을 만든다 한들 그녀를 탓할 수는 없지 않은가. 이 시의 수학은 이렇다. 사랑을 하면서 나는 '다른 나'로 분화된다, 미지의 너를 만나면서 나는 두 사람이 된다, 하나 더하기 하나는 그래서 셋이다. 물론 이 계산이 안 맞는 경우가 더 많다. 대낮에 공원에 앉아 술을 마시는 한 여인을 보라.

사랑의 수학 3장 : 1+1=0.5

혼자 대낮 공원에 간다
술병을 감추고 마시며 기어코 말하려고
말하기 위해 가려고, 그냥 가는 바람아, 내가 가엾니?

삭신은 발을 뗄 때마다 만든다, 내가 남긴 발자국, 저건 옴팍한 속
이었을까, 검은 무덤이었을까, 취중두통의 길이여

고장 난 차는 불쌍해, 왜?
걷지를 못하잖아, 통과해내지를 못하잖아, 저러다 차는 썩어버릴
까요
저 뱀도 맘이 아파, 왜?
몸이 다리잖아요 자궁까지 다리잖아요 그럼,
얼굴은 뭘까?
사랑이었을까……
아하 사랑!
마음이 빗장을 거는 그 소리, 사랑!

(……)

내 마음의 결이 쓸려가요 대패밥 먹듯 깔깔하게 곳간마다 손가락,
지문, 소용돌이, 혼자 대낮의 공원

햇살은 기어코 내 마음을 쓰러뜨리네

당신······

　　　　　　　　　—허수경, 「흰 꿈 한 꿈」 중에서

　무의식의 노래를 받아 적는 이들을 초현실주의자라고 부른다. 그
렇다면 술에 취해 흘러나오는 말들을 받아 적어 만든 시는 뭐라고
불러야 하나. 이 놀랍도록 아픈 시가 수록돼 있는 허수경의 시집
『혼자 가는 먼 집』(문학과지성사, 1992)은 허수경의 가장 좋은 시집
인 것이 아니라 1990년대가 낳은 가장 좋은 시집 중 하나다. 이 시
의 그녀도 그랬을 것이다. 사랑 안에 '다른 삶' 혹은 '다른 나'가 있
을 거라 믿고 사랑을 시작했을 것이다. 그러나 뜻대로 되지 않았을
것이다. 대낮에 술병을 들고 공원엘 가야만 했을 것이다. 거기서 그
녀는 취한다. 자기 자신과 소리 내어 대화를 나누다가, '고장 난
차'와 '온몸이 다리'인 뱀의 운명에 아파하다가, 기어코 쓰러진다.
그때서야 겨우 "당신"을 부르면서······ 사랑에 빠지면 '있는 나'의
절반을 잃어버릴 수도 있다. 그래서 하나 더하기 하나는 하나의 절
반이 되기도 한다. 그러나 우리의 결론은 좀더 희망적이었으면 좋
겠다. 한 편 더 읽자.

사랑의 수학 4장 : 1+1=∞

　그러니 우리, 사랑할래요?

　(······)

224

보도블록 콘크리트를 걷어내고

꽃잎을 놓은 댓잎 자리 위에 누워

우리 사랑할래요?

지나온 가로수의 허방으로 미끄러져간 계곡과 별빛

기어코 가시에 찔리죠 가시에 찔리고 싶어 걷는 봄날엔

그러니 총 대신! 빌딩 대신! 군함 대신! 지폐 대신!

건널목을 둥글게 휘어놓고

꽃잎 물고기와 사슴을 불러 해금을 켤까요

그대와 그대가 사랑을 나눌 때

그대와 그대 곁에서

그대들 위해 군함을 쪼개 모닥불을 지필까요

무릎뼈 위에 먹을 갈아

은행잎 댓잎 위에 번갈아 편지를 쓸까요 오세요 그대,

(……)

포성 분분한 차디찬

여기는 망가진 빗장뼈 위 백척간두의 칼 끝

이것은 피의 이야기,

사랑을 구하는 피의 이야기,

               ─ 김선우, 「Everybody shall we love?」 중에서

68세대의 구호('보도블록을 걷으면 그 아래에 바다가 있다')와 한

국 고전 시가(「만전춘별사」의 "댓잎자리"와 「청산별곡」의 "사슴"과 "해금")에서 뽑은 구절을 섞었다. 어여쁜 구절들을 마음 내키는 대로 연결한 것이 아닐 것이다. '사랑'의 눈으로 보면 바리케이드 앞에서 키스를 나눈 68세대의 연인들과 고려가요의 연인들은 하나다. 그들은 사랑할 자유를 억압하는 세계와 맞선 영웅들이다. 사랑과 정치를 이렇게 유려하게 잇대어놓은 시도 드물다. 『신좌파의 상상력』의 저자 조지 카치아피카스는 '에로스 효과'에 대해 말한 적이 있다. 그 말을 나는 이렇게 해석한다. 좋은 세상을 만들기 위해 싸우는 마음은 사랑하는 사람을 지키려는 마음, 더 많은 사람이 자유롭게 사랑할 수 있는 세상을 만들겠다는 마음과 다르지 않다고, 그래서 하나 더하기 하나의 에너지는 무한대의 힘으로 확장될 수 있다고…… 사랑의 수학, 오늘은 여기까지.

(2009. 7. 18)

3부

·　·　·

유
산
된

시
인
들
의

사
회

얼굴들

나의 얼굴

나의 얼굴을 내가 보는 두 가지 방법은 거울 보기와 사진 찍기다. 애초 이 둘 사이에는 차이가 있었다고 한다. "아무리 '타인의 시점'에 서려고 해도 거울에 의한 반성(반영)에는 공범성(共犯性)이 존재"하는 데 비해, 사진은 거울과 달라서 "사진이 발명된 당시에 사진으로 자신의 얼굴을 본 사람은 녹음기를 통해 자신의 목소리를 처음 들은 사람과 마찬가지로 불쾌감을 금할 수 없었다."(가라타니 고진, 『트랜스크리틱』) 물론 거울과 사진의 이 차이는 이제 거의 해소되었다. 필름 없이 수없이 되풀이 찍을 수 있게 되었고 심지어 찍힌 사진의 편집까지 가능해졌으니까. 나 자신이 가장 아름답게 보이는 순간에 거울 앞을 떠나듯, 가장 아름다운 사진을 얻었을 때 사진 찍기는 끝난다. '잘 나온' 사진이란 대개 '실제보다 잘 나온' 사진이고 그러므로 '실제와는 좀 다른' 사진이다. 그러나 나는 바로 그 마지막 거울 ― 사진을 믿는다. 나는 나의 얼굴과 공범이다.

너의 얼굴

어떻게 저 불온한 동맹을 파기할 수 있을까. 너의 얼굴 덕분에 가능하다고 레비나스는 말한다. 나는 너의 얼굴에서 내가 보고 싶은 그것만을 볼 수가 없다. 그래서 여기에는 공범성이 아니라 타자성이 있다. "내 안에 있는 타자에 대한 관념을 뛰어넘어 타자가 나타나는 방식, 우리는 그것을 얼굴이라고 부른다."(『전체성과 무한』) 타자의 얼굴에는 사랑받는 얼굴과 고통받는 얼굴이 있다. 레비나스에 따르면 우리는 전자의 수수께끼 앞에서 바람직한 무력감을, 후자의 요구 앞에서 윤리적 책임감을 느낀다. 사실을 말하자면 나는 레비나스의 말에 공감하는 데 늘 실패한다. 첫번째 얼굴, 즉 내가 사랑하는 이의 얼굴이 품고 있는 수수께끼는 바람직한 무력감이 아니라 참혹한 고통을 안겨준다. 지옥의 문은 사랑하는 사람을 믿지 못하게 될 때 열린다. 나는 가해자가 되고 사랑은 파괴된다. 두번째 얼굴, 즉 고통받는 이의 얼굴은 과연 윤리적 책임감을 느끼게 하지만 그 감정은 쉽게 외면된다. 너의 얼굴은 나를 잠재적 가해자로 만든다. 견딜 수 없어서 그 얼굴로부터 떠난다.

그의 얼굴

대개 우리가 보고 싶어하는 것은 피해자의 얼굴이 아니라 가해자의 얼굴이다. 용산에서 여섯 명이 죽었지만 그들의 얼굴을 궁금해하는 사람은 거의 없다. 그러나 대다수가 강호순의 얼굴은 공개돼야 한다고 주장한다. 얼굴 공개로 얻게 되는 '공익'의 실체는 불

분명하다. 그가 향후 지속적으로 공중의 이해관계에 영향을 미칠 공인이 아니기 때문에 '알 권리' 운운도 설득력이 없다. 징벌의 차원에서 얼굴을 공개하자는 논리는 법치주의에 위배될 뿐 아니라 살인자의 가족에게는 연좌제의 굴레가 될 수 있어 위험하다. 유사 범죄 예방 운운은 추단과 바람일 뿐이어서 '무죄 추정의 원칙'이라는 성문법을 훼손할 근거가 되지 못한다. 피해자의 인권이 문제가 된다면 살인자의 얼굴을 유족들에게만 제한적으로 공개할 수 있겠지만 본래 인권이란 서로 주고 뺏는 것이 아니라 함께 수호되어야 하는 것이어서 저 논리는 감상적이다. 예외를 허용하면 원칙은 파괴된다. 살인자가 아니라 인권 그 자체를 보호하자는 것이다. 그러나 연쇄살인자의 얼굴은 전쟁터가 되었고 그 전쟁에서 우리는 졌다.

(2009. 2. 3)

굴욕이라니, 이치로

처음엔 이치로가 멋지다고 생각했다. 향후 30년 동안은 질 생각이 없다니, 모름지기 프로라면 그래야 한다. 승리만을 예감하는 '오만과 편견'이 프로를 아름답게 한다. 그런데 그는 졌다. 지고 난 후의 이치로는 실망스러웠다. 그는 화를 냈고 굴욕적이라고 말했다. 그러지 말았어야 했다. 국가와 민족에 죄를 지은 것도 아니고 후지 산이 무너진 것도 아니다. 한 수 잘 배웠노라 말하고서 쿨하게 돌아섰어야 했다. 프로는 질 수도 있다. 패배조차 즐길 줄 아는 배짱이 프로의 미덕이다. 패배 이후의 첫번째 표정, 그것이 한번 프로를 영원한 프로로 만든다.

처음엔 한국 선수들이 멋지다고 생각했다. 약관을 갓 지난 풋풋함과 불혹을 앞둔 노련함이 함께 얼싸안고 승리를 즐기는 모습은 아름다웠다. 승리한 이들의 순정한 기쁨은 감정의 자연스러운 유출이어서 거부감이 없고 돈으로 환산되지 않는 가치여서 순수하다. 그래, 저런 순간들 때문에 사는 거지, 하는 생각까지 하게 만든다. 그런데 그들은 마운드로 올라가 태극기를 꽂았다. 대한민국에 태어난 것이 자랑스럽다고 했다. 그러지 말았어야 했다. 스포츠에서만큼은 거창한 이념들을 그만 귀가 조치시켰으면 좋겠다. 승리의 의미를 단순하게 축소할 줄 아는 능력도 프로의 미덕이다.

애초부터 언론은 마뜩잖았다. '월드'라는 타이틀만 붙으면 '정신력'으로 승리하고야 마는 선수들이 신통한 건 사실이다. 그러나 대한민국의 '늠름한' 태극 '전사'들이 '숙적' 일본을 '격파'했다니, 지금 우리가 돌도끼 들고 부족끼리 전쟁하던 시대를 살고 있는가. 상상력의 빈곤을 여실히 증명하는 '전쟁의 수사학'은 언론의 고질병이다. 너무 부지런한 것도 때로는 문제다. 리포터는 달려간다. 서울역으로, 호프집으로, 사찰과 교회로, 심지어는 병원으로. 온 국민이 하나 되어 열광하는 장면을 잡아낸다. 온 국민이라니, 향후 30년 동안 일본을 이긴다 해도, 나는 나, 너는 너다. 순수한 기쁨마저 '동원의 대상'이 되어버린 듯해 기분이 나빠진다. 한국 사회 내부의 온갖 적대들을 간과한 채 발설되는 국민이라는 말은 많은 경우 허구에 가깝다.

그래서 '심플'씨는 이렇게 말한다. "아, 의미, 의미, 의미들. 국가, 민족, 국민 이런 거 빼고 그냥 심플하게 즐기면 안 되겠니?" '레종'씨는 이렇게 말한다. "좋은 환상과 나쁜 환상이 있소. 멋진 나라 대한민국에서 온 국민이 하나 되었다는 환상, 좋지 않소. 그대에게 담백한 이성을 권하오." '시즌'씨는 이렇게 말한다. "프로니까 쿨하게 가자고요. 스포츠도 인생도. 잊어요. 우리에겐 늘 다음 시즌이 있잖아요." 게임은 그저 담배 한 개비처럼 무의미하고 담백하고 또 신속히 망각될 때 아름답다. 그러니 화내지 마, 이치로. 굴욕이라니, 이치로. 당신은 그저 '게임'에 한 번, 아니 두 번 졌을 뿐이라고.

(2006. 3. 18)

이번엔 오버 금지

지방 선거가 끝났다. 4년 만에 '생각'이라는 것을 하느라 진땀 뺀 정치인들은 다시 생각 없는 삶으로 복귀했고, 4년 만에 공화국의 주인 대접을 받느라 머쓱했던 우리는 다시 힘없는 백성의 자리로 복귀했다. '그들만의 축제'가 남긴 결과는 해괴하다. 초심을 잃고 헤매다가 완패한 집권 여당의 무능력도 씁쓸하지만, 정당성도 없고 비전도 없는 제1야당의 완승을 바라보는 기분은 더 참담하다. 정말이지 우리 스트레스 심하다. 즐길 권리가 있다. 고맙게도 4년 만에 다른 축제의 시간이 왔고, 이것은 '우리들의 축제'다. 4년 전의 축제를 복습하고 다가올 축제에 임하련다.

고백하건대, 그를 사랑했다. 4강 신화를 창조해서가 아니다. 선수들이 실수를 범하거나 경기가 꼬일 때면 더 침착해지던 이상한 사람, 자신에게 주의를 주러 오는 주심에게 물을 권하며 얼굴을 쓰다듬어주던 귀여운 사람, 승리에 취해 있는 선수들을 관중 앞으로 데려가 감사를 표하게 하던 사려 깊은 사람, 우리 선수들과 기쁨을 나누다가 문득 상대 선수들을 위로하러 가던 따뜻한 사람. 그는 보수적이고 권위적이고 가부장적인 또래 한국 리더들과 달랐다. 저런 모습이라면 언젠가는 오십대가 된다는 사실을 받아들일 수도 있을 것 같았다. 그러나 히딩크식 경영 리더십 운운하는 말들은 민망했고, 동상 건립 운운은 창피했다. 이건 정말이지 '한국적인' 반응들이다. 그가 한 수 가르쳐주었지만 우리는 뭘 배워야 하는지조차 몰랐다. 행여 아드보카트가 아무리 사랑스럽더라도, 우리 이번에는 그러지 말자.

　고백하건대, 나도 반쯤은 미쳐 있었다. 골든 골과 승부차기 때문에 모두들 '곱게 미쳐' 있었다. 같은 색깔의 옷을 입었고 같은 구호를 외쳤다. 이를 두고 파시즘 운운한 사람들이 있었거니와, 그 사람들 확실히 오버했다. 파시즘의 역사적 맥락과 '붉은 축제'의 상황적 맥락을 추상한 채 양자를 단순 비교한 탓에 그리되었다. 그때 그곳에는 소름 끼치는 '대의(大義)'도 애꿎은 '희생양'도 없었다. 순수한 '소모'만 있었고 그래서 축제였다. 그러나 이번에는 조심 좀 해야겠다. 아귀다툼하는 자본들 때문에 개운치 않고, 언론의 호들갑이 선동적이어서 불쾌하다. 게다가 춤까지 똑같이 추자고 하시니, 이건 좀 오버다. '꼭짓점 댄스' 좀 틀렸다고 '엎드려뻗쳐' 하는 광고 속 김일병, 당신도 오버다. 안 그래도 '제복'과 '구호'에 질색하는 사람들, 이제 '군무' 때문에 또 오버하지 않겠는가. 오버를 부르는 오버, 우리 이번에는 그러지 말자.

　이상 복습 끝, 축제 시작!

(2006. 5. 3)

5월은 쑥스러운 달

5월은 쑥스러운 달이다. 기념일들 때문이다. 부모는 아이에게 쑥
스럽고 자식은 부모에게 쑥스럽고 제자는 스승에게 쑥스럽다. '안
하던 짓'을 할 때 우리는 민망해진다. 364일을 '하던 짓'만 해왔으
니 별수 없는 것이다. 주일날 회개하여 다시 일주일을 죄짓고 살 힘
을 얻는 엉터리들처럼, 사랑이 넘치는 하루를 보내고 우리는 364일
동안을 무심할 수 있는 알리바이를 얻는다. 그러니 기념일들은 없
어지지 않을 것이다. 알리바이가 필요한 사람들이 존재하는 한 말
이다. 말하자면 어린이날, 어버이날, 스승의 날은 어린이와 어버이
와 스승을 위한 날이 아니다. 부모, 자식, 제자를 위한 날이다. 이것
이 기념일의 역설이다.

오늘이 스승의 날이라서 하는 말이다. 기념일의 역설 운운했지
만, 어쩌면 이것조차 옛말이 아닌가. 스승의 날이 성립되려면 '스
승'이 있어야 하고 스승이 있으려면 자신을 '제자'로 간주하는 이가
존재해야 한다. 그러나 오늘날 스스로를 '그분'의 제자라고 믿는 사
람, 스승의 날에 별수 없이 쑥스러움을 느끼곤 하는 사람이 얼마나

될까. 어쩌면 스승의 날에 가장 쑥스러움을 느끼는 것은 '스승의 날' 자신일지도 모른다. "나는 왜 있는 거지?" 사실을 말하자면, 오늘날 젊은 세대들의 스승은 TV와 인터넷이다. 거기서 무한경쟁 시대의 생존법과 서푼짜리 지식을 배운다. 오늘 누군가는 옷깃을 여미고 모니터에 카네이션 하나 달아주었으리라.

물론 과장이지만, 이 과장에는 얼마간 진실이 있을 것이다. 어째서 이런 일이 벌어졌을까. 실용주의적인 교육 제도가 권위주의적인 사제 관계와 어색하게 동거하고 있기 때문일 것이다. 살인적인 입시 지옥 속에서 공교육의 스승은 지식 기술자가 된 지 오래고, 가나안 땅으로 가기 위해 더 뛰어난 모세를 찾아 방황하는 학생들은 공교육의 기술자를 마음속으로 해고한 지 오래다. 그런데 군사부일체의 미풍양속만 좀비처럼 남아서 스승을 존경하라는 말만 유령처럼 되뇐다. 이를 어찌해야 하나.

선(禪)불교의 문헌들은 괴팍한 스승과 망나니 제자의 주먹다짐 사례를 무심하게 보고한다. 진리를 구하면서 고개 숙이는 제자를 스승은 진심을 다해 두들겨 패고, 덕분에 돌연한 깨달음을 얻은 제자는 대오각성(大悟覺醒)의 기쁨과 고마움을 표현하기 위해 다시 스승을 팬다. 여기에는 천박한 실용주의가 없고 안쓰러운 권위주의가 없다. 제자가 두 발로 설 수 있게 자신을 내던지는 스승의 사랑과 스승에 대한 존경을 혼신을 다해 표현하는 제자의 진심이 있을 뿐이다. '부처를 만나면 부처를 죽이고 스승을 만나면 스승을 죽여라.' 임제 선사(禪師), 이렇게 일갈하시니 우리의 쑥스러운 카네이션이 고개를 툭 꺾는다. 오늘은 스승의 날이다.

(2006. 5. 13)

중세의 시간

이와 같이 우린 들었다. 똑똑한 년이 예쁜 년 못 이기고, 예쁜 년
이 운 좋은 년 못 당한다. 성실한 놈이 학벌 좋은 놈 못 이기고, 학
벌 좋은 놈이 빽 있는 놈 못 당한다. 이것은 냉소를 가장한 자조이
고, 농담을 가장한 진담이다. 고약한 우스개 하나 더 소개한다. 재
벌 1세는, 죄송하지만, 무식한 추남이다. 재벌 2세는, 어라, 엘리트
평범남이다. 재벌 3세는, 웬걸, 초(超)엘리트 꽃미남이다. 왜? 아비
의 부가 세습되어 아들의 교육 수준이 높아지고, 재벌가에 시집온
미녀들의 미모가 유전되어 아들의 외모가 점점 더 준수해지기 때문
이라는 것이다. 이것은 다윈이 울고 갈 씁쓸한 진화론이다.

이 냉소적 우스개에 오늘날 한국 사회의 진실이 담겨 있다고 하
면 과장인가. 혹은 비관주의와 냉소주의가 우리 시대의 근본 심성
이라고 하면 지나친가. '똑똑한 년'과 '성실한 놈'이 아무리 기어도
그 위에서 이미 '예쁜 년'과 '학벌 좋은 놈'들이 뛴다. 뛰는 이들이
지상에서 땀 흘릴 때 '운 좋은 년'과 '빽 있는 놈'들은 암수 서로 정
다이 하늘을 난다. '기는 놈 위에 뛰는 놈, 뛰는 놈 위에 나는 놈'이

라는 수직 구조의 비유가 이미 그러하듯, 이 비관론과 냉소주의는 '계급적'이다. 애꿎은 '된장녀'들만 돌팔매를 맞는다. 징후적인 것은 된장녀 자체가 아니라 된장녀에 대한 최근의 증오일 것이다.

문제는 IMF 이후 더욱 완강해진 한국 사회의 계급 구조다. "견고한 모든 것이 녹아 사라지는"(마르크스) 것이 근대의 역동성이라는데, 견고한 모든 것들이 동종교배하여 더더욱 견고해지고 있는 오늘날의 한국 사회는 그렇다면 대체 뭔가? 어느 평론가의 말대로 우리는 '새로운 중세'를 살고 있는 것 아닌가. 그러니 미모의 아나운서와 엘리트 재벌 3세의 혼담이 인터넷 장원(莊園)을 휩쓴 것은 당연하다. 그것은 중세 한국 최대의 경제적, 문화적 스펙터클이기 때문이다. 이 세상의 진실은 국가정보원 컴퓨터가 아니라 그들의 상견례 자리에 있다고 사람들은 믿는다.

사람들은 비관하거나 냉소한다. 유사 이래 그렇지 않은 때가 있었느냐고 비관하면서 '바다 이야기'(사행성 게임)로 발길을 돌리고, 성(城) 안에서 이루어지는 귀족들의 비밀 회합을 냉소하면서 장원의 게시판에 악성 댓글을 단다. 이것이 부조리한 시스템의 증상이라고 해서 이해받을 수 있는 것은 아니다. 문제는 비관주의와 냉소주의가 간편할 뿐만 아니라 지극히 퇴행적이라는 데에 있다. 그것은 현존하는 질서를 방기할 뿐 아니라 본의 아니게 육성한다. 하위 계급의 자기 파괴 현상은 계급 질서의 결과일 텐데 거꾸로 그것의 원인으로 간주돼 시스템을 합리화하는 빌미가 될 수 있다. 그래서 비관과 냉소는 우리 시대의 '포름알데히드'(봉준호 감독의 영화 〈괴물〉 참고)다. 괴물이 되지 않는 일에 먼저 성공해야 한다. 도박 열풍과 악플 유행은 불길하고 아픈 징후다.

(2006. 9. 9)

껍데기는 가라

언어는 어수룩한 은총이다. 언어가 없었다면 우리는 "서로가 서로에게 늑대"(홉스)인 아수라에서 한 치도 벗어나지 못했겠지만, 때로 그 언어는 너무도 무력해서 우리 안의 늑대가 무시로 눈 뜨는 것을 막아내지 못한다. 무력하기 때문에, 그것은 안간힘으로 지켜내야 하는 우리의 존엄이다. 민주주의의 운명이 그와 다르지 않다. "민주주의는 최악의 제도이지만 문제는 그 어느 것도 그보다 낫지 않다는 것이다"라고 말한 것은 윈스턴 처칠이었다. 민주주의란 무엇인가. 언어를 포기하지 않는 것이다. 언어를 포기하고 힘에 의존하는 순간 우리는 늑대가 되고 민주주의는 물 건너간다.

뉴라이트 계열 '교과서 포럼'의 새 역사 교과서 심포지엄이 파행으로 치달았다. 역시 민주주의는 위대하다. 이런 교과서까지 나올 수 있게 된 것이야말로 이 나라 민주주의의 승리가 아닌가. 민주화와 산업화를 양대 축으로 설정하고 후자를 위해서는 전자가 얼마간 희생될 수밖에 없다는 결과주의를 은연중 도모하는 저들의 논리는 경악스럽다. 설사 유신 시절에 한국이 세계 최강국이 되었다 해도 그 부국강병의 이면에서 억울한 죽음의 피비린내가 조금이라도 난다면 우리는 조국을 향해 침을 뱉어야 한다. 민주주의는 어떠한 종류의 의견 표명도 기꺼이 포용하지만 민주주의 그 자체를 위협하는 발언들까지 껴안을 수는 없다. 민주주의의 한계를 시험하지 마라. 문제는 좌편향이냐 우편향이냐가 아니라 상식이냐 몰상식이냐다.

4·19 관련 단체들의 울분은 그래서 이해할 만하다. 그러나 이해할 수 있다는 것과 허용될 수 있다는 것은 다르다. 이 나라 민주주의의 숭고한 첫출발이었던 4·19세대들이 언어를 포기하고 힘에 의존한 것은 비극이다. 그들이 진정으로 4·19를 기리고 싶었다면 어떠한 경우에도 언어와 민주주의를 포기하지 않는 태도를 고수했어야 했다. 이를테면 이런 종류의 교과서를 실력 저지하지 않고 언어에 기대 비판하는 것이야말로 4·19 정신인 것이다. 그러나 그들은 손쉽게도 폭력에 의존함으로써 스스로를 부정하는 행위를 저질렀다. 그렇다면 4·19의 정신을 훼손한 것은 도대체 누구인가?

"나는 당신의 사상에 동의하지 않는다. 그러나 당신이 그 사상 때문에 탄압받게 된다면 당신의 편에 서서 싸울 것이다." 숱하게 인용되고 있는 볼테르의 말이다. 이 말을 다시 인용하는 우리의 심정은 참담하다. 당연한 상식이 되어야 할 이 말이 우리에게는 여전히 도달해야 할 미래인 것인가. 한때 민주주의는 '교과서 포럼'이 산업화의 기수라 찬양하는 바로 그 대통령에 의해 살해되었다. 피 흘리며 죽어간 민중들 덕분에 민주주의는 살아났으나, 오늘날 그것은 여전히 얻어맞고 있다. 교과서 포럼과 4·19 관련 단체들은 결국 같은 일을 한 것이다. 민주주의를 때리지 마라.

(2006. 12. 12)

죽은 시인의 사회

　판검사와 의사만으로 구성된 공동체를 상상하는 일은 끔찍하다. 그보다 더 끔찍한 것은 판검사·의사가 된 사람과 판검사·의사가 되지 못한 사람들로만 구성된 공동체를 상상하는 일이다. 모두가 율사(律士)나 의사가 되려 한다. 문과의 수재가 법대를 가지 않으면 네가 제정신이냐 운운의 힐난을 뒤집어쓰고, 이과의 천재가 의대를 가지 않으면 넌 내 자식 아니다 운운하는 비난에 부딪친다. 그래서 아버지가 의사인 의사 아들과 아버지가 변호사인 변호사 딸이 결혼하여 아들 하나 딸 하나를 낳아 아들은 의사가 되고 딸은 변호사가 된다. 아, 이 동종교배의 제국은 얼마나 지루하고 따분한가.

　이것은 매우 기형적인 상황이다. 율사와 의사는 여느 직업과 다를 바 없는 하나의 서비스직이다. 물론 그들이 제공하는 서비스는 매우 특수한 전문 영역의 것이다. 그것은 존중되어 마땅하다. 그러나 율사와 의사가 한 사회의 권력층 혹은 지도층의 위치를 점하는 일은 기이한 일이다. 누가 권력을 위임받아 한 사회를 지도할 수 있는가? 한 시대의 시대정신을 제 한 몸에 체현하고 그것의 실현을 위해 매진할 준비가 된 사람들이다. 우리는 판검사와 의사를 존경하지 않는다. 어떤 판검사와 의사만을 존경할 뿐이다.

대학 사회는 어떤가. 과거의 대학에는 두 종류의 인간이 있었다. 학생 운동을 하는 사람과 못하는 사람. 2000년대 한국의 대학에는? 율사나 의사가 되려는 사람과 그렇지 않은 사람. 앞의 이분법은 아프지만 뒤의 이분법은 씁쓸하다. 1990년대 중반 이후 한국 사회는 기왕의 폐쇄성에서 벗어나 열린 사회가 되어가는 듯했다. 미디어 인프라는 세계 최고 수준에 도달했고 우리가 경험 가능한 세계는 무한대가 되었다. 그래서 1990년대에 십대를 보낸 이들에게 어울리는 것은 제 삶을 베팅하는 통쾌한 상상력이다. 그럴 리 없겠지만, 관악에 입성한 3,397명 신입생의 내면에 단 두 개의 꿈이 있다면 그것은 재앙이다. 3,397개의 가슴에는 3,397개의 꿈이 있어야 자연스럽다.

〈죽은 시인의 사회〉(1989)라는 영화가 있었다. 영국 명문고에 부임한 괴짜 선생 키팅은 '카르페 디엠(현재를 즐겨라)' 운운하며 명문 가계 귀한 자식들의 앞길을 아름답게 망치기 시작한다. 율사나 의사가 되어야 마땅한 아이들이 시를 쓰고 연극을 하고 사랑에 빠진다. 동굴에서 회합을 갖는 그 서클의 이름은 '죽은 시인의 사회'다. 우리가 태어날 때 마음속의 시인도 함께 태어난다고, 어떤 시인은 살아남고 어떤 시인은 죽는다고, 그러니 내면의 시인이 부르는 노래를 들으라고 그 영화는 말하고 있었다. 이제 와 돌이켜보면 그 '사회'는 차라리 아름다웠다. 여기 '유산된 시인들의 사회'에 비한다면 말이다. '검은 법복'과 '하얀 거탑'의 나라에서, 시인들이여, 부디 사산(死産)되지 말고 기어이 태어나라.

(2007. 3. 10)

애비는 조폭이었다

사건의 경과는 이렇다. 한화 김승연 회장의 차남이 3월 8일 새벽 청담동 모 주점에서 종업원과 시비가 붙어 부상을 당한다. 소식을 듣고 격분한 김승연 회장은 그날 밤에 20여명의 사내들을 이끌고 현장으로 출동한다. 차남에게 부상을 입힌 이들을 인근 공사장으로 데리고 가서 감금 폭행하고, 그들을 다시 주점으로 끌고 와서 차남이 직접 보복 폭행을 가하게 한다. 이상이다. 비유가 돌연 현실이 되어버릴 때 우리는 당혹스럽다. '재벌은 마치 조폭 같다'라는 비유가 이렇게 투명하게 실현되어도 되는 것인가. 이럴 때는 오히려 우리가 더 민망해진다. 덕분에 쓸모 있는 비유 하나를 잃어버렸다.

재벌 총수쯤 되면 경영 철학은 물론이요 교육 철학 정도도 갖고 있을 줄 알았다. 어차피 부자 세습이니까 자식 교육이 곧 기업 관리 아닌가 말이다. 그런데 이분의 교육 철학이 참 혁신적이다. 이것은 도대체 우리가 알고 있는 아버지상이 아니다. 본래 한국의 아버지들은 이렇지 않았다. 자식이 싸우고 들어오면 못난 자식을 꾸짖거나 당신 자신을 자책하셨다. 싸움을 교육의 기회로 활용한 것이다.

그러나 남의 집 자식 불러다 두들겨 패면 그 순간 교육은 물 건너간다. 스스로 문제를 직시할 수 있게 하는 것이 교육(教育)이라면, 직접 해결을 대신해주는 것은 사육(飼育)이다.

그러나 자식의 잘못을 아비의 잘못으로 돌리는 유교 문화권의 전통이 늘 아름답기만 한 것은 아니다. 그것은 어디까지나 하나의 '방법'이어야 한다. 자식이 스스로 돌아보게 하는 정도의 효과만을 발휘할 때 그 방법은 가치가 있다. 문제를 일으킨 개인이 스스로 책임을 떠맡을 때 역설적이게도 그 개인은 자유로워질 수 있다. 반대로 아비가 책임을 질 때 자식의 개인성은 소멸된다. 이를테면 버지니아 공대의 비극은 어디까지나 한 개인의 잘못이다. 그게 아니라면 그냥 전 인류의 잘못이다. 그 중간은 있을 수 없다. 부모의 잘못도 아니고 한국인 모두의 잘못도 아니다. 속죄를 대신하려 할 때 또다시 고질적인 집단주의가 창궐한다. 주미 대사가 32일간의 금식기도를 제안한 것은 저 해괴한 신드롬의 절정이었다.

게다가 이는 사실상 비굴한 아버지의 문제이기도 하다. 만약 그 대상이 미국이 아니었다면? 일각의 지적대로, 한국에서 죽어간 이주 노동자들을 위해 우리는 단 한 끼도 금식해본 적이 없다. 한낱 술집 종업원이기에 마음껏 폭력을 행사한 아버지, 다름 아니라 미국이 그 대상이기 때문에 노심초사 무릎을 꿇는 아버지, 이 두 아버지는 같은 아버지다. 이 아버지들이 우리를 슬프게 한다. 언젠가 아버지가 될지도 모른다는 예감은 난감하다. 어떤 아버지가 돼야 할까. '좋은 아버지'라는 말은 그 자체로 형용모순이라고 했던가. 그렇다면 대한민국에서 좋은 아버지가 되는 일은 일종의 싸움과도 같은 것인가. 어버이날을 앞두고 쓴다.

(2007. 5. 5)

다시, 20년 전 6월

1987년 1월 14일에 박종철이 죽었다. 서울대 언어학과 3학년이었다. 스물한 살이었다. 경찰 당국은 '탁' 하고 책상을 치니 '억' 하고 쓰러져서 병원으로 옮기던 중 사망했다고 발표했다. 사실이 아니었다. 의사가 현장에 도착했을 때 그는 이미 죽어 있었다. 중앙대 용산병원 의사 오연상이 이를 증언했다. 그의 사인은 끔찍하고도 집요한 고문이었다. 국립과학수사연구소 황적준 박사가 이를 폭로했다. 정부 당국은 그제야 진상 조사 결과를 발표하고 경찰관 둘을 구속했다. 그러나 그들은 진범이 아니었다. 진상은 조작됐다. 5월 18일 광주민주항쟁 7주년 추모 미사에서 김승훈 신부가 관계 당국의 진상 조작 사실을 폭로했다. 온 국민이 입술을 깨물었다. 5월 27일에 민주헌법쟁취국민운동본부가 발족했고 5월 29일에는 서울지역 대학생대표자협의회가 결성됐다. 박종철의 죽음이 온 국민을 일으켰다. 뜨거운 6월이 다가오고 있었다.

6월 9일 연세대생들이 교문 앞에서 시위중이었다. 경찰이 쏜 직격탄에 한 청년이 맞았다. 의식을 잃은 그의 코와 입에서 피가 쏟아져내렸다. 연세대 경영학과 2학년 이한열이었다. 그 모습이 신문 사회면에 실렸다. 다시 또 눈물을 삼켜야 했다. 다음 날 잠실체육관 에서는 노태우가 대통령 후보로 선출됐다. 독재 정권의 권력 승계 절차가 진행되고 있었다. 6월 18일에는 전국 16개 도시에서 150만 명이 거리로 나왔고, 6월 26일에는 전국 33개 도시에서 180만 명이 거리로 나왔다. 남녀노소 불문하고 어깨를 걸었고 피눈물을 흘리면 서 전진했다. 6월 29일, 마침내 노태우가 대통령 직선제 수용을 골 자로 하는 '6·29 선언'을 발표했다. 드디어 국민이 직접 대통령을 뽑을 수 있게 됐다. 6월 항쟁의 승리였다. 그리고 7월 3일에 이한열 이 사망했다. 시청 앞 광장에서 백만 명이 함께 울었다.

 지금으로부터 20년 전에 우리는 민주주의를 쟁취했다. 박종철의 죽음이 앞에 있었고, 이한열의 죽음이 뒤에 있었다. 그들은 이십대 를 갓 넘긴 청년들이었다. 20년의 세월이 흘렀다. 최근 이뤄진 한 설문 조사에서 서울 지역 4개 대학 대학생의 절반 이상은 '6월 항 쟁'을 모른다고 답했다. 그리고 그들 중 상당수는 다가올 대선에서 독재 정권의 역사의식을 잇는 야당 유력 후보에 한 표를 던질 것이 다. 그 선택은 존중받아야 한다. 그러나 박종철과 이한열의 이름을 모르는 채로 이루어진 선택은 존중받을 가치가 없다. 그것은 정치 적 무뇌아 혹은 윤리적 백치의 선택이다. 우리에게는 그들을 기억 해야 할 의무가 있다. 아니다. 우리에게는 그들을 잊을 권리가 없 다. 박종철의 빈소를 찾은 조문객들에게 부친은 이렇게 말했다. "내 아들이 못돼서 죽었소. 똑똑하면 다 못된 것 아니오?" 이 반어 에는 피눈물이 흐르고 있다. 똑똑하지만 너무 착한 우리들에게도 20년 전의 그 6월이 온다.

(2007. 5. 26)

말실수는 없었다

　말실수는 영어로 'tongueslip'이다. 혀가 미끄러지면 말이 잘못 나온다는 얘기다. 그러나 혀가 저절로 미끄러지는 법은 없다. 무엇이 혀를 미끄러지게 하는가. 프로이트의 『일상생활의 정신병리학』 (1901)에 따르면 말실수는 신체 기관의 오작동이 아니라 정신 기관의 뒤틀림이다. 말이 정확하게 제대로 발화되는 것을 '방해'하는 심리적 힘 때문에 말실수가 생겨난다. 저 난감한 훼방꾼을 가리키는 프로이트의 용어는 물론 '무의식'이다. 우리의 진실이 무의식에 있다면, 이 무의식의 인장이 찍혀 있는 말실수는 진실의 전령사인 셈이다.

　언젠가부터 노무현 대통령은 '말실수하다'의 주어가 되어버렸다. 그의 발언들을 맥락에서 떼어놓고 조롱하길 일삼은 적대자들의 공이 크다. 그러나 엄밀히 말하면 노 대통령은 말실수를 한 적이 없다. 차라리 그는 늘 너무 정확하게 말하는 타입이었고 바로 그게 화근이었다. 예컨대 "대통령 못해먹겠다"라는 말에서 우리가 듣는 것은 한 인간의 육성이다. 역대 한국 대통령들은 대개 복화술사들이었다.

그들의 표정 없는 얼굴과 정념 없는 목소리에 익숙해져 있는 우리에게 이 육성의 수사학은 낯선 것이었다. 이것도 개혁이라면 개혁이었다. 여느 개혁이 그렇듯, 호오(好惡)는 극명하게 엇갈렸다.

그러나 이명박 후보의 말실수는 차원이 좀 달라 보인다. 노무현 대통령의 말실수가 수사학적 기질의 소산이라면, 이명박 후보의 말실수는 세계관의 천진한 귀결이다. 그에 따르면 5·18은 '사태'이고, 서울은 개신교 신의 것이며, 민주화 인사들은 '빈둥빈둥' 놀았던 사람들이고, '업소'에서는 못생긴 여자를 골라야 하며, 무자녀 여성과 시골 출신 관료는 교육을 논할 자격이 없다. 이것은 실수가 아니다. '잘못' 말했다기보다는 '너무 많이' 말해버린 경우이고, 역사의식의 빈곤과 약자에 대한 편견이 어떠한 훼방도 없이 드러난 사례다.

요컨대 말실수는 없었다. 두 사람의 말은 무의식의 훼방이 낳은 '실수'가 아니라 의식을 올곧게 전달한 '성공'한 발화들이었다. 그러나 그 양상은 전혀 다르다. 노 대통령의 말실수는 취향의 문제일 수도 있지만 이 후보의 말실수는 갈데없는 윤리의 문제다. 노 대통령이 배워야 하는 것은 우아하게 정곡을 찌르는 수사학이지만, 이 후보에게 시급한 것은 세계관의 총체적인 재건축이다. 생각을 바꾸는 게 어렵다면 내심을 감추기라도 해야 한다. '정치적 올바름' 운동의 가장 겸손한 취지가 말만이라도 조심하자는 것 아닌가. 프로이트 식의 말실수는 기본이 갖춰진 이후에나 할 수 있는 것이다.

(2007. 10. 6)

음악은 진보하지 않는다

—고(故) 유재하 기일에 부쳐

지난 11월 1일은 고 유재하의 기일이었다. 1962년에 태어나 1987년에 돌아갔으니 만 25세의 죽음이었다. 교통사고로 죽은 뒤 그가 남긴 것은 처음이자 마지막인 앨범 한 장뿐이었다. 생전의 그는 무명이었으나 사후의 그는 눈부셨다. 유재하라는 이름은 어느새 '요절한 천재'의 대명사가 되어 있었다. 수많은 음악인들이 그의 영향을 받았고 그에게 기꺼이 존경을 바쳤다. 그러나 어떤 이도 그를 온전히 되살려내지 못했다. 모든 천재가 그렇듯, 그는 한 세계를 열었고 또 닫았다. 유재하는 '유재하'라는 음악의 기원이자 종언이었다.

"나를 바라볼 때 눈물짓나요. 마주친 두 눈이 눈물겨운가요. 그럼 아무 말도 필요 없이 서로를 믿어요. 어리숙하다 해도, 나약하다 해도, 강인하다 해도, 지혜롭다 해도, 그대는 아는가요 내겐 아무 관계 없다는 것을."(《우울한 편지》) 유재하가 이렇게 말할 때 그의 노랫말 속에는 자기만 믿으라고 큰소리치는 남성적 허장성세가 없고, 궁상과 청승으로 범벅된 자학적 순애보가 없다. 기왕의 한국 가요들과 달랐다. '나만 믿어라' 혹은 '너만 믿는다'는 말들은 그의 것이 아니다. 그는 "서로를 믿어요"라고 말한다. 유재하의 노래는 남성성과 여성성을 넘어선 곳에서 성별 없이 아름답다.

사랑 노래가 유독 아름다웠지만, 삶을 성찰하는 노래들 역시 지극하고 깊었다. 그 노래들은 격렬한 1980년대에 이십대를 산 어느 청년의 여린 내면을 희미하게 품고 있다. "이리로 가나 저리로 갈까 아득하기만 한데. 이끌려가듯 떠나는 이는 제 갈 길을 찾았나. 그대여 힘이 돼주오 나에게 주어진 길 찾을 수 있도록. 그대여 길을 터주오 가리워진 나의 길을."(〈가리워진 길〉) 그의 요절이 이 노래를 더욱 사무치게 한다. 그가 길을 찾자마자 그의 여행은 끝나버렸다. 그러나 그는 죽어서 스스로 길이 되었다. 김현철, 조규찬, 유희열 등이 그 길 위를 걸었다. 1980년대 말에서 1990년대 초까지, 한국 대중음악은 황금기를 보냈다.

우둔하고 천박한 음악들에 지친 마음이 다시 그를 찾게 한다. 그의 순정한 노래들은 늘 거기에 있다. 옛날의 노래들은 늘 지금의 노래보다 아름답다. 시간이 흘러도 훼손되지 않는 것이 있다는 것은 고마운 일이다. 우리가 어리숙하다 해도, 나약하다 해도, 강인하다 해도, 지혜롭다 해도, 유재하는 언제나 스물다섯 살 청년의 목소리로 우리를 위로한다. 고인의 20주기에 〈사랑하기 때문에〉를 다시 듣는다. 이 곡의 도입부 35초를 이 세상의 어떤 음악과도 바꿀 생각이 없다. 아, 이것은 20년 전의 음악이다. 음악은 진보하지 않는다.

(2007. 11. 3)

러브 스토리

한 청년이 맞은편 아파트에 사는 여자를 훔쳐본다. 망원경 너머의 그녀는 대개 아름다웠고 때로 슬퍼 보였다. 홀로 우는 그녀를 지켜본 다음 날 용기를 내어 고백하였다. 당신을 사랑합니다. 그녀의 반응은 차가웠다. 사랑이 뭔지나 아니? 그녀는 청년을 집으로 데려가 자신의 몸을 만지게 한다. 청년은 사정(射精)한다. 좋았니? 이게 사랑이야. 그는 견딜 수 없는 기분이 되어 뛰쳐나간다. 그날 밤 그는 면도칼로 손목을 긋는다. 그런데 이상하게도 그날 이후 그녀의 내면이 움직이기 시작한다. 그가 사는 곳을 훔쳐보기도 한다. 이제는 그녀가 그를 사랑하게 된 것인가.

키에슬로프스키 감독의 영화 〈사랑에 관한 짧은 필름〉(1988)의 내용이다. 사랑이란 무엇인가. 이 영화는 그것이 '환상'일 수 있다고 말한다. 그가 사랑한 것은 망원경 속의 그녀였다. 그녀의 육체를 '현실적으로' 만져야 했을 때 그는 고통을 느껴야 했다. 그 육체가 뜻하는 것은 환상의 실현이 아니라 파괴였기 때문이다. 누구에게나 자기만의 환상이 있고 그 환상이 우리를 살아 있게 한다. 그것이 무너지면 삶도 더불어 무너질 것이다. 그가 손목을 그은 이유다. 사랑은 이렇게 순수하면서도 병리적인 감정이다.

다시 사랑이란 무엇인가. 이 영화는 그것이 '교환'일 수 있다고도 말한다. 그러나 그 교환은 늘 어긋난다. 그가 원하는 것을 그녀는 갖고 있지 않았다. 그래서 아무것도 줄 수 없었다. 어떻게 해야 하나. 그녀는 차라리 그가 갖고 있는 것을 망가뜨리는 길을 택한다. 그것은 그의 전부였고 그래서 그 훼손은 치명적이었다. 반면 그녀는 아무것도 주지 않았지만 아이러니하게도 무언가를 얻었다. 이렇게 사랑은 부조리한 교환이다. 5를 받아도 +5가 되지 않고, 5를 준다고 -5가 되는 것도 아니다. 이것이 사랑의 기적이고 또 사랑의 불행이다.

대선이 이십여 일 앞으로 다가왔다. 사랑을 이야기하면서 대선을 떠올리는 일은 엉뚱해 보일 것이다. 그러나 우리는 특정 후보에 대한 저 굳건한 지지를 달리 어떻게 불러야 할지 알지 못한다. 경제를 살릴 것이라고, 우리에게 많은 것을 줄 것이라고들 한다. 진실을 받아들이기보다는 차라리 환상을 믿는 사람들이 있고, 지금껏 아무것도 주지 않았으나 많은 것을 얻어가고 있는 한 사람이 있다. 이 병리적인 감정과 부조리한 교환을 우리는 사랑이라 불러야 할까. 역사상 가장 흥미진진한 이 러브 스토리는 20여일 후에 끝난다.

(2007. 11. 24)

구두점에 대한 명상

정부의 영어 몰입 교육 정책에 발맞추어 이 연재 칼럼도 앞으로 영어로 써야 되는 사태가 생길까봐 오금이 저린다. 우리는 영어에 원한이 없다. 다만 수단이 결과를 대체할 수 없다는 사실을 근심할 뿐이다. 수단이건 무엇이건 결국은 내실 있는 말과 세련된 문장에 도달해야 하지 않겠는가. 그러기 위해선 기본을 새삼 다질 일이다. 문장에 관한 한 만국 공통의 기본은 구두점이다. "어차피 우리가 쓸 수 있는 것은 단어뿐이니, 이왕이면 구두점 하나라도 제자리에 잘 박히도록 하면 좋지 않겠나."(레이먼드 카버) 그래서 오늘은 구두점에 대해 명상하려고 한다.

먼저 쉼표. 소설가 에번 코넬(Evan Connell)은 단편소설의 초고를 읽어내려가면서 쉼표를 하나하나 지웠다가 다시 한번 읽으면서 쉼표를 원래 있던 자리에 되살려놓는 과정을 거치면 단편 하나가 완성된다고 했단다. 강박증 환자처럼 보이지만 실은 치열한 문장가가 아닌가. 불필요한 곳 혹은 엉뚱한 곳에 나태하게 찍혀 있는 쉼표는 글의 논리와 리듬을 망쳐놓는다. 쉼표는 전혀 사용하지 않거나 아주 많이 사용해야 한다. 쉼표를 사용할 필요가 없는 천의무봉의 문장을 쓰거나 쉼표의 앞뒤를 섬세하게 짚게 하는 치밀한 문장을 만들어야 한다.

그다음 느낌표. 근래 부쩍 남용되고 있는 부호다. 느낌표를 남발하는 사람은 얼마 안 남은 총알을 허공에다 난사하는 미숙한 사격수와 같다. 느낌표에 대해서라면 우리는 거꾸로 행동해야 한다. 스스로 생각하기에 감탄할 만한 대목에는 느낌표를 찍으면 안 된다. 자아도취적으로 찍혀 있는 감탄 부호 앞에서 독자는 저항감을 느껴 감탄하지 않으려 기를 쓸 것이다. 작가가 먼저 '느끼면' 독자는 냉담해진다. 반대로 전혀 감탄할 만하지 않은 대목에 의외로 찍혀 있는 느낌표는 유혹적이다. 그때의 느낌표는 어쩐지 적극적으로 동참하고 싶다는 고분고분한 선의를 불러일으킨다.

마지막으로 말줄임표와 마침표. 흔히 말줄임표를 자주 사용하면 글이 겸손해 보인다고 생각한다. 과연 그럴까? 움베르토 에코는 이렇게 적었다. "아마추어는 말줄임표를 마치 통행 허가증처럼 사용한다. 경찰의 허가를 받고 혁명을 하겠다는 것과 다를 바 없다." 말줄임표는 겸손함이 아니라 소심함의 기호다. 마침표에 대해서는 긴 말이 필요 없다. 담배는 백해무익이요, 마침표는 다다익선이다. 많이 찍을수록 경쾌한 단문이 생산된다. 이사크 바벨(Issac Babel)은 이렇게 썼다. "어떠한 무쇠라 할지라도 제자리에 찍힌 마침표만큼이나 강력한 힘으로 사람의 심장을 관통할 수는 없다." 이 글에서는 서른다섯 번 찍었다.

(2008. 3. 15)

무조건 무조건이야

　총선이 얼마 남지 않았다는 것을 귀로 느낀다. 곳곳에서 난동처럼 울려 퍼지는 로고송들 때문이다. 정치는 스포츠가 아닐진대, 민망하게도 응원전이 토론회를 대체한 형국이다. 정당 정치 후진국의 진면목이 여기에 있구나. 뜨거운 신념도 신선한 정책도 없으니 로고송에나 매달리는 것이겠다. 작년 대선 때에는 원더걸스의 〈텔 미(Tell me)〉에 눈독 들인 이들이 많아 사용료가 3억까지 치솟았다던가. 끝내 팔지 않아서 다행이었다. 펑크록 밴드 노브레인은 당시 이명박 후보에게 로고송 사용을 허락해 팬들의 빈축을 사기도 했다. 펑크와 보수라니, 어색하긴 하다.

　본격적인 '로고송의 정치학'을 논할 계제는 아니고, 다만 이번 총선에서 유독 거북한 로고송 한 곡에 시비를 걸려고 한다. 트로트 가수 박상철의 히트곡 〈무조건〉을 개사한 한나라당의 로고송 얘기다. "국민을 향한 한나라 사랑은 무조건 무조건이야"는 참아주겠는데 "기호 2번 한나라 기호 2번 한나라 무조건 무조건이야" 운운은 좀 언짢다. 무조건 찍으라니, 숫제 정치적 무뇌아 취급 아닌가. 노래가 무슨 죄 있을까마는 정당의 로고송으로 과연 어울리는가. 정당의 이념을 섬세하게 반영하는 노래를 듣고 싶다 했다간 외려 비웃음을 사겠지만, 거두절미하고 '무조건 무조건'을 외치는 노래는 다 같이 바보가 되자는 주문(呪文) 같아서 불쾌하다.

사랑은 무조건이어도 좋겠지만 정치는 아닐 것이다. 혈연, 지연, 학연 따위에 이끌린 '묻지 마' 투표야말로 정치 후진국의 증상이다. 유(有)조건이어야 하고 다(多)조건이어야 한다. 예컨대 가수 하리수와 배우 김부선이 진보신당을 지지하는 것은 그래서 자연스러워 보인다. 성전환과 대마초 등으로 고초를 겪은 터라 소수자를 배려하는 정당을 지지하는 것이겠다. '무조건'이 아닌 것이다. 쟁점도 정책도 없는 총선이라는 냉소도 적지 않지만 그렇지만도 않다. 따져야 할 조건이 적지 않다. 당장 대운하의 삽질을 시작하느냐 마느냐 여부가 이번 총선에 얼마간 달려 있질 않은가.

그러나 투표소로 가는 일만큼은 '무조건'이었으면 좋겠다. 혹자는 투표하지 않을 권리를 말한다. 투표 안 하는 것이 개인의 '자유'라고 말할 수야 있겠지만 '권리'라고까지 하면 좀 민망하다. '권리'라는 말 앞에서는 좀 겸허해져야 하지 않을까. 오늘날 당연한 것이 돼버린 권리들은 대개 우리의 선배들이 피 흘려 쟁취한 것들이다. 투표할 권리 역시 그렇다. 미우나 고우나 투표권은 민주주의의 신분증이다. 과거 미국 대선에서 클린턴 측이 로고송으로 사용한 플리트우드 맥(Fleetwood Mac)의 노래 〈Don't Stop〉 중 한 구절이다. "내일을 생각하기를 멈추지 말아요." 내일을 생각해서, 투표소로 무조건!

(2008. 4. 5)

다크 나이트

　본토에서조차 웃음거리가 돼버린 배트맨 시리즈를 되살린 것은 영국 감독 크리스토퍼 놀런이었다. 그는 배트맨의 기원으로 되돌아 간 〈배트맨 비긴즈〉(2005)를 만든다. 엉성한 초반부를 제외하면 꽤나 볼만한 영화였지만 주류 할리우드 블록버스터의 문법에서 시원스레 벗어났다고 하기는 어렵다. 기원으로 돌아간 영화답게 감독은 '고담 시(Gotham市)'라는 명칭의 기원이 되는 구약 창세기 '소돔과 고모라' 이야기를 플롯으로 재활용한다. 타락한 소돔을 멸망시키려는 신에게 정의로운 자 열 명을 찾아낼 테니 계획을 철회해달라고 호소한 아브라함처럼, 악의 도시 고담을 독가스로 멸망시키겠다는 자가당착적인 악당들에 맞서 배트맨은 도시를 지킨다. 공동체 내부의 계급 갈등을 외부의 적에게 투사하고 있으니 갈데없는 주류의 시각이다.

　최근 개봉된 후속편 〈다크 나이트〉(2008)는 확실히 전편을 넘어선다. 물론 최고의 갑부가 세상을 구원한다는 설정은 계급정치학의 측면에서 여전히 수상쩍고, 자신의 허망한 죽음을 통해 남성들의 운명에 영향을 미치는 간접적인 방식으로만 자신의 존재를 증명하는 여성 캐릭터의 모습도 성정치학의 관점에서 아쉬움을 남기지만, 전편에서 두드러지지 않았던 윤리적 상상력 덕분에 영화는 육중해진다. 이 영화에서 악은 그 무슨 독가스 같은 외부의 타자가 아니다. 조커가 희대의 악당인 것은 개인과 공동체의 윤리적 내파(內破)를 유도하기 때문이다. 폭탄이 장착된 두 척의 배가 있다. 자정이 되면 둘 다 폭발한다. 그전에 다른 배를 먼저 폭발시키는 배는 살아남을 수 있다. 같이 죽느니 저쪽을 먼저 죽이는 게 어떤가. 살고 싶으면 악인이 되라고 선동하는 조커는 걸어다니는 윤리학적 딜레마다.

어설픈 영화평론을 하려는 것이 아니다. 다만 농토, 라틴어, 가톨릭으로 무장했던 중세의 귀족들이 부동산, 영어, 기독교라는 새로운 성삼위일체를 등에 업고 신자유주의 귀족으로 거듭난 이 새로운 중세에, 그 한 줌의 귀족을 제외한 나머지 사람들이 처해 있는 윤리적 딜레마를 생각해보는 것이다. 우리는 두 배에 나눠 타고 있는가. 80일이 넘게 단식 투쟁을 벌이고 있는 기륭전자 노동자들, 철탑에서 고공농성중인 KTX — 새마을호 여승무원들과 도루코 비정규직 노동자들은 다른 쪽 배에 타고 있는 것인가. 우리가 죽지 않으려면 저들이 죽어야 하나. 신부님과 스님들이 그들과 연대하기 위해 오체투지 순례를 떠났다는 소식이다. 그 고통과 고독에 대해 함부로 말하지 못한다. 한 배를 타고 있다고 감히 적지 못한다. 다만 외람된 마음의 오체투지나마 다짐해보는 것이다. 그들은 망각되는 순간 죽을 터이니, 잊지 말자고 못난 문장 몇 개나마 적어보는 것이다.

(2008. 9. 6)

그들의 슬픔을 그들에게
— 고(故) 최진실씨의 죽음에 부쳐

이효리가 재벌 아들과 호텔 수영장에서 어떻게 즐거운 시간을 보냈는지를 우리가 알고 있다는 사실은 확실히 이상하다. 알고 싶기는 하지만 알아도 되는 것은 아니다. 현장을 몰래 촬영하여 특종이나 되는 양 보도한 모 일간지 기자는 이효리 측이 항의하자 '대중의 알 권리' 운운하며 대중을 공범자로 끌어들였는데 그런 것도 권리라면 온 국민이 자진해서 반납해야 한다. 우리가 알 권리를 주장할 수 있는 대상은 공인(公人)이다. 한 개인의 업무가 공익(公益)과 긴밀한 관련을 맺고 있을 경우 그 개인의 판단과 실천은 공적인 속성을 갖기 때문에 대중들에게 투명하게 공개될 필요가 있다. 그런데 연예인은 공인인가?

연예인도 공인이라는 널리 퍼져 있는 관념은 수상쩍다. 대중적 영향력이 있으니 잠재적 공인이기는 하되, 원칙적으로 연예인은 공익이 아니라 사익(私益) 혹은 사익(社益)을 위해 일한다. 노동자가 자신의 노동력을 판매하여 밥벌이를 하듯, 연예 산업 노동자인 연예인도 자신의 노동력, 예컨대 가창력과 연기력 등을 판다. 차이가 있다면, 노동자는 상품을 만드는 반면 연예인은 그 자신이 곧 상품이라는 데 있을 것이다. 삼성전자의 제품을 사용하는 사람이 삼성전자 사장 딸의 애인이 누구인지 알 필요가 없는 것처럼, 이효리라는 상품을 소비하는 대중이 이효리의 남자관계를 알아야 할 이유가 있을 리 없다.

연예인을 공인이라 오해하게 되면 그들의 사생활을 침해하는 행위를 정당화하게 된다. 그것은 그저 범죄일 뿐이다. 죽음과 애도는 사생활에 해당하는 것들 중에서도 가장 아프고 내밀한 것에 속한다. 탤런트 안재환씨가 자살했을 때 언론들은 고인의 빈소가 마련된 병원을 포위하고 고인의 부인인 정선희씨와 조문객들의 내밀한 슬픔을 게걸스럽게 찍어댔다. 대중매체를 통해 공개된 정선희씨의 사진을 보는 일은 고통스러웠다. 남편을 잃고 거의 넋이 나가다시피 한 그녀는 완전한 무방비 상태였다. 초상권을 지킬 힘이 없는 사람의 얼굴을 사정없이 유린해 '정신 줄 놓은 정선희' 운운의 제목까지 달아 내보냈다. 이것은 야만이다.

지난 목요일 새벽 최진실씨가 자살했다. 기자들은 이번에도 굶주린 야수처럼 고인의 집과 병원으로 달려가 카메라 플래시를 터뜨렸다. 졸지에 포토라인이 생기고 레드카펫이 깔렸다. 슬픔으로 가슴이 찢어져 있을 조문객들에게 기자들은 마이크를 들이대면서 한 말씀 해달라고 외쳤다. 모 케이블 채널은 발인 현장을 생중계했다. 이 모든 풍경은 참혹하고 부조리해 보였다. 자살은 한 개인의 가장 내밀한 결단이다. 혈육과 친구를 잃은 슬픔도 보호받아야 할 사생활의 일부다. 그들이 그들의 죽음을 온전히 죽게 하고 그들의 울음을 온전히 울 수 있게 하라. 우리에게는 그들의 슬픔을 '관람'할 권리가 없다.

(2008. 10. 4)

매직 스틱과 크리스털보다 중요한 것

가수 비의 새 노래 〈레이니즘(Rainism)〉이 선정성 시비에 휘말렸다고 한다. "떨리는 네 몸 안을 돌고 있는 나의 매직 스틱(magic stick)/더이상 넘어갈 수 없는 한계를 느낀 보디 셰이크(body shake)." 일부 네티즌들은 '매직 스틱'이 남성의 성기를 뜻하는 속어인데다가 문맥상 이 대목은 명백히 성행위를 연상케 한다며 문제를 제기했다. 방송사는 다양한 해석이 가능한 비유이므로 이를 제재하는 것은 적절하지 않다는 요지의 결론을 내놨다. 흠잡을 데 없는 결론이다. 대중음악에서 성적 함의를 갖는 표현들은 지천에 널려 있고 미국 팝에서는 일상다반사다. 잘한 것도 없지만 그렇다고 희생양이 되기에는 좀 억울할 만한 경우다.

재미있는 것은 비 측의 반응이다. 저 문제의 '매직 스틱'은 비의 퍼포먼스에 사용되는 '지팡이'를 뜻할 뿐이라는 것. 네티즌들의 문제 제기부터가 촌스럽기는 했지만 비 측의 반응은 그야말로 촌스러울 뿐 아니라 좀 비겁해 보인다. 대중들이 '아, 그렇구나' 할 거라고 생각했다면 이것은 대중을 너무 만만하게 본 것 아닌가. 적어도 그의 스승인 박진영은 '선정적인' 가사를 쓰고 변명을 하지는 않았다. '성은 생활이다, 왜 노래하면 안 되는가' 하고 이 사회의 엄숙주의에 시비를 걸지 않았던가. 매직 스틱, 성기, 지팡이로 이어지는 이 논란은 그 수준이 너무 낮아서 사람을 민망하게 만든다.

이 와중에 아이돌 그룹 동방신기의 신곡 〈주문〉도 논란의 대상이 됐다. "혈관을 타고 흐르는 수억 개의 나의 크리스털(crystal)/마침내 시작된 변신의 끝은 나/이것도 사랑은 아닐까/(⋯⋯) I got you under my skin." 일부 네티즌들은 저 뜬금없는 '크리스털'의 의미를 이해하지 못해 애를 먹다가 남성의 '정액'이라는 참신한 해석을 내놓았고, 다른 일부 네티즌들은 정액이 혈관을 타고 흐르는 법도 있느냐고 즉각 반발했다. 소속사 측은 영화 〈매트릭스〉에서 영감을 얻은 대목이라는 '심오한' 해명을 내놓았다. 이 희극은 한국 주류 대중음악의 현주소를 보여준다.

선정성을 둘러싼 이 해프닝 속에서 외려 본질적인 것들은 간과된 것처럼 보인다. 도대체 이런 사례들이 '논란'의 대상이 될 만큼 내실이 있는 것이기는 한가. 이를테면 선정성에도 품격이라는 게 있을 것이다. 최소한의 기본은 갖추어야 선정성의 사회학을 논할 수 있지 않겠는가. 오늘날 주류 대중음악의 노랫말은 어설픈 영어 문장들로 맥락도 없이 '들이대는' 유혹의 수사학에 점령돼 있다. 논란은커녕 논의 자체가 불필요할 정도로 의미의 영양실조 상태다. '어디까지' 말할 것인가가 아니라 보다 근본적으로 '무엇을' 말할 것인가를 놓고 고민하면 좋겠다. 한국 대중음악을 사랑하기 때문이고, 매직 스틱과 크리스털보다 중요한 것들은 이 세상에 많고도 많기 때문이다.

(2008. 11. 8)

광장은 목하 아수라장

전후 최대의 작가로 평가받는 최인훈 선생이 문학 인생 50년을 맞아 '최인훈 전집'을 다시 손질해 출간했다. 『광장』(1960)으로 대표되는 최인훈 문학의 힘은 어디에 있는가. 이념이라고 하기조차 민망한 조악한 반공주의의 물결 속에서 그는 '사유하는 개인'의 존엄을 천명했다. 남과 북을 동일 지평 위에 놓고 냉철하게 장단(長短)을 따지는 문제적 인간 이명준은 국가의 나팔 소리에 귀먹지 않은, 사유하는 개인의 표상이라 할 만하다. 그가 공히 반(反)민주 준(準)전시 체제였던 남북 양쪽을 포기하고 선택한 제3국은 이를테면 '사유의 나라'라고 해도 좋지 않을까.

『광장』 이후 50년 가까운 세월이 지났다. 그간 우리는 전체가 아니라 개인을, 동원이 아니라 참여를, 강압이 아니라 토론을 받아들였고 익혀왔다. 한국의 민주주의는 숙성했고 그 흐름은 돌이킬 수 없게 됐다. 그러니 군사평론가 지만원 같은 이가 텔런트 문근영의 외할아버지가 빨치산 출신이라는 사실을 들춰내 그녀의 기부 활동을 좌익의 전략 전술로 색칠하자 21세기의 네티즌들은 50년 전 한국에서 좀비처럼 날아온 이 논객과는 토론이 불가능하다는 것을 간파하고 그저 한숨 같은 한마디로 논란을 끝내버릴 수 있었다. "'지'는 '만원'도 안 내면서."

이런 때아닌 '시간 여행'이 가능하게 된 데에는 이명박 정부의 공로가 크다. 당초 실용주의를 표방해 정권을 획득한 이 정부는 점차 본색을 드러내 사회 각 분야에서 역주행을 시작하더니 급기야 중고등학교 역사 교과서가 좌로 기울어 있다며 이를 문제 삼기 시작했다. 대화로 문제를 해결하겠다던 교육과학기술부는 입장을 바꿔 지난 26일에 '한국 근현대사 교과서 수정 지시안'이라는 공문을 5개 출판사에 내려보냈다. 사실상의 최후통첩이었다. 좌편향 논란의 핵심으로 거론돼 속앓이를 하던 금성교과서 측은 지난 28일에 이 '수정 지시'를 법적 명령으로 해석해 교과부의 지시대로 교과서를 전면 수정하겠다며 백기를 들었다. 이제 서울시교육청이 주관하고 있는 관변 현대사 특강에도 힘이 실리겠다.

엄밀히 말해 이는 좌우의 문제가 아니다. 이 정부는 품위 있는 우파라면 얼굴을 들고 다니지 못할 창피한 일을 저질렀다. 민주주의의 핵심은 서로 사유의 자유를 존중하고 정당하게 해석의 경쟁을 펼치는 데 있다. 게임의 규칙을 준수한다면 좌든 우든 다 좋다. 식민 통치와 군사 독재에 면죄부를 준 뉴라이트 역사 교과서도 결국 출간되지 않았나. 한국의 시민 사회는 이미 그럴 정도의 역량을 갖췄다. 그런데 이 정부는 법을 남용해서 학계의 한쪽 날개를 꺾었으니 실로 낯 뜨거운 퇴행이다. 규칙을 관리해야 할 심판이 골대로 문전쇄도한 형국이 아닌가. 최소한의 자존심이 있다면 교과서는 건드리지 말았어야 했다. 부끄러움을 모르는 역주행 때문에 민주주의의 '광장'이 목하 아수라장이다.　　　　　　　　　　　(2008. 11. 29)

불도저는 불도저

　대통령이 아직 대통령이 아니었을 때, '불도저'라는 별명이 IT 시대에 걸맞지 않다고 생각한 그는 TV 토론회에서 자신의 별명이 사실은 '컴도저(컴퓨터＋불도저)'라고 수줍게 고백했으나 반응은 냉담했다. 별명은 '성공한 은유'다. 개인의 의지가 아니라 집단의 동의로 결정된다. 저 후보자는 섬세한 필연이 섭정하는 은유의 세계를 만만하게 본 것 같다. 그러나 컴퓨터와 은유적으로 연결되고 싶다는 그의 욕망은 대중의 은유 충동을 자극하는 데 성공해서, 대중들은 대통령이 된 그에게 '2MB(2메가바이트)'라는 용량 은유를 선물했다. '테라' 시대에 '메가'라니, 모욕적인 은유지만, 외모를 문제 삼는 '쥐' 운운의 천박한 은유보다는 한결 낫다. 분석과 평가가 얼마간 내포된 은유이기 때문이다. 이 정부는 지난 10년간의 오류를 시정한다는 명목하에 30, 40년 전의 가치관으로 역주행했고 저 은유가 탁월한 것임을 비극적으로 입증했다.

　정치와 은유의 관계를 생각해보려고 꺼낸 얘기다. 특정한 은유는 특정한 가치관을 반영하기 때문에 정치적일 수 있다. '불도저'라는 은유에는 개발 독재 시대의 가치관이, '2MB'라는 은유에는 '불도저'가 표상하는 가치관에 대한 거부감이 반영돼 있다. 때로 어떤 은유들은 부적절한 가치관을 투명하게 드러내 우리를 불편하게 하기도 한다. 대통령은 작년 연말에 "위기 때에는 일하다 접시를 깨는 공무원이 더 낫다"면서 공무원들을 독려한 바 있거니와, 용산 참사 직후 한나라당 홍준표 의원은 그 은유를 이어받아 말하기를 "이번 사건은 접시를 깬 것이 아니라 집을 홀랑 태워먹은 것"이라 했다. 이 무의식적으로 무책임한 은유들은 끔찍하다. 접시를 깨고 집을 태우는 일로 은유된 것은 철거민 다섯 명과 경찰 한 명의 사망일 것이다. 그러나 그들은 접시도 집도 아니다. 은유는 생산자의 무의식을 반영하고 또 수용자의 무의식에 영향을 준다. 그것은 위험한 도구다.

이명박 대통령 취임 1년을 맞았다. 그간 많은 은유들과 더불어 살았다. '녹색 성장'이라는 야릇한 은유가 등장해서 '성장'의 의미 자체를 근본적으로 다시 묻고자 한 생태주의의 취지를 무색하게 했고, '미네르바'는 최근 한국 사회의 반민주적 퇴행을 설명하는 전 세계적인 은유가 되었으며, 일선 군부대에서는 북한을 괴뢰(傀儡, 꼭두각시)로 은유한 데서 나온 '북괴'라는 용어가 다시 등장했다는 얘기도 들린다. G. 레이코프와 M. 존슨은 『삶으로서의 은유』(1979)라는 고전적인 저서에서 은유는 "자기 성취적 예언"일 수 있다고 지적한다. 은유가 단지 '이미 있는' 세계를 재인식하는 하나의 '미학적' 유희인 것이 아니라, 우리의 생각과 행동에 영향을 미쳐 향후 '있을 세계'를 결정할 수도 있는 '정치적' 요소라는 얘기다. 음험한 은유들에 단호해질 일이다. 컴도저는 없다.

(2009. 2. 28)

세 사람의 불행한 공통점

김미화는 대한민국의 개그맨이다. 1964년에 태어났고 1983년에 KBS 개그콘테스트를 통해 데뷔했다. 1980~1990년대 내내 수많은 상을 휩쓸었고 한국의 대표 희극인으로 우뚝 섰다. 그러나 그는 성공한 개그맨의 자리에서 자족하지 않았다. 대중이 연예인에게 흔히 기대하는 것 이상의 일을 떠맡기 시작했다. 공화국 시민의 당연한 책무라는 듯, 칠십여 개가 넘는 단체와 인연을 맺으면서 약자, 소수자, 피해자들의 편에 섰다. 타인의 슬픔에 공감할 줄 아는 사람만이 진정한 희극인이 될 수 있음을 입증했다. 그러니 그가 2003년 이후 MBC 라디오 시사 프로의 진행자로 활동한 것은 놀라운 일이 못 된다. '시사'는 곧 '인간'이기 때문이다. 그런데 그가 곧 잘릴 모양이다.

신경민은 대한민국의 앵커다. 1953년에 태어났고 1981년에 MBC 기자가 됐다. 외신부 기자, 워싱턴 특파원, 사회부 기자 등의 자리를 거치며 후배들의 신망을 얻었고 2008년 3월부터 MBC 〈뉴스데스크〉의 메인 앵커로 발탁됐다. 앵커 신경민의 진면목은 뉴스가 끝날 무렵에 나타났다. 대개는 '시청해줘서 감사하다, 편히 주무시라'는 말이 나오던 그 시간에 그는 자신이 직접 쓴 원고를 30초간 읽었다. 뜨거움과 차가움이 균형을 이룬 표정과 어조로 정부의 실정을 비판했고 대중의 분노를 대변했다. 명백한 부조리 앞에서는 침묵이 곧 편파다. 그는 방송국의 닻(Anchor)처럼 보였다. 그런데 그 역시 쫓겨나게 생겼다.

윤도현은 대한민국의 가수다. 1972년에 태어났고 1994년에 데뷔했다. 1997년에 '윤도현 밴드'를 결성해 2집을 발표했고 음악도 저항적인 색채를 띠기 시작했다. 박노해의 시에 곡을 붙인 〈이 땅에 살기 위하여〉나 양심수의 석방을 촉구하는 〈철문을 열어〉 같은 곡이 그 사례다. 2002년 월드컵 당시 〈오, 필승 코리아〉로 큰 인기를 얻어 국민 밴드로 성장하면서 날 선 기세가 한결 부드러워지긴 했지만 2008년 촛불 집회 현장에서 공연하고 '공존'을 타이틀로 한 8집 앨범을 발매하는 등 특유의 고집은 여전했다. 그런데 그는 진행하던 프로에서 작년 말 퇴출됐고 이제는 KBS와 껄끄러워졌다고 한다.

본래 이 세 사람에게 공통점이 있었던가? 있다면 자기 직업에 충실할 뿐 아니라 시민으로서의 공적 책무에도 성실하다는 것 정도였을 것이다. 그런데 최근에 한 가지 공통점이 추가됐다. 공히 현 정권의 미움을 받아 이미 불이익을 받았거나 앞으로 받게 될 상황이라는 것. 보통 사람들이 하기 어려운 일을 했지만 그렇다고 급진적인 반정부 인사썩이나 되는 이들은 아니다. 좌파와 우파, 진보와 보수 따위의 개념들은 이들 앞에서 어색해 보인다. 이 세 사람을 움직인 것은 그저 상식(常識)과 상정(常情)이었을 것이다. 그런데도 이 지경이다. 우리의 정부가 몰상식하고 몰인정할 뿐 아니라 혐오스러울 만큼 쩨쩨하기까지 하다는 것을 이제는 알겠다.

(2009. 4. 11)

그냥 놔두게, 그도 한국이야

영화배우 정우성씨가 일본의 어느 TV 프로에 출연해 김치를 '기무치(kimuchi)'로 표기했다가 여론의 뭇매를 맞고 황급히 사과한 일이 있었던 모양이다. 일본인이 시청하는 방송에 나가 그 나라 사람들이 알아먹을 수 있는 말을 사용하는 것은 일종의 예의일 것이다. 그래서 그랬으려니 하고 넘어가도 될 만한 일이었다. 그러나 대한민국 누리꾼들은 묵과하지 않았고 기어이 사과를 받아냈다. 안 그래도 세계 시장에서 김치의 국적이 일본으로 오해되고 있는 판국에 생각 없는 행동을 했다는 논리였다. 가수 조영남씨와 개그맨 조혜련씨도 비슷한 일을 겪었던 것으로 기억한다. 이해 안 되는 바 아니나 갑갑한 기분은 어쩔 수 없다. 왜 이리 여유가 없는 것일까.

최근에는 인기 아이돌 그룹 2PM의 멤버인 박재범씨가 가수 데뷔 전 개인 블로그에 올린 글에서 한국을 비하한 것이 뒤늦게 밝혀져 누리꾼들의 공분을 샀다. 돈을 위해 어쩔 수 없이 한국에 들어오긴 했지만 한국이 싫다는 식의 투정 정도였다. 미국에서 자란 교포였으니 한국의 실상을 잘 몰랐을 테고 한국에 특별히 애정을 가질 만한 계기가 없었을 수 있다. 게다가 지금도 여전히 그런 태도를 고수하는 것도 아니어서 당사자가 한때의 단견을 정중히 사과까지 한 터였다. 그래도 대중의 분노는 쉽게 누그러지지 않았다. '네 나라로 돌아가라'는 조롱이 쏟아졌다. 결국 그는 그룹을 탈퇴하고 쓸쓸히 미국으로 돌아가야만 했다. 이 정도면 여유가 없어도 너무 없는 것이다.

확실히 우리네 애국심에는 어딘가 강박적인 데가 있는 것 같다. 잦은 외세의 침략과 식민지 경험 탓이라고 설명하면 얼추 맞을 것이다. 그렇다고 해도 이제는 그럴 필요가 없지 않을까. 지나치게 강박적인 애국심의 이면에 무의식적인 열패감이나 뿌리 깊은 자괴감 따위가 있는 것이 아닌가 하는 소리를 들어도 할 말이 없어 보인다. 자신감이 여유를 낳고 여유가 관용을 낳는다. 사랑이 어디 주입과 단속의 대상일 것인가. 먼저 사랑할 만한 나라여야 사랑받을 것이다. 여유와 관용이 사랑할 만한 나라를 만들지 않겠는가.

홍세화씨의 책 『쎄느 강은 좌우를 나누고 한강은 남북을 가른다』에 소개된 일화 중 하나. 프랑스의 지성 사르트르가 모국의 식민지 정책에 항의해 알제리 독립운동 자금 전달책으로 나서자 그의 반역 행위를 용인해서는 안 된다는 목소리가 높아졌다. 그러나 정작 국가의 수반인 드골은 이렇게 응수했다고 한다. "그냥 놔두게. 그도 프랑스야." 애국심이란 내 나라를 사랑하지 않는 자를 증오하는 졸렬한 배타주의가 아니라 그 어떤 타자도 내 나라 동포를 대하듯 포용하는 박애 정신과 더 가까운 어떤 것이라고 믿는다. 나를 사랑하는 사람만을 사랑하는 일은 끝내 나 자신만을 사랑하는 일과 다르지 않아서 그 사랑은 가련한 사랑이다.

(2009. 9. 12)

어린 백성

―563돌 한글날에 부쳐

이번에는 예년보다 한층 더 훈훈한 한글날을 보낸 것 같다. 인도네시아 소수 민족인 '찌아찌아'족이 한글을 공식 문자로 채택했다는 소식도 들리고 때마침 세종대왕 동상이 세종로 광화문 광장으로 옮겨지기도 했다. 한글날 기념식에서 이명박 대통령은 "한글은 우리에게 세계에 유례없는, 문맹률 1퍼센트 이하라는 놀라운 선물을 줘 우리 국민 모두에게 기회의 평등을 안겨줬다"고 세종대왕의 업적을 기리며 자축의 분위기를 이어갔다.

정확히 말하면 1.7퍼센트다. '오렌지냐 어륀지냐'가 장안의 화제였던 지난해 1월, 국립국어원은 38년 만에 문맹률을 조사하겠다고 예고했고 5, 6월 조사를 실시해 12월 말 결과를 내놨다. 그에 따르면 우리나라 성인 중 글을 전혀 읽고 쓰지 못하는 비문해자는 1.7퍼센트다. 세계 최저 수준이라 하니, 과연 대통령 말마따나 한글이 "놀라운 선물"인 것은 분명해 보인다.

그러나 단지 글자를 알고 있느냐 여부를 따지는 단순 문맹률이 아니라 일상 문서 해독 능력을 따지는 실질 문맹률에 관해서라면 이야기는 달라진다. 한국교육개발원이 2005년 4월 발간한 '2004 한국교육인적자원지표'에 따르면 한국인의 문서 해독 능력은 OECD 가입국 중 꼴찌다. '놀라운 선물'을 제대로 선용하지 못하고 있는 셈이니 문맹률 1퍼센트의 신화를 자축할 때가 아니다.

여기에 새로운 의제 하나를 추가해보면 어떨까. 오늘날 우리는 한글이라는 문자만을 사용하고 있는가. 거리의 간판, 식당의 메뉴판, TV 프로그램의 자막, 대중가요의 노랫말 등에서 영어는 이제 한글의 눈치를 거의 보지 않는다. 한국어 발음을 병기하거나 뜻을 밝혀놓는 경우가 드물다는 얘기다. 이 정도면 거의 '2중 언어' 환경인 셈이다. 그렇다면 이제는 단순 문맹률이 아니라 실질 문맹률을, 더 나아가서 영어 문맹률에 대해 고민해야 할 시점이 아닌가.

영어 문맹률 조사가 그간 이뤄진 바 있는지 알지 못하나, 1945년 해방을 전후해 출생한 65세 이상의 노년층이 당시 공교육 시스템 안에서 영어 교육을 충실히 받았을 것이라고 가정하기는 어렵다. 이들에게 오늘날 한국의 2중 언어 환경은 불편할 뿐만 아니라 불쾌한 것일 수 있다. 이 상황을 방치하는 일은 대통령이 강조한 '기회의 평등'을 누리지 못해 본의 아니게 영어 문맹자가 된 우리 사회의 '언어 소수자'를 무시하고 배제하는 일이다.

과도한 민족주의에 힘입은 한글 전용 논리가 현실과 유리된 이상론으로 판명되면서 이제는 영어 사용이 당연시되는 분위기다. 물론 필요하니까 사용해야 한다. 그러나 무분별하고 무차별적인 영어 사용이 초래하는 윤리적 불공정성에 대해서도 생각해봐야 할 때다. "어린(어리석은) 백성"을 "어여삐(불쌍히) 여겨" 훈민정음을 창제한 분의 눈으로 보자면 2009년 대한민국에서 누가 '어린 백성'인가.

(2009. 10. 10)

고뇌의 힘

10년을 만난 연인에게 싫증이 났지만 헤어질 명분을 찾지 못하던 그때 때마침 실용주의라는 복음이 도착했다. 많은 사람이 이념 따위는 내다 버리자고 주장하는 그 이상한 이념에 한 표를 던졌다. 그 이후로 많은 것이 달라졌다. 민주주의니 인권 보호니 언론 자유니 하는 것들이 다 무슨 소용인가. 그런 것들은 옷과 밥과 집을 주지 않는다. 그래서 우리는 어렵고 옳고 아름다운 것들을 과감히 내던지고 쉽고 유용하고 폼 나는 것들에만 헌신하기 시작했다.

그 결과 '대박'이 시대정신이 되고 '특목고'가 백년지대계가 되고 '뉴타운'이 주거 정책이 되고 '토건(土建)'이 생태 철학이 되는 시대를 맞이했다. 우리가 함께 꾼 백일몽이 감당할 수 없을 정도로 격렬하게 실현된 셈이다. 그러니 이명박 정부는 자유와 민주의 공화국이 낳은 기형아가 아니라 자본과 속물의 제국이 낳은 우량아라고 해야 옳다. 우리는 이제 어렵고 옳고 아름다운 가치들의 눈치를 볼 필요가 없게 됐다.

지난달 28일 열린 용산 참사 재판 제1심 선고 공판에서 재판부는 검찰 측의 논리를 거의 대부분 받아들여 피고인 모두에게 중형을 선고했다. 아무리 무정한 법 논리를 갖다대도 가난하고 힘없는 자들이 권력과 자본의 공모 속에서 억울하게 죽었다는 사태의 본질을 외면하긴 어려울 거라 믿었다. 그래서 재판부가 법 논리와 양심 사이에서 깊이 고뇌할 것이라 짐작했다. 그러나 재판부의 비정한 판결문에는 어떠한 고뇌의 흔적도 없었다.

한 여성이 공중파 방송에 출연해 '키 작은 남자는 패배자'라고 말해 공분을 사게 된 일도 결코 우발적인 사건이 아니다. 그 말은 홍대를 다니는 한 여성이 한 말이 아니라 우리 시대의 무의식이 한 말이다. 외모에 관한 한 '정치적 올바름'이 '위선'으로 조롱받기 시작한 지는 꽤 오래됐다. 문제의 여성 출연자와 제작진은 방송이 나가는 그 순간까지도 무엇이 문제인지 몰랐을 것이다. 표정과 자막에는 고뇌의 흔적이 없었다.

당위와 현실이 팽팽하게 긴장할 때 고뇌가 생겨난다. 당위의 힘이 과도하게 커지면 억압이 생겨나고 현실의 힘이 지나치게 커지면 마비가 올 것이다. 그러니 자주 흔들리는 사회가 바람직한 사회일 것이고 고뇌는 건강한 사회의 증명서일 것이다. 그러나 언젠가부터 어렵고 옳고 아름다운 것들의 눈치를 보지 않게 되면서 우리 사회는 점점 고뇌하는 법을 잊어가는 것처럼 보인다.

잘 알려진 대로 톨스토이의 문학과 그의 삶 사이에는 큰 괴리가 있었다. 문호 톨스토이는 인류의 교사를 자임했지만 인간 톨스토이는 자기 자신의 가장 열등한 제자였다. 그러나 그는 그 괴리를 좁히기 위해 고뇌했고 그것이 톨스토이를 위대한 인물이 되게 했다. 고뇌는 공동체의 배수진이다. 그 진지가 무너지면 우리는 괴물이 되고 말 것이다.

(2009. 11. 4)

소설은 어떻게 걷는가
—신경숙의 「세상 끝의 신발」을 읽으며

폭력과 인권

불에 타 죽은 것이 아니라 맞아 죽은 것이라고 했다. 용산 참사 현장에서 작고한 고 이상림씨의 장남 이성연씨의 증언이 그러했다. 고인의 주검은 온몸의 뼈들이 다 으스러져 있었다고 한다. 그 불구 덩이 속에서 특공대의 곤봉에 두들겨 맞은 것이다. 참사 이후에도 공권력은 '인권'이라는 보편 가치의 뼈마디를 하나하나 조각내었 다. 유족들의 동의도 없이 부검을 진행해 사체의 인권을 유린했고, 화재의 책임을 고인들에게 모두 떠넘겨서 유족들의 인권을 유린했 으며, 집과 가족을 지키기 위한 최후의 저항을 '테러리즘'으로 규정 하여 죽음의 인권마저 유린했다. 최근에 이것이 우발적인 참사가 아님을 증명한 것은 또다시 공권력의 폭력이었다. 쌍용자동차 노조 원들의 대오를 강제 해산하는 과정에서 경찰들은 이미 바닥에 쓰러 져 저항할 능력이 없는 노조원조차 방패로 수차례 내려찍었다. 처 음은 어려워도 두번째는 쉽고 세번째부터는 습관이 된다. 촛불 탄

압, 용산 참사, 쌍용 폭력으로 이어지면서 공권력은 점점 자신만만 여유로워지고 있는 형국이다. 야만적인 인권 유린이 지배 권력의 습관이 된 나라를 상상하는 일은 끔찍하다. 아무래도 대한민국의 2009년은 이 믿을 수 없는 인권 유린의 기억에서 끝내 벗어나기 어려워 보인다.

문제가 해결될 조짐이 보이지 않고 있기 때문이다. 경찰이 휘두르는 폭력을 검찰은 비호하기 바쁘다. 사법부를 상징하는 '정의의 여신' 디케(Dike)는 양손에 천칭과 칼을 들고 있다. 천칭은 공정한 판단을, 칼은 엄정한 집행을 상징한다. 힘 있는 자들에게는 정의의 여신이 필요 없을 것이다. 그들은 정의를 무시하거나 수정하며 심지어 창조한다. 정의가 승리하는 것이 아니라 승리하는 것이 정의인 그 세계에서 천칭과 칼은 전리품에 가깝다. 정의의 여신을 간절히 원하는 이들은 힘없는 사람들이다. 빼앗기고 짓밟혀도 싸울 힘이 없을 때 그들은 피눈물을 흘리며 정의의 여신을 부른다. 정의는 대개 약자의 정의일 때 정의로워진다. 그러나 한국의 검찰을 두고 정의의 여신 운운하는 것은 낯간지러운 일이다. 일반 국민에게 '사법 정의'는 애초부터 환멸의 대상이었지만, 현 정권 출범 이후 그 환멸은 이제 분노가 된 것 같다. 상식을 배반하는 기괴한 논리로, 힘 있는 이들에게는 활인검을, 힘없는 이들에게는 살인검을 휘두르는 검찰에 급기야 국민들은 '견찰(犬察)'이라는 별명을 붙여주었다. 단어는 그럴듯하지만 그저 '개자식'이라는 뜻이다. 별명이야 어쨌건 이제 그들에게 인권 수호를 기대하는 것은 거의 무망한 일로 보인다. 그리고 이 모든 일을 너무 빨리 잊어버리고 만 우리도 책임져야 할 부분이 있을 것이다.

공감과 소설

　인권 말살의 시대에 문학을 업으로 삼고 있는 자의 심사는 착잡하다. 책으로 해결될 일이겠는가 하면서도 넘겨본 책이 있다. 근래 국역된 『인권의 발명』(전진성 역, 돌베개, 2009)에서 린 헌트는 근대적인 인권 개념이 형성될 무렵 당대의 소설이 기여한 바를 살핀다. 저자 자신도 인정하고 있듯이 이 작업은 민족이라는 '상상의 공동체'가 형성되는 과정에서 소설이 한 역할을 추적한 베네딕트 앤더슨의 작업과 흡사하다. 헌트에 따르면, 인권 관념이 성립되기 위해서는 두 가지 조건이 필요하다. "권리는 자율적인 인격을 가정하여 실행된다. 그러나 자율성만으로는 충분치 않다. 사람들은 (……) 계급, 인종 그리고 궁극적으로는 성별의 구분을 뛰어넘어 공감하는 법을 배움으로써 이를 성취했다."(9쪽) 타인의 '자율성'에 대한 인식과 그들과의 '공감' 능력 획득이 핵심이라는 얘기다. 이 중 특히 공감 능력의 형성 과정에서 18세기에 폭발적으로 읽힌 서한 소설, 예컨대 새뮤얼 리처드슨의 『파멜라』(1740)나 루소의 『신(新) 엘로이즈』(1761) 같은 소설들은 독자들이 등장인물들에게 깊이 공감하도록 유도해 '인권의 발명'에 결정적인 역할을 했다는 게 저자의 주장이다. "새로운 독서는 새로운 개인적 경험(공감)을 창출했고 그것은 다시 새로운 사회적, 정치적 관념(인권)을 낳았다."(41쪽)

　린 헌트는 "은혜를 베푸는 태도를 암시하는" 동정(sympathy)과 "타인들과 동일시하려는 능동적 의지"를 뜻하는 공감(empathy)을 엄밀히 구별하면서 후자와 관련해 소설의 기여를 찾아낸다. 18세기에만 해당되는 이야기가 아닐 것이다. 윤리적 난제를 서사 구성의 동력으로 활용하는 솜씨가 돋보인다는 점에서 '윤리학적 상상력'의 작가라고 부를 만한 이언 매큐언 역시 9·11 테러와 관련해 이런 말을 한 적이 있다. "만일 비행기 납치범들이 그들 자신을 승객들의 생각과 감정 속에 상상해넣을 수 있었다면, 아마 계획을 진행하지 못했을 것이다. 희생자의 마음속에 일단 들어가면 잔혹해지기란 어렵다. 자기 자신이 아닌 다른 사람의 마음을 상상하는 것은 우리 인간성의 핵에 자리한다. 그것이 공감의 본질이고 윤리의 시작이다."("Only Love and Then Oblivion", Guardian, September 5, 2001. 김선형, 「서늘한 거울 속 원더랜드의 건축가」, 『문학동네』 2008년 봄호, 481쪽에서 재인용) 이것은 단지 시론(時論)에 그치는 것이 아니라 이언 매큐언 자신의 작가적, 문학적 신념의 표명이기도 할 것이다. 예컨대 그의 대표작인 『속죄』의 서사 구조가 위 언급과 긴밀하게 연결돼 있는 터다. 이 작품은 '자신을 타인의 생각과 감정 속에 상상해 넣는 능력'이 결핍돼 있어 비극을 유발한 한 소녀가 뒤늦게 그 능력을 배우기 위해 평생을 한 권의 소설을 완성해나가는 데 바치면서 속죄하는 이야기였다.

현실과 눈물

린 헌트는 "계급, 인종, 성별의 구분을 넘어 공감하는 법을 배우는 것은 오늘날에도 여전히 쉽지 않을뿐더러 완수되기에는 아직 멀었다"(9쪽)라고 단언한다. 과연 그럴 것이다. 그렇다면 인권 관념의 전제가 되는 공감 능력의 습득이 완수되지 않았으니 소설도 여전히 할 일이 남아 있는 것인가. 공감 능력을 배양하고 인권의식을 고취하기 위해서 2백 년 넘게 해오던 일을 계속하면 되는 것인가. '그렇다'라는 대답은 너무 명쾌해서 좀 미심쩍다. 우선 18세기와 20세기의 상황이 다르다는 것은 굳이 지적할 필요도 없는 것이거니와, 오늘날에는 『파멜라』나 『신(新) 엘로이즈』가 한 역할을 대체하는 많은 매체들이 존재하는 터다. 현실의 충실한 재현과 윤리적 공감의 유도가 소설의 여전한 기능이기는 하되 그것은 소설만의 것이 될 수는 없다. 더 중요한 이런 반문도 가능할 것이다. 용산의 저 비극은 대다수의 국민들에게서 신속히 잊혀졌다. 그것은 과연 공감 능력의 부족 때문인가? 어쩌면 우리의 공감 능력은 이미 충분한 것일지도 모른다. 오히려 문제는, 공감 능력 따위는 과감히 내던지고 앞만 보면서 달려가지 않으면 자신의 삶을 도모해나갈 수조차 없는 시스템의 압력 때문에, 우리가 애써 공감을 거부하고 있는 데 있지는 않을까.

공감 능력의 여전한 중요성을 강조하는 린 헌트와 이언 매큐언의 입론은 윤리적으로 정당하고 아름답지만 다소 안이한 낙관론처럼 보이기도 한다. 공감의 연대를 어렵게 만드는 시스템에 대한 논의가 빠져 있기 때문이다. 신자유주의니 무한경쟁이니 하는 말들은 진부하지만 여전히 중요하다. 이제는 좌우의 문제가 아니라 생사의 문제다. 살아남으려면 오히려 공감 능력을 억제하지 않으면 안 된다. 용산에서 무슨 일이 일어났던가. 잊어야 하므로 잊으려 했을 것이고 결국 잊었을 것이다. 여기에는 어떤 두려움이 깔려 있는 것처럼 보인다. 다큐멘터리를 찍다가 극영화로 선회한 키에슬로프스키는 이렇게 술회한 적이 있다. "진짜 눈물은 두렵다. 사실 내게 그 눈물을 찍을 권리가 있는지조차도 모르겠다. 그럴 때 나는 내 자신이 한계 바깥의 영역에 있음을 알게 된 사람처럼 느껴진다. 그것이 내가 다큐멘터리로부터 도망친 주된 이유이다." (Kiéslowski on Kiéslowski, Faber and Faber, 1993, p. 86. 슬라보예 지젝, 『진짜 눈물의 공포』, 울력, 127~128쪽에서 재인용) 맥락은 다소 다를지언정, 우리 역시 어떤 두려움 때문에 "진짜 눈물"로부터 도망치고 말았던 것일지도 모른다. 이 글을 쓰고 있는 자 역시 용산의 비극에 분노하면서 글과 말을 보탠 적이 있지만 그 이상을 하지 못했다. 그것이 내 삶에 너무 가까이 다가오는 것을 원치 않았을 것이다.

당위와 불가피

문학은 당위를 주장하기보다는 불가피를 고뇌해야 한다고 믿어왔다. 문학은 가장 비겁한 자의 한숨을 내쉬면서 가장 회의적인 자의 속도로 걸어가야 한다고 믿고 있다. 그렇다면 문학은 고발하고 규탄하고 공감을 유도하는 기왕의 일 역시 큰 소리로 감당하기는 하되, 공감하지 않으려 애쓰는 내면의 안과 밖을 사려 깊게 분석하고 그 내면을 '진짜 눈물'의 세계와 대면할 수 있도록 이끄는 낮은 목소리의 말을 건네기도 해야 할 것이다. 그 말 건넴의 한 사례를 신경숙의 신작 단편 「세상 끝의 신발」(『문학과사회』 2008년 여름호)에서 발견한다. 한국전쟁의 참화 속에 두 소년병이 있었다. 등뒤에는 총을 겨누고 있는 적군 중대장이 있다. 한 소년이 다른 소년에게 튼튼한 신발을 벗어주고 말한다. "이걸 신고 달려." 다행히 총은 발사되지 않았고 두 소년은 살아남는다. 그 신발을 계기로 두 소년은 평생을 함께 의지하며 살아왔다. 그러나 신발을 내준 소년의 삶은 순탄치 않았다. 딸을 낳는 와중에 아내가 죽고, 그의 딸인 순옥은 결혼 이후 불의의 교통사고와 이혼과 자살 미수 등의 비극을 겪어 정신지체 장애인이 되고, 그 딸을 보살피며 살다가, 그 딸을 뒤에 남기고, 아비는 감기지 않는 눈을 감아야 했다. 이 부녀의 삶을 보고하는 작중 화자인 '나'는 신발을 건네받은 그 소년의 딸이다. 마지막 대목에서 '나'는, 그 옛날 두 아비가 서로 신발을 바꿔 신은 것처럼, 아이가 되어버린 순옥의 신발에 제 발을 집어넣어본다. 이 상징적인 행위는 물론 공감을 위한 몸짓일 것이다. 이 등장인물들이 보여주는, 2대에 걸친 애절한 공감의 역사로부터, 독자들은 문학의 공감 혹은 공감의 문학이 갖는 위력을 확인하게 된다.

아마도 미리 품고 있었던 생각의 가닥들이 있어서였을 것이다. 작품의 골자를 이루는 부녀의 비극에 말 그대로 '공감'하면서도, 그 공감으로부터 도망치고 싶어하는 작중 화자의 내면에, 어쩌면 부차적일 수 있을 그것에도 계속 마음을 쓰며 읽었다. 예컨대 화자가 "순옥 언니와 마주쳤을 때 갖게 될 고독을 피해보려는 마음"(88쪽) 때문에 비극에서 눈을 돌리고만 싶어할 때, 저 문장에서 '고독'이라는 단어가 대뜸 목에 걸리는 것이었다. 고독이라니, 누구의 고독인가, 고독하기로 치자면 저 슬픈 순옥 언니만한 사람이 있겠는가. 그런데 작가는 '나'의 고독에 대해서도 꾹꾹 눌러 말하고 있는 것이었다. 아마도 저 '고독' 안에는 "진짜 눈물은 두렵다"라는 문장이 숨어 있을 것이다. 순옥 언니의 고독에 대해 말하는 것이 문학이겠지만, 나의 고독에 대해서도 말하는 것 또한 문학일 것이다. 타인의 신발에 발을 넣어보라고 이 소설은 말하고 있지만 더 깊은 말 하나를 행간에 숨겨두고 있기도 한 것이다. 타인의 신발에 발을 넣어보기 위해서는 나의 신발을 먼저 벗어야 한다는 것, 그러니까 두려움을 이겨내고 '진짜 눈물'과 대면해야 한다는 것. 당신의 신발을 벗게 하는 일, 거기에 문학의 귀한 소임 중 하나가 있을 것이다.

(『문학동네』 2009년 가을호)

4부
· · ·
얼어붙은 바다를 깨뜨리기

그러고는 덧붙인다, 카버를 읽어라
—레이먼드 카버의 『대성당』

비평가란 본래 과장하기 좋아하는 족속이다. '경천동지할 걸작' 혹은 '구제 불능의 쓰레기'라는 표현을 만지작거리면서 호시탐탐 기회를 노린다. 그러나 그 유혹에 저항해야 한다. 모든 종류의 최상급 형용사들과 싸워야 한다. 카드를 다 써버리면 나중에 어쩔 것인가. 그런데 못 참겠다 싶을 때가 있는 법이다. 어떤 비평가가 레이먼드 카버의 「대성당」을 일러 '가장 완벽한 단편' 운운하는 걸 보고, 또 한 비평가가 백기를 들었구나, 했다. 도대체 어떤 작품이기에. 그제야 「대성당」을 찾아 읽었다. 뭐랄까, 완벽한 단편이었다.

10년 전에 소개된 바 있는 레이먼드 카버의 단편집 『대성당』(문학동네, 2007)이 최근에 새 번역으로 다시 출간되었다. 카버는 1938년생이다. 미국 캘리포니아 주립대학 치코 캠퍼스에서 존 가드너에게 소설을 배웠고 22세에 첫 단편을 발표했다. 38세에 첫 단편집 『제발 조용히 좀 해요』(1976)를 출간하면서 주목받기 시작했고, 『사랑을 말할 때 우리가 이야기하는 것』(1981)으로 자리를 굳혔다. 세번째 단편집 『대성당』(1983)이 대표작이다. 이 책으로 그는 '아메리칸 체호프'라는 칭호를 얻었다. 체호프의 아류라는 뜻이 아니라 체호프의 반열에 올랐다는 뜻이다. 무라카미 하루키의 말마따나 "놀랍게도 레이먼드 카버는 처음부터 진짜 오리지널 레이먼드 카버였다."

『대성당』에는 표제작 「대성당」을 포함해 총 열두 편의 단편이 수록되어 있다. 하나같이 예리한 칼날 같은 작품들이지만, 그중 한 편만 읽어야 한다면 역시 「대성당」일 수밖에 없다. 작품 속 '나'의 아내에게는 오래전부터 알고 지낸 맹인 친구가 있다. 어느 날 아내는 이름이 로버트인 그 맹인 친구가 곧 그들을 방문할 것이라고 '통보'한다. 맹인이라니, 내가 아는 맹인이라고는 영화에서 본 사람들뿐이다. 아내는 오래된 친구를 따뜻하게 맞이하지만 나는 모든 게 그저 귀찮고 불편하기만 하다. 저녁식사를 마쳤고, 아내는 잠이 들고, 마침내 로버트와 단둘이 남았다. 어찌해야 하나.

나는 하릴없이 텔레비전 채널만 이리저리 돌린다. 어떤 채널에서 세계 각지의 성당을 소개하고 있다. 대성당이라. 대성당이 어떤 것인지 아십니까? 로버트에게 묻는다. 맹인은 잘 알지 못하니 설명해달라고 청한다. 앞 못 보는 사람에게 어떻게 대성당에 대해 설명할 수 있단 말인가. 아무려나, 비로소 나와 로버트의 진지한 대화가 시작된다. 로버트는 한술 더 떠서 대성당을 함께 그려보자고 말한다. 둘은 손을 포개어 잡고 펜을 든다. 그리고 이제 소설은 당신이 영원히 잊을 수 없는 아름다운 결말을 향해 나아간다.

이 소설은 편견과 소통에 대해 말한다. 부정적인 견해만 편견인 것은 아니다. 내가 몸으로 체험하지 못한 앎, 한 번도 반성해보지 않은 앎은 모두 편견일 수 있다. 이를테면 맹인이 아닌 자가 맹인에 대해 갖고 있는 견해란 것은 제아무리 발버둥쳐도 편견의 테두리

밖에 있기 어렵다. 그 편견은 어떻게 깨어지는가. 이와 같은 질문을 던지는 소설은 많다. 그러나 편견이 녹아내리는 과정을 이렇게 자연스럽고 힘 있게 그려낸 소설은 많지 않다.

소설을 쓰고 싶어하는 후배들에게 가끔 주제넘은 충고를 한다. 나 자신은 소설을 단 한 줄도 써본 바 없으면서 말이다. "인물의 내면을 말로 설명하겠다는 생각을 접어라. 굳이 말해야 한다면, 아름답게 말하려 하지 말고 정확하게 말해라. 아름답게 쓰려는 욕망은 중언부언을 낳는다. 중언부언의 진실은 하나다. 자신이 쓰고자 하는 것을 장악하고 있지 못하다는 것. 장악한 것을 향해 최단거리로 가라. 특히 내면에 대해서라면, 문장을 만들지 말고 상황을 만들어라." 그러고는 덧붙인다. "카버를 읽어라."

일본에서 카버를 처음 소개한 사람은 무라카미 하루키였다. 우리가 지금 읽고 있는 한국어판 『대성당』을 번역한 사람은 소설가 김연수다. 김연수는 누구인가. 이를테면, 일이 년에 한 권씩 책을 내는데, 그러고 나면, 당신이 책 내기만을 기다렸다는 듯이 상이 주어지고 '올해의 책'으로 선정되는, 그런 부류의 작가다. 하루키와 김연수라니, 어쩐지 공정하다는 생각이 든다. 문장의 국가 경쟁력이랄까, 그런 차원에서 말이다. 이제는 하루키의 문장으로 카버를 읽는 일본 독자를 부러워할 필요가 없게 되었다.

(2007. 12. 20)

얼어붙은 바다를 깨뜨리는 도끼
— 구스타프 야누흐의 『카프카와의 대화』

남한의 정치학자 K는 북한에서 열린 남북 교류 학술대회에 참가하고 막 돌아온 참이다. 우연히 펼쳐든 신문에서 자신에 대한 기사를 발견하고 그는 경악한다. 신문 기사는 정치학자 K가 북한에서 남한 체제를 강하게 비판하는 성명을 발표하고 북한에 남기로 결정했다는 소식을 전하고 있지 않은가. 때마침 연구실에 들른 조교는 K를 보고 소스라치게 놀란다. 교수님, 어떻게 여기에!

K는 신문사 편집국장을 찾아가 항의한다. 편집국장은 진심으로 미안해하지만 이번 경우만은 정정 보도를 할 수 없다고 말하면서 국정원에 가보길 권한다. 국정원에서도 뭔가 착오가 있었음을 인정하지만, 당장은 어떠한 조처도 취할 수 없다는 반응을 보인다. 별일 없을 테니 그저 조용히 지내고 있으라는 식이다. 그러나 조용히 지낼 수가 없다. 도청과 미행 때문에 악몽에 시달리던 K는 마침내 북으로 정치적 망명을 시도한다. 오보가 결국 사실이 되고 만 것.

이 이상한 이야기는 밀란 쿤데라가 쓴 카프카에 관한 에세이 「저 뒤쪽 어디에」(『소설의 기술』)에 있는 원본을 가져와 우리 식대로 다시 각색한 것이다. '카프카에스크(Kafkaesque)'라는 형용사가 있다. '카프카적인'이라는 뜻이다. 저런 이야기가 '카프카적인' 이야기다. 착오가 낳은 결과가 원인이 되어 그 착오를 소급적으로 진실로 만들어버리는 이야기. 한 작가가 그 자체로 하나의 장르가 되어버린 사례다. 조빔(A. C. Jobim)이 곧 보사노바이고 피아졸라(Piazzolla)가 곧 탱고인 것처럼.

카프카 월드로 초대하는 유용한 가이드가 출간됐다. 구스타프 야누흐가 쓴 『카프카와의 대화』(문학과지성사, 2008)가 그것. 1920년 3월 어느 날, 17세의 문학 소년 구스타프 야누흐는 「변신」의 작가 카프카를 직접 만나게 된다. 소년의 아버지가 노동자재해보험공사에서 근무하고 있었던 것. 그곳은 카프카의 직장이기도 했다. 말하자면 이 억세게 운 좋은 소년에게 카프카는, 부러워라, '아빠 친구'였던 것이다. 카프카 역시 이 문학 소년을 총애하여 두 사람의 만남은 꾸준히 지속된다. 1924년 6월 3일 카프카가 사망할 때까지.

삶의 가장 불안정한 시기에 카프카를 만난 것은 구스타프 개인의 행운이겠지만, 그가 그 만남의 기록을 보존해두었다가 막스 브로트에게 보내 이 책이 출간된 것은 우리 모두의 행운일 것이다. 카프카는 어느 편지에서 "책은 우리의 내면에 존재하는 얼어붙은 바다를 깨뜨리는 도끼여야 한다"라고 쓴 적이 있다. 이 책은 카프카의 그 '도끼' 같은 소설들이 어떤 맥락에서 탄생했는지를 카프카의 육성으로 들을 수 있게 한다. 이것은 마치 '죽은 작가와의 인터뷰' 같지 않은가.

인간 카프카의 모습을 지인의 눈으로 볼 수 있다는 것도 이 책의 매력이다. 카프카는 자기 자신에 대해서는 거의 결벽증적으로 엄격했다. 그는 자기 책이 출판되는 것을 기꺼워하지 않았다. 친구들의 강권으로 출간했을 뿐. 구스타프가 그의 단편 세 편을 가죽 장정으로 제본해서 갖다주었을 때는 숫제 화를 내기까지 한다. 이따위는 불에 태워 없애버려야 한다고.

"……내 서투른 글은 모두 없어져야 해요. 나는 빛이 아니에요. 나는 그저 나 자신의 고통의 근원으로 빠져들 뿐이에요. 나는 막다른 골목이에요."(341~342쪽) 그러니 카프카가 이 책의 존재를 반기지 않을 것임은 명백하다. 그러나 카프카라는 '막다른 골목'이 누군가에게는 출구가 되기도 하는 것을 어쩌랴.

그 출구에서 쏟아지는 빛에 눈이 부셨던 경험이 필자에게도 있다. 십여 년 전에 이 책을 처음 읽었다. 소설가 오정희 선생이 어느 글에선가 이 책이 당신의 젊은 날에 버팀목이 되어주었다고 회고하고 계셨다. 곧장 도서관으로 달려가지 않을 수 없었고 거기서 한 권의 책을 찾았다. G. 야노욱흐, 『카프카와의 대화』, 가정문고, 1976. 한동안 그 책을 파먹었다. 그 책이 다시 나왔다. 반갑기도 하고 서운하기도 하다.

(2008. 1. 17)

마음 공부와 몸 공부의 참고서들
─ 김소연의 『마음사전』과 권혁웅의 『두근두근』

오랫동안 마음은 종교의 소관이었고 몸은 의학의 소관이었다. 그러나 종교는 몸을 배제한 마음을, 의학은 마음을 괄호 친 몸만을 다루었다. 그래서 문학하는 사람이 있어야 했다. 몸과 마음의 행정을 두루 살펴 그로부터 자유로워지고자 했다. 문학으로 가능한 일일까. 책임지겠다고 팔 걷어붙이는 책들을 신뢰하지 않는다. 자유로워지려고 애써보았으나 끝내 실패한 자의 기록만 읽을 가치가 있을 것이다. 김소연의 『마음사전』(마음산책, 2008)과 권혁웅의 『두근두근』(랜덤하우스코리아, 2008)이 최근 그 대열에 동참했다. 결론부터 말하자. 뛰어난 시인들의 뛰어난 에세이다.

김소연은 마음에 대해서 말한다. "'이해'란 가장 잘한 오해이고, '오해'란 가장 적나라한 이해. '너는 나를 이해하는구나'라는 말은 내가 원하는 내 모습으로 나를 잘 오해해준다는 뜻이며, '너는 나를 오해하는구나'라는 말은 내가 보여주지 않고자 했던 내 속을 어떻게 그렇게 꿰뚫어보았느냐 하는 것과 마찬가지다."(「이해」) 좀 얄밉다. 반박하기 어려운 것에 대해 반박하기 어렵게 써놓았으니까. '설렘'을 한 줄로 설명한 대목은 그냥 시다. "뼈와 뼈 사이에 내리는 첫눈." '애틋함'은 "뼈와 뼈 사이에 내린 첫눈이 녹아내릴까봐 안타까워하는 것"이고 '참혹'은 "뼈와 뼈 사이에 내린 폭우로 인한 참사"란다.

권혁웅은 몸에 대해 말한다. "당신의 손이 이마 위에 얹힌 처마가 될 때, 당신은 가출한 동거인을 근심하는 독방이다. 당신의 손이 무거운 얼굴을 지탱하는 얇은 기둥일 때, 당신은 혼곤(昏困)에 정신을 내어준 빈 부대자루다. 당신의 손이 먼 곳을 향해 몰려가는 파도처럼 너울댈 때, 당신은 홀로 떨어진 섬을 그리워하는 바다다. (……) 그리고 당신의 손이 바위에 붙은 미역처럼 그 사람의 얼굴을 만질 때, 당신은 다시는 떠나지 않을 젖은 눈이다. 거기서 꽃이 필 것이다. 어서어서 비둘기가 날아갈 것이다."(「마술사의 손」)

두 사람의 공통점 하나를 말하겠다. 좋은 문장에도 등급이 있다. 좀 좋은 문장을 읽으면 뭔가를 도둑맞은 것 같아 허탈해진다. '아이쿠, 내가 하려던 말이 이거였는데.' 더 좋은 문장을 읽으면 뿌연 안갯속이던 무언가가 돌연 선명해진다. '세상을 보는 창 하나가 새로 열린 것 같아요.' 더 더 좋은 문장을 읽으면 멍해진다. 그런 문장을 읽고 나면 동일한 대상을 달리 생각하는 방법을 잊어버리고 그 문장 이전으로는 돌아갈 수 없게 되는 것이다. '그것에 대해서라면 나는 이제 더이상 할 말이 없어요.' 이런 문장, 두 사람의 책에 매우 많다.

사소한 차이 하나를 말하겠다. 김소연은 마음에 대해 말할 때 학살, 처형, 난사(亂射) 같은 무서운 말을 태연하게 쓴다. 아무래도 마음이라는 것은 전쟁터일 테니까. 그 말들을 곰곰이 들여다보면 무서운 말이란 본래 아주 슬픈 말이라는 것을 깨닫게 된다. 권혁웅은 우리가 잘 모르는 단어를 찾아내서 쓰기 좋게 세공하거나 잘 알지만 음미해본 적 없는 단어를 환하게 되살려놓는다. 말을 애무하느라 정신이 없다. 그의 글을 보면서 '자동사적 글쓰기'(롤랑 바르트)란 게 이런 거구나 했다. 아무래도 시인에게는 말이 애인일 테니까.

좀 덜 사소한 차이 하나를 말하겠다. 김소연이 마음에 대해 말할 때 그녀는 마음을 관리하는 자의 섬세함으로 말한다. 권혁웅이 몸에 대해 말할 때 그는 몸을 사용하는 자의 분주함으로 말한다. 김소연의 경영학에는 체험의 무늬가 은은하게 덮여 있고 권혁웅의 성애학에는 자신만만한 지성의 섹시함이 있다. 그런 특징이 김소연의 글을 우아하게 만들고 권혁웅의 글을 뜨겁게 만든다. 차이 하나 더. 김소연의 책에는 그녀가 직접 찍은 사진이 실려 있고 권혁웅의 책에는 이연미 화가의 발랄한 그림이 빼곡하다. 마음은 찍는 것이고 몸은 그리는 것인가 보다.

소설가 박상륭 선생은 일찍이 몸과 맘(마음)과 말을 합쳐 '몸' 이라는 개념을 창안했다. 몸에서 말로, 말에서 마음으로 이어지는 순차적 개벽이 필요함을 설법하기 위해서였다. 그 논의와 무관한 자리에서 보더라도 몸과 마음과 말은 본래 떨어질 수 없는 덩어리다. 김소연은 마음과 말을, 권혁웅은 몸과 말을 엮었다. 그러나 마음과 몸이 어찌 각방살이를 하겠는가. 각각 마음 공부와 몸 공부에 매진하는 이 두 사람의 책은 서로가 서로의 참고서다. 이미 스스로 당당한 사유들이지만 함께 읽으면 더불어 풍성해질 것이다. 평론가가 중신아비는 아니지만, 나는 두 책이 서로 잘됐으면 좋겠다.

(2008. 2. 21)

악마는 내 안의 악마를 깨우고

— 이언 매큐언의 『첫사랑, 마지막 의식』

이언 매큐언은 첫 책인 단편집 『첫사랑, 마지막 의식』(1975)을 출간한 뒤에 "학교 선생처럼 생긴 사람이 악마처럼 글을 쓴다"(『옵서버』)는 소리를 들었다. 첫 소설집의 세계를 더 강하게 밀고 나간 『시멘트 정원』(1978)은 그에게 '엽기 이언(Ian Macabre)'이라는 별명을 선사했다. 세련된 블랙코미디 『암스테르담』(1998)을 읽은 어떤 이는 "나비의 날개를 떼어내는 아이처럼 무자비하게"(더 타임스) 우리 시대를 해부하는 작품이라고 상찬했다. 우아하고 격렬한 걸작 『속죄』(2001)를 출간한 뒤에는 "악마처럼 플롯을 짜고 천사처럼 글을 쓰는 작가"(위클리 스탠더드)라는 평가를 받았다.

언론의 표현대로 그가 '악마' 같은 작가일 수 있다면, 그것은 소설의 의식 때문이 아니라 무의식 때문일 것이다. 악마처럼 쓰려고 했다기보다는 악마처럼 쓰지 않을 수 없었을 것이라는 얘기다. 왜? 악마가 악마인 것은 내 안의 천사를 더럽히기 때문이 아니라 내 안의 악마를 살려내기 때문이다. 인간을 이해하지 않고는 세상을 바꿀 수 없다고 생각하는 사람, 인간을 이해하기 위해서는 우리 안의 악마와 맞대결하지 않을 수 없다고 믿는 사람이라면 어떻게 그 자신 악마가 되지 않을 수 있겠는가. 이언 매큐언은 악마다. 이 말은 그가 용기 있는 작가라는 말과 같다.

이번에 출간된 그의 첫 책 『첫사랑, 마지막 의식』(Media2.0, 2008)은 이 지적인 고집불통 작가가 무슨 생각으로 소설을 쓰기 시작했는지를 짐작하게 한다. 단편 여덟 편이 수록돼 있다. 그의 이력에 대해 자세히 알지 못하나 나는 스물한 살에 68혁명을 경험한 작가가 이십대에 쓴 작품들이라는 점을 의식하면서 읽었다. 당신들은 왜 이런 것들에 대해서 쓰지 않는가, 라는 냉소적인 열정이 팽팽하다. 내면의 악마가 가장 천진하게 살아 있는 인물들을 내세워 그들을 기어이 이해하게 만들고 우리 안의 악마를 깨운다. 잊어버렸겠지만 당신도 한때 여동생과의 근친상간을 꿈꾼 적이 있지 않느냐고(「가정 처방」), 어린 소녀를 남몰래 추행하려 한 적이 있지 않느냐고 이죽거린다(「나비」). 맞다. 우리는 천사가 아니다.

도발적인 출발이다. 그러나 여기서 멈추면 안 된다. 그리고 이언 매큐언은 멈추지 않았다. 『암스테르담』 『속죄』 『토요일』로 이어지는 그의 최근작에서 우리 안의 악마들은 이제 사회적, 정치적 층위에서 창궐한다. 그래서 그 소설들은 드물게도 의제를 품은 소설, 오래간만에 지식인의 논쟁거리가 될 만한 물건이 되었다. 이제 그는 윤리적 의제를 뇌관으로 묻어놓고 거기에 불을 붙여 소설을 타들어가게 하는 작가다. 이를 '윤리학적 상상력'이라고 부르려 한다. 필자가 오늘의 한국 소설에서 자주 만나게 되길 바라고 있는 바로 그것이다. 그런 상상력이 있어야 소설은 폭탄이 되어 공적 영역에서 터질 수 있다.

이번 책은 거물이 된 작가의 흥미로운 초기작이지만 우리에게는 너무 늦게 도착했다. 우리는 오래전에 백민석을 읽었고 편혜영과 백가흠도 이미 읽었다. 이 책의 본류라고 하기는 어렵지만 필자는 「입체기하학」이나 「극장의 코커 씨」 같은 작품이 더 귀엽다. 증조부의 일기장에서 '표면이 없는 평면'을 만들어내는 기하학 공식을 발견하고 이를 이용해 아내를 세상에서 사라지게 만든다는 식의 이야기(「입체기하학」), 성행위를 재연하는 집단 누드 퍼포먼스의 리허설 도중 한 남녀가 실제로 성행위를 해 무대에서 쫓겨난다는 식의 이야기(「극장의 코커 씨」)는 어디서도 읽어본 적이 없다. 확실히 우리 소설에서 흔히 만나기 어려운 저쪽 동네의 어떤 여유가 이 작품들에는 있다.

(2008. 3. 20)

한 편도 다시 읽고 싶지 않다

─정지아의 『봄빛』

　선입견이란 무서운 것이다. 스물여섯 나이에 『빨치산의 딸』 (1990)을 출간하면서 작품 활동을 시작했다는 식의 이력을 읽고 나면 그이의 소설은 어쩐지 읽지 않아도 다 읽은 듯한 기분이 되고 마는 것이다. 그래서 정지아의 첫번째 소설집 『행복』(창비, 2004)을 무심히 지나쳤다. 그 이후 매 계절 거의 빠짐없이 계간지에 발표된 작품도 어쩐지 읽게 되질 않았다. 제목 탓도 있었다. 봄빛, 풍경, 소멸, 순정, 운명…… 어쩌자고 대부분 두 글자에 한 단어였다. 이런 식의 제목은 언뜻 무신경해 보인다. 리드미컬하게 잘 만들어진 제목은 시 한 편에 육박하는데 그럴 기회를 왜 마다하는가. 게다가 200자 원고지 80장 분량의 단편에서 '소멸'과 '운명'을 논하겠다니, 좀 무모하지 않은가. 아무튼 이래저래 인연이 닿지 않았다.

　그 작품들이 최근 두번째 소설집 『봄빛』(창비, 2008)으로 묶여 나왔다. 책을 앞에 놓고 있자니 그간의 선입견이 스스로 불편해졌다. 그래서 2006년 제7회 이효석문학상을 받은 작품인 「풍경」부터 읽어나가기 시작했다. 그녀의 문장은 아름다웠다. 공학적인 정확성과 서정적인 세련성을 함께 갖추고 있었다. 꼼꼼하게 세공된 문장이 아픈 가족사, 치매에 걸린 노모, 한평생 홀로 노모를 돌보며 산속에서 살아온 한 노인의 이야기를 실어 나르고 있었다. 무연히 읽어나가다가, 정신을 놓아버리고 웃음마저 잃어버렸던 노모가 돌연 웃음기 어린 얼굴로 "내 새끼, 그래 한시상 재미났는가?" 하고 묻는 장면에서, 나는 조금 아찔했다. 다른 작품을 계속 읽지 않을 수가 없었다.

뒤이어 표제작 「봄빛」을 읽고 이 작가에 대한 확신과도 같은 신뢰를 갖게 됐다. 밥상에 '뚜부(두부)'가 올라오지 않았다는 이유로 '나'의 아버지와 어머니가 벌이는 서글픈 설전은 오랫동안 기억될 명장면이고, 병원에서 치매 판정을 받고 돌아오는 길에 노부모가 주무시는 동안 '나'가 눈물을 흘리는 대목은 읽는 이의 마음을 흔든다. "받은 것은 반드시 돌려줘야 하는 것, 그것이야말로 냉정한 생명의 법칙이었다."(「봄빛」) 「소멸」이나 「운명」 같은 작품들은 상대적으로 관념적이라 느껴질 수 있겠다. 그러나 육화된 관념을 육성으로 말하고 있으니 이런 계열도 좋다고 생각한다. 이 책에 실려 있는 이 작품들을 흔히 그러는 대로 '리얼리즘'이라 불러야 할까?

아마도 그래야 할 것이다. 그러나 한국 문단에서 통용되는 리얼리즘 개념에 대해서는 애증이 있다. 좁은 의미의 리얼리즘은 갑갑하다. 재현되어야 할 '현실'이라는 것이 자명하게 존재한다고 전제하니까. 넓은 의미의 리얼리즘은 공허하다. 삶의 진실에 도달하는 여러 길을 모두 리얼리즘의 슬하에 두려 하니까. '지성'이 없는 우직한 재현과 '감각'이 없는 스타일을 리얼리즘이라는 이름으로 합리화하는 경우도 더러 보았다. 그러나 지성과 감각이 있는 리얼리즘, 거기에다 진심과 열정까지 더해진 리얼리즘은 세간의 잔재주들이 결코 범접할 수 없는 기품에 도달한다. 정지아의 소설이 그 예다. "현실의 충실한 재현이 단순한 모사의 기술이 아니라 인간 진실을 상상하는 절실하고 비범한 열정의 소산임"(정홍수, 『봄빛』표지 글)을 기꺼이 인정하게 된다.

그러나 솔직히 말해야겠다. 이 소설들을 사랑할 수는 없다. 아픈 현대사와 그 질긴 흔적을, "고리대금업자 같은 비정한 세월"(「봄빛」)과 "순진무구하게 잔인한 어린것들의 장난"(「운명」) 같은 운명을, 그 세월과 운명에 쓸려가며 살아온 우리의 어머니와 아버지의 육신과 속내를, 그들 앞에서 우리가 느끼는 내밀한 애증을, 이 모든 것을 두루두루 아우르며 직시하는 이 아픈 소설을 어떻게 사랑할 수 있겠는가. 카를 프리드리히 폰 바이체커는 1930년대 말에 뒤늦게 하이데거의 『존재와 시간』(1927)을 읽은 뒤 이렇게 말했다고 한다. "나는 한마디도 이해하지 못하겠다. 그러나 이것이 철학이다." 『봄빛』에 대해서라면 내 생각은 이렇다. "나는 한 편도 다시 읽고 싶지 않다. 그러나 이것이 소설이다."

(2008. 4. 17)

영상 19도의 소설들
—김중혁의 『악기들의 도서관』

    소설가 배수아는 그녀의 네번째 소설집 『그 사람의 첫사랑』(생각의 나무, 1999)의 개정판을 내면서 제목을 『소설집 No.4』(생각의나무, 2005)로 바꿔버렸다. '멋지네. 그렇다면 배수아 4집인 셈이군.' 말하자면 음반처럼 말이다. 나는 바뀐 제목이 매우 마음에 들어 이미 갖고 있는 그 책을 또 샀더랬다. 최근에 출간된 소설가 김중혁의 두번째 책 『악기들의 도서관』(문학동네, 2008)에 대해서 말하자면 '김중혁 2집'이라는 타이틀이 딱 어울리는 책이다. "이 소설집은 제가 여러분께 드리는 녹음테이프입니다"라는 말과 함께 작가가 직접 그린 카세트테이프 표지가 수록돼 있어서? 그도 그렇지만 다른 이유도 있다.

    멜로디나 노랫말보다는 사운드에 유난히 민감한 뮤지션들이 있다. 그들의 음악은 도입부 몇 초만 들어도, 아 이건 아무개의 사운드다, 하게 된다. 어떤 악기로 어떤 실험을 해도 그 사운드 어디 안 간다. 소리를 다루는 일관된 '태도'랄까, 그런 것과 관련된 문제이기 때문이다. 김중혁의 소설도 그렇다. 반 페이지 정도만 읽으면 이건 김중혁의 소설이구나 하게 된다. 그의 문장이 놀랍도록 독창적이라고 하기는 어렵겠지만, 또 몇몇 외국 작가의 이름이 자연스럽게 떠오르기도 하지만, 어느 편이냐 하면, 참 잘 흡수했구나 하는 느낌이 든다. 자기 체질에 잘 맞는 스타일의 문장을 찾아서 편안하고 자연스럽게 잘 사용하고 있다는 얘기다.

이렇게 '김중혁 2집'에는 그의 문장이 만들어내는 어떤 '일관된' 사운드가 자연스럽게 흐른다. 책을 음반처럼 듣는다는 게 어떤 건지 실감할 수 있다. 그 사운드의 두 가지 소스. "비둘기들은 걸으면서 연방 고개를 앞뒤로 흔들었다. 그래, 좋아, 옳지, 그렇지, 맞지, 그거야, 이런 말들을 내뱉으면서 걷고 있는 것 같았다."(189쪽) 우선은 이런 썰렁하고 귀여운 유머들이 김중혁 스타일이다. "믿지 못하겠지만 말이다, 너도 버스회사에서 일을 해보면 알겠지만 가끔 '무방향 버스'라는 게 생겨날 때가 있어. 똑같은 노선을 계속 반복하던 버스가 어느 날 감쪽같이 사라지는 거야."(241쪽) 신기한 것을 무덤덤하게 말하기, 이런 것도 김중혁 스타일이다. 마치 초능력을 갖고 있는 남자가 은행에 근무하면서 평범하게 살다가 어느 날 옆에 있는 직원에게 자신의 능력을 슬쩍 말해줄 때의 미묘한 공기 같은 것이 그의 소설에는 있다.

더 중요한 것이 있다. 사운드에도 온기가 있다면, 김중혁의 소설에는 어떤 미지근한 온기 같은 것이 있다고 말해야 한다. 이 온기는 어디서 생겨나는 것일까. 일단은 이렇게 말해보자. 김중혁이 창조한 인물들은 대개 '평화주의자'라는 것. 그의 인물들은 소심하다. '대심'한 사람들은 자기주장을 큰 소리로 부르짖고 타인의 취향을 자기에게 맞추려 한다. 그러나 김중혁의 인물들은 소박한 꿈을 꾸고 그 꿈을 실현하기 위해 바스락대면서 앞으로 나아간다. 그의 책이 음반 같다면, 그의 인물들은 음반을 듣고 있는 사람들 같다. 아끼는 음악을 들으면서, 아아 행복해, 눈물 한 방울 떨어뜨리는 그런 사람들. 이런 인물들은 왜 따뜻하게 느껴지는가. 삶에 만족하는 법을 알고 있는 사람들, 우리를 위협하지 않는 사람들이어서다. 그의 소설은 타인의 취향을 존중할 줄 아는 사람들이 모여 사는 연립주택 같다.

문제 하나 내면서 마무리하자. 음반 매장에서 일하는 아르바이트 직원이 수상한 손님을 붙잡아 추궁한 끝에 그가 CD 세 장을 훔쳤다는 사실을 알아냈다. 그 직원은 이제 무슨 말을 할까? 김중혁의 소설에서는 이렇게 말한다. "세 장 중에 한 장은 내가 선물로 사줄게. 한 장만 골라봐." 이런 대목들이 김중혁 소설의 온도(좀 거창하게는 '윤리'라고 해도 좋다)를 조절한다. 사람이 활동하기 가장 좋은 온도는 섭씨 18~20도 정도라고 한다. 그렇다면 김중혁 소설의 온도는 딱 19도일 것이다. 한번 재어들 보시라.

(2008. 5. 15)

무신론자에게는 희망이 신이다

─코맥 매카시의 『로드』

　우리에게는 『노인을 위한 나라는 없다』의 원작자로 알려져 있을 뿐이지만 코맥 매카시는 비평가 해럴드 블룸이 '미국 현대 문학의 4대 작가'로 지목한 거장이다. 매카시의 2007년 퓰리처상 수상작 『로드』(문학동네, 2008)가 나왔다. "사뮈엘 베케트가 쓴 「살아 있는 시체들의 밤」 같다" 운운하는 외신 평에 굴복해 단숨에 읽었다. 다 읽고 나니 과연 그렇구나 싶지만 그 이상이다. 이토록 아름다운 묵시록이 또 있었던가 싶다.

　여기는 멸망 이후의 세계다. 인류는 거의 절멸했다. 곳곳에 시체가 널려 있다. 몇 안 되는 생존자는 서로를 도륙해 먹으면서 목숨을 연명해나간다. 그 세계의 어느 곳에 한 남자와 한 소년이 있다. 그들은 부자지간이다. 둘은 남쪽으로 그저 하염없이 걸어간다. 남쪽에 뭐가 있기에? 알 수 없다. 다만 아비가 아이를 남쪽으로 데려가기 위해 필사적이라는 것만 알겠다. "내 일은 널 지키는 거야. 하느님이 나한테 시킨 일이야. 너한테 손을 대는 사람이 있으면 누구든 죽일 거야. 알아들었니?"(90쪽) 굴곡이 거의 없는 서사가 그렇게 한참 이어진다. 그런데 책을 놓을 수가 없다.

비밀 때문이다. 이 남자와 이 아이는 누구인가? 그들은 왜 남쪽으로 가는가? 멸망 이후의 생존자라는 점에서 두 인물은 묵시록적 상징성으로 잔뜩 충전돼 있다. 그 비밀이 풀릴 때까지 이 여행을 따라가지 않을 수가 없다. 그러나 소설의 후반부는 독자의 기대를 배반한다. 도착이 곧 결말일 거라 짐작했으나 아니었다. 분명 어떤 지점에 도착하기는 하되 거기서 다시 여행이 시작되니 말이다. 이 기묘한 결말이 이 소설의 포인트다. 이에 대해서는 자세하게 말하지 않는 것이 좋겠다. 과정으로 보였던 것이 결국 그 자체로 목적이었고, 결말을 알기 위해 읽은 3백여 페이지가 실은 3백여 페이지짜리 결말이었다는 것만 적어두자.

이 구조가 그 무슨 얄팍한 반전 따위를 위해 구축된 것은 아니다. 이 구조 자체가 이 소설의 전언이다. "우린 괜찮은 거죠, 그죠 아빠?/그래. 우린 괜찮아./우리한텐 나쁜 일이 일어나지 않죠./그래./우리는 불을 운반하니까요./그래. 우리는 불을 운반하니까." (96쪽) 파국 이후의 세계에서 그토록 소중히 지켜야 하는 '불'이란 대체 무엇이겠는가. 희망일밖에. 그러나 이 희망에는 희망이 없다. "남자는 자신이 아무런 근거 없이 희망을 걸고 있음을 알았다." (242쪽) 그래, 희망이 없을 때 희망은 가장 숭고해진다. 이 전언을 이 소설은 여로의 구조로 치밀하게 장악한다. 그래서 감동적이다. 이 감동에 대해서도 자세히 말하지 않는 것이 좋겠다. 가이드가 외려 방해가 되는 여행도 있는 법이다.

그리고 보니 세 종류의 소설이 있는 것 같다. 희망의 근거를 어설프게 늘어놓는 아마추어의 소설, 어떠한 타협도 없이 절망의 정의로움을 완강하게 고수하는 프로의 소설, 그리고 절망의 끝에서 기어이 희망의 가능성을 설득해내고야 마는 대가의 소설. 대체로 소설이 말하는 희망에 마음이 움직이는 일은 드물다. 그런데 이 소설은 어떻게 그럴 수 있었는가. 매카시가 대가여서? 그가 대가인지 아닌지 나는 모른다. 내가 아는 것은 일흔이 넘은 그에게 열 살이 채 안 된 아들이 있다는 사실이다. "그 자신의 마음속에서 이미 재가 된 것을 아이의 마음속에서 불로 피워올릴 수는 없다는 것" (174~175쪽)을 알기 때문에 아비는 우선 저 자신부터가 희망이라는 '불'을 끌 수 없었을 것이다. 잠든 아들을 보며 구상한 소설이라 했던가. 이 소설을 쓰게 한 것은 아비의 그 사랑이다.

　마지막 페이지를 덮고 생각했다. 지구가 멸망한다 해도, 만약 생존자가 하나가 아니라 적어도 둘이라면, 그리고 그 둘 중 하나가 다른 하나를 사랑하게 된다면, 거기에서 희망이라는 것이 생겨나겠구나 하고. 더 짧은 결론. 눈먼 노인을 만난 남자가 자기 아들을 가리키며 말한다. "저 아이가 신이라고 하면 어쩔 겁니까?"(196쪽) 그래, 무신론자에게는 희망이 신이다.

(2008. 6. 12)

문학이 된 평론을 읽는다

─정홍수의 『소설의 고독』

영화평론은 영화가 될 수 없고 음악평론은 음악이 될 수 없지만 문학평론은 문학이 될 수 있다. 문학평론이 가장 위대하다는 얘기를 하려는 게 아니다. 문학평론은 그만큼 특수하다는 얘기다. '뭔가'에 들러붙어서 바로 그 '뭔가'가 되는 유일한 글쓰기다. 이것은 축복받은 특수성 아닌가. 그렇다면 문학평론이 문학이 되기를 마다할 이유가 없다. 어떻게 하면 문학이 되는가. 글 안에 내면과 문장이 버티고 있어야 한다. 진리를 대변하는 목소리가 아니라 내면의 격랑을 드러내는 목소리, 무색무취의 보편 문장이 아니라 스타일에 대한 고집으로 충전된 문장 말이다.

이 간단한 정답을 어떤 이는 모르고 또 어떤 이는 모르는 척한다. 모르는 분이야 그렇다 쳐도 모르는 척하는 분이 많다는 것은 좀 문제다. 나는 문학평론만큼 보수적인 '글쓰기 제도'를 알지 못한다. 후자인 분들은 평론을 위대하게 만드는 것은 내면이나 문장 따위가 아니라 통찰과 논리라고 말씀하신다. 맞다. 좋은 글을 만드는 힘의 90퍼센트는 통찰과 논리가 감당한다. 그러나 그것은 그냥 좋은

'글'일 뿐이다. 좋은 칼럼, 보고서, 논문과 다르지 않다. 나머지 10퍼센트에 해당하는 것이 내면과 문장이다. 바로 그 10퍼센트가 평론을 '글' 이상의 '문학'으로 만든다.

오랜만에 문학이 된 평론의 사례가 있어 소개하려 한다. 문학평론가 정홍수의 첫번째 평론집 『소설의 고독』(창비, 2008)이다. 문학평론집을 소개해도 될까 주저했다. 거의 아무도 읽지 않는다는 것을 알기 때문이다. 당연하다. 본래 작품을 읽지 않은 상태에서 평론을 읽어내기는 쉽지 않다. 동시대 한국 문학의 세부 주제에 대한 배경 지식이 없는 독자가 그 주제에 대한 추상적 논의를 따라가는 일 역시 어렵다. 이를 다 무릅쓰고라도 읽어보시라고 말하는 것은 확실히 억지다. 그러나 이 책은 읽어도 된다. 내면과 문장을 갖추고 있기 때문에, 평론이기 이전에 고급 에세이이기 때문이다.

먼저 문장. "이제 조금 이혜경 소설에 눈이 익어가는지, 어지간히 고단하고 아픈 이야기가 나와도 타박타박 따라가며 기다려보고 싶다. 어스름녘의 착잡함을 견뎌보자 싶다. 그냥 안타까움 속에 지칫거리며 고갯마루에 서 있어보자 싶은 것이다. 뭐, 크게 환해질 일이 있겠는가. 숨을 고르며. 욕하지 않으며. 말하지 않으며." 평론가 정홍수는 이런 식으로 글을 시작한다. 돌을 씹어 먹는 듯한 맛의 도입부 때문에 지레 읽기를 포기하게 되는 수많은 평론과는 뭔가 다른 출발이 아닌가. 어떤 작가 혹은 어떤 주제를 다루건, 글의 도입부가 이러하다면 한번 따라가볼 만한 것이다.

그리고 내면. 소설가 이인화가 독자를 계몽하려 하는 비장한 이야기꾼이 된 게 못내 불편했던 이 평론가는 본래 소설은 계몽하지 않음으로써 계몽한다고, 소설은 본래 그런 비장이나 독선과 싸우는 것이라고 반박하면서 이런 문장을 적는다. "나는 아직도 이야기꾼으로 스스로를 격하시키지 못한 소설가들, 그들의 기억의 '외딴방' 그 '외진 골목'에서 힘겹게 끄집어내 들려주는 그 내면의 고백들, 거기에서 출발한 '한국의 순수 문학'을 사랑하니까." 평론가의 이런 소박하지만 결연한 내면의 고백을 다른 평론집에서 만나기 쉽지 않고, 그 내면이 책 전체에 은은하면서도 완강하게 배어 있는 평론집을 만나기 또한 쉽지 않다.

이런 문장과 내면이 떠받치고 있어서 이 책은 '처음부터 끝까지' 읽을 수 있는 아주 드문 평론집이 되었다. 그중에서도 1부와 3부에 수록돼 있는 계간평과 월평이 좋다. 2004년과 2006년에 발표된 소설 중에서 뛰어난 것을 선별해 어떤 내용인지를 소개하고 왜 좋았는지를 다감하게 털어놓는다. 특히 3부 앞부분에 수록돼 있는 서간체 평론 예닐곱 편은 이 책의 백미다. 절친했던 문우 고 김소진에게 바친 글 두 편에서는 이 평론집의 심장이 뛰고 있으니 그것들은 각별히 아껴 읽어야 한다.

평론가 정홍수는 1963년에 태어나 1996년에 등단했다. 정확한 안목을 갖고 있어 평가에 헛발을 딛는 일이 없고 냉철한 평형 감각을 갖고 있어 제 흥에 취한 경박한 호들갑도 없다. 글쎄, 평론가라면 가끔은 무모한 베팅도 하고 세상의 취향과 독야청청 싸우기도 해야 하는 것 아닌가? 대신 그는 다른 일을 해왔다. 발터 벤야민은 장터에서 구라를 푸는 과거의 이야기꾼과 골방에서 내면을 파먹는 근대의 소설가를 대조하면서, 소설은 고독한 개인의 작업이라고 말한 적이 있다.(「이야기꾼과 소설가」) 이 평론집의 제목 '소설의 고독'이 거기에서 왔다. 그 고독과 소통하는 일이 지난 12년 동안 그의 일이었다. 사려 깊고 겸허하고 다정다감한 이 '한국의 순수 문학' 애호가 덕분에 많은 소설가가 잠시나마 고독을 잊었을 것이다.

(2008. 7. 10)

고(故) 이청준 선생님을 추모하며
—이청준의『그곳을 다시 잊어야 했다』

서울대 불문과 60학번 김승옥이 있었고 같은 학교 독문과 60학번 이청준이 있었다. 둘 다 문학을 사랑했고 또 둘 다 가난했다. 1961년 2학기가 끝나갈 무렵, 다음 학기 등록금이 걱정되었던 김과 이는, 김의 주도 아래 이런 작당을 한다. 우리 신춘문예에 한번 덤벼보자. 까짓거, 한국 문학 별거 있냐. 붙는다. 붙으면 그 상금으로 다음 학기 등록을 하고 혹여나 떨어지면 미련 없이 입대하자. 아니나 다를까, 김승옥은 1962년 1월 1일자 한국일보에 등단작「생명연습」을 실었다. 이청준은? 입대했다.

재밌자고 끄집어냈지만 일면 곱씹을 만한 데가 있는 에피소드다. 김승옥은 '까짓거' 하면서 번뜩이는 소설을 써내는 타입이었다. 쓰고 나서 통속소설이라고 자평한 게 걸작「무진기행」이었고, 코믹한 거 한 편 써보자고 온돌방에 엎드려 쓴 소설이 동인문학상 수상작「서울, 1964년 겨울」이었다. 그러나 이청준은 달랐다. 그는 제대 후 1965년에야「퇴원」으로 등단한다. 그는 그 뒤로도 내내 무거웠다. 까짓거 하면서 써내려가는 타입이 아니었다.

중편 「소문의 벽」(1971)과 장편 『씌어지지 않은 자서전』(1985)을 보면 짐작할 수 있다. 그에게 소설가란 카프카의 『소송』에 나오는 K처럼 자신의 무죄를 증명하기 위해 목숨 걸고 뛰어다니는 사람이었다. 이런 식이니 그가 쓴 것치고 어느 하나 말랑말랑한 게 없다. 소설의 초반부에는 으레 골치 아픈 질문이 던져진다. 겹겹이 꼬여 있는 플롯을 따라가보면 만나게 되는 것은 상큼한 해답이 아니라 더 정교해진 애초의 질문이다. 작가의 성질이 고약해서가 아니다. 난제(難題)와 대면해 이를 의제(議題)로 끌어올리려는 치열한 노력 때문이다.

전후 세대와 4·19세대의 트라우마를 비교 탐구한 「병신과 머저리」(1967), 말의 타락이라는 현상의 심층을 사회학적으로 파고들어간 「언어사회학 서설」 연작(1973~1981), 헛것(유토피아)의 불가피함을 지적으로 성찰한 중편 「이어도」(1975), 이와 유사한 주제를 장편의 규모로 박력 있게 형상화해 그의 대표작이 된 『당신들의 천국』(1976), '말'이 아니라 '소리'의 세계를 탐구해 「언어사회학 서설」 연작과 짝을 이룬 (흔히 '서편제'라는 타이틀로 알려져 있는) 「남도 사람」 연작(1976~1981) 등등, 1970년대 말까지 그가 이룩한 성채만 해도 그 폭이 이 정도다.

내 생각에 이청준 문학을 아우를 수 있는 말은, 내가 자주 사용하는 말이지만, '윤리학적 상상력' 정도가 되지 않을까 한다. 그것은 1980년대를 지배한 '정치적 상상력'보다 더 근원적인 어떤 것이고 1990년대를 풍미한 '일상적 상상력' 만큼이나 중차대한 어떤 것이다. 비근한 예로 최근 이창동 감독에 의해 '밀양'이라는 제목으로 영화화된 단편 「벌레 이야기」(1988)가 있다. 내 아들을 유괴해 살해한 자가 종교에 귀의해 신의 용서를 받았다. 그렇다면 나는 뭔가.

나는 그를 용서할 기회마저 박탈당했다. 처참한 심정으로 어머니는 (영화에서와는 달리) 자살을 택한다. 용서란 무엇인가. 그것은 도대체 누가 하는 것인가. 이 작가가 던져놓는 윤리적 의제는 언제나 손쉬운 대답을 허용하지 않는다.

이런 면모는 지난해 말에 출간된 그의 마지막 작품집 『그곳을 다시 잊어야 했다』(열림원, 2007)에서도 여전하다. 과거사 청산을 소재로 한 중편 「지하실」이 대표적이다. 선악을 가리기보다는 모두가 '가해자의 입장'에 서야 한다는 것이 이 소설의 전언이다. 논란의 여지가 있는 이런 논리가 어떤 이들에게는 진실보다 화해를 강조하는 것으로 보여 불편할 수도 있겠다. 그러나 그 진실이라는 것이 확연하지 않은 상황에서 거친 선악 분별이 외려 진실을 훼손할 수도 있다면? 과연 논란의 여지가 있다 하더라도, 논란은커녕 지루한 평화를 구가하는 한국 소설의 현황을 생각한다면, 이런 윤리학적 상상력이 우리에게는 더 많이 필요하지 않은가.

7월 31일에 선생이 영면하셨다. 소설이란 그저 재미난 '이야기'일 뿐이라고 생각하는 독자가 많아졌다. 요즘에는 일부 작가들도 더러 뜻을 같이하는 것 같다. 그러나 이청준의 책을 전부 불태우지 않는 한, 소설은 이야기 이상이다. 나는 특별한 일이 없는 한 앞으로도 『삼국지』 세트를 구입할 생각이 없지만, 완간되면 삼십여 권에 이를 고인의 전집은 구비하려 한다. 사람이 사람답게 살 수 있는 세상이 되기 위해 필요한 것은 피 끓는 영웅들의 활극이 아니라 피맺힌 윤리학적 상상력이라고 믿기 때문이다. 생전에 찾아뵙고 인사드리지 못했다. 이제야 삼가 절한다. 선생님, 감사합니다. 편히 쉬세요.

(2008. 8. 7)

선(先)해석의 커튼을 찢어라

— 밀란 쿤데라의 『커튼』

밀란 쿤데라는 『농담』(민음사, 1999)에서 『향수』(민음사, 2000, 원제는 '무지')에 이르는 십여 권의 작품을 쓴 소설가이지만 통찰력 넘치는 고급 에세이의 필자이기도 하다. 체코어로 쓴 초기작까지 포함하면 십여 권에 이르는 그의 에세이집 중에서 가장 중요한 책인 『소설의 기술』(1985, 국역본 1990)과 『배반당한 유언』(1992, 국역본은 『사유하는 존재의 아름다움』, 1994)은 이미 국내에 소개됐다. 앞의 책이 두 번이나 옷을 갈아입고 재출간을 거듭하는 모습과 뒤의 책이 엉뚱한 제목으로 출간됐다가 절판되는 모습을 보면서 우리는 그의 또다른 에세이집을 고대했다. 기다리던 그 책, 『커튼』(민음사, 2008)이 나왔다.

우리는 왜 그의 에세이를 아끼는가. '소설이란 무엇인가'에 대한 그만의 통찰이 거기에 있기 때문이다. 그 통찰은 "소설만이 발견하고 말할 수 있는 것"(101쪽)에 대한 깐깐한 사색으로 이어지고, 이는 '밀란 쿤데라의 소설은 왜 진짜 소설인가'를 입증하기 위한 노련한 변호가 된다. 그 변호의 방법론은 "나름의 사적인 소설사"(92쪽) 만들기이다. 그의 에세이를 분해하고 재조립하면 우리는 라블레와 세르반테스라는 위대한 선구자에서 시작해 18세기의 헨리 필딩, 로렌스 스턴과 19세기의 플로베르 등을 거쳐 20세기 초의 카프카, 로베르트 무질, 헤르만 브로흐 등을 지나 20세기 중반 폴란드의 곰브로비치를 찍고 밀란 쿤데라 자신에 이르는 하나의 소설사를 얻게 된다(모든 위대한 작가는 자기만의 문학사를 갖고 있다). 그런데 왜 그들인가?

그에 따르면 진짜 소설가는 서정성의 덫에서 벗어날 때 탄생한다. 한 개인이 거의 전적으로 자기 자신한테 집중하고 있는 시기, 자신의 고유한 영혼에 대해 말하려는 욕망에 들려 있는 시기가 바로 "서정적 시기"이다. "반(反)서정주의로의 개종은 소설가의 이력서라면 반드시 들어 있는 기본 항목이다."(124쪽) 개종 이후 숙고해야 할 것은 "나는 항상 사물의 핵심에 도달하고자 했다"(86쪽)라는 플로베르의 말이다. "소설의 유일한 도덕은 인식이다. 실존의 그때까지 알려지지 않은 어떠한 단면도 발견하지 못하는 소설은 곧 비도덕적이다."(87쪽) 뒤집어 말하면, 실존의 알려지지 않은 단면을 인식하는 것, 이것이 소설의 임무다.

이어 그는 20세기 초의 모더니즘과 더불어 소설은 '소설만이 말할 수 있는 것'에 도달할 수 있게 되었다고 말한다. 우선 사실로서의 역사로부터 독립했다. 소설가가 관심을 갖는 역사는 "역사가 움직이지 않는 평화로운 시기였다면 실현되지 않고 보이지 않고 알려지지 않았을 (실존의) 뜻밖의 가능성에 빛을 던지는 탐조등으로서의 역사"(97쪽)일 뿐이다. 문제는 역사적 현실 그 자체가 아니라 실존의 수수께끼이므로, 필요하다면 좁은 의미의 리얼리즘적 개연성도 포기해야 한다. 예컨대 카프카가 그랬다. "카프카가 경계를 뛰

어넘은 이후로 비개연성의 국경은 경찰도 세관도 없이 영원히 열려 있다."(102쪽)

그 실존의 수수께끼를 어떤 방식으로 말해야 하는가. 헤르만 브로흐와 로베르트 무질의 "생각하는 소설"(98쪽)이 그 대답이 된다. 그들은 과학이나 철학과는 다른 방식으로 "지적으로 매우 까다로운 사색을 소설 속에 통합하는 것, 그리고 아름답고 음악적인 방법으로 그것을 작품의 필수 요소로 만드는"(99쪽) 작업을 해냈다. 이 같은 여담(餘談, digression)의 글쓰기를 통해 소설은 '소금장수 이야기'를 넘어서고, 결코 영화가 병합할 수 없는 소설만의 고유한 영토를 얻는다(그 자신 분개하며 말한 대로, 영화 〈프라하의 봄〉과 원작 소설 『참을 수 없는 존재의 가벼움』은 전혀 별개의 두 예술이다). 바로 이것이 밀란 쿤데라 소설의 가장 매혹적인 특징이기도 하다.

그가 "삶이라는 이 피할 수 없는 패배에 직면한 우리에게 남아 있는 유일한 것은 바로 그 패배를 이해하고자 애쓰는 것"(21쪽)이라고, 그러기 위해서 모든 종류의 "선(先)해석의 커튼"(127쪽)을 찢는 것이 소설의 존재 이유라고 말할 때 이 말은 좀 감동적이기까지 하다. 그의 나이 이제 팔순이다. 자신이 평생을 바친 일의 가치에 대한 변함없는 이 확신과 애정! 그리고 보면 이 해박하고 우아하고 유쾌한 할아버지는 지금껏 한 번도 나를 실망시킨 적이 없다.

(2008. 9. 4)

눈물 같은, 슬픔 같은, 병신 같은
—파스칼 레네의『레이스 뜨는 여자』

    지난해 여름 '이자벨 위페르 특별전'에서 영화 〈레이스 짜는 여인〉(1976 · 클로드 고레타 감독)을 봤다. 연인에게 버림받고 영혼이 다 빠져나간 눈으로 카메라(관객)를 보는 뽐므(이자벨 위페르)의 마지막 표정을 잊지 못한다(자크 오몽이 그의 책『영화 속의 얼굴』(1992)에서 이 영화를 다루지 않은 것은 이해할 수 없는 처사다). 대개의 남자에게는 여자에 대한 어떤 근원적 죄의식 같은 것이 있다(그 역은 성립하지 않는다). 그녀의 표정은 바로 그 죄의식을 처연하게 소환하고 있었다. 그 표정을 생각하면 고 오규원 선생의 시「한 잎의 여자」도 생각난다.

    "정말로 나는 한 여자를 사랑했네. 여자만을 가진 여자, 여자 아닌 것은 아무것도 안 가진 여자, 여자 아니면 아무것도 아닌 여자, 눈물 같은 여자, 슬픔 같은 여자, 병신 같은 여자, 시집 같은 여자, 영원히 나 혼자 가지는 여자, 그래서 불행한 여자." 눈물이고 슬픔이고 병신인 여자를 이야기하고 있는데, 그녀를 사랑한 이 남자 역시 어쩐지 눈물이고 슬픔이고 병신 같다는 생각을 하게 만든다는 데 이 시의 묘미가 있다. 영화도 그랬다. 그녀의 압도적인 얼굴 앞에서 나는 눈물이고 슬픔이고 병신이었다. 원작 소설이 이십여 년 만에 재출간됐다. 영화와 제목이 다르다. 『레이스 뜨는 여자』(부키, 2008).

이자벨 위페르의 연기가 없는 '레이스 뜨는 여자'가 가능할까 싶었으나 기우였다. 그녀의 빈자리를 채우는 것은 파스칼 레네의 분석적이고 매혹적인 문장들이다. 뽐므와 그녀의 어머니를 독자에게 소개하는 도입부는 장편소설에서 '보여주기'가 아니라 '말하기'의 방식으로 인물들의 육체를 빚어나간 사례의 모범처럼 보인다. "두 사람은 운명이 인색하게 나눠주는 기쁨과 환멸을 그냥 단순하게 받아들였다"(13쪽)나, "현실을 숨기는 게 아니라 오히려 그것을 너무나 투명하게 드러내는 바람에 눈길이 거기에 와서 멈추기를 깜박 잊어버릴 만큼의 순진성을 남달리 타고난 사람들이었다"(14쪽)와 같은 문장들과 함께 이야기는 우아하게 흘러간다.

그런 뽐므가 청년 에므리를 만난다. 허영심 많고 현학적인 이 청년은(어쩌면 바로 그런 청년이기 때문에) 여행지에서 만난 뽐므의 순수한 영혼에 매혹되고 만다. 이 사랑은 처음부터 위태로웠다는 얘기다. "그들이 처음 만나서 이야기를 나누고 처음 함께 걷던 날도 마찬가지였다. 그녀와 처음으로 육체관계를 맺은 날도 마찬가지였다. 각 단계마다 그는 달리 어떻게 하기에는 '너무 늦었다'는 것만을 알고 있었다. 그래서 그는 일종의 회한을, 하지만 금세 잊히고 마는 회한을 느끼며 각 단계를 넘어서곤 했다."(122쪽) 동거를 시작하고 얼마 되지 않아 에므리는 뽐므의 "견디기 어려운 순진성"(116쪽)에 숨이 막혀 그녀와 결별한다. 이런 이야기는 왜 이리 쓸쓸한가.

사랑이 시작된 이유와 사랑이 끝난 이유가 같기 때문이다. 그녀의 순수함에 매혹되었는데 이제는 그 순수함이 지긋지긋해서 떠나고 싶어진다. 사랑이 시작되고 끝나는 시간 동안 뿜므는 시종일관 뿜므였을 뿐인데 그녀는 선택되었고 또 버려졌다. 그러나 에므리를 비난할 수만은 없다는 생각이 들어 우리는 또 당혹스럽다. 이런 이야기를 읽고 나면 존재, 만남, 소통, 파국 등의 단어가 어지럽게 떠올라 뒤엉키다가 이윽고 자포자기의 슬픔으로 가라앉는다. 작가 자신이 '68세대'인 까닭도 있겠지만 이 소설에는 남녀의 사랑에서 계급적·문화적 차이가 갖는 의미에 대한 섬세한 성찰이 있다(영화에서는 이 점이 더 강조된다). 그러나 굳이 그 부분을 강조하지 않아도 좋다고 생각한다. 이 소설에는 그래도 될 만한 보편성이 있다.

조리 정연한 서사는 따분할 뿐만 아니라 이데올로기적이라고 믿었던 '누보 로망'의 세례를 받은 작가의 작품답게 이야기는 고분고분 흘러가지 않는다. 숨어 있어야 할 서술자가 불쑥 나타나서 등장인물들이 가공의 창조물임을 괜히 강조하기도 하고, 가끔씩 이야기의 흐름과 무관한 곳으로 가서 딴청을 부리기도 한다. 의도는 명백하다. 인물들에게 감정이입하는 정서적 독서 말고 상황의 사회심리학적 의미를 곱씹는 성찰적 독서를 유도하기 위해서다. 밀란 쿤데라 식으로 말하면 '소설만이 할 수 있는 일'이 뭔지를 아는 명석한 소설이다. 그러니 이미 영화를 본 사람에게도 이 소설은 여전히 읽을 가치가 있다.

(2008. 10. 10)

즐기는 자만 못하다

―김형중의『단 한 권의 책』

　두번째 평론집『변장한 유토피아』(랜덤하우스코리아, 2006)에서 부터 김형중은 논쟁적인 비평가가 되어버렸다. '이것은 리얼리즘이 아니다'라는 제목의 글 두 편 덕분이었다. 첫번째 글「이것은 리얼리즘이 아니다」는 '당대'와 직면하지 않고 이국으로, 과거로, 여자들에게로 '퇴행'하고 있는 현 단계 리얼리즘에 대한 신랄한 비판이었고, 두번째 글「민족 문학의 결여, 리얼리즘의 결여 ― 이것은 리얼리즘이 아니다 2」는 "작가의 의도에 반(反)해" 작품을 읽어내고 "작가가 애초에 염두에 두지도 않은 것을 하지 못했다고 비판하는" 리얼리즘 비평들에 대한 반박이었다. 첫번째 글에서 개진된 그의 비판에 대부분 동의한다. 나 역시 '지성'이 없는 우직한 재현과 '감각'이 없는 스타일을 리얼리즘이라는 이름으로 합리화하는 이들에게서 적잖이 피로를 느끼고 있었기 때문에 탄탄한 각론이 마련돼 있는 김형중의 글에 고개를 끄덕일 수밖에 없었다. 적지 않은 반론들이 제기된 것으로 안다. 그러나 어떤 글도 결정적이지 않았다. 이유는 간단하다. 김형중에게는 비판의 논리가 있었지만 그들에게

318

는 옹호의 논리가 없었다. 그러니 그저 비판을 비판하는 수밖에. 이론의 정합성이나 참고 문헌의 엄밀성 등에 시비를 걸거나 심하게는 인신공격 비슷한 것이 돼버린 글들에 나는 냉담했다.

그러나 두번째 글의 경우, 그 취지에는 공감하되 논지에 전적으로 동의할 수는 없었다. '작가의 의도에 반하는' 독법 자체를 무조건 문제 삼을 일은 아니라고 생각했기 때문이다. 중요한 것은 그 독법의 결과가 소모적인가 생산적인가다. 그의 취지에 공감할 수 있었던 것은 그간의 '반(反)독해'들이 대부분 소모적이었다고 판단했기 때문이고, 전적으로 동의하지는 않은 것은 그가 주요 비판 대상으로 설정한 백낙청과 최원식의 독해가 여타 리얼리즘 비평가들의 그것과는 격이 다른, 충분히 생산적인 것이었다고 판단했기 때문이었다. 백낙청의 『에세이스트의 책상』론과 최원식의 『검은 꽃』론이 그 작품들의 유일무이한 핵심(만약 그런 게 있다면)에 육박했다고 생각하지는 않지만, 그들은 예상하지 못한 방식으로 작품을 뒤집어 읽으면서 나 같은 우둔한 독자들이 작품을 다시 읽게 만들었다. 청년기에 습득한 교리를 대상을 바꿔가며 기계적으로 적용하는 여타 리얼리즘 비평가들과 그들을 구별하지 않으면 안 된다. 아닌 게 아니라, 모든 비평가들이 작가의 의도만을 따라 읽는다면 얼마나 지루할 것인가.

그의 세번째 평론집 『단 한 권의 책』(문학과지성사, 2008)에서도 우선 눈에 띄는 것은 저 두 글의 연장선상에 있는 「기어라, 비평!」과 「이것은 리얼리즘이 아니다 3」 같은 글들이다. 앞의 글 역시 많은 반론에 부딪친 것으로 안다. 누구도 자신 있게 지도를 그릴 수 없는 시기에, 현실적으로 '작동'하지도 않는 고담준론을 일삼으며 자족하기보다는, 현장을 '포복'("기어라")하면서 몸으로 지도를 그리자는 논지의 글이었다. 당대 문학의 현장에서 발표되는 작품을 따라 읽지 않은 게으름을 변명하는 글들일수록 고담준론에 가까워지는 경우를 많이 보았다. 그래서는 안 된다는 것이 이 글의 핵심이다. 그러나 '기어라'라는 말의 본의를 작정하고 오해한 반론들이 기이하게도 많았다. 뒤의 글에서 그는 알아듣기 쉽게 다시 적었다. "옳고 훌륭한 말들의 결합으로만 이루어진 문학의 어떤 이상적인 상태에 대한 대망이 그 이상적인 상태를 직접 보여주지는 못하기 때문이다."(72쪽) 이 정도면 오히려 김형중이야말로 리얼리스트(현실주의자)가 아닌가 싶다. 그러나 덧붙여야 할 것이 있다. "옳고 훌륭한 말들"로 이루어진 공허한 "대망"만 아니라면, 그러니까 충분히 '기어서' 진흙투성이가 된 자의 육성에 의한 것이라면, "문학의 어떤 이상적인 상태"에 대한 논의 자체는 필요하다. 지나친 현실주의는 모험을 회피하는 알리바이가 될 수도 있으니까. 나는 충분히 진흙투성이인 김형중이야말로 그런 논의를 펼칠 자격이 있는 드문 사람 중의 하나라고 생각한다.

이번 평론집에는 지금 거론한 논쟁적인 글들 말고도 그가 얼마나 열심히 '기었는지' 잘 보여주는 사례들이 있다. 문학과 윤리를 주제로 한 두어 편의 글, 문학과 영화의 관계를 탐색한 세 편의 글이 그것이다. 윤리를 주제로 한 글 「성(性)을 사유하는 윤리적 방식」과 「타자를 소설화하는 몇 가지 방식」에서 그는 지나치다 싶을 정도로 타자의 "절대적 외부성"(18쪽)을 강조한다. "연민과 동정"(17쪽)의 서사들에 질릴 대로 질려서일 것이다. 그 점을 이해하지만, 윤리와 비윤리의 경계를 뒤흔드는 '위험한' 윤리적 모험에까지 나아가려면 이 염결성에서 좀 벗어나도 좋지 않을까 싶다. 영화를 다룬 글들에서 김형중은 어려운 질문을 던진다. 문학과 영화가 각각

자기 자신이기를 포기하지 않으면서 생산적으로 교섭하는 길은 무엇인가. 특히 〈결혼은 미친 짓이다〉를 다룬 「문학과 영화 3」이 탄탄하다. 이만교의 소설이 영화 같은 소설이고 유하의 영화가 소설 같은 영화라고 생각하기 쉽지만(만약 그랬다면 둘 다 범작이다) 사실은 그렇지 않다는 것을 정교하게 분석하면서 "다양한 소통의 경로는 열어두되, 한편으로 각 장르의 자율성은 자율성대로 고수하려는 치열한 자의식"(334쪽)이 필요하다는 것, "차이를 전제한 접속만이 생성을 낳는다"(349쪽)는 것을 재확인하는 글이다. 이 결론이 심심한가? 그러나 고담준론을 좋아하는 사람들일수록 결론만 거창한 법이다. 이 결론에 도달하기까지 그의 포복이 그려놓은 궤적들, 그러니까 텍스트를 선별하고 해석하고 평가하는 그 지난한 일련의 작업 공정에서 김형중 비평의 힘을 봐야 한다. 그 궤적들을 건너뛰고 결론에만 시비를 거는 것은 비윤리적인 새치기이고 비평을 즐길 줄 모르는 불감증일 것이다.

그러나 장점은 늘 단점이다. 재치 있고 열정적이고 성실하기 때문에 그는 대체로 확신에 차 있다. 특히 작가론과 작품론을 쓸 때 평론가 김형중은 좀처럼 고뇌하거나 유보하지 않는다. 그래서 확신에 차 있는 사람들에게 거부감을 느끼는 독자라면 김형중의 어떤 문장들에서 약간 불편해질 수도 있을 것이다. 예컨대 김태용론인 「차라리, 글쓰기」에서 "텍스트 외부에도 상징계 바깥에도 존재하는 것은 아무것도 없다"(156쪽)나, "모든 것이 표상으로 물러난 세계에서 표상 밖으로의 탈출은 불가능하다"(157쪽) 식의 단언들이 반복되면서 김태용 소설을 다르게 읽을 수 있는 가능성을 자꾸만 봉쇄하는 듯 보일 때가 그렇다. 또 박형서론인 「소설 이전, 혹은 이후의 소설」에서 "박형서의 소설은 우리가 그간 알고 있던 소설과는 달라도 한참 다르다"(176쪽)는 두괄식 단언으로 시작해 그 단언을 시종일관 반복하고 강조하면서 글을 끌고 갈 때 그의 말투는 훈련 조교의 그것을 닮는다. '이것은 일반적인 소설이 아닙니다. 편집증자의 자동기술입니다. 소설 이론 다 버리세요. 개연성 따위 찾지 마세요.' 그러나 그도 잘 알고 있겠지만, 독자의 사유를 자극하는 글은 직선으로 내달리는 글이 아니라 갈지자로 흘러가는 글이고 평론이 드물게도 울림을 갖는 경우는 평론가가 고뇌하고 유보할 때가 아닌가.

그러나 단점은 또 장점이다. 그는 뛰어난 비평가다. 똑똑하고 성실하고 재치 있어서? 그보다 더 중요한 게 있다. 표제작 「단 한 권의 책」 같은 글을 읽으면 나는 질투를 느낀다. 이 질투는 1대 1의 질투가 아니라 삼각형의 질투다. 그러니까 이것은 연적(戀敵)을 바라보는 질투 같은 것이다. 나는 나보다 더 똑똑하고 성실하고 재치 있는 사람들은 그냥 존경해버리고 말지만, 나보다 더 문학을 사랑하는 것처럼 보이는 사람이 존재한다는 사실을 인정하기가 불편하다. 김형중 평론의 힘은 결정적으로 그 애정에서 나온다. 애정은 능력이다. 그 능력을 그는 즐긴다. 그의 글이 동세대 비평가들에게 더러 비판을 받을 때 나는 그 어리둥절할 정도로 과도하게 격한 반응들 속에서 '즐길 줄 아는' 그에 대한 질투를 봤다. 실은 그 비판들이야말로 김형중 평론의 매력을 방증하는 것이 아닌가. "아는 사람은 좋아하는 사람만 못하고, 좋아하는 사람은 즐기는 사람만 못하다."(『논어』 '옹야편') 공자님 말씀까지 나왔으니 뭘 더 보태겠나. 나는 그의 글에서 많은 것을 배우고 그를 비판하는 글들에서도 더러 조금씩 배운다. 그러나 확실한 것은 그의 글이 그를 비판하는 이들의 글보다 늘 더 좋다는 사실이다.

(『문학동네』 2008년 겨울호)

탈근대 도시와 그 불만
— 정이현, 편혜영, 김경욱, 김중혁의 도시 소설들

도시는 천사와 악마의 두 얼굴을 함께 갖고 있다. 천사이면서 동시에 악마인 근대성(modernity)의 자식이기 때문이다. "도시는 근대성을 제조해낸 틀일 뿐 아니라 근대성을 가장 명료히 담아내는 장(場)이다. 그래서 도시와 근대성은 서로를 반추하는 거울이다." (조명래,『현대 사회의 도시론』, 한울, 2002, 206쪽) 말하자면 도시의 두 얼굴은 바로 근대성의 두 얼굴이다. 한국의 도시화 ― 근대화는 세계적으로도 유례가 없을 만큼 급속히 이루어진 탓에 이 두 얼굴 역시 매우 강렬하게 형성되었다. 우리는 효율적이고 아름다운 근대성과 냉혹하고 위험한 근대성을 모두 경험했다. 물론 작가들이 더욱 주목한 것은 후자였다. 냉혹하고 위험한 근대성을 전복하기 위한 노력은 1970~1980년대를 거치면서 혁명에 대한 열정으로 진화해나갔다.

'혁명의 시대'였던 1980년대에 한국은 민주화를 쟁취했지만 혁명에 성공하지는 못했다. 그러던 중 '20세기의 끝' 혹은 '역사의 종언'을 알리는 소리가 들려오기 시작했다. 한국 문학은 어리둥절한 기분으로 탈근대적 프레임을 받아들여야 했다. 당대의 앙팡 테리블이었던 작가 장정일의 「아담이 눈뜰 때」에서 주인공 '아담'은 서울이라는 '가짜 낙원'에 눈 뜨고 '네온 십자가'를 보며 눈물을 흘린다. 이 소설에는 근대적인 해방의 프로젝트에 배어 있게 마련인 열정과 희망이 거의 완전히 제거돼 있다. 탈근대적 소비 사회의 묵시록이었다.

1990년대 문학이 (혁명이 아니라) 진정성(authenticity)이라는 주제에 몰두하기 시작하면서 이와 같은 분위기는 가속화된다. 도시는 희망 없는 비(非)진정성의 공간으로 재현되었고, 아담의 후예들은 헛것들의 도시에서 '진짜 나'를 찾아 헤매기 시작했다. 이런 세계를 가장 세련된 방식으로 보여준 것은 윤대녕의 소설이었다. 아마도 이 무렵, 서울은 근대 도시에서 탈근대 도시로 이행한 것인지도 모른다. 그렇다면 2000년대의 작가들에게 도시는 어떻게 재현되고 있는가? 우리는 두 개의 소주제를 중심으로 젊은 작가들의 작품 세계를 일별할 것이다.

위험한 나의 도시?

첫번째 주제는 한국 사회의 도시인들을 사로잡고 있는 불안감이다. 울리히 벡(Ulrich Beck)이 현대 사회를 '위험 사회(risk society)'라고 명명하고 '성찰적 근대성(reflexive modernity)'에서 대안을 찾으려 한 것은 잘 알려져 있다. 한국은 1990년대 중반에 일련의 재앙들을 겪으면서 '위험 사회'의 실체를 실감하는 불행을 겪어야 했다. 1994년에 한강의 기적을 상징하는 성수대교가 끊어졌고, 1995년에는 대구지하철 가스 폭발 사고가 있었으며, 두 달 뒤에는 서울 강남 지역의 풍족함을 상징하는 삼풍백화점이 내려앉았다. 사회학계에서는 이 일련의 재앙들을 발전주의(developmentism)도시의 모순과 균열을 폭로하는 사건이라 규정하기도 했다. 이 일련의 사건들은 도시인의 무의식에 깊은 트라우마를 남겼다.

실제로 20대 중반까지 삼풍백화점 인근 지역에서 살았던 작가 정이현은 붕괴 사고가 일어난 지 10년이 되던 해에 단편 「삼풍백화점」을 발표했다. 이 소설이 '위험 사회'나 '발전주의'에 대한 비판적 성찰을 목적으로 씌어진 것이라고 하기는 어렵다. 저 트라우마를 사회적 층위에서가 아니라 작가 자신의 개인사적 층위에서 다루고 있기 때문이다. 그러나 그랬기 때문에 오히려 이 작품은 생경한 비판이 아니라 담백한 성찰이 될 수 있었다. 정이현에게 좋은 의미의 균형 감각이 있었기 때문에 가능한 일이었다. 그녀가 도시의 두 얼굴에 두루 민감한 것은 사실이지만 어떤 경우에도 그녀는 자신이 나고 자란 서울 강남 지역을 부정하지 않는다. "나는 날 때부터 도시인이었다."(「삼풍백화점」, 『오늘의 거짓말』, 문학과지성사, 2007, 56쪽) 아니 어쩌면, 그녀의 성공작 『달콤한 나의 도시』(문학과지성사, 2006)가 보여준 대로, 그녀에게 대도시 서울은 그 고독과 상처까지를 모두 포함하더라도 결국엔 '달콤한' 곳이다.

한편 비슷한 연배의 작가인 편혜영은 도시의 '달콤한' 얼굴을 거의 보여주지 않는다. 편혜영은 도시의 어두운 얼굴에 집요한 촉수를 들이대는 작가다. 그래서 그녀의 소설은 어둡고, 무섭고, 역겹다. 이 고집이 그녀를 주목할 만한 작가로 평가받게 했다. 첫번째 작품집 『아오이가든』(문학과지성사, 2005)에서는 엽기적인 공간으로 추상화되어 있는 '도시'가 두번째 작품집 『사육장 쪽으로』(문학동네,

2007)에서는 생생한 디테일들을 부여받아 더 밀도 높은 현장성을 얻게 되었다. 중산층 백일몽의 상징인 '교외 전원주택'이 어느 순간 개떼들이 득실대는 악몽의 공간으로 바뀌는 하룻밤을 프로이트적인 의미에서 '섬뜩하게(uncannily)' 재현한 작품 「사육장 쪽으로」를 통해 그녀는 '주목할 만한' 작가에서 '중요한' 작가로 발돋움할 수 있었다. 이 작품은 서울과 그 주변 지역이라는 '위험 사회'를 겨냥한 매력적인 알레고리라고 할 만하다.

포스트모던한 저항?

두번째 주제는 오늘날의 도시에서 벌어지고 있는 새로운 저항의 징후들이다. 슬라보예 지젝은 자크 랑시에르의 주장에 일단은 우호적인 태도를 취하면서 확실히 오늘날 '유토피아의 전략들'은 미학적 차원에 놓여 있기도 하다고 말한다. "보디 피어싱이나 크로스드레싱에서 공공장소에서의 스펙터클에 이르기까지 포스트모던한 저항의 정치야말로 미학적 현상들로 물들어 있지 않은가? (……) 플래시몹이라는 진기한 현상은 최소한의 뼈대로 환원된 가장 순수한 미학적—정치적 항의를 보여주고 있지 않은가?"(『이라크』) 그러나 지젝이 이 미학적 저항들의 실제적 효용성을 얼마나 신뢰하고 있는지는 분명치 않다. 그가 이런 행위들을 "아무런 실제 목적이 없는 도시의 시" 혹은 "말레비치의 '흰 표면 위의 검은 사각형'에 대한 정치적 대응물"이라고 명명할 때 그의 어조에는 미묘한 뒤틀림이 있다. 그런 것들이 진정 포스트모던한 저항인가? 아니, 과연 저항이기는 한 것일까?

'플래시몹'이라는 독특한 저항(?) 행위를 최초로 소설화한 사람이 김경욱이라는 것은 놀랍지 않다. 그는 등단 이래로 동시대의 문화적 징후들에 가장 예민한 작가 중 하나였다. 그에게 한국일보문학상을 안겨준 단편 「장국영이 죽었다고?」(『장국영이 죽었다고?』, 문학과지성사, 2005)의 주인공은 신용불량자 이혼남이다. 자연이란 "도시의 죄악에 대한 알리바이"에 불과하다고 믿고 있으니 전형적인 도시인이라 할 만하다. 그런 그가 소설의 결말부에서 '장국영 사망 1주기'를 추모하는 플래시몹에 참가하면서 알 수 없는 흥분을 경험할 때, 이 장면에서 작가가 부르고 있는 노래가 찬가(讚歌)인지 애가(哀歌)인지는 모호하다. 그러나 바로 그 때문에 이 결말은 인상적인 페이소스를 얻게 되었다. 이 소설은 플래시몹이 사막 같은 탈근대 도시 서울에서 쓸 수 있는 '도시의 시(詩)'일 수 있다고 이야기한다.

　1인 혹은 2인으로 구성되는 소규모 취향 공동체를 내세워 '아날로그 페티시즘'이라 부를 만한 소재를 다루면서 김중혁은 따뜻한 개인주의의 자유와 여유를 즐겨 그려왔다. 그의 단편 「유리 방패」(『악기들의 도서관』, 문학동네, 2008)는 신자유주의 시대 한국의 징후와 진솔하게 공명하면서 서울 지하철 객차 안에서 퍼포먼스를 펼치는 두 명의 취업 준비생을 흥미롭게 따라간다. "저희는 평범한 진실을 밝혀 세상을 돕는다고 생각하는데요." "평범한 진실이란 게 어떤 겁니까?" "재미있게 노는 거요." 이런 대목은 경제적 효율성과 예술적 엄숙성을 동시에 조롱한다. 그 둘의 틈에서 '노는' 것이 김중혁의 전략이다. 그러나 이 전략은, 김경욱의 플래시몹이 그러했듯, '유리 방패'처럼 아슬아슬한 데가 있다. 아마도 그래서이겠지만, 소설의 끝부분에서 이 두 친구는 작별의 시간이 왔음을 느낀다.

오늘날 대한민국에서 도시인의 삶은 불안하다. 언제 백화점이 붕괴할지 모르고, 언제 교외의 전원주택이 사육장이 될지 모른다. 그런 세계 속에서 인물들은 플래시몹과 퍼포먼스 같은 '도시의 시'를 쓴다. 이런 와중에 2008년 한국 사회는 미학적 — 정치적 저항의 새로운 차원을 경험했다. 전 세계 언론이 주목한 '촛불 집회'가 그것이다. 이 '축제'는 대도시 한복판에서 벌어졌고 도시 통제 시스템을 유쾌하게 교란했다. 10차선 대로를 광장으로 바꾸는 일이 두 달 넘게 지속되었다는 사실은 놀랄 만한 일이다. 이것은 과연 '도시의 재발견'이다. 현실은 이렇게 늘 문학보다 빠르다. 우리는 도시의 문화정치학에 누구보다 민감한 네 사람의 젊은 작가들이 어떻게 다시 현실을 추월할 것인지 주목하려 한다.

(한국문학번역원 계간지 『List-books from korea』,

2008년 가을호)

---

* 이 글은 한국어를 모르는 해외 독자들에게 '도시'라는 키워드로 한국의 젊은작가들을 소개하기 위해, 영어로 번역될 것을 염두에 두고 작성한 글이다.

5부
.
.
.
훌륭한 미친 이야기

시간이여, 네가 어떻게 흐르건
— 스콧 피츠제럴드의 『벤자민 버튼의 시간은 거꾸로 간다』와
데이비드 핀처의 〈벤자민 버튼의 시간은 거꾸로 간다〉

훌륭한 미친 소설

아, 인생은 슬퍼라. 최고의 대목이 제일 처음 오고 최악의 대목이 맨 끝에 오는구나. 이것은 『허클베리 핀의 모험』과 『톰 소여의 모험』을 쓴 작가 마크 트웨인의 탄식입니다. 과연 그럴지도 모르겠습니다. 흔히 인생에서 가장 행복한 시기라고들 하는 유년기에는 너무 어려서 그 행복을 모르고, 이제 인생을 알 만하다 싶은 나이가 되면 우리는 이미 늙고 병든 노인이 되어 있으니까요. 그런데 마크 트웨인의 문장을 읽고 『위대한 개츠비』의 작가 스콧 피츠제럴드가 이런 생각을 했나봅니다. '그런가? 그 순서를 뒤집어보면 어떨까. 거꾸로 살면 인생은 행복해지는가?' 과연 소설가다운 반문입니다. 그래서 그는 소설을 통해 모의실험을 해보기로 작정하고, 시간을 거꾸로 사는 한 사내의 이야기, 『벤자민 버튼의 시간은 거꾸로 간다』(문학동네, 2009)를 썼습니다. 우리의 주인공 벤자민 버튼은 노인으로 태어나 점점 젊어져서는 마침내 갓난아이가 되어 죽습니다.

당대의 한 독자가 피츠제럴드에게 "선생님은 아주 훌륭한 미친놈입니다"라는 내용의 편지를 쓰게 한, 기발한 작품입니다. 그런데 이 소설을 영화화한 같은 제목의 영화도 '훌륭한 미친 영화'일까요? 저의 대답은 '노'입니다. 두 가지 이유 때문입니다.

육체의 시간, 정신의 시간

소설의 이야기는 1860년 볼티모어의 한 병원에서 시작됩니다. 첫아기의 얼굴을 보기 위해 허겁지겁 달려온 로저 버튼 씨에게 신생아 벤자민이 이렇게 첫인사를 하네요. "댁이 내 아버진가?"(12쪽) 70세 노인의 정신과 육체를 가지고 태어난 아기라니, 있을 수 없는 일이지요. 그렇다면 이건 'SF 소설'일까요? 그보다는 차라리 '환상 소설'이라고 해야 맞을 겁니다. 요즘 청소년들이 많이 읽는 '판타지 소설' 하고는 좀 다릅니다. 문학이론가 츠베탕 토도로프가 『환상 문학 서설』이라는 책에서 설명한 바를 참고하면, '환상 소설'이란 있을 수 없는 초자연적인 사건을 의뭉스럽게도 사실주의적인 태도로 풀어나가서 독자들을 당황스럽게 하는 장르라고 합니다. '뭐야 이거, 믿으라는 거야, 말라는 거야?' 자고 일어났더니 벌레가 돼 있는 한 사내의 이야기 아시죠? 카프카의 「변신」 말입니다. 인간이 벌레가 되는 것 말고 이 소설에서 황당한 건 아무것도 없습니다. 오히려 비정할 정도로 사실적이지요. 그런 식입니다. 최근 한국 문단에서는 황정은이나 염승숙 같은 젊은 작가들이 이런 종류의 소설을 쓰고 있지요. 아무려나, 우리의 피츠제럴드도 해괴한 사건을 툭 던져놓고는 시치미 뚝 떼고 이야기를 풀어나갑니다.

벤자민의 삶이 평탄할 리 없습니다. 그는 버튼 가문의 수치요 볼티모어의 악몽이지요. "버튼 씨는 차라리 아들이 흑인이었으면 좋겠다고 미친 듯이 바랐다."(13쪽) 1860년의 볼티모어이니까, 노예해방의 기폭제가 된 남북전쟁이 채 일어나기도 전입니다. 흑인은 그냥 동물이었던 때죠. 그러니 '차라리 흑인이었으면'이라는 말은 의미심장합니다. 벤자민이 스무 살 때(외모 나이로는 50이죠) 예일대에 진학하려고 하자 대학 관계자는 그를 "위험하기 짝이 없는 미치광이"(23쪽)라고 비난합니다. 자, 벤자민은 왜 이렇게 골칫덩어리로 간주되는 것일까요? 훈육(訓育)의 주체인 성인이 피훈육 대상인 유아(혹은 청소년)보다 우위에 선다는 원칙은 한 사회의 근본 전제입니다. 그래야 그 사회의 물질적, 정신적 시스템이 위(성년)에서 아래(미성년)로의 주입식 교육을 통해, 평탄하게 재생산될 수 있기 때문이죠. 그러니까 어린이는 어린이다워야 합니다. 그런데 벤자민의 경우처럼, 아이가 70세 노인의 정신을 소유하고 태어난다면 한 사회의 위계질서는 엉망진창이 되어버리고 말겠지요. 가족과 사회가 감당하기 어려운 악몽이 시작되는 겁니다. 아니나 다를까, 벤자민은 (그가 실제로 살아온 순서대로 말하자면) 노년기에는 아버지와, 청년기에는 아내와, 사춘기에는 그의 아들과 차례로 갈등합니다. 시간이 거꾸로 가기 때문에 삶이 더 행복해지기는커녕, 그렇지 않았더라도 결코 쉽지 않았을 '가족살이'가 그의 경우에는 더욱 곤란해지고 맙니다. 이 소설은 피츠제럴드의 다른 단편들이 대개 그렇듯 전체적으로 유머러스하고 또 쓸쓸하지만, 어딘가 신경질적인 데가 있습니다. 바로 이와 같은 설정 때문이지요.

그런데 데이비드 핀처 감독이 만든 동명의 영화는 어떻습니까. 제 눈에 이 영화는 예상을 뛰어넘는 범작(凡作)이었습니다. 아, 왜 이렇게 심심하고 지루한 것인지. 뭐가 잘못된 것일까요. 원작 소설의 중요한 원칙 하나를 미련 없이 내던졌기 때문입니다. 소설에서는 육체와 정신의 시계가 함께 거꾸로 흐르지만, 영화에서 거꾸로 흐르는 것은 육체의 시간뿐입니다. 영화에서 신생아 벤자민은 그의 아빠를 향해 "댁이 내 아버진가?"라고 끔찍하게 묻지 않습니다. 그냥 응애응애 울 뿐이지요. 그래서 벤자민은 훨씬 덜 골치 아픈 존재가 됩니다. 이제 벤자민의 문제는 좀 특이한 신체장애일 뿐이라서, 모두가 그를 보호하고 배려합니다. 소설과 달리 영화에서는 흑인 부부가 벤자민을 지극정성으로 길러주죠. 학교는 전혀 다니지 않습니다. 뿐만 아닙니다. 소설의 출발 시점이 1860년인데, 영화는 1914년에서 시작합니다. 왜 이런 각색이 필요했을까요? 벤자민이 2차 대전을 포함한 격동의 20세기를 살아가도록 하기 위해서입니다. 때로는 친구로 때로는 선배로, 적지 않은 사람들이 벤자민을 직간접으로 보살피기 때문에 그는 격동의 역사를 무사히 살아냅니다. 이건 마치 영화 〈포레스트 검프〉(1994)를 연상케 하지 않나요? 그 영화는 정신 지체아 포레스트 검프를 역사의 현장 곳곳에 데려다놓고 그를 통해 역사의 상처를 봉합합니다. 지나치게 휴머니스틱합니다. '역사 인간극장'이라고 할까. 핀처의 영화도 비슷해 보입니다. 그래서 벤자민의 삶이 결코 행복했다고 말하기 어려움에도 그의 삶을 지켜보는 관객들은 묘한 위안을 얻습니다. 그래, 우리는 혼자가 아니야. 그래, 운명은 아무도 몰라. 피츠제럴드의 악동 같은 상상력이 영화에서는 따뜻하게 순화돼버렸습니다.

사랑이 어떻게 변하니?

그건 그렇다 칩시다. 어떤 작품이 하지 않은 일을 두고 왜 하지 않았느냐고 따지는 것은 좋은 비평이 아닐 수도 있습니다. 작품이 한 일을 놓고 잘했는지 못했는지를 따지는 게 정공법이지요. 이 영화는 소설 분량의 3분의 1을 차지하는 연애 이야기를 거의 전면에 내세웁니다. 먼저 소설을 볼까요. 벤자민은 여차저차하게 20년을 살고 힐더가드 몽크리프 양과 결혼합니다. 50세 노인과 20세 처녀의 결혼이었지요. 특이하지만 행복한 결혼 생활이었습니다. 그로부터 15년을 휙 건너뛴 다음에, 피츠제럴드는 "불쾌한 주제"(31쪽)를 꺼내 미안하다는 듯이 의뭉을 떨면서 이렇게 적습니다. "벤자민 버튼에게는 딱 한 가지 걱정이 있었다. 그는 아내에게 더이상 매력을 느끼지 못했다."(31쪽) 벤자민은 점점 젊어지는데 그의 아내는 늙어 갑니다. 아, 바로 이 대목이 포인트죠. 영화 〈봄날은 간다〉(2001)에서 순수 청년 유지태는 변심한 애인 이영애에게 "어떻게 사랑이 변하니?"라고 탄식합니다. 바보 같으니라고, 사랑은 변합니다. 피츠제럴드는 누구보다 그것을 잘 알고 있는 작가였습니다. 게다가 시간을 거꾸로 사는 벤자민의 경우, 감정의 시계가 서로 어긋나면서 사랑이 식을 때의 그 고통은 한층 더 격심하겠지요.

피츠제럴드는 그 시기의 벤자민을 두고 "언젠가는 우리 모두에게 찾아와서 끝까지 머무는 영원한 무력감에 벌써 잠식당한 것"(32쪽)이라고 말합니다. 이 문장은 두고두고 음미해볼 만합니다. 그 무력감으로부터 도망칠 수 없다는 점에서 우리는 모두 벤자민인 겁니다. 이쯤 되면 피츠제럴드가 왜 애초부터 이 테마에 그토록 매력을 느꼈는지 짐작할 수 있습니다. 행복의 절정에 도달하자마자 불행의 바닥을 치는 사람들의 이야기, 그 전락(轉落)의 서사야말로 피츠제 럴드의 인장(印章)이니까요. 그 서글픈 영하(零下)의 서사를 특유 의 영상(零上)의 문장으로 품어 안는 게 피츠제럴드의 매력입니다 (같은 책에 실려 있는 「행복의 잔해」라는 다른 단편도 읽어보세요). 그 러나 영화는 어떻습니까. 여주인공의 이름이 '힐더가드'에서 '데 이지'(『위대한 개츠비』의 여주인공 이름!)로 바뀌었네요. 그리고 그 와 더불어 모든 게 바뀌어버렸습니다. 앞서 지적했듯이, 영화에서 거꾸로 흐르는 것은 육체의 시간뿐입니다. 그래서 벤자민과 데이지 의 사랑에 장애가 되는 것은 정신의 변화가 아니라 육체의 변화일 뿐입니다. 육체의 시계가 서로 어긋나도 데이지에 대한 벤자민의 사랑은 평생 동안 지극합니다. 오히려 벤자민은 점점 젊어지는 자 신의 육체를 안타까워하면서 그것이 데이지에게 상처가 될까봐 그 녀를 떠나기까지 합니다.

이 이야기를 어떻게 받아들여야 할까요? 한 평론가는 이 영화가 남성 판타지의 완벽한 구현이라고 썼더군요.(김소영, 「그는 미국의 '개념적 인물'이다」, 『씨네21』 693호) 태어나서 죽을 때까지 여자들 에게 보살핌을 받고 싶다는 남성의 은밀한 욕망을 대리충족하게 해 주는 영화라고 말입니다. 그렇기도 합니다. 어렸을 때에는 흑인 엄 마로부터, 죽을 때에는 연인 데이지로부터, 벤자민은 평생 동안 보 호를 받으니까요. 그러나 정반대의 논리도 진실일 수 있습니다. 한 남자의 (그것도 점점 젊어지는 남자의) 영원히 변치 않는 사랑을 받 고 싶다는 여자의 소망을 이 영화만큼 노골적으로 실현시켜주는 영 화도 드물 겁니다. 벤자민은 젊은 데이지가 성공가도를 달리면서 벤자민을 외면할 때에도 그녀를 말없이 축복해주었고, 그녀가 사고 때문에 발레리나로서의 미래를 잃고 초라하게 귀향했을 때 변함없는 눈빛을 하고 그녀를 아내로 맞이하며, 딸이 태어날 무렵에는 그가 가진 전 재산을 그녀에게 넘겨주고 그녀가 정상적인 다른 남자와 재혼할 수 있게 떠났다가, 그녀가 매력 없는 중년 여성이 되었을 때 화사한 청년의 모습으로 다시 나타나 여전히 당신은 아름답다고 말해줍니다. 할리우드 식 순애보가 아닙니까. 그러나 소설가 김중혁의 말대로 이것은 '어른들의 이야기'가 아니죠.(「농담은 빠지고 시간만 남았군요」, 『씨네21』 692호) 삶의 진실을 뿌옇게 가린다는 점에서 차라리 동화에 가깝습니다. 삶의 진실은, "어떻게 사랑이 변하니?"라고 말하는 유지태가 아니라, 자기도 어쩔 수 없는 감정의 변화 때문에 말없이 등을 돌리는 이영애 쪽에 있으니까요.

그러니 무슨 상관이람

원작 소설에 근거한 영화라고 해서 원작에 얽매일 필요는 없습니다. 소설과 영화는 전혀 다른 매체로 이루어지는 예술이니까요. 오히려 소설을 고스란히 영상으로 옮겨놓는 것으로 만족하는 태만한 영화가 있다면 그 영화야말로 매체에 대한 자의식이 부족한 작품이라고 타박받을 겁니다. 그러나 원작을 창조적으로 변용하기 위해서는 원작을 위대한 작품으로 만든 포인트가 어디에 있는지를 먼저 정확히 파악해야 합니다. 가장 위대한 지점을 가장 창조적으로 변용해야 하는 것이지요. 그러나 이 영화는 그 포인트를 놓쳤기 때문에 맥 빠지는 유사품이 되고 말았습니다. 우리는 피츠제럴드의 벤자민만을 인정하고 싶습니다. 그러니 이 글에서 결론적으로 던져야 하는 물음을 소설 쪽에만 묻기로 하죠. 과연 거꾸로 사는 삶은 그렇지 않은 삶에 비해 행복한가 불행한가? 여느 뛰어난 작가들이 으레 그렇듯 피츠제럴드 역시 가타부타 말이 없습니다. 확실한 것은 거꾸로 사는 삶도 특별히 행복해 보이지는 않는다는 겁니다. 이런 생각이 듭니다. 시간이 어떤 방향으로 흐르건, 그것이 한 생이 함유하고 있는 기쁨과 슬픔의 배합 비율을 바꾸지는 못할 겁니다. 중요한 건 시간이 '흐르는' 방식이 아니라 시간을 '사는' 방식이겠지요. 시간이 어떻게 흐르건, 우리는 모두 벤자민이고 우리는 모두 벤자민이 아닙니다. 그러니 무슨 상관이람, 그저 열심히 사는 수밖에.

눈을 섞고 몸을 섞고 심지어 피마저 섞어도
— 에밀 졸라의 『테레즈 라캥』과 박찬욱의 〈박쥐〉

　본능, 충동, 욕망, 사랑. 언뜻 비슷해 보이는 개념들입니다. 바로 옆에 붙어 있는 개념들끼리는 서로 겹치는 데가 있어 보입니다. 본능이나 충동이나, 충동이나 욕망이나, 욕망이나 사랑이나, 그게 그거 아닌가. 그러나 왼쪽 끝과 오른쪽 끝을 비교해보면 선뜻 그게 그거라고 말하기 어렵습니다. 본능과 사랑은 썩 다르지 않습니까. 그러니 이 네 가지를 일종의 스펙트럼으로 간주해보면 어떨까요. 빨강에서 보라까지, 본능에서 사랑까지. 인간이라는 우주 안에는 저 네 가지 종류의 정념(적당한 표현은 아니지만 마땅한 게 없네요)이 일종의 스펙트럼처럼 펼쳐져 있습니다. 그래서 우리는 더러 헷갈립니다. 지금 나를 사로잡고 있는 이 정념은 본능일까, 충동일까, 욕망일까, 사랑일까. 헷갈려서 불안하고, 불안해서 실수하고, 실수해서 후회합니다. 이 네 가지를 명확히 구별할 수 있다면 사람을 만나고 세상을 사는 일이 한결 편해질 텐데요.

금지가 없으면 욕망도 없다 ― 『테레즈 라캥』의 경우

에밀 졸라의 『테레즈 라캥』(1867, 문학동네, 개정판, 2009)은 출간된 지 백 년도 훨씬 넘은 소설이지만 이 소설에서 시대착오적인 데라고는 하나도 없습니다. 고전의 힘? 물론 그렇기도 하지만, 이 소설이 앞서 지적한 저 정념의 스펙트럼을 다루고 있기 때문에 더 그렇습니다. 정념에 휘둘린다는 점에서는 19세기 중반의 사람들이나 21세기 초반의 우리나 별 차이가 없으니 이 소설이 여전히 재미있는 것이지요. 게다가 '자연주의'의 대가(大家) 졸라의 작품 아닙니까. 자연과학의 방법론을 도입하여 인간을 실험실의 쥐처럼 가차없이 해부하는 문학 사조를 일러 '자연주의'라고 부르거니와, 졸라는 '자연주의 그 자체'라고 해도 될 정도로 이 사조를 대표하는 작가입니다. 이 소설은 26세의 졸라가 발표한 첫 장편이지만, 두 주인공 로랑(남)과 테레즈(여)의 연애 전말기(顚末記)를 해부하는 졸라의 필치는 훗날의 자연주의를 예고하듯 어김없이 날카롭습니다. 자, '실험'의 결과는?

끔찍한 비극입니다. 도대체 무슨 일이 벌어졌던가요? 테레즈와 카미유 부부 사이에 로랑이 나타납니다. 테레즈와 로랑은 단번에 서로에게 매혹되고 둘의 열정은 통제 불가능한 상태로 치닫습니다. 카미유 때문에 방해받고 있다고 생각한 두 사람은 급기야 살인을 계획하고 실행합니다. 카미유는 죽었습니다. 이제 둘은 자유로워졌을까요? 결과는 정반대입니다. "욕정이 사라진 것이다."(152~153쪽) 방해물이 사라지자 오히려 열정이 사라져버렸습니다. 열정이 사라진 자리에는 살인에 대한 자책, 살인을 저지른 상대방에 대한 혐오, 공범자인 나를 해칠지도 모른다는 공포가 밀려옵니다. 예상치 못한 자책, 혐오, 공포에 시달리느라 두 사람의 관계는 파탄 지경에 이르고 급기야 상대방을 살해할 음모를 세웁니다. 이 두번째 살인의 문턱에서 두 사람은, 더이상 애초의 열정 따위는 남아 있지 않으며 둘 모두가 "끝없고 거대한 휴식과 망각"(348쪽)을 원한다는 사실을 발견하고, 동반 자살을 선택합니다.

앞에서 우리는 네 종류의 정념 속에서 길을 잃지 않는다면 인생의 불행이 줄어들 것이라는 투로 말했습니다. 테레즈와 로랑이야말로 그 정념의 스펙트럼에서 길을 잃고 만 사람들입니다. 그들이 저 정념들의 논리를 미리 알고 있었다면 상황은 달라질 수 있었을까요? 본능의 논리는 이렇습니다. "인간은 늘 이렇게 해왔다. 그러므로 나는 이렇게 한다." 욕망의 논리는 이렇습니다. "이것이 금지돼 있다는 것을 안다. 그러므로 나는 그것을 할 것이다." 충동의 논리는 이렇습니다. "나는 이것을 하고 싶지 않다. 그럼에도 나는 이것을 하고 있다." 그렇습니다. 테레즈와 로랑은 금지된 관계였기 때문에 그토록 뜨거운 욕망을 가질 수 있었고, 금지가 사라진 순간 욕망을 잃어버렸습니다. 남은 것은 두 사람을 죽음으로 몰아가는 가학, 피학 충동뿐입니다. 사랑이라고 믿었으나 실제로는 욕망이었고, 장애물이라고 생각했던 것이 실은 욕망의 버팀목이었으며, 버팀목이 사라진 자리에는 맹목적인 충동만이 남았습니다. 이것이 이 연애의 전말기입니다.

소설에서 영화로, 얻은 것과 얻을 뻔한 것 ― 〈박쥐〉의 경우

아시다시피 박찬욱 감독의 영화 〈박쥐〉는 이 소설에 근거하고 있습니다. 그런데 어쩌다가 졸라의 자연주의 소설이 뱀파이어 장르와 결합될 수 있었던 것일까요. 제 짐작으로 박찬욱 감독은 아마도 소설의 이런 대목에 밑줄을 쳤을 것만 같습니다. 카미유를 살해한 이후 두 연인이 가학과 피학의 충동에 사로잡혀 괴로워하는 대목입니다. "그들의 키스는 무섭게도 잔인했다. 테레즈는 입술로 로랑의 부풀고 뻣뻣한 목덜미에서 카미유가 물어뜯은 자국을 찾았다. 그러고는 흥분에 떨며 자신의 입술을 그곳에 갖다댔다. 거기엔 생생한 상처가 있었다. 이 상처가 나으면 두 살인자는 조용히 잠들 수 있을 것이다. 그녀는 이런 사실을 알았으므로 애무의 불꽃으로 그 상처를 없애려 했다. 그러나 입술이 타기만 했다. 로랑은 묵직한 탄식을 내지르면서 우악스럽게 테레즈를 떼밀었다. 자기 목에 뜨거운 쇠를 대는 것 같았기 때문이다. 미친 듯한 테레즈는 또다시 흉터에 키스하려 했다. 카미유의 이빨이 쑥 들어갔던 그 피부 위에 입을 대면 거친 쾌감이 느껴졌다."(238쪽)

이 대목에서 눈여겨봐야 할 것은 테레즈가 로랑의 목덜미에 마치 "뜨거운 쇠를 대는 것"처럼 키스를 하려 한다는 점입니다. "나는 이것을 하고 싶지 않다. 그럼에도 나는 이것을 하고 있다"라는 충동의 논리를 따르면서 말이지요. 목덜미라니, 뱀파이어가 생각나지 않습니까? 아닌 게 아니라 본래 뱀파이어는 충동의 화신입니다. 그들은 원하지 않으면서도 어쩔 수 없이 상대방의 목덜미에 이빨을 박아넣어야만 합니다. 뱀파이어 캐릭터가 그토록 우리를 매혹하는 이유 중의 하나는 그들이 우리가 더러 사로잡히곤 하는 충동의 논리를 선명하게 구현하고 있기 때문입니다. 자, 앞에서 우리는 『테레즈 라캥』의 서사가 욕망에서 충동으로 이동하는 서사라고 설명했습니다. 말하자면 졸라의 소설 안에서 두 연인은 카미유를 살해한 이후부터는 이미 뱀파이어라고 해도 좋다는 뜻입니다. 박찬욱 감독은 자신이 오래 품어온 뱀파이어라는 소재를 저 불행한 연애 서사의 후반부에 녹여낼 수 있는 근거를 소설 안에서 찾게 된 것은 아닐까요. 엄밀히 말하면 영화 〈박쥐〉는 『테레즈 라캥』의 서사를 몸통으로 삼고 그 전반부와 후반부에 뱀파이어 이야기를 덧댄 형국입니다. 그렇다면 소설과 영화에 본질적인 차이가 없다고 봐도 좋을까요?

저는 그렇다고 생각합니다. 물론 몇 가지 소소한 차이가 있기는 합니다. 첫째, 소설에서 살인에 앞장서는 것은 로랑(남)이지만 영화에서는 테레즈(여)입니다. 심지어 살인을 유도하기 위해 거짓말까지 하지요. 영화에서 테레즈는 팜 파탈(악녀)의 캐릭터에 더 가까워졌습니다. 둘째, 아마도 그래서일 텐데요, 소설에서는 카미유가 죽으면서 로랑의 목에 흉터가 남지만, 영화에서는 테레즈의 귀에 상처가 남습니다. 셋째, 저 상처와 관계있는 것이거니와, 소설에서 둘의 죄의식은 죽을 때까지 해결되지 않지만 영화에서는 다릅니다. 소설에서 로랑의 목에 남은 상처는 끝내 없어지지 않습니다만, 영화에서는 테레즈가 뱀파이어가 되면서 그녀의 상처가 사라집니다. 즉 영화는 후반부의 어느 지점에서 졸라의 서사를 끝내고 자유롭게 뱀파이어 이야기에만 몰두할 수 있게 되는 것입니다. 자, 이런 차이들에 근거해서 영화 〈박쥐〉는 무엇을 얻고 무엇을 잃었을까요. 얻은 것은 있지만 잃은 것은 별로 없어 보입니다. 앞서 말했듯 〈박쥐〉는 『테레즈 라캥』의 몸통을 거의 그대로 살리되, 이와 내적으로 관련돼 있는 뱀파이어 모티프를 앞뒤에 덧대어 원작 소설의 이야기를 확장시켰습니다. 즉 소설의 130퍼센트 버전이라고 할 수 있겠지요.

그러나 저는 이 영화에 대해 회의적입니다. 잃은 것이 별로 없다는 것으로는 만족할 수 없기 때문입니다. 이 영화는 어쩌면 '얻을 수도 있었을' 어떤 것을 충분히 얻지 못했습니다. 소설에는 없는 설정, 그러니까 '뱀파이어가 된 신부'라는 설정을 첨가했으니, 이 영화는 졸라가 던지지 못한 문제까지 추가로 던질 만했습니다. 첫째, (타인의 피를) 먹을 것인가 먹지 않을 것인가. 둘째, (테레즈와 섹스를) 할 것인가 말 것인가. 셋째, (카미유를) 죽일 것인가 말 것인가. 뱀파이어인데, 게다가 신부이고, 또 게다가 살인자인 것입니다. 이 얼마나 매력적인 난관입니까. 이 딜레마를 작정하고 파고든다면 이 영화는 〈올드보이〉보다 더 묵직한 영화가 되겠구나, 본능과 충동과 욕망과 사랑의 문제, 심지어는 신성의 문제까지 주파할 수 있겠구나, 그래서 원작의 2백 퍼센트에 도달할 수도 있겠구나, 하고 저는 잔뜩 기대를 했었습니다. 그러나 정작 이 영화는 제가 기대했던 영화와는 많이 달랐습니다. 저 세 가지 딜레마에 대해 영화는 별 관심이 없었으니까요. 영화에서 로랑은 고뇌하지 않습니다. 거의 체념적인 태도로 신속하게 모든 일을 실행해버리고 맙니다. 고뇌가 빠져 있는 자리를 박찬욱 감독 특유의 유머가 채웁니다. 그래서 저는 이 영화가 충분히 진지하지 않다는 느낌을 받았습니다. 박찬욱 감독은 어떤 인터뷰에서 자신은 '느끼함'을 견딜 수 없다고 말한 적이 있습니다. 이해는 합니다만, 진지함과 느끼함이 반드시 일치하는 것은 아닐 텐데 말예요.

한 켤레의 구두로 남은 사랑

그래서 저는, 박찬욱 감독의 열렬한 지지자임에도 불구하고, 확실히 이 영화에 실망했습니다. 그러나 이 영화를 두번째 보면서는 다른 생각을 하게 되었습니다. 신부이건 뱀파이어건 살인자이건 혹은 그 무엇이건 간에 그것들은 이 영화에서 본질적인 것이 아닐 수도 있겠구나. 이건 그냥 로랑과 테레즈의 지독한 사랑 이야기가 아닌가. 사실 이 영화에서 가장 아름다운 장면 중의 하나는, 맨발로 거리를 달리는 테레즈에게 로랑이 구두를 신겨주는 장면입니다. 두 인물이 재로 돌아가는 마지막 장면에서도 그 구두가 툭 하고 떨어지면서 영화의 문을 닫고 있습니다. 어쩌면 이 영화는 구두로 시작해서 구두로 끝나는 영화가 아닐까. 그 두 번의 구두 사이에서, 이 영화는 사랑에 빠진 남녀가 통과할 수 있는 거의 모든 단계를, 그 단계마다 겪게 되는 거의 모든 정념들을 따라가는 영화인 것은 아닐까. 참으로 사랑이라는 것은 눈빛을 섞고 몸을 섞고 심지어 피마저 섞어도 뜻대로 안 되는 사업인 것이군요.

『위대한 개츠비』의 한 장면을
무라카미 하루키가 샘플링하다

— 『위대한 개츠비』와 「토니 타키타니」

『위대한 개츠비』를 세 번 읽는 사람이라면

스콧 피츠제럴드의 『위대한 개츠비』(1925)는 영문학 역사상 가장 유명한 작품 중 하나입니다. 그러나 한국의 젊은 독자들 중에서는 일본 작가 무라카미 하루키의 『노르웨이의 숲』(1987) 덕분에 비로소 이 작품을 손에 쥔 독자들이 적지 않을 것 같습니다. 『노르웨이의 숲』 3장에 이런 대목이 있지요. 갓 대학에 입학한 주인공이 교정에서 그가 그토록 아껴 마지않는 피츠제럴드의 저 책을 세번째 다시 읽고 있을 때, 선배 나가사와가 나타나 이렇게 말합니다. "『위대한 개츠비』를 세 번 읽는 사람이라면 나와 친구가 될 수 있겠군." 이런 문장을 읽고 당장 『위대한 개츠비』를 사러 가지 않고 버티기란 어려운 노릇입니다. 도대체 어떤 책이기에!

나가사와의 저 대사는 사실 무라카미 하루키 자신의 속내를 그대로 드러낸 것이기도 합니다. 무라카미('무라카미'가 성이고 '하루키'는 이름입니다. 성을 부르는 게 원칙이지요)는 피츠제럴드의 저 소설을 가리켜 "내 인생에서 가장 중요한 소설"이며 "나이가 60이 될 때쯤에 꼭 번역해보고 싶다"고 말한 적이 있는데, 실제로 그는 57세가 된 2006년에 저 책의 일본어판을 출간합니다(그는 이미 레이먼드 카버, 트루먼 커포티, 존 어빙, J. D. 샐린저 등을 일본어로 옮겼습니다. 그는 부지런한 영미 소설 번역자이기도 합니다). 그러니 그가 피츠제럴드의 영향을 받았으리라는 것은 누구나 짐작할 수 있는 일이지요. 『위대한 개츠비』를 읽으면서 이 책의 어떤 부분이 어떻게 무라카미의 소설에 영향을 주었을까 따져보는 것도 재미있겠습니다.

『위대한 개츠비』의 눈물과 「토니 타키타니」의 눈물

『위대한 개츠비』의 내용을 한 문장으로 요약하면, 첫사랑 데이지를 잊지 못한 개츠비가 필사적인 노력 끝에 어마어마한 갑부가 되어 데이지 앞에 다시 나타나 사랑을 고백하지만 그 사랑은 받아들여지지 않고 개츠비는 비참한 최후를 맞는다, 정도가 됩니다. 최근 이 책의 새로운 번역본을 출간한 소설가 김영하는 이렇게 요약했군요. "만일 누군가 나에게 이 소설을 단 한 줄로 요약해달라고 한다면 이렇게 말할 것이다. '표적을 빗나간 화살들이 끝내 명중한 자리들'이라고."(『위대한 개츠비』, 문학동네, 2009, 해설, 241~242쪽) 자, 그런데 우리가 눈여겨봐야 할 장면이 있습니다. 개츠비가 데이지를 자신의 집에 초대해 부를 과시하듯 셔츠들을 보여주는 장면인데, 갑자기 이런 일이 벌어집니다.

그 순간 갑자기 데이지가 이상한 소리를 내며 얼굴을 셔츠 더미에 파묻고 격렬하게 울기 시작했다. "너무, 너무 아름다운 셔츠들이야." 그녀가 흐느꼈다. 두터운 셔츠 더미에 파묻혀 그녀의 목소리가 띄엄띄엄 들려왔다. "너무 슬퍼. 한 번도 이렇게, 이렇게 아름다운 셔츠들은 본 적이 없거든."(117쪽, 강조는 인용자)

그녀는 왜 울었던 것일까요. 다시 김영하의 설명입니다. "요컨대 데이지는 인간 개츠비가 아니라 영국제 셔츠를 사랑하는 여자다. 개츠비도 그것을 알고 있지만 어쩔 수가 없다. 사랑할 가치가 없는 여자를 지독하게 사랑한다는 것, 아니, 그 여자를 지독하게 사랑하는 자기 자신의 이미지를 사랑한다는 것. 바로 그 지점에서 『위대한 개츠비』는 상투적 로맨스들의 공동묘지에서 부활해 하늘로 승천한다."(236~237쪽) 말하자면 바로 이 장면에서 피츠제럴드는 데이지라는 인물의 성격을 한 방에 보여줍니다. 뛰어난 소설가들이 대개 이렇습니다. 그들은 구구절절 말로 설명하지 않습니다. 그냥 보여주지요. 그리고 그 장면을 영원히 잊을 수 없게 만듭니다.

그런데 이 장면과 관련해서 흥미로운 작품이 하나 있습니다. 바로 무라카미 하루키의 「토니 타키타니」(『렉싱턴의 유령』, 문학사상사, 2006)입니다. 제가 무라카미의 무수한 단편 중에서 「우리들 시대의 포크로어」(『TV피플』, 북스토리, 2006), 「벌꿀파이」(『신의 아이들은 모두 춤춘다』, 문학사상사, 2010)와 함께 가장 좋아하는 작품입니다. '토니 타키타니'라는 특이한 이름의 사내가 사막처럼 고독한 시절을 보내다 한 여자를 만나 겨우 그 고독에서 벗어나지만 이내 그녀를 잃고 다시 고독 속에 내던져지는 이야기입니다. 이 소설에 『위대한 개츠비』를 연상케 하는 장면이 하나 있습니다. 토니는 죽은 아내가 남긴 무수한 옷을 대신 입어줄 한 여자를 수소문해 찾은 뒤 그녀에게 옷을 보여주는데, 여기서도 그녀가 갑자기 울음을 터뜨립니다.

> 울지 않을 수 없었다. 눈물은 하염없이 볼을 타고 흘러내렸다. 그녀는 눈물을 그칠 수가 없었다. 그녀는 죽은 여자가 남긴 옷을 몸에 걸친 채, 소리 없이 꼼짝 않고 흐느껴 울었다. 얼마 후 토니가 들어와서 왜 울고 있는지 그녀에게 물었다. 모르겠어요, 하고 그녀는 고개를 저으며 대답했다. 지금까지 이렇게 예쁜 옷이 많이 있는 걸 본 적이 없어요. 그래서 아마 조금 혼란스러웠나봐요. 미안합니다, 하고 그녀는 말했다. 그리고 손수건으로 눈물을 훔쳤다.(154쪽, 강조는 역시 인용자)

이 소설을 읽어보신 분들은 아시겠지만, 이것은 이 소설에서 가장 수수께끼 같은 장면이라고 할 수 있습니다. 도대체 그녀는 왜 울음을 터뜨린 것일까요. 이 얘긴 좀 이따 하기로 하고 일단 이 장면을 앞서 인용한 『위대한 개츠비』의 한 장면과 비교해보시기 바랍니다. 두 장면의 유사성은 명백합니다. 한 여자가, 눈부시게 아름다운 옷들을 보다가, 돌연 울음을 터뜨립니다. 이를 지켜보는 사람(들)은 이유를 알 수 없어 당황합니다. 당사자들은 둘 다 이런 말을 하고 있네요. 지금까지 이렇게 아름다운 옷들을 본 적이 없노라고. 자, 그렇다면 무라카미는 피츠제럴드의 한 장면을 그냥 그대로 가져다 쓴 것일까요? 저는 이것을 (대중음악 용어를 빌려) 샘플링이라 부르고 싶습니다. 어째서?

두 종류의 눈물은 두 종류의 아름다움을 알게 하고

다들 아시다시피, 고전적인 곡의 주요 멜로디를 가져와서 그것을 다른 맥락 속에 집어넣고 거기에 새로운 사운드를 입혀 또 하나의 곡을 창조해내는 작업을 샘플링이라 부릅니다. 인용한 대목의 유사성을 두고 어째서 샘플링을 말할 수 있느냐 하면, 무라카미는 『위대한 개츠비』의 한 장면을 거의 그대로 가져오되, 그 맥락을 독창적으로 바꿔서 전혀 새로운 빛을 뿜어내게 만들었으니까요. 말한 대로 데이지의 눈물은 그녀의 허영과 무책임을 보여줍니다. 개츠비의 지독한 열망이 위태로운 방식으로 비틀릴지도 모른다는 점을 암시하는 눈물이자, 어쩌면 소설 전체의 핵심을 관통하는 다음 문장을 예고하는 장면이기도 합니다. "오후는 어디론가 흘러가고 있는데 허망한 꿈만이 홀로 남아 싸우고 있었다."(169쪽)

그러나 「토니 타키타니」에서의 저 눈물은, 소설을 읽어본 분들은 아시겠지만, 그런 허영과 무책임의 눈물이 아닐뿐더러 달리 어떻게 해석하기가 참 모호한 눈물입니다. 울고 있는 당사자도 뭐라고 그 이유를 딱 꼬집어 말하지 못하고 있네요. 그런데 곰곰이 생각해보면, 『위대한 개츠비』도 그랬듯이, 바로 이 장면에 이 소설의 핵심이 스며들어 있습니다. 소설에서 토니가 수소문해 찾은 여자는 최근에 실직을 당해 무슨 일이건 해야만 하는 곤란한 지경에 처해 있습니다. 하루하루가 고단한 그녀가 갑자기 거대한 아름다움과 맞닥뜨리게 된 것입니다. 그 순간 삶의 고단함과 옷의 눈부심이 강렬하게 대조되면서 그녀는 자기의 고독을 새삼 몸서리치게 깨닫는 것이지요. 그리고 이것은 「토니 타키타니」의 테마이기도 합니다. 고독은 인간의 근본 조건이므로 우리는 어떻게든 그것과 친구가 되어야만 한다는 것 말입니다.

요약하면 이렇습니다. 『위대한 개츠비』에서 데이지의 눈물은 허망한 삶의 허망함을 잠시나마 잊게 해주는 아름다움에 대한 감탄입니다. 이 감탄은 삶의 허망한 본질과 정면 승부를 피할 때 유용한 착각입니다. 그런 의미에서 이것은 허영의 눈물이 맞지만, 그렇게 따지면 개츠비의 열망도 삶의 허망함을 이겨낼 수 있게 해준 거대한 환상이라는 점에서 마찬가지로 허영의 산물이라고 할 수밖에 없습니다. 그 허영 없이 우리는 살 수 없습니다. 한편 「토니 타키타니」에서의 눈물은 허망한 삶의 허망함을 뼈아프게 되새기게 하는 아름다움에 대한 탄식입니다. 내 삶은 이렇게 허망한데 세상엔 이렇게 아름다운 것들이 있구나, 하는 슬픔. 그 여자의 그 슬픔은, 아내가 죽었는데 이 옷들이 다 무슨 소용이 있는가 하는 토니의 슬픔과 공명합니다. 저 허영 없이 우리가 살 수 없다면 그 슬픔 없이 우리는 삶의 맨얼굴과 대면하기 어렵습니다. 아름다움 앞에서 함께 눈물을 흘렸지만 두 여인의 눈물샘은 이렇게 좀 달랐습니다.

아름다움은 두 손 중 하나를 우리에게 내미네

아마도 무라카미는 『위대한 개츠비』를 수십 번은 읽었을 것입니다. 직접 번역까지 했으니 누구보다 더 자세히 읽었다고 말해도 좋습니다. 그런 그가 데이지가 개츠비의 셔츠를 보고 눈물을 흘리는 그 장면을 무심코 지나갔을 가능성, 혹은 「토니 타키타니」에서 바로 그 장면을 쓸 때 『위대한 개츠비』를 의식하지 못했을 가능성은 거의 없습니다. 그러나 보시다시피 단순한 차용 혹은 재탕에 그치지 않았습니다. 어찌 보면 더 심오한 눈물이 되게 만들었다고 해도 될 정도로요. 확실히 무라카미 하루키는 『위대한 개츠비』의 한 대목을 멋지게 샘플링했다고 말해도 좋지 않을까요? 두 종류의 눈물 덕분에 우리는 두 종류의 아름다움이 있다는 것을 알게 되었습니다. 삶을 견디게 하는 아름다움과 삶을 서글프게 하는 아름다움. 아름다움은 문득 이 두 손 중 하나를 우리에게 내밀고 우리는 하릴없이 그 손을 잡습니다.

"시를 쓴 사람은 양미자씨밖에 없네요"

―이창동의 〈시〉

지난주부터 어떤 사설 교육 기관에서 시에 관한 강의를 시작했다. 흔히 아방가르드라 불리는 시인들의 어려운 시를 함께 읽는 수업이다. 시를 읽는 사람보다 쓰는 사람이 더 많다고 투덜거리는 것으로 첫 강의의 말문을 열었다. 시를 쓰고 싶다는 것은 일종의 자기표현 욕구일 텐데, 그것은 많은 경우 자기애나 자기만족으로 귀결되고 만다고, 그러나 예술은 그런 것이 아니라고 했다. 어설픈 창작자들보다는 고급 수용자들이 더 필요한 사회라고도 했다. 학부와 대학원에서 시를 공부한 이의 엘리티즘이 얼마간 개입했을 것이다. 중장년층을 대상으로 한 허다한 시 창작 교실에 대한 근거 없는 불신과 냉소가 나에게도 있었을 것이다. 그리고 며칠 후 이창동 감독의 영화 〈시〉를 봤다. 나는 후회했다. 개강하기 전에 이 영화를 먼저 보았더라면 첫 수업을 다르게 시작했을 것이다.

초반 20분에서 30분 정도까지는 그렇지 않았다. 전형적이어서 오히려 불편했다. 66세의 할머니 양미자(윤정희)를 소개하는 도입부는 그녀를 '시 창작 교실에 다니는 할머니'에 대한 선입견에 얼추 부합하는 인물로 그린다. 화려한 옷을 입고 소녀 같은 말투로 "내가 시인 기질이 좀 있잖니"라고 말한다. 손자를 대신 키워주고 있으면서도 딸에게조차 아쉬운 소리를 못하는 것도, 그러면서 남들에게는 "우리 모녀는 친구처럼 지내요"라고 관계를 포장하는 것도 그 기질 때문이다. 문화센터 강사 김용탁(김용택) 시인의 강의 내용 역시 예상대로다. 초반 두 번의 강의에서 그는 말한다. 보는 것이 중요하다, 시인은 잘 보는 사람이고 거기서 아름다움을 발견해내는 사람이다, 당신 마음속에 있는 시를 해방시켜라 운운. 맞는 말이기는 하겠지만 상투적인데다가 막연하기 짝이 없다.

사람들은 시에 대해 양가감정을 느낀다. "왜요, 시 쓰시게요?" 대견하지만 한심하다는 뉘앙스. 아름다움을 다루는 고상한 일이지만 그곳은 삶의 참혹한 실상과는 무관한 세계가 아닌가 하는 감정. 그리고 저 학생과 교사는 그런 통념에 착실히 부합한다. 아직까지 그녀에게 시를 배운다는 것은 거실에 그럴듯한 화분 하나 갖다놓는 일과 다르지 않다. 시 한 편 써오라는 숙제를 받고는 사과를 만져보고 나무 그늘에 앉아보지만 그것은 오로지 자기 삶을 들여다보지 않기 위해서 할 만한 일들이다. 손자가 집단 성폭행에 가담해 한 소녀를 죽게 만들었다는 사실을 다른 학부형들을 통해 알게 되는 자리에서도 아직은 그랬다. 충격적인 사실을 듣고 그녀는 그 자리를 피하고 꽃의 아름다움 속으로 숨어버렸으니까. 그러나 상황은 달라지기 시작한다. 시가 삶을 피하자 삶이 시 안으로 밀고 들어온다.

이어지는 세 개의 장면들이 그렇다. 양미자는 죽은 소녀의 추모 미사에 참석하고, 샤워를 하면서 눈물을 흘리고, 집에 돌아와서는 손자를 붙들고 신음한다. 그러면서 이 일들과 별개로 시를 쓰는 일이 불가능함을 자기도 모르게 조금씩 깨달아간다. 이제 시를 쓰는 일(아름다움의 발견)과 삶을 사는 일(속죄의 완수)이 하나로 포개진다(이쯤 되면 이 영화는 이창동 감독의 전작 〈밀양〉을 반대로 뒤집어 다시 찍은 영화처럼 보인다. 한 번은 피해자의 입장에서, 또 한 번은 가해자의 입장에서. 한 번은 종교를 통해, 또 한 번은 예술을 통해. 한 번은 용서의 문제를, 또 한 번은 속죄의 문제를). 이제 그녀는 진실한 시를 얻기 위해서는 비용을 지불해야 한다는 것을 안다. 공간이 아니라 장소를, 풍경이 아니라 인간을 만나야 한다는 것을 안다. 그래서 성폭력이 일어난 학교를 방문하고 소녀의 시체가 발견된 강가로 간다.

그러나 그게 다가 아니다. 또 한 번의 결정적인 도약이 필요하다. 소녀의 시체가 발견된 그 강가에서 그녀가 수첩을 꺼내 시를 적으려 할 때 갑자기 소나기가 내려 백지를 적시는 장면이 결정적이다. 시는 글자로 쓰는 게 아니라 몸으로 쓰는 거라고 저 비는 말한다. 시 창작 교실의 강사는 말했었다. 백지는 무한한 가능성의 공간이라고. 그러나 젖어버린 백지는 양미자에게 다른 어떤 가능성도 없다는 것을 보여준다. 시가 삶을 피했더니 삶이 시 안으로 밀고 들어왔다. 이제 남은 단 하나의 과제는 시와 삶을 일치시키는 일이다. 그래서 '소녀' 미자는 합의금 5백만 원을 위해 옷을 벗는 수치를 감내하고, 그 과정에서 타인('회장님')의 서글픈 욕망에 연민을 느끼고, 시 창작 교실에서 '내 인생의 가장 아름다웠던 순간'을 고백하면서 아름다움이 고통 바깥이 아니라 안에 있다는 것도 알게 된다. 그녀는 정말 시인이 되어간다.

우리는 그 뒤에 그녀가 무슨 일을 했는지 알고 있다. 그녀는 몸으로 쓴 시 한 편을 남겼다. 진실하고, 그래서 고통스럽고, 그래서 아름다운, 말로 표현하기 어려운 그 시를 읽으면서 나는 그제야 알았다. 시인은 보는 사람이고 아름다움을 발견해내는 사람 운운하던 강사의 따분한 말이 틀린 게 아니라는 사실을. 아니, 오로지 그 길로만 시에 도달할 수 있다는 사실을. 양미자는 모두가 회피하는 어떤 심연을 들여다보았고 죽음을 대가로 지불하고 그로부터 어떤 아름다움을 끌어낸다. 양미자의 윤리적 급진성이 거기에서 나온다. 그녀는 강사의 말을 '문자 그대로' 행하는 인물이다. 강사는 자신의 말이 도대체 어떤 결과를 낳을지 몰랐을 것이다. 대신 그녀만 유일하게 과제를 제출했다는 사실은 안다. "시를 쓴 사람은 양미자씨밖에 없네요." 나는 이 말이 영화 전체를 관통하는 일종의 선언이라고 받아들였다. 양미자밖에 없다.

영화의 결말에서 나는 다시 한번 〈밀양〉을 떠올렸다. 〈밀양〉에서의 기독교 공동체와 〈시〉에서 시 낭송 모임을 바라보는 감독의 시선은 닮아 있는데, 그 시선은 어딘가 분열적으로 비틀려 있다. 그것은 종교와 예술의 세속화를 증명하는 그 집단을 부정하고 싶지만 종교와 시 그 자체를 부정할 수는 없어서 생겨난 균열일 것이다. 말하자면 두 영화에서 이창동의 목표는 같다. 제도로서의 종교와 제도로서의 예술로부터 종교적인 것과 예술적인 것 그 자체를 구원해내기. 그는 희망에 냉혹하지만 덕분에 그가 말하는 희망에는 토를 달기가 어렵다. 그렇다면 이창동의 다음 영화의 소재는 정치가 될까? 제도로서의 정치로부터 정치적인 것 그 자체를 구원해내는 영화? 그러나 그는 찍을 필요가 없을 것이다. 〈시〉의 양미자에게서 삶과 정치를 일치시키기 위해 1년 전에 목숨을 끊은 한 정치인을 떠올린 사람이 나뿐만이 아니라면 말이다.

이 영화는 시를 다시 정의하는 영화가 아니라 우리가 다 잊어버린 시의 본래 정의를 환기하는 영화다. 시는 진실 혹은 진심과 더불어 써야 한다는 것. 너무나 당연해서 대개 다들 잊어버렸고 이제는 오히려 우스워진 그 정의. 그리고 거기서 더 나아가 '시란 무엇인가'라는 물음을 통해 '우리는 누구이고 이 시대는 어떤 시대인가'를 묻는 영화처럼 보였다. 감독이 '시'라고 지칭한 것을 진정성(authenticity) 일반의 은유로 받아들일 수 있다면 말이다(자기 자신에게 진실하기를 추구하는 이 윤리적 태도는 오늘날 낡은 것이 되었고 별뜻 없이 남용되면서 이제는 이 말 자체에 거부감을 느끼는 사람들조차 생겼다). 이 영화는 말한다. 시를 쓴다는 것은 본래 어려운 일이고 오늘날 시를 쓴다는 것은 더 어려운 일이라고. 그러니 시를 읽는 사람보다 쓰는 사람이 더 많다고 투덜거렸던 첫 수업을 다시 할 수 있다면 이렇게 말하는 것도 좋을 것이다. 시를 쓰는 사람은 많지만 시를 쓴 사람은 거의 없다.

(2010. 5. 22)

6부
. . . .
만나지 말아야 한다

반성, 몽상, 실천
─이문재 시의 근황

    이문재의 시가 죄의식 없이 아름답던 시절, 그 시절의 시들을 읽으면서 나는 시인이 되고 싶다는 허욕에 들떠 어찌할 바를 몰랐다. "형수가 죽었다."(「기념식수」) 이보다 더 슬픈 구절을 쓰고 싶었다. "그 집에서는 죽을 수 없었다/그 아름다운 천장을 바라보며 죽을 수 없었다/우리는 코피가 흐르도록 사랑하고/코피가 멈출 때까지 사랑하였다."(「우리 살던 옛집 지붕」) 이보다 더 대책 없고 싶었다. "그리움도 이렇게 고이면 독이 된다/네가 떠나면서/나는 흉가로 남아/황사의 날들을 지나며 한 방울/독의 힘으로 눈뜨고 있었다." (「적막강산」) '흉가'라는 메타포가 내 것인 듯만 해서 애달아했다.

    실로 청년의 시였다. 삶의 바깥으로 떠나고 싶다는 '길'의 충동과 삶의 안쪽으로 한정 없이 파고들고 싶어하는 '집'의 충동이 맞부딪치는 세계가 청년의 세계다. 이 길과 집의 운명을 '사랑'이 받아안는다. 사랑에게서 떠나고 싶다는 욕망과 사랑 속으로 안기고 싶다는 욕망이 열차 바퀴처럼 함께 덜컹거리는 것도 청년의 시다. 청년이 쓴 시를 청년이 읽던 날들이었다. 그러니 도무지 어쩔 수 없었던 것이다. 좋은 시집은 나쁜 시집이다. 시를 쓰고 싶게 만들었다 가, 결국 시를 포기하게 만든다. 『내 젖은 구두 벗어 해에게 보여줄 때』(1988)에 대해서라면, 내게는 아직도 감정이 있다.

그런데 언젠가부터 그는 자기 자신을 남처럼 들여다보기 시작했다. 몸과 마음이 각방을 쓰는 듯했다. 도시인이 된 몸을 낯설어했고 문명인이 된 몸을 부끄러워했다. 이내 그의 시에는 죄의식이 스며들기 시작했다. 두번째 시집 『산책시편』(1993)부터 그랬을 것이다. 덕분에 그의 시는 좀더 치열해졌다. 그 시집을 읽다보면 어느 착한 남자의 출퇴근길이 어른거린다. 그 출퇴근은 쓸쓸해 보였다. 그 쓸쓸함 속에서 그는 싸우고 있었다. 도시와 문명에 지지 않기 위해 있는 힘을 다해 '산책'하였고, 명사의 도시와 동사의 문명과 싸우기 위해 '부사'의 세계를 힘껏 어슬렁거렸다. 여덟 편의 「산책시(散策詩)」 연작과 열세 편의 「부사성(副詞性)」 연작이 그렇게 씌어졌다.

죄의식이 아름다움을 망가뜨리지는 않아서 다행이었다. "내 삶은 이미 환경문제였다/나는 공해배출업소였다"(「고비사막」) 반성의 내용도 내용이지만, 저 매력적인 화법에 더 끌렸다. "산성눈 내린다/(……)/하마터면 아름답다고 말할 뻔했다."(「산성눈 내리네」) 반성의 내용도 내용이지만, '하마터면'이라는 부사가 살아 움직이고 있었다. "누군가 떠나면, 또다른 누군가는 이렇게 남는다/그해 삼월 모슬포 바다에 나는 있었다"(「모슬포 생각」)와 같은 문장들은 오래 사무쳤다. 앞 문장에서는 동어반복의 울림을, 뒤의 문장에서는 도치법의 쓸쓸함을 배웠다. 그는 청년의 시를 떠나보냈지만 중년의 시로 깊어지고 있었다.

이후 그는 두 권의 시집을 더 펴냈다. 『마음의 오지』(문학동네, 1999)와 『제국호텔』(문학동네, 2004). 앞의 것은 그의 모든 시집들

중에서 가장 좋은 시집이다. 몸과 마음의 각방살이가 더 깊어져 이제는 마음이 마음만을 지향하고 있었다. 그곳만이 도시와 문명의 오지일 테니까, 포기할 수 없는 것이었다. 세번째 시집을 편애하면서 나는 네번째 시집인 『제국호텔』에 대해 조금 허전해한다. 누가 봐도 이문재의 시일 수밖에 없는 「소금 창고」나 「일본 여관」 같은 시들이 있었지만, 저 시집의 한가운데를 차지하고 있는 「제국호텔」 연작이 내게는 서걱거렸다. '제국호텔'은 아마도 세계의 몸일 것이었다. 그의 마음은 그 세계의 몸과 부딪치려 하고 있었다. 그러나 그의 섬세한 언어는 냉소나 풍자와는 어울리지 않는 것처럼 보였다. 그 이후 3년 동안, 그의 시업(詩業)은 여전히 성실했다. 최근 시 다섯 편을 읽는다. 이 시들이 좋아서, 나는 기쁘다.

반성

이문재의 최근 시들에서 이제 몸과 마음은 자주 사제(師弟)의 연을 맺는다. 몸이 스승이고 마음이 제자다. 몸을 보고 마음이 배운다. 그러나 마음이 어느 때고 몸을 들여다보는 것은 아니다. 못된 제자는 제 삶이 안달이 날 때에만 스승에게 손을 내민다. 마음이 저 자신을 견뎌내지 못할 때, 이를테면 "내가 나인 것이 / 시끄러워 견딜 수 없을 때 / 내가 네가 아닌 것이 / 견딜 수 없이 시끄러울 때"쯤은 되어야, 그간 방치하고만 있었던 몸을 들여다보기도 하는 것이다. 그러다가 마음은 몸의 일에서 문득 한 소식 얻는다.

손이 하는 일은

다른 손을 찾는 것이다.

　　　　　　　　　　　　　　　—「손은 손을 찾는다」 중에서

　나의 손이 타인의 손을 찾는다는 얘기가 아니다. 그것은 너무나 자연스러워서 진부한 얘기다. 시인이 발견한 것은 나의 왼손이 나의 오른손을, 나의 오른손이 나의 왼손을 그리워하고 있다는 사실이다. 정말이지 왼손과 오른손을 포개놓는 일, 흔치 않았던 것 같다. 왼손에 커피잔이 있으면 오른손에는 서류가 있었다. 왼손에 휴대폰이 있으면 오른손에는 펜이 있었다. 그렇구나. 이런 것이 도시의 왼손이고 문명의 오른손이었다. 이 깨달음 위에서 시인은 두 걸음 더 나아간다. (그 걸음을 도드라지게 하기 위해 불가피 시를 잘라 옮긴다.)

　(……)
　손은 늘 따로 혼자 있었다
　빈손이 가장 무거웠다

　(……)
　모든 진정한 고마움에는
　독약 같은 미량의 미안함이 묻어 있다

　(……)
　오른손이 왼손을 찾아
　가슴 앞에서 가지런해지는 까닭은
　빈손이 그토록 무겁기 때문이다

미안함이 그토록 무겁기 때문이다

— 앞의 시 중에서

예상과는 달리, 따로 혼자 있는 손이 더 무겁더라는 것이다. 두 손을 포개어 가슴 앞에 모을 때 손들이 더 가벼워지더라는 것이다. 뿐인가. 두 손을 맞잡고 보니 고마움과 미안함이라는 감정이 또한 맞잡은 두 손처럼 늘 그렇게 한몸이더라는 것이다. 과연 그럴 것인가. 시가 권하는 대로 그리해보았다. 정말이었다. 맞잡으니 편안했고, 홀로 있을 때보다 가벼웠다. 그 몸의 합장이 마음을 또한 움직여서, 무언가가 막 고맙고 또 미안해지는 것이었다. 고마움과 미안함이 맞잡은 두 손에서 함께 태어나고 있었다. 그렇게 가벼워지라고, 그렇게 고마움과 미안함을 함께 느껴보라고, 손은 다른 손을 찾았던 것이다. 나는 이 시를 몸으로 읽고서야 이해했다. 드문 체험이었다.

몽상

반성하는 시들은 되돌아보면서 진실할 것이고 몽상하는 시들은 내다보면서 아름다울 것이다. 그러나 앞의 것은 본래 뒤의 것을 따라잡지 못한다. 이문재의 최근 시들에서 특히 인상적인 것들도 그 몽상의 매혹이 발휘된 시들이다. 이 몽상들은 그의 첫번째 시집을 관류하였던 청년의 몽상과는 또 달라 보인다. 기왕에 그가 겪어낸 죄의식의 흔적, 몸과 마음의 분리, 반성의 고투를 비껴가는 몽상이 아니라, 그것들을 다 소화하면서도 스스로 당당한 진경을 펼쳐 보이는 몽상이다.

> 은어 떼 올라온다는데
> 열나흘 달빛이 물길 열어준다는데
> 누가 제 키보다 큰 투망을 메고
> 불어나는 강가에 서 있는데
> 물그림자 만들어놓고 나무들 잠들어
> 북상하던 꽃 소식도 강가에 누웠는데
> 매화 꽃잎 몇 장 잊었다는 듯
> 늦었다는 듯 수면으로 뛰어드는데
> 누군가 떠나서 혼자 남은 사람
>
> —「달밤」중에서

바다에서 겨울을 지낸 은어가 하천으로 되돌아오는 봄날, 그러니까 은어 낚시의 계절. 투망을 멘 사내가 강가에 서 있다. 은어의 귀환을 돕기 위해서일까 혹은 사내의 낚시를 위해서일까, 달빛은 물길을 열고 나무는 물그림자를 만들고 매화 꽃잎 몇 장 강물 위로 뛰어든다. 만물이 연대하여 이렇게 봄밤의 풍경을 완성하고, 버려진 한 사람이 그 풍경 속에 있다. 은어를 낚기 위해서일까 혹은 혼자임을 견디지 못해서였을까, 사내는 그림인 듯 강물 속으로 그물을 던진다. 어쩐지 이 사내는 낚시 따위에는 관심이 없어 보이고, 마치 풍경을 완성하기 위해 그 자리에 있는 듯도 한데, 아니나 다를까, 시간은 흐르고, 하마 은어 떼는 다 지나가고, 애초부터 그래야 했다는 듯, 사내는 그물에 걸려 떠오른다.

이 시가 한 슬픈 사내의 투신을 노래하고 있음을 모르지 않지만,

이 시는, 그 슬픔까지를 모두 끌어안으면서 끝내 따뜻하다. 이 시 앞에서는 한 인간의 죽음을 애도하기보다 한 풍경의 완성을 찬미하고 싶어진다. 기어이 그렇게 만들고 마는 것이 이 시의 힘이다. 이것은 마치 자연과 사람이 왼손과 오른손처럼 서로를 맞잡고 살았던 때를 생각나게 하는 몽상 같아서, 또 사내의 투신은 마치 전설처럼 아련하게만 보이는 죽음이라서, 그래서 그 전설 같은 죽음이 자연과 인간의 경계를 허무는 신성한 에로티시즘처럼 보여서, 그런 것이다. 죽음이 에로티시즘과 이웃하고 있는 이 사태는 난감하고 아름답다. 그리고 여기, 난감하고 아름다운 사내 또 하나 있다.

어둠이 물의 정수리에서 떠나는 소리
달빛이 뒤돌아서는 소리, 이슬이 연꽃 속으로 스며드는 소리, 이슬이 연잎에서 둥글게 말리는 소리, 연잎이 이슬방울을 버리는 소리, 연근이 물을 빨아올리는 소리, 잉어가 부레를 크게 하는 소리, 진흙이 뿌리를 받아들이는 소리, 조금 더워진 물이 수면 쪽으로 올라가는 소리, 뱀장어 꼬리가 연의 뿌리들을 건드리는 소리, 연꽃이 제 머리를 동쪽으로 내미는 소리, 소금쟁이가 물 위를 걷는 소리, 물잠자리가 제 날개가 있는지 알아보려 한번 날개를 접어보는 소리
……

소리, 모든 소리들은 자욱한 비린 물 냄새 속으로
신새벽 희박한 빛 속으로, 신새벽 바닥까지 내려간 기온 속으로, 피어오르는 물안개 속으로 제 길을 내고 있으리니, 사방으로, 앞으로 나아가고 있으리니

어서 연못으로 나가보아라

연못 한가운데 뗏목 하나 보이느냐, 뗏목 한가운데 거기 한 남자
가 엎드렸던 하얀 마른 자리 보이느냐, 남자가 벗어놓고 간 눈썹이
보이느냐, 연잎보다 커다란 귀가 보이느냐, 연꽃의 지문, 연꽃의 입
술 자국이 보이느냐, 연꽃의 단 냄새가 바람 끝에 실리느냐

고개 들어보라

이런 날 새벽이면 하늘에 해와 달이 함께 떠 있거늘, 서쪽에서 핏
기 없는 보름달이 지고, 동쪽에는 시뻘건 해가 떠오르거늘, 이렇게
하루가 오고, 한 달이 가고, 한 해가 오고, 모든 한 살이들이 오고 가
는 것이거늘, 거기, 물이, 아무 일도 아니라는 듯, 다시 결가부좌 트
는 것이 보이느냐

—「물의 결가부좌」 중에서

좀 전의 시에서 투망을 멘 사내가 강물 속에 뛰어들어 풍경을 완
성하는 동안, 위 시에서는 뗏목을 탄 사내가 연못의 한가운데로 자
진하고 있다. 이 사내는 또 어쩌려는가. 온몸을 귀로 만든 이 사내
는 연못이 품고 있는 그 모든 소리를 온몸으로 듣고는 이내 자취를
감추고 만다. 눈썹도 벗어놓고 귀도 내려놓고 연못 속으로 뛰어든
이 사내 덕분에 이 연못은 "올여름에도 말간 소년 하나 끌어들"이
는 데 성공하였다. 그러나 이것은 나르키소스의 비극이 아니라 이
백(李白)의 낭만일 것이다. 누군가 떠나서 홀로 남은 자의 정황 같
은 것도 이 시에는 마련돼 있지 않은 것이다. 죽음으로써 풍경을 완
성하는 「달밤」보다도 더 근사한 몽상이지 않은가.

게다가 이 시는 감각의 일대 향연이다. 범인(凡人)의 귀에는 들

리지 않을 소리를 눈에 보이듯 생생하게 잡아낸 5연(위의 인용에서는 첫번째 연)의 묘사는 그중 압권이다. 이문재의 시에서 그동안 이런 장엄한 발성과 도취적인 호흡을 본 기억이 없다. "거기 연못 있느냐"로 시작되는 어조의 의연한 매력, 한 사내를 집어삼켰으면서도 "물이, 아무 일도 아니라는 듯, 다시 결가부좌 트는" 결말부의 단호한 긍정은 「달밤」의 낭만주의를 이미 넘어서 있다. 이것을 생태주의적 미학이라고 불러도 될까. 물론 과도한 위기의식도 생경한 메시지도 여기에는 없다. 정색하고 말하는 시들은 우아한 몽상을 따라잡을 수 없는 것이다. 그물을 던지고 뗏목을 밀며 하나둘 투신하는 이 사내들을 누가 말릴 것인가.

실천

마지막으로 한 영웅의 이야기를 읽는다. 온통 모래뿐인 내몽골 한복판에 아비와 아들이 살았다. 여자를 데려오마고 집 떠난 아비는 끝내 돌아오지 않았다. 천지사방이 온통 사막인 곳에서 고독과의 싸움은 눈물겨운 것이었다. "아들은 행여 말을 잊을까봐 별이 뜨면 별에게 말을 걸었다." "사람이 그리운 날이면 양푼을 치우고 발자국을 들여다보았다." 이 아픈 문장들을 읽으면서 오르탕스 블루(Hortense Vlou)의 시를 생각했다. "그 사막에서 / 그는 너무나 외로워 / 때로는 뒷걸음질로 / 걸었다 / 자기 앞에 찍힌 발자국을 / 보려고."(「사막」) 아니, 내몽골의 고독은 그보다 더 아파 보였다. 이 고독을 이렇게 배려하지 않았던들 시의 후반부가 감동적일 수 있었을까.

모래의 여자는 모래의 남자와 살기 시작했다.

밤늦게까지 물을 길어와 모래에다 물을 부었다.

모래가 물을 간직하기 시작했다.

풀과 나무가 잎사귀를 내놓기 시작했다.

모래를 움켜쥔 식물의 뿌리가 부부의 발자국이었다.

이윽고 꽃이 피고, 벌 나비가 날아들었다.

천 리 밖에서 사람들이 찾아와 지붕과 창이 있는 집을 지었다.

모래 부부가 낳은 아들딸들은 모래를 잘 몰랐다.

모래의 아들은 사막 초원의 아버지가 되어 있었다.

—「사막에 나무를 심었다」 중에서

　사내는 한 여자를 만나 가정을 일구었다. 이제는 고독의 힘이 아니라 사랑의 힘으로 그들은 기적을 만들어낼 것이었다. 사막에 나무를 심고 물을 부었다. 끈질긴 노력 끝에 사막은 초원이 되었다. 이것은 한 영웅이 만들어낸 기적이다. 몽상의 시들이 전설 같았다면 이 실천의 시들은 서사시 같다. 이 시 한 편을 장 지오노의 『나무를 심은 사람』과 나란히 놓아도 될까. 지오노의 '성자(聖者)'에게는 어딘가 종교적 자기 구원의 지향이 엿보였지만, 이문재의 '이름 모를 한 사내'에게서는 올바르고 아름다운 삶에 대한 순연한 긍정 외의 다른 그 무엇을 찾기 어렵다. 내게는 후자가 더 애틋하고 아름다운 것이다.

　이를 생태주의적인 삶의 실천이라고 해도 좋고 아니해도 좋다. 분명한 것은 이 시가, 이문재의 최근 시에 절실하게 배어 있는 반성과 몽상들을 품으면서도, 그것마저 넘어선 어떤 실천의 힘을 내장하고 있다는 것이다. 반성과 몽상과 실천의 연대, 곧 나올 다섯번째 시집에서 내가 읽고 싶은 것은 바로 그 경지다. 이문재의 시는 느려지면서 깊어졌다. 이제는 넓어지면서 자유로워질 것이다.

인유, 번역, 논평
— 권혁웅 시집 『마징가 계보학』의 방법론

모든 좋은 시가 재미있는 시는 아니지만 모든 재미있는 시는 좋은 시다. 상식과 통념을 유린하는 사유의 조작이 품위와 긴장을 잃지 않는 언어유희와 결합할 때 시는 재밌어진다. 말들이 재미를 품는 순간 그것들은 이미 '시적인 것'으로 가는 최단거리에 접어든 것이다. 원로 평론가가 일찍이 이렇게 썼거니와, 과연 "시가 주는 즐거움의 소홀치 않은 부분이 말놀이에 의존하고 있다"는 말씀도 맞고, 더 나아가 "작품 전체가 글자넣기놀음이라고 할 수 있다"는 말씀도 맞고, 궁극적으로 "시인이란 제1언어와의 사랑놀이를 평생토록 지속하는 사람"이라는 말씀까지도 맞다.(유종호, 『시란 무엇인가』, 민음사, 1995) 말을 갖고 놀 줄 모르는 이를 시인이라고 부를 수는 없다. 그래서 시작(詩作)은 곧 작란(作亂)이라 했다. 이를테면 '혼란을 짓는' 일이다. 그 혼란이 자유이고 해방이라 말한 이는 김수영이다.(「시여 침을 뱉어라」) 재미라는 말 앞에서 엄숙해지는 사람들은 대개 재미를 감지할 능력이 없거나 재미를 생산해낼 역량이 없는 사람들이다. 이 시인이 그 둘 모두에 뛰어난 재능을 갖고 있다는 사실은 알려질 만큼 알려졌다. 2005년 가을에 그의 두번째 시집과 두번째 평론집이 거의 동시에 출간되면서다.

재미를 감지하는 그의 능력이 증명된 것은 그의 두번째 평론집 『미래파』(문학과지성사, 2005)에서다. 그는 2000년대 젊은 시인들을 소개하면서 이렇게 썼다. "이들에게는 80년대 시인들이 걸머져야 했던 역사와 시대에 대한 채무의식이 없고, 90년대 시인들이 내세운 그럴듯한 서정, 고만고만한 서정이 없다. 그 대신에 다른 게 있다. 그리고 이들의 시는 무엇보다도 먼저, 재미있다." 한국 시의 미래를 고작 '재미'에 걸 것이냐는 세간의 힐난도 있었던 것으로 안다. 그러나 그가 '재미'라고 부른 그것이 천박하고 말초적인 잔재미와는 전혀 거리가 멀다는 점을 지적하는 일은 새삼스럽다. 여기서 '재미'란 "그럴듯한 서정, 고만고만한 서정"의 반대말일 뿐 다른 무엇이 아니다. 어떤 경우든 '그럴듯한' 것과 '고만고만한' 것은 '시적인' 것의 확고부동한 적(敵)이다. 정도의 차이는 있을지언정 모든 뛰어난 시편들은 그 자체로 유일무이한 파격이어야 하고 시라는 장르를 매번 새롭게 정의하는 기원이어야 한다. 그 작업들에서 우리가 맛보는 쾌감을 뜻하는 말이 아니라면 시에서 '재미' 운운은 아무 의미도 없을 것이다. 그래서 '재미있는'은 '시적인'의 가장 기본적인 유의어 중 하나다. 그가 재미를 감지하는 능력을 갖고 있다는 판단은 그가 시적인 것을 포착하는 날렵한 감각의 소유자라는 평가와 다르지 않다.

재미를 생산해내는 그의 능력은 그의 두번째 시집 『마징가 계보학』(창비, 2005)을 통해 증명되었다. 첫번째 시집에서 좋았던 시들이 꼭 재미있었다고 하긴 어렵지만 그의 두번째 시집에서 재미있는 시들은 늘 좋은 시였다고 말할 수 있다. 요컨대 그의 두번째 시집은 첫번째 시집의 비스듬한 계승이면서 가파른 발전이다. 결과론적인 판단이긴 하지만, 첫번째 시집에 수록된 시들을 써낼 때 권혁웅은 아직 권혁웅이 아니었다. 당시의 시들은 이성복과 황지우의 영향, 남진우와 기형도의 잔상, 가깝게는 송찬호의 흔적까지를 간간이 끌어안고 있다. 예컨대 시집의 맨 앞에 놓여 있는 「파문」이나 「황금나무 아래서」는 아름다운 시들이지만 이것들을 두고 그만이 쓸 수 있는 시라고 하기는 어렵다. 그러나 세번째 작품 「돼지가 우물에 빠진 날」은 좀 다르다. "그해 여름 정말 돼지가 우물에 빠졌다"라는 도입부부터가 그다운 단도직입이다. 곧이어 나오는 "자진하는 슬픔을 아는 돼지였다"는 구절에서 이 시는 매력적으로 한 번 덜컹한다. 그가 가장 잘(빈번하게 또 빼어나게) 쓰는 문장은 서정적 '묘사'나 내성적 '진술'이 아니라 그와 같은 편집자적 '논평'이다. 이어지는 시 「말」에서 "그때는 외팔이 이야기의 전반부가 사실주의이고 후반부가 낭만주의인 걸 몰랐다"라고 쓸 때도 마찬가지다.

그러나 이런 기질이 완전히 개화하기 시작하는 것은 두번째 시집에서다. 첫번째 시집에서 그는 '나'를 중심에 놓고 서정적 묘사와 내성적 진술을 '만들고 다듬는' 일에 더 몰두했다. 첫번째 시집에서는 열성 인자였던 그의 성향, 예컨대 인유와 번역과 논평을 황금비율로 배양(培養)하는 그의 성향은 두번째 시집에서 우성 인자가 된다. 유성호가 지적한 대로 그가 편애하는 수사법은 확실히 인유(引喩)다. 이 정도면 거의 '인유벽(癖)'이라 해도 좋아 보인다. 첫번째 시집에서부터 이미 「돼지가 우물에 빠진 날」을 비롯한 많은 작품들이 제 바깥의 다른 텍스트를 제 안에 접어들이고 있었다. 물론 인유를 즐긴 시인들은 많았다. 황지우의 정치적 인유가 있었고 남진우의 신화적 인유가 있었다. 그러나 권혁웅의 직계 선배는 『무림일기』(중앙일보사, 1989)의 유하라고 해야 할 것 같다. 무협지를 '인유' 하여 6공화국의 현실을 '번역' 하고 촌철살인의 '논평' 을 구사할 때 유하는 날렵했다. 그러나 더러 날렵하기만 했다. 그의 번역은 정치 언어를 무협 언어로 일대일 대체하는 번역이었고 그 대체가 산출하는 풍자 효과에 기대는 번역이었다. 이를 '수사학적 번역' 이라 부를 수 있다. 그러나 그 명민한 수사학적 번역이 남기는 잉여는 많지 않았다. 시를 살아남게 하는 것은 어쩌면 그 잉여다. 일대일 번역의 쾌감은 한 시대의 담론 질서와 언어 위계가 변동하면 쉬이스러지고 말기 때문이다. 유하의 시는 특정 시기에 열광적으로 읽혔고 그로써 제 몫을 다했다. 권혁웅의 경우는 어떤가. 그의 번역을 이를테면 '구조적 번역' 이라 부를 수 있다.

0. 기지(基地)

정복이네는 우리 집보다 해발 30미터가 더 높은 곳에 살았다 조그만 둥지에서 4남 1녀가 엄마와 눈 없는 곰들과 살았다 곰들에게 눈알을 붙여주면서 바글바글 살았다 가끔 수금하러 아버지가 다녀갔다

1. 독수리

큰형이 눈뜬 곰들을 다 잡아먹었다 혼자 대학을 나온 형은 졸업하자마자 둥지를 떠나 고시원에 들어갔다 형은 작은 집을 나와서 더 작은 집에 들어갔다 그렇게 십년을 보냈다 새끼 곰들이 다 클 만한 세월이었다

2. 콘돌

둘째 형은 이름난 싸움꾼이었다 십대 일로 싸워 이겼다는 무용담이 어깨 위에서 별처럼 반짝이곤 했다 형은 곰들이 눈을 뜨건 말건 상관하지 않았다 둘째형이 큰집에 살러 가느라 집을 비우면 작은집에서 살던 아버지가 찾아왔다

3. 백조

누나는 자주 엄마에게 대들었다 엄마는 왜 그렇게 곰같이 살아! 나는 그렇게 안 살아! 눈알을 박아넣는 엄마 손이 가늘게 떨렸다 누나 손은 미싱을 돌리기에는 너무 우아했다 누나는 술잔을 집었다

4. 제비

정복이는 꼬마 웨이터였다 누나와 이름 모르는 아저씨들 사이를 부지런히 오가며 소식을 주워 날랐다 봄날은 오지 않고 박꽃도 피지 않았으며 곰들도 겨울잠에서 깨어날 줄 몰랐다 그냥, 정복이만 바빴다

5. 올빼미

하루는 아버지가 작은집에서 뚱뚱한 아이를 데려왔다 인사해라, 네 셋째 형이다 새로 생긴 형은 말도 하지 않았고 학교에 가지도 않았다 그저 밤중에 앉아서 눈뜬 곰들과 노는 게 전부였다 연탄가스를

마셨다고 했다

6. 불새

우리는 정복이네보다 해발 30미터가 낮은 곳에 살았다 길이 점점
좁아졌으므로 그 집에 불이 났을 때 소방차는 우리 집 앞에서 멈추
었다 그들은 불타는 곰발바닥들을 버려두고, 그렇게, 하늘로 날아올
랐다

＊사실 독수리 오형제는 독수리들도 아니고, 오형제도 아니다. 다섯 조류가 모인 의
남매다. 다섯이 모이면 불새로 변해서 싸운다.

—「독수리 오형제」 전문

권혁웅의 인유는 애초 어떤 것의 은유였던 것을 탈(脫)은유화하
면서 재(再)현실화하는 인유다. 여기서 중요한 것은 '탈'과 '재' 사
이에서 일어나는 일이 수사적 대체가 아니라 구조적 대체라는 것이
다. '기지(基地)'가 달동네로 번역되면서 이야기는 시작된다. 아비
가 버린 집에서 어미가 곰인형에 눈알을 박아넣으며 5남매를 키운
다. 유일하게 대학을 나온 집안의 기대주 맏형은 고시원에서 10년
을 허송세월하며 한 줌의 가산을 몽땅 삼킨(그래서 '독수리'다) 무
기력한 리더다. 반항적인 둘째는 싸움질을 일삼거니와(그래서 '콘
돌'이다) 교도소('큰집')를 제 집처럼 들락거린다. 셋째 누나는 '우
아한 손'(그래서 '백조'다)을 어쩌지 못해 '곰' 같은 어미를 비웃으
며 술집에 나가고, 정복이는 꼬마 웨이터 노릇을 하며 '소식'을 물
어다준다(그래서 '제비'다). 연탄가스를 마신 '배다른' 형제(본래

만화 '독수리 오형제'에서는 이 올빼미에게만 친부모가 있거니와 이 시인은 그 설정을 좀 다르게 활용했다)는 밤중에 잠도 안 자고 앉아만 있다(그래서 올빼미다). 집에 불이 나니 달동네 꼭대기로 소방차가 진입할 수 없었다. '불새'라는 은유가 화마에 의한 몰살로 번역되면서 1980년대 도시 빈민의 비극을 기어이 완성하고 만다. 이 모두를 아마도 정복이의 친구였을 어린 권모가 밋밋하게 보고한다.

첫번째 시집의 주요 도구였던 1인칭 화자의 서정적 '묘사'와 내성적 '진술'은 보다시피 자제되었고 아이러니한 3인칭 '논평'이 주를 이룬다. 그리고 이렇게 어떤 대중문화 상품의 이야기 구조가 일상 현실의 구조로 정확히 대체된다. 이 시가 주는 쾌감은 부분적·수사적 쾌감이 아니라 전체적·구조적 쾌감이다. 수사적 번역은 직관적 통찰의 소산이다. 그래서 그 능력을 십분 발휘하기 위해서는 많은 말, 더 많은 말이 필요하다. 유하의 시가 긴 요설의 형태를 취하는 것은 그 때문일 수 있다. 그러나 구조적 번역은 지적 원근법의 산물이다. 하나의 구조를 다른 구조로 대체할 수 있는 시적 프레임만 발견되면 그다음에는 구구절절 별말이 필요 없어진다. 권혁웅의 두번째 시집이 첫번째 시집보다 더 많은 이야기를 담고 있지만 오히려 말수가 더 줄었다는 느낌을 주는 것은 그 때문이고, 어조의 색채가 역사 기술자의 그것에 가까워지는 것도 그 때문이다. 그는 자신의 시에 '약전'(「선데이 서울, 비행접시, 80년대 약전(略傳)」), '계보'(「마징가 계보학」), '약사'(「애마부인 약사(略史)」), '역사'(「광기의 역사」「밀실의 역사」「무덤의 역사」「성의 역사」), '사전'(「괴수대백과사전」) 등의 이름을 붙여놓았다. 1980년대의 대중문화를 종횡으로 인유하되, 우리 모두가 공유하는 그것의 '상부 구조'는 그대로 놔두고(이것은 풋풋한 향수를 제공한다) 그 '하부 구조'만 요령

있게 재배열한다(이것은 시큼한 낯설게 하기를 제공한다). 말하자면 일종의 리믹스(remix)인 셈이다. 역사를 리믹스하면서 자신의 장기인 '편집자적 논평'을 적재적소에 구사하여 자칫 놓치기 쉬운 품위와 긴장을 붙든다. 대중문화, 일상 잡사, 역사 현실로부터 추출된 소스들이 수평적인 층위에서 재배열되고 정사(正史), 야사(野史), 비사(秘史)가 오케스트라를 형성한다. 이 과정에서 어떤 것들은 애틋하게 추억되고 어떤 것들은 명철하게 재해석되며 어떤 것들은 담담하게 구원된다.

　권혁웅 시의 '재미'를 설명하기 위해 수사적 번역과 구조적 번역의 차이를 지적했고 묘사 진술 논평을 분별했다. 두번째 시집을 읽는 일은 즐거웠지만 아쉬움도 없지 않았다. 그의 언어는 장악한 자의 언어다. 그의 언어는 저를 부리는 주인의 손을 이탈해 돌연한 길을 개척하는 법이 별로 없다. 언어가 제 흥에 겨워 즉흥적인 리듬과 돌발적인 발견에 몸을 맡길 때 불현듯 걸려 올라오는 월척들도 있는 법이다. 언어로 탐구하는 층위 말고 언어가 탐구하는 층위가 있다는 말이다. 두번째 시집에서 권혁웅의 시들은 대개 앞의 층위에서 씌어졌다. 그가 다른 길을 몰랐던 것은 아니다. 예컨대「지문」이나「수상기(手相記)」연작 같은 시들이 그 증례다. 미지의 것을 앞에 두고 언어가 그것을 애무하도록 방기하는 길도 그는 분명 알고 있었다. 이런 시들을 쓸 때 권혁웅의 어조는『호랑가시나무의 기억』(문학과지성사, 1993)이나『달의 이마에는 물결무늬 자국』(열림원, 2003)에서의 이성복의 어조를 닮는다. 첫번째 시집의 열세종이 두번째 시집에서 우세종이 되었듯이, 최근의 소작(所作)들을 보건대 그는 이제 두번째 시집에서 충분히 가지 않은 그 길을 작심하고 답파하려는 듯 보인다. 장악한 것을 구조화하려는 집착을 내려놓고 미지의 것에 손을 맡기는 여유를 맛보고 있는 듯도 하다. 그러니 그가 몸에 관한 시를 쓰기 시작한 것은 이해할 만하다. 우리가 아는 한 이 세상에서 가장 격렬하고 다채로운 미지(未知)는 몸이기 때문이다.

몸에 관한 시라면 정진규의 품위 있는 산문시들이 있었고(『몸詩』, 세계사, 1994) 채호기의 뜨겁고 화려한 시들도 있었다.(『밤의 공중전화』, 문학과지성사, 1997) 권혁웅에게 '몸'이라는 화두는 어떻게 찾아왔던가. 그는 이렇게 썼다. "우리 몸이 닿아 느끼는 모든 감각이 곧 세상이다. 저 산처럼 내 몸에도 이곳저곳 돋아난 자리가 있으며, 저 강이 흐르듯 내 몸에는 피가 흐르고, 저 길처럼 내 몸에 핏줄의 길이 있으며, 저 밭의 소출로 나는 살을 찌우고, 저 하늘의 별처럼 내 몸에서도 터럭이 돋아나고, 저 돌과 쇠붙이처럼 내 안에도 단단한 뼈가 있다. 세상이 몸이며 몸이 세상이다. 모든 감각과 사유의 기반이 바로 몸이었던 것이다."(『태초에 사랑이 있었다』, 문학동네, 2005) 이 문장들에서 중요한 것은 "몸이 닿아 느끼는 모든 감각이 곧 세상이다"와 같은 도입부나 "모든 감각과 사유의 기반이 바로 몸이었던 것이다"와 같은 결말부가 아니다. 그것들은 소위 '몸철학'의 일반론을 다시 반복한 것에 불과하다. 중요한 것은 인용문의 가운데 부분, 그가 세상의 원리와 몸의 원리를 '구조적'으로 '번역'하여 나열하는 대목이다. 그의 최근 시작(詩作)의 기본 문법을 암시하는 곳이기 때문이다. 그래서 그는 "몸에 풍경이 펼쳐져 있다는 생각이, 몸에 '관한' 시가 아니라 몸 '자체'로서의 시를 쓰고 싶다는 욕망을 낳았다"(『시와반시』 2006년 가을호)라고 썼다. '몸 자체로서의 시'는 아마도 몸에서 세상을 보고 세상에서 몸을 보는 '구조적 번역'의 메커니즘을 장착한 시가 될 것인가? 그의 세번째 시집*이 나온 뒤에야 내실 있는 이야기를 할 수 있을 테니 여기서 일단 멈춘다.

---

* 권혁웅은 2007년 10월에 세번째 시집 『그 얼굴에 입술을 대다』(민음사)를 출간했다.

그리워도 만나지 말아야 한다

—나희덕의 최근 시

우리 집에 놀러 와. 목련 그늘이 좋아.
꽃 지기 전에 놀러 와.
봄날 나지막한 목소리로 전화하던 그에게
나는 끝내 놀러 가지 못했다.

해 저문 겨울날
너무 늦게 그에게 놀러 간다.

나 왔어.
문을 열고 들어서면
그는 못 들은 척 나오지 않고
이봐. 어서 나와.
목련이 피려면 아직 멀었잖아.
짐짓 큰 소리까지 치면서 문을 두드리면
弔燈 하나

꽃이 질 듯 꽃이 질 듯

흔들리고, 그 불빛 아래서

너무 늦게 놀러 온 이들끼리 술잔을 기울이겠지.

밤새 목련 지는 소리 듣고 있겠지.

너무 늦게 그에게 놀러 간다,

그가 너무 일찍 피워올린 목련 그늘 아래로.

　　　　—「너무 늦게 그에게 놀러 간다」,『어두워진다는 것』전문

　그가 나를 부른 것은 봄날이었으나 내가 뒤늦게 그를 찾은 것은 겨울날이었다. 그 시간 사이에 그의 죽음이 있다. 아직 봄이 오려면 멀었으니 목련이 피어서는 아니 되는 것이었다. 그런데 그는 어쩌자고 때 이른 목련을 요절처럼 피워놓고 이리 묵묵부답인가. "이봐. 어서 나와./목련이 피려면 아직 멀었잖아." 망자는 대답이 없고, 목련 같은 조등만 이내 져버릴 듯이 흔들린다. 그 조등 아래에서 술을 마신다. 그는 너무 빨랐고, 나는 너무 늦었다. 이 너무 빠름과 너무 늦음의 틈에서 세상의 죽음과 삶은 엇갈려 흩어진다. "우리 집에 놀러 와"와 "나 왔어"의 먼 간극 속에서 울음은 터져나오지 못하고 그냥 사무친다. 이 엇갈림과 사무침을 '서정'이라고 부르자.

　오랫동안 서정은 만남의 기록으로 간주되어왔다. 자아와 세계의 만남, 주체와 타자의 만남, 마음과 마음의 만남이다. 행여 엇갈림을 노래할지라도 그 엇갈림은 세계보다 더 큰 나의 마음속으로 대개는 수습되곤 하는 것이었다. 상처가 아니라 극복이 되고, 고통이 아니라 위로가 되고, 무너짐이 아니라 깨달음이 된다. 그리하여 마침내

만남이 된다. 서정시의 시공간에서 이렇게 마음은 자꾸만 세계보다 커지려고 한다. 그것이 서정의 본능일까. 이 본능을 통제하는 이들의 서정은 좀 특별해진다. 상처와 고통과 무너짐을 하나의 육체로 재구성해 체화석(體化石)을 만드는 것이 아니라, 그 발자국과 포복의 흔적만을 수습해 흔적화석(痕迹化石)을 만든다. 엇갈림과 사무침에 손대지 않는다.

이렇게 생각한다. 시는 엇갈림과 사무침의 화석이다. 세상과 나의 조우는 실패해야만 한다. '너무 빨리'가 세상의 시간이고 '너무 늦게'가 나의 시간이다. 그 시차(時差)가 서정일 것이다. 심지어는 내가 나 자신과도 엇갈리고 사무쳐야 한다. 술에 취하면 그런 시들을 찾게 된다. 술 깨고 싶지 않은 것이고 계속 아프고 싶은 것이다. 술자리에서 우리가 원하는 것은 극복과 위로와 깨달음이 아니라 그것들과의 애틋한 거리다. 서정이라는 것도 어쩌면 그렇게 빤하고 애틋한 수작이다. 나희덕의 많은 좋은 시들 중에서 우리가 특별히 편애하는 것들은 특히 그런 시들이다. 이와 같은 편견 때문이다. 그녀의 최근 시들에서 몇 편 골라 편애작의 목록에 추가해둔다.

*

본래 나희덕의 시는 엇갈림을 견뎌내지 못했다. 서로 엇갈리게 될까봐, 그녀는 늘 먼저 너에게 갔다. "흐리거나 추운 날을 가려 / 나 그대에게 가리 / (……) / 바람이 불쑥 칼날을 내어미는 날에도 / 바람에 눈이 찔린 나무들이 되어."(「연가」, 『뿌리에게』) 굳이 흐리거나 추운 날을 골라 떠나는 이였다. 몸과 마음이 아파도 "당신이 힘드실까봐 / 저는 아프지도 못합니다"(「찬비 내리고」, 『그 말이 잎을

물들였다』)라고 말하는 대책 없는 사람이었다. 얼어붙은 호수에 돌멩이를 던지듯 네 이름을 불렀고(「천장호에서」, 『그곳이 멀지 않다』), "사랑에서 치욕으로, /다시 치욕에서 사랑으로, /하루에도 몇 번씩 네게로" 두레박을 드리웠다(「푸른 밤」, 같은 책). 그러면서 "사는 건 쐐기풀로 열두 벌의 수의를 짜는 일"(「고통에게 1」, 같은 책)이라 말하면서 '그곳이 멀지 않다'고 희망을 부둥켰다. 행여 엇갈린다면 그것은 나의 잘못이라고 자책하게 되는 사람이다. 그러니 매사에 구경꾼일 수가 없었을 것이다.

어쩌면 유리관 속에서
헤어진 옛 애인을 발견할 수도,
길에서 잃어버린 아이를 발견할 수도,
자신이 살해한 시체를 발견할 수도 있었겠지요
그래도 모르는 척 지나며
희미한 발자국만 남기고 흩어지는 사람들,
그래서 구경꾼의 눈은
아무 죄도 저지르지 않지요
유리창 너머의 세계를 잠시 엿보았을 뿐
별거 아니군, 하는 표정으로
죽음의 극장 밖으로 걸어나왔을 뿐
　　　　　　　　　　　　　　　　—「구경꾼들이란」 중에서

이십 년을 살면서
한 번도 그를 구경하지 못했다

구경하기 전에
이미 나의 일부였기에

몸속의 사금파리,
통증의 원인은 거기 있었던가

일찍이 구경꾼의 묘법을 배웠더라면
피사체를 향해 셔터를 누르듯
무감하게 지켜볼 수 있었더라면

그를 이해할 수도
견딜 수도 있었으리라

—「구경꾼이 되기 위하여」 중에서

앞의 시에서 시인은 19세기 파리의 시체 전시장 '모르그 (morgue)'를 이야기한다. 시체가 전시되어 있는 유리관 속을 들여다보는 "충혈된 눈"의 무정함에 대해 이야기한다. 어쩌면 그 유리관 속에 헤어진 옛 애인, 잃어버린 아이, 내가 죽인 시체들도 있었으리라. 그런데도 그들은 모르는 척 구경꾼의 역할에 충실할 수 있었을까? 그랬을 것이다. 살아 있는 자는 죽은 자들로 인해 삶이 훼손되는 것을 원하지 않는다. 시체 전시장은 시체를 '전시'하여 타자로 만들고, 구경꾼들은 죽음을 '구경'하면서 그 경계를 사수했을 것이다. 이것이 시인의 마음을 적잖이 불편하게 한 것 같다. 타자와의 만남을 조용히 실천했던 이 시인에게 이 전시와 구경의 협업은 불편했을 것이다. 그래서 이 시의 포인트가 되고 있는 "구경꾼의 눈은/아무 죄도 저지르지 않지요”라는 구절은 ‘그것은 죄다’라는 속뜻을 껴안고 있다. 실상 당신과 나를 포함해서 우리 시대의 많은 이들은 그저 이 세상의 구경꾼들이 아닌가. 이라크의 살육을 구경하고, 버지니아 공대의 지옥을 구경하고, 고(故) 허세욱씨의 분신을 구경하고, 그 많은 이주 노동자들의 코리안 드림을 구경하고 있지 않은가. 타인의 상처, 고통, 죽음을 ‘모르그’에 봉인한 채 우리는 이런 대화를 나누지 않았던가. 어쩌란 말인가, 우리에게는 아무 죄가 없다, 라고.

앞의 시를 이렇게 읽을 수밖에 없는 것은 저 시가 다름 아닌 나희덕의 시이기 때문이다. 복숭아나무가 갖고 있는 “여러 겹의 마음” (「그 복숭아나무 곁으로」, 『어두워진다는 것』)까지를 읽어내는 시인이 아닌가. 그런데 뒤의 시에다 그녀는 의외롭게도 ‘구경꾼이 되기 위하여’라는 제목을 얹어두고 있다. 무슨 곡절일까. 남편인 듯 보이는 이에게 나는 속엣말을 한다. 나는 20년 동안 한 번도 당신을 구경꾼의 눈으로 바라본 적이 없구나, 하고. 당신이 힘들까봐 나는 아플 수도 없다고 말하는 이라면 과연 그랬을 것이다. 그는 “이미 나의 일부”인 것이어서 그의 고통은 그대로 나의 고통이었다. 이 난감한 사태를 시인은 “몸속의 사금파리” 혹은 “눈 속의 사금파리”라는 이미지로 수습해내고 있다. 그러나 이제 시인은 자문한다. 이 ‘동일성’이 외려 그와 나의 삶을 더 어렵게 만든 것은 아닌가. 거리를 적당히 유지하는 법을 배웠더라면 어땠을까. 어쩌면 “그를 이해할 수도/견딜 수도 있었으리라.” 이를 깨닫는 데 20년이 걸렸던가.

우리는 이 대목이 중요하다고 생각한다. 이를 좀 확대 해석해보면 어떨까. 구경꾼이 되지 않기 위해 시를 써온 사람이다. 타자, 삶, 세상과 만나기 위해 애쓴 사람이다. 반성하고 깨닫고 다짐하는 일이 그녀의 일이었다. 그런 윤리적 태도가 그녀의 시를 진실하게 했고 선하게 했고 아름답게 했다. 많은 사람들이 그 점을 높이 샀고 반복해서 상찬했다. 그러나 그 상찬들이 시인에게는 좀 답답해질 때도 되었다. 그녀의 좋은 시들 중에는 그와는 다른 길을 가면서 성공한 시들도 있다. 그래서 우리는 '나희덕의 많은 작품들 중에서 우리가 특별히 편애하는 것들은 따로 있다'고 말했다. 끝내 만나려 하지 않고 엇갈리게 내버려두는 시들이 좋다. 반성과 깨달음과 다짐 없이도 사무치는 시들이 있다. "피사체를 향해 셔터를 누르듯/무감하게" 세상을 바라볼 때 다른 진실, 다른 선함, 다른 아름다움이 생겨날 수도 있을 것이다. 이를 시인의 말을 빌려 '구경꾼의 묘법'이라 부를 수 있다. 지금부터 읽을 세 편의 시가 유독 우리에게 인상적이었던 것은 이 시들에서 저 구경꾼의 묘법이 발휘되고 있기 때문이다.

그해 봄날, 매화나무는
불 꺼진 베란다 구석 커다란 화분에 갇혀 꽃을 피웠다
드문드문, 살아 있다는 증표로는 충분하게

뿌리를 적신 물이 하수구로 흘러들었고
매화나무는 下血을 하는지
시든 꽃잎들이 하르르 하르르 물에 떠다녔다

소리 없는 말처럼 붉은 진이 가지에 맺히고
꽃 진 자리마다 잎이 돋기 시작했다
역류한 하수구의 물이 그녀를 키우기라도 하는 것일까

두려웠다, 집을 삼킬 듯 자라는 잎들이
　　열매 맺을 수 없는 나무의 피로 무성해지는 잎들이

　　뒤늦게야 벙어리 園丁을 떠올렸다
　　묘목을 실어주며 간절하게 가슴을 쓸어내리던 그의 손말을
　　아, 알아듣지 못했다
　　화분 속에 겨울 들판을 들이려고 한 나는
　　　　　　　　　　　　　　　　　　　　―「원정의 말」 중에서

　　매화나무의 묘목을 가져다 집에 들였다. 봄이 와서 매화는 "불꺼진 베란다 구석 커다란 화분에 갇혀" 꽃을 피웠다. 겨우 살아 있는 것 같았다. 하혈하듯 꽃을 피웠고, "소리 없는 말처럼" 잎을 피워 올렸다. 나는 두렵다. 도대체 무엇이 잘못된 것일까. 그러다가 "뒤늦게야" 벙어리 정원사를 떠올리며 생각한다. 나에게 묘목을 건네줄 때 그가 말이 되지 않는 말로 무언가를 말하려 했음을 말이다. 그러나 그때 알아듣지 못했다. 자, 다소 모호하게 느껴질 정도로 '만남'에 무심한 시다. "아, 알아듣지 못했다"에서 멈출 뿐 시인은 "그의 손말"을 끝내 번역하지 않는다. 다만 매화의 "소리 없는 말"과 정원사의 "손말"을 무심히 포개놓고 있을 뿐이다. 앞에서 '너무 빨리'와 '너무 늦게'의 시차가 서정이라고 우리는 썼다. 이 시에는 그런 의미에서의 시차가 있다. 이 시는 "뒤늦게야"에 걸려 있는 저 엇갈림과 "아,"에 걸려 있는 사무침만으로 서정에 도달한다. 깨달음도 반성도 다짐도 없다. 만나려는 조급함이 없기 때문에 시의 뒷문이 열린 채로 은은하다.

아비 어미가 싸운 것도 모르고
큰애가 자다 일어나 눈 부비며 화장실 간다

뒤척이던 그가
돌아누운 등을 향해 말한다

······당신 ······ 자? ······
저 소리 좀 들어봐······ 녀석 오줌 누는 소리 좀
들어봐······ 기운차고······ 오래 누고······
저렇도록 당신이 키웠잖어······ 당신이······

등과 등 사이를 흘러가는 물소리를
이렇게 듣기도 한다

담이 결린 것처럼
왼쪽 어깨가 오른쪽 어깨를 낯설어할 때
어둠이 좀처럼 지나가주지 않을 때
새벽녘 아이 오줌 누는 소리에라도 기대어
보이지 않는 강을 건너야 할 때

　　　　　　　　　　　　—「물소리를 듣다」 전문

　이 시 역시 만남을 피했기 때문에 아름다울 수 있었다. 예컨대 이
렇게 썼다면 어땠을까. 부부 싸움의 정황을 진술한다(起). 돌아누
운 두 등의 이미지로 생의 고독을 묘사한다(承). 아이의 오줌 누는
소리가 문득 들려온다(轉). 애틋한 그 물소리가 부부의 갈등을 상

징적으로 화해시킨다(結). 이것이 전형적인 만남의 시다. 그러나 이 시는 엇갈림을 엇갈림으로 내버려둔다. 먼저 3연에 느슨하게 흩어져 있는 아비의 독백이 읽는 이의 가슴에 얹히고 "등과 등 사이를 흘러가는 물소리"가 그 긴장을 그대로 끌고 간다. 물소리는 다만 등과 등의 '사이'를 흘러가고만 있을 뿐 두 등을 마침내 돌아눕게 하는 데까지는 이르지 못한다. 나는 그 소리를 듣고만 있다. 그리고 시의 시간은 거기서 멈춘다. 마지막 연에서 '~할 때'로 끝나는 유보적인 구절 세 개가 저 '시간'의 의미를 오래 곱씹게 하면서 만남의 시간을 유예한다. 계속 흐르고만 있는 그 물소리 위로, 오른쪽 어깨를 낯설어하는 왼쪽 어깨의 슬픔, 고여서 흘러가지 않는 어둠의 막막함, 보이지 않는 강을 건너는 사람들의 안간힘 등이 포개질 때, 이 시는 얼마나 의연한가.

이 시를 유사한 이미지를 품고 있는 다른 시와 함께 읽으면 이 시의 장처(長處)가 더 확연해진다. 예컨대 「저 물방울들은」에서 시인은 이유를 알 수 없이 계속 떨어지는 물방울의 소리를 듣고 있다. 곧이어 "삶의 누수를 알리는 신호음"이라는 예상 가능한 은유가 시 안으로 들어올 때 시인의 걸음은 이미 급하다. 덕분에 나와 물방울의 긴장은 너무 쉽게 무너져버린다. 엇갈림을 견디거나 만남을 유예시키지 못하고 있다. 내처 시인이 "아, 저 물방울들은/나랑 살아주러 온 모양이다"라는 서정적 깨달음을 발설할 때 이미 만남은 성사되면서 종료된다. 물방울이 핏방울로 전이되는 후반부의 이미지("빈혈의 시간 속으로 흘러드는 낯선 핏방울들")가 제 힘을 충분히 발휘하지 못하게 되는 것이다. 반면 우리가 인용한 시에서 물소리는 끝내 흐르고만 있을 뿐이다. 이 엇갈림과 사무침은 만남과 화해보다 아프고 진실하다. 마지막 시를 읽는다.

서귀포 언덕 위 초가 한 채
귀퉁이 고방을 얻어
아고리와 발가락군*은 아이들을 키우며 살았다
두 사람이 누우면 꽉 찰,
방보다는 차라리 관에 가까운 그 방에서
게와 조개를 잡아먹으며 살았다
아이들이 해변에서 묻혀온 모래알이 버석거려도
밤이면 식구들의 살을 부드럽게 끌어안아
조개껍데기처럼 입을 다물던 방,
게를 삶아 먹은 게 미안해 게를 그리는 아고리와
소라 껍데기를 그릇 삼아 상을 차리는 발가락군이
서로의 몸을 끌어안던 석회질의 방,
방이 너무 좁아서 그들은
하늘로 가는 사다리를 높이 가질 수 있었다
꿈속에서나 그림 속에서
아이들은 새를 타고 날아다니고
복숭아는 마치 하늘의 것처럼 탐스러웠다
총소리도 거기까지는 따라오지 못했다
섶섬이 보이는 이 마당에 서서
서러운 햇빛에 눈부셔한 날 많았더라도
은박지 속의 바다와 하늘,
게와 물고기는 아이들과 해 질 때까지 놀았다

---

* 화가 이중섭과 그의 아내가 서로를 부르던 애칭.

게가 아이의 잠지를 물고

아이는 물고기의 꼬리를 잡고

물고기는 아고리의 손에서 파닥거리던 바닷가,

그 행복조차 길지 못하리란 걸

아고리와 발가락군은 알지 못한 채 살았다

빈 조개껍질에 세든 소라게처럼

—「섶섬이 보이는 방」 전문

    한국전쟁이 발발하자 피난을 떠난 이중섭 부부가 부산에 도착한 것은 1950년 12월 초였다. 그 이듬해 1년을 그들은 제주도에서 보낸다. 서귀포 어딘가에 고방(庫房)을 얻었다. '섶섬'이 내려다보이는 방이었다. 그 방에서 아고리와 발가락군은 살았다. 이중섭은 일본 유학 시절 이래 '턱'(아고)이 긴 이(李)씨라 하여 '아고리'라 불렸고, 그의 일본인 아내 마사코는 연애 시절 둘이 산책을 하다 그녀가 발가락을 삐었던 일 이래로 '발가락군'이었다.(최석태, 『이중섭 평전』, 돌베개, 56쪽, 190쪽) 발가락군과 함께 보낸 피난지에서의 한 철이 아고리의 생애에서 가장 풍요로운 한 시절이었다는 사실은 슬픈 아이러니다. 전쟁의 참화를 비껴갈 수 있었고, 사랑하는 아내와 아이들도 곁에 있었으며, 수려한 풍광을 화폭에 담을 수도 있었다. 그러니까 삶과 사랑과 예술이 모두 함께 도모될 수 있었다. 위 시는 이 시기의 한때를 포착한 아름다운 작품이다.

    이 시에는 이중섭의 그림들이 알게 모르게 스며들어 있다. 예컨대 "방이 너무 좁아서 그들은/하늘로 가는 사다리를 가질 수 있었다"라는 멋진 구절에는 네 가족이 얼싸안은 모습을 천장에서 내려다보는 시선으로 그린 「화가와 가족」이 스며들어 있고, "아이들은 새를 타고 날아다니고/복숭아는 마치 하늘의 것처럼 탐스러웠다"에는 「서귀포의 환상」이 재현되어 있으며, "게와 물고기는 아이들과 해 질 때까지 놀았다"에는 「해변의 아이들」이나 「그리운 제주도 풍경」 등의 그림이 겹쳐 있다. 덕분에 손에 잡힐 듯한 이미지들로 생생하다.

그러나 이 시가 아름다울 수 있었던 결정적인 이유는 역시 만남을 피하고 엇갈림을 도모하는 시인의 묘법에서 찾아야 할 것이다. 이중섭은 죽었고, 그가 한때 살았던 방에 시인은 와 있다. 시인은 '이중섭의 방에 와서'라는 부제를 군이 달고 모든 문장들을 꼬박꼬박 과거형 어미로 여민다. 그래서 시 안에서 살고 있는 이들과 그들을 생각하며 시를 쓰고 있는 이의 시차가 계속 상기되는 것이다. 지금 그들은 행복하다. 훗날이 불우할 것이었으나 미구에 닥쳐올 불행을 그들은 알지 못한다. 그러나 수십 년 후에 이 시를 쓰는 시인은 안다. 알면서 그들의 행복했던 한때를 그린다. 이 엇갈림을 시인은 내내 모른 척하다가 마지막에서야 슬쩍 건드린다. "그 행복조차 길지 못하리란 걸/아고리와 발가락군은 알지 못한 채 살았다." 자기 자신의 삶과 엇갈린 이중섭이 아프고, 그 아픔과의 만남을 섣불리 도모하지 않은 시인의 절제가 또한 아프다. 이 시는 우리가 내내 되풀이 말해온 엇갈림과 사무침의 서정을 저력 있게 구현한 사례다.

*

내가 아는 그 사람은 술에 취하면 어김없이 누군가에게 전화를 건다. 그러나 그 누군가를 정말 만나고 싶은 것이 아닐 것이다. 만날 수 없음을 새삼 재연하고 있는 것이고 그 달콤한 고통을 음미하고 있는 것이다. 그래서 그는 만날 수 없는 이들에게만 전화를 건다. 자기 자신에게 걸고 있는 것이겠지. 걸어라. 시는 뒤늦게 조등 아래에서 마시는 술이고 받을 수 없는 사람에게 거는 전화다. 시도 그렇고 사람도 그렇다. 그리워도 만나지 말아야 한다.

몰라도 더 묻지 않고 알아도 아는 척하지 않으며
— 이수정의 신작시를 읽고

2000년 3월부터 몇 년간 나와 그는 거의 매일 만났다. 같은 학교의 같은 연구실에서 함께 시를 공부했다. 공부 외에는 특별히 할 일이 없던 때였다. 그래서 하루에 여덟 시간 이상 시를 읽는 대가로 월급을 받는 회사원처럼 연구실에 출퇴근했다. 나는 이상과 김수영을, 그는 미당과 목월을 아꼈다. 어찌 보면 관점과 취향이 달랐다고 할 수도 있겠지만 당시에 그런 건 아무 의미도 없었다. 그가 그렇게 되도록 했다. 이수정이라는 사람은 자기의 관점과 취향을 가파르게 내세우는 사람이 아니라, 세상의 관점과 취향들이 서로를 들이받다가 지쳤을 때 문득 모여들어 쉴 수 있는 넓은 방 같은 사람이었다. 그가 인상을 찌푸리며 고민을 토로하는 모습을 본 적은 없지만, 그를 제외한 우리들로 말하자면, 그 앞에서는 없는 고민도 만들어내서 칭얼대기 일쑤였다. 우리는 그의 고민을 몰랐지만 그는 우리의 고민을 다 알았다. 어디서건 한 명쯤은 있어야 하고 또 있게 마련인 그런 사람이었다. 우리 모두의 누나 혹은 언니였던 그 덕분에 우리는 평화로웠고 게을렀고 행복했다.

그렇게 평화롭고 게으르고 행복하던 어느 날 그는 갑자기 시인이 되었다. 그가 시를 쓴다는 얘기를 다른 사람을 통해 들어서 알고는 있었다. 그래도 그건 놀라운 소식이었다. 『현대시학』 2001년 4월호에서 그녀의 등단작들을 읽었다. 그 무렵의 나는 아마도 이런 구절에서 강한 인상을 받았을 것이다. "기침 소리가/어둠의 한쪽을 찢는다/(……)/열에 싸인 사람의/젖은 숲으로 하이얀/아스피린 한 알 녹아들고 있다." 얼마 후 연구실은 한 번 더 술렁였다. 신인 시인의 등단작이, 이례적이게도, 고명한 저널리스트의 칼럼에서 조명되었기 때문이다. "이수정씨의 시들을 인상적으로 만드는 것은 활짝 열린 감각의 직접성이다. (……) 이수정씨의 시들을 감각적이라고 할 때, 그 감각은 온몸에 걸쳐 있다."(「고종석의 글과 책」, 한국일보 2001년 4월 17일자) 우리는 그 기사를 오려 연구실 문에 붙였다. 우리가 받은 것은, 질투라고 하기에는 너무 건강한, 즐거운 자극이었다. 잘 믿기지 않지만, 벌써 8년 전의 일이다.

달이 뜨고 진다고 너는 말했다. 수천 개의 달이 뜨고 질 것이다. 네게서 뜬 달이 차고 맑은 호수로 져서 은빛 지느러미의 물고기가 될 것이다. 수면에 어른거리는 달 지느러미들 일제히 물을 차고 올라 잘게 부서질 것이다. 이 지느러미의 분수가 공중에서 반짝일 때 지구 반대쪽에서 손을 놓고 떠난 바다가 내게로 밀려오고 있을 것이다. 심해어들을 몰고 밤새 내게 오고 있을 것이다.

　　　　　　　　　　　　　　　　　　　　　　　　—「달이 뜨고 진다고」 전문

8년 동안 그가 쓴 수십 편의 시를 한꺼번에 읽어나가다가 나는 이 아름다운 시에 오래 머물렀다. 마음을 먹어본다면, 나는 맨 앞의 두 문장이 거느리는 여운을 곱씹는 것만으로도 이 글을 다 채울 수 있을 것만 같다. "달이 뜨고 진다고 너는 말했다. 수천 개의 달이 뜨고 질 것이다." 달이 뜨고 지는 일은 지당한 일이다. 아마도 '너'는, "지구 반대쪽"에서, 그 지당함을 애달픔으로 받아들일 수밖에 없는 상황에 처해 있을 것이다. 그래서 '너'는 심상하게도 "달이 뜨고 진다"라고 겨우 말한다. 그 애달픔을 알기 때문에 '나'는 '너'의 말을 이렇게 부풀린다. "수천 개의 달이 뜨고 질 것이다." 이 부풀림은 두 갈래로 읽힌다. 하루에 하나씩 떴다 지는 달이 그 일을 수천 번 반복할 만큼 장구한 세월의 애달픔을 말한 것일 수도 있고, 혹은 그 애달픔의 깊이를 한 하늘에 수천 개의 달이 한꺼번에 떴다 지는 장관으로 상상한 것일 수도 있다. 어느 쪽이건 간에, '나'는, 응당 그럴 수밖에 없다는 듯한 어조로 "수천 개의 달이 뜨고 질 것이다"라고 말하면서 '너'의 애달픔을 받아 안는다.

이어지는 대목은 달이 뜨고 지고 다시 뜨는 일의 내막을 인상적으로 이미지화한다. '너'에게서 뜬 달은 달빛이 되고, 그 달빛은 호수에 떨어져 반짝이고, 그 반짝임은 은빛 지느러미가 되어 물고기의 생명을 얻고, 그 물고기의 지느러미는 하늘로 솟아올라 달이 된다. 이렇게 달은 하나의 유전(流轉)을 완성하는 것인데, 그게 끝이 아니라, 그 유전은 다른 기적 하나를 이룩해낸다. 달이 뜨고 졌다가 다시 뜨는 일의 간절함은 마침내 바다 하나를 밀고 밀어서는 지구를 반 바퀴나 돌아 '나'에게로 오게 하질 않는가. '나'와 '너' 사이의 어떤 간절함이 달을 매개로 '정서적'으로 교류하고, 그 교류를 뒷받침하기라도 하듯 달의 유전이 마침내 바다를 움직여 '물리적'인 교류까지를 이끌어낸 것이다. 흔히 '물밀듯이 밀려오는'이라는 표현을 쓰거니와, "지구 반대쪽에서 손을 놓고 떠난 바다가 (……)

심해어들을 몰고 밤새 내게 오고 있을 것"이라고 믿는 이 결말부는, 비록 단정한 어조로 절제되어 있기는 하지만, 물밀듯이 밀려오는 그리움을 인상적인 회화로 완성해낸다.

앞서 인용한 칼럼의 필자는 이수정의 시에서 "활짝 열린 감각의 직접성"을 발견했다. 확실히 그것은 시가 기본적으로 갖추어야 할 요건이고 이수정 시의 특별한 미덕 중 하나다. 그러나 2000년대 중반 이후부터 감각에 대한 논의는 좀 다른 맥락에서 복잡해졌기 때문에 이수정 시의 '감각'을 그와 구별해둘 필요가 있을 것이다. 2000년대 중반 이후 대거 등장하기 시작한 젊은 시인들 덕분에 감각에 대한 논의가 활발해졌다. 감각으로 묘사하고 논리로 진술하는 것이 일반적인데, 그들의 경우는 감각이 곧장 진술하고 있었다. 그래서 환상적이거나 그로테스크했다. 어떤 이들은 이 진술에 논리가 없다고 불평했고, 다른 이들은 그 진술에는 '감각의 논리'가 있다고 응수했다. 그 시인들과 같은 세대에 속해 있지만, 이수정의 시에서 감각은 뒤틀리거나 범람하면서 자기 자신을 진술하기보다는, 단정한 논리와 적절한 유량을 유지하면서 자연을 묘사하고 그 자연에 내면을 부여하는 고전적인 역할을 맡는다. 나는 그가 이 길을 계속 가기를, 이 단단한 고전성이 더 깊어지기를 바란다. 이런 감상을 매만지면서 신작시 다섯 편을 읽었다. 그런데 어쩐 일인가, 온통 고통이다.

별을 따러 떠난 길에 만난 해마와 불가사리. 나는 해안 절벽 끝에 가보고 싶어 멈춰야 했어. 갈림길에서, 저녁 배로 떠나겠다는 선선한 웃음, 불가사리에 붉은 노을이 어리어 나는 악수를 청해야 했지. 해마에게는 어색하게 설익은 과일을 하나 따주었어. 벼랑에 올라보니 농익은 하늘이 지천이었고 서글픔이 절벽을 치고 있었어. 나는 꼼짝없이 서서 떠나온 이유를 물어야 했어.

—「갈림길」 전문

파란 사람은 빨간 사람이 되기 전까지 헉, 헉 버티고, 제 꼬리를 잘라내며 줄어드는 역삼각형의 시간. 세 개의 꼭짓점을 저글링하며 날마다 건넜던 흰 건반과 검은 건반. 마지막 장이 사라진 피아노곡, 멸종된 고래의 갈비뼈를 들이받는 스키드 마크, 밤사이 뜨거운 흑설탕처럼 반짝이며 횡단보도를 삼킨 아스팔트, 세상의 내 길 하나가 또 굳어버렸다. 이곳을 건너다녔던 연한 날들은 지층 속에 묻히고 묻힌 것들이 화석이 될 것이다.

—「사라진」 전문

두 편 다 길에 대해 말한다. 별을 따라 떠난 길이었는데 절벽 쪽으로 방향을 틀기 위해 잠시 멈추었다. 저녁 배로 떠나기로 하고 동행자를 선선히 보낸다. "설익은 과일"과 "농익은 하늘"이 마치 삶과 죽음인 듯 수상한 대조를 이루는 와중에 나는 벼랑에 오른다. 거기서 나를 사로잡는 것은 "서글픔"이다. 그제야 묻는다. 나는 왜 여기에 와 있나. 뒤의 시는 어느 날 갑자기 사라져버린 횡단보도 때문에 씌어졌다. 첫 문장은 신호등("파란 사람"과 "빨간 사람")과 보행표시등("제 꼬리를 잘라내며 줄어드는 역삼각형")에 대해, 두번째 문장은 횡단보도("흰 건반과 검은 건반")에 대해 말한다. 내가 걸어다닌 그 횡단보도가 도로 공사 때문인지 사라졌다. 이 일을 바라보는 화자의 심사가 예사롭지 않다. "세상의 내 길 하나가 또 굳어버렸다." 이수정의 기왕의 시들에서 접하기 어려웠던, 불길할 정도로 어두운 정서가 '길 막힘'(벼랑) 혹은 '길 없음'(횡단보도)의 상황 속에서 너울댄다. 이 불길함은 다음 두 편의 시에서 '침몰' 혹은 '하강'의 방향으로 깊어진다.

하루하루 밤이 차오른다. 깊은 서랍을 정리한다. 심해 서류들, 비닐봉지의 파도, 쏟아져나오는 나무젓가락. 아가미가 없다. 지느러미가 없다. 바닥에 말라붙은 잠. 서랍 속 깊은 잡동사니를 정리하는 시간은 잡동사니의 마지막 선물. 상복 입은 개미들을 조문하고 기어나온다. 아가미도 지느러미도 없는 것들을 몽땅 비우자 서랍은 물을 뿜고 잠수하였다.

　　　　　　　　　　　　　　　　　　　 ―「서랍을 봉함」 전문

적막의 데시벨이 몸을 낮춘 뒤로, 천장은 한 옥타브씩 매일 높아졌고, 나는 호떡처럼 눌렸다. 현관문에는 낮은음자리표가 걸렸다. 일주일에 두어 번 모자를 쓴 사람이 와서 플랫이 담긴 갈색 봉투를 주었고 나는 말없이 사인했다. 문밖에서 발걸음 소리가 지나가면 내가 기르는 희망이 두 번 짖었다. 아침마다 희망은 내 심장에 달려들었고 입술을 핥았고 콧구멍에 코를 들이대고 내가 아직 숨 쉬는지 확인하곤 했다. 희망은 적막한 이불을 흔들어 깨우려 했지만 나는 늘 이불에 눌려 구겨지곤 하였다. 나는 매일 덜 마른 나를 어깨에 메고 계이름이 바뀐 계단을 오른다. 하늘 쪽으로 걸린 빨랫줄에 하얀 혼이 얼어 널려 있다.

　　　　　　　　　　　　　　　　　　　 ―「적막한 음계」 전문

앞의 시는 "서랍 속"을 "심해"로 은유하면서 씌어졌다. 그 안에 있는 서류들, 비닐봉지, 나무젓가락들에는 아가미도 지느러미도 없다. 그것들은 숨 막히는 곳에서 숨이 막힌 채로 말라붙어 있다. 어쩌면 지금 이 시인의 삶이 그런 서랍 속에 있는 듯 숨 막히는 삶인 것일까. 그렇다면 지금 그가 하고 있는 서랍 정리는 삶의 한 아픈 국면을 정리하는 일일까. "서랍 속 깊은 잡동사니를 정리하는 시간은 잡동사니의 마지막 선물"이라는 구절이 그래서 착잡하다. 아니나 다를까, 정리가 끝난 서랍은 죽음인 듯 "잠수"하고 만다. 뒤의 시에서도 화자는 서랍 속인 듯 눌려 있다. "낮은음자리표"와 "플랫"이 침몰과 하강의 방향을 가리키고 있고, "희망"이라는 이름의 개가 아무리 나를 근심해도, 아래쪽으로 가라앉는 삶을 일으켜 세울 수 있는 힘이 이 시 안에는 없다. 시인이 계단을 오르고 있기는 하지만, 낮은음자리표와 플랫으로 이루어진 음의 계단("적막한 음계")이기라도 한 듯, 그 계단은 "하얀 혼이 얼어 널려" 있는 현장으로 데려갈 뿐이므로. 처음 두 편의 시가 '길 막힘' 혹은 '길 없음'의 상황 안에 사로잡혀 있다면, 뒤의 두 편의 시는 그 상황에서 아래쪽으로만, 침몰과 하강의 방향으로만 길을 내려고 한다. 왜 그럴 수밖에 없었을까.

나는 여기서 더이상 앞으로 나아갈 수가 없다. 이 시들 앞에서 그 무슨 심리학적 방법론 따위들을 동원할 수가 없다. 나는 그를 시인으로만 알고 있는 사람이 아니다. 지금은 그러지 못하고 있지만, 2000년 이후 몇 년간 나는 그와 거의 매일 만났다. 지금 당장 전화를 걸어서 어떤 고통이 이런 시를 낳았는지 물어볼 수 있다. 그런데 어떻게 이 시들의 깊은 곳에 서글픈 이론들을 들이댈 수 있겠는가. 다만 이렇게만 적어두려고 한다. 지난 7월 10일에 사망한 산악인 고(故) 고미영씨를 생각하며 쓴 것으로 보이는 마지막 시에서 시인은 "올라야 할 더 많은/산등성이들이/눈앞을 가로막고 선다"라는 문장으로 시를 끝냈다. 얼마든지 비관적으로 읽을 수 있는 시이지만 그렇게 읽고 싶지 않다. 그의 삶이 산등성이들에 막혀 있다고 읽지 않고, 그가 삶의 산등성이들과 당당히 마주 서 있다고 읽으려 한다. 그러니 그는 침몰과 하강의 방향으로 자신을 완전히 내던지지 않은 것이다. 그가 그 산을 넘을 수 있으리라고 믿는다. 아니, 할 수만 있다면, 그 산을 피해 쉬운 길로 가길 바란다. 이 글은 여기서 멈추는 게 낫겠다. 몰라도 더 묻지 않을 것이고 알아도 아는 척하지 않을 것이다. 시로밖에 표현할 수 없는 고통이 있다는 것을 나는 안다. 이렇게 허술한 산문의 형식으로밖에 건넬 수 없는 위로가 있다는 것을 그도 알 것이다.

비평은 무엇을 보는가
—문학 작품의 세 가지 가치

모든 훌륭한 예술 작품에는 최소한 다음 세 가지 종류의 가치가 따로 또 같이 존재한다.

물론 문학의 경우도 그렇다.

첫째는 인식적 가치다. 훌륭한 예술 작품은 인간과 세계에 대해서 우리가 미처 몰랐던 무언가를 알게 한다. 그 '무언가'는 과학 철학 종교 등이 제공하는 인식적 가치와 함께 갈 수도 있고 그것들을 거스를 수도 있지만, 최상의 경우에는 그것들과 무관한 곳에서 독자적으로 존재할 수 있다. 그 경우 그 인식적 가치는 과학 철학 종교의 언어들로 잘 번역되지 않을 것이다. 좋은 문학 작품에서 인식적 가치는 그 작품 안에서만 존재할 수 있다. 그때 작품은 내용물을 꺼내려 하면 부서지고 마는 도자기와 같다.

둘째는 정서적 가치다. 훌륭한 예술 작품은 우리를 기쁘게 혹은 슬프게 한다. 기쁨이 필요한 사람에게 기쁨을, 슬픔이 필요한 사람에게 슬픔을 제공하는 일이 일반적으로 작품에 요구되는 것들이다. 그러나 어떤 작품은 기쁨을 슬프게 하고 슬픔을 기쁘게 해서 낯선 정서를 창출해내기도 한다. 그 경우 우리는 익숙한 정서를 작품에서 재확인하는 것이 아니라 작품이 제공하는 낯선 정서에 서서히 젖어들어가게 될 것이다. 어떤 정서는 특정한 작품 안에서만 느낄 수 있다. 작품은 정서의 창조다.

셋째는 미적 가치다. 훌륭한 예술 작품은 아름답다. 문학의 경우 그 아름다움은 대개 모국어의 조탁(彫琢)과 선용(善用)에서 생겨나는 아름다움이고 내용과 형식의 긴밀한 조화가 뿜어내는 아름다움이다. 그러나 어떤 경우에 작품은 흔히 아름답다고 간주되는 것을 전복하는 추의 미학을 보여주기도 하고 심드렁한 방식으로 미추를 해체하여 이상한 아름다움에 도달하기도 한다. 아름다움을 더욱 아름답게 하는 아름다움도 아름다움이지만, 아름다움이 무엇인가를 생각하게 하는 아름다움도 아름다움이다.

독자가 이 가치들을 전달받는 방식은 다양할 수 있다. 그것이 먼저 찾아오기 때문에 독자가 마중을 나가기만 하면 될 때도 있고, 그것을 만나기 위해 독자가 낯선 길을 더듬어가야 할 때도 있을 것이다. 그것이 분명하게 눈에 보여서 편안하지만 그래서 재미가 덜할 때도 있겠고, 너무 희미해서 과연 그것이 있기는 한가 수상쩍어 보일 때도 있을 것이다. 대개 전자를 '고전적'이라 하고 후자를 '실험적'이라 한다. 그러나 오늘의 고전은 어제의 실험이었고 오늘의 실험은 내일의 고전이 될 수 있다.

그러니 열린 마음으로 문학 작품의 넓이를 가늠해보시기 바란다.
그것이 곧 우리 삶의 넓이이기도 할 것이다.

문학동네 문학산문

느낌의 공동체
ⓒ 신형철 2011

1판 1쇄 │ 2011년 5월 10일
1판 21쇄 │ 2020년 3월 16일

지은이 신형철
펴낸이 염현숙
책임편집 김민정 │ 편집 정세랑 성혜현 │ 독자모니터 양은희
디자인 엄혜리 유현아 │ 마케팅 정민호 박보람 우상욱 안남영
홍보 김희숙 김상만 오혜림 지문희 우상희 김현지
제작 강신은 김동욱 임현식 │ 제작처 영신사

펴낸곳 (주)문학동네
출판등록 1993년 10월 22일 제406-2003-000045호
주소 10881 경기도 파주시 회동길 210
전자우편 editor@munhak.com │ 대표전화 031)955-8888 │ 팩스 031)955-8855
문의전화 031) 955-3576(마케팅) 031) 955-2678(편집)
문학동네카페 http://cafe.naver.com/mhdn
북클럽문학동네 http://bookclubmunhak.com

ISBN 978-89-546-1451-1 03810

www.munhak.com